勞倫斯小說與現代主義文化政治

劉洪濤　著

序

　　洪濤拿來了他多年潛心研究的成果《勞倫斯小說與現代主義文化政治》，要我寫序，我為他感到高興，高興之餘，也願意說點什麼，寫序委實不敢當，就寫幾句真心想說的話罷。

　　勞倫斯是 20 世紀 80 年代中後期之後才逐漸為國人所知的，儘管半個世紀之前，邵洵美、郁達夫、林語堂、饒述一等人就評介或翻譯過他那本大著《查泰萊夫人的情人》，但國人真正認識勞倫斯應該說是近 20 年內的事。隨著經濟體制的變革，「西學東漸」的勢頭再次湧現，西方 20 世紀的種種思潮被引進了，思想文化上也就發生了觀念的劇變。在對待男女與性的問題上，國人幾千年來恪守夫子「非禮勿視，非禮勿聽，非禮勿言，非禮勿動」的古訓，唯獨忘記了孔門聖人們還有「食、色，性也」的教諭，因而男女之間只能「授受不親」，甚至談性色變。西人在對待「男女」問題上雖然也曾相當保守，然國人保守的程度恐怕有過之而無不及。也許這正是為什麼《查泰萊夫人的情人》在西方遭禁 30 多年，而《金瓶梅》在中國則遭人詬病達數百年之久，問世不久就被刪改得面目皆非，就連所謂的「刪節本」一般人也無由獲得；也許這也正是《查泰萊夫人的情人》在西方解禁後數十年間，國人大都仍無由得知的重要原因之一。

　　80 年代的二度「西學東漸」比半個多世紀之前的那次似乎來勢更為闊大。在各種新的學說觀點被引進、闡釋的大潮中，佛洛伊德關於性、本能、「力必多」等觀念顯得格外醒目，於是國人又記起了老祖宗「飲食男女，人之大欲存焉」的另一種教誨，於是，《查泰萊夫人的情人》50 年前的舊譯有了新本，勞倫斯的其他重要著作也陸續被翻譯出版了。

20 餘年來，勞氏的作品幾乎全都被翻譯過來了，有的作品甚至不止一種譯本。而且，隨著勞氏作品的被引入，對勞倫斯其人其作的研究也逐漸展開，並形成了相當的規模。

然而，20 餘年來，儘管出版了不少有關勞倫斯及其作品的論文與著述，但正如有的論者指出的那樣，這段時間的研究並沒有真正超過當年郁達夫、林語堂、饒述一的認識水平。譬如，郁達夫看出勞倫斯是一個「積極厭世」的作家，他厭惡英國貴族社會的「空疏、守舊、無為而假冒高尚」。作為一部「有血有肉」的「傑作」，《查泰萊夫人的情人》是要人們積極地追求一種自然的、富有人性的生活。林語堂深刻地指出，勞倫斯筆下的「性交是含蓄一種主義的」，這種「主義」就是對當時英國乃至西方工業社會、機器文明、金錢至上的猛烈抨擊，要人們「歸真返璞」，過一種「靈肉合一」的、自然的、健全的、本性的、藝術的、情感的生活。饒述一同樣認為，勞倫斯在《查泰萊夫人的情人》中「誠實、真率的」性愛描寫「蓄含著無限貞潔的理想」，而這個「理想」就是向「人類社會的虛偽、愚昧、腐化」開戰，去創建一種「新道德、新社會、新生命」；棄絕所謂「新野蠻時代的生活、機械的生活」，去做「真正的人，過真正的生活」。縱觀 20 餘年來國人的勞倫斯研究，儘管大多數論者掌握了更為豐富翔實的材料，對勞氏酣暢淋漓的性愛描寫表層下蘊含的這種「主義」或「理想」作了更為豐滿、細緻的闡發，但在觀念的層面上似乎並沒有超越前輩學人已經發現的這個範疇；再者，雖然不少論者都開始將眼光從《查泰萊夫人的情人》移向《兒子與情人》、《虹》、《戀愛中的女人》等勞氏的其他幾部重要作品，甚至包括其中短篇等更為廣闊的勞氏作品領域，並把自己的研究建立在更為深入的文本細讀的基礎上，但他們大多數人的研究角度仍未擺脫前輩學人單一、局限的視角，因此很難建立起全面的、整體的勞倫斯觀。當然，我不是說，20

餘年來的勞倫斯研究沒有進步和成績，進步與成績是明顯的，但就總體而論，並沒有給人以如何超越前人的感覺。

當然，洪濤現在的這一研究成果也很難說如何超越了前人，但依我的淺見，卻也有一些不容忽視的新意。首先，本書在論述勞氏對工業文明批判的基礎上展開，進一步論述了他的兩性觀和對非理性世界的探索以及對原始性的迷戀，這樣就使自己的研究獲得了立體感和某種整體性。其次，本書既不是對勞氏重點作品的文本分析，又不是純然的學理闡發，而是把一個較為合理的理論框架置於具體作品的文本闡釋的基礎上，這樣就使理論的闡發沒有空洞的感覺，反而給人以堅實感、深度感。最後，也是最重要的，本書在充分肯定勞氏的前提下，對其原始主義的錯誤立場作了辯證的分析，給與了實事求是的批判，從而把此前的勞倫斯研究向前推進了一步。

洪濤是一個勤奮的學者。他碩士階段學外國文學，從 80 年代中期就開始研究勞倫斯，並完成了以勞氏為題的碩士學位論文，後來博士階段轉攻中國現代文學，研究沈從文，於是不得不中斷已經開始的勞倫斯研究，但他卻始終記掛著勞倫斯，在沈從文研究告一段落之後，立即集中全力完成一直在思考的勞倫斯研究，他曾利用出國進行學術訪問的良機，兩次到勞氏故鄉伊斯特伍德尋訪作家童年生活以及後來創作的蹤跡，又在存放大量作家資料的諾丁漢大學和康橋（編者按：即劍橋，下同）大學潛心發掘新材料、新觀點，可以說，正是在長期不懈的思考與積累之後，他才能完成現在這部具有一定分量的研究成果。

洪濤也是一個誠實嚴謹的學者。他治學從不虛張聲勢，一貫腳踏實地。他真誠地宣佈，與西方的學者相比，我們的外國文學研究者並不具有語言和佔有資料的優勢，因此，他不妄自尊大，奢談超越，但這並不妨礙我們的研究有自己獨特的角度和立場。誠如他在本書「後記」中所

說的：「學術標準是多元的，……在時代風潮的影響下，從不同側面對勞倫斯做出合乎時代需要的闡釋又何嘗不是一種學術貢獻？就此而言，我認為東西方學者站在同一個高度，站在同一個起跑線上。」因此，他不妄自菲薄，盲信西方。我以為這是一種十分正確的學術態度和立場。擺正自己與他者的關係，既不自以為是，盲目自大，又不迷信他人，畏縮不前，老老實實做人，紮紮實實做學問，從自己的特有的學術視野和立場切入論題，這正是做好學術研究的前提。也許正因為取了這一正確的立場，洪濤才能從一個他所謂的「勞倫斯迷」變成一個勞倫斯的批判者，也才能對勞倫斯研究做出現在這樣一個值得稱道的貢獻。

　　毋庸諱言，作為一個外國文學研究者，盡可能精通研究物件國的語言也是至關重要的。只有具有了語言的優勢，才能獲得佔有第一手材料的優勢，材料上的重大發現常常可以成為學術研究的突破口，這應該是不爭的事實。洪濤對此無疑是有充分認識的。他多年來利用一切可能的機會學習英語，並在自己的勞倫斯研究中通過已經掌握的外語，盡可能多地搜集利用第一手資料便是一個明證。

　　洪濤在勞倫斯研究與沈從文研究兩個領域都取得了不俗的成績，我祝願他在未來的學術道路上進一步努力，取得更驕人的業績。

劉象愚
丙戌歲尾於京師園

目次

導論　現代主義小說家的誕生

一、勞倫斯小說創作述略

　　20 世紀一位天才的作家，最具爭議的作家，最有影響的作家之一，礦工的兒子，來自社會下層，以孱弱的身軀，靠著頑強的意志，攀上了文學高峰。他短暫的一生，為世人留下了 12 部長篇小說，約 70 篇中短篇小說，8 部戲劇，近一千首詩歌，數量驚人的遊記、書信（康橋版勞倫斯書信全集收入 5534 封信），以及風格獨特的文學、心理學、政治、歷史、藝術著作和評論，他就是英國現代作家大衛・赫伯特・勞倫斯（David Herbert Lawrence, 1885-1930）。

　　勞倫斯 1885 年 9 月 11 日誕生於英格蘭諾丁漢郡伊斯特伍德一個煤礦工人的家庭。父母的性情、喜好、生活方式差異很大，家庭關係緊張，這些對勞倫斯的心理產生很大影響。他 16 歲中學畢業，進入諾丁漢市的 J. H. 海伍德醫療器械廠工作，但不久因生病離開。1902-1906 年，勞倫斯在伊斯特伍德的不列顛小學任實習教師。1906 年進入諾丁漢大學學院學習教師專修課程。大學期間，他開始第一部長篇小說《白孔雀》的寫作。1908 年畢業後應聘到倫敦南郊克羅伊頓的戴維森路學校當教師，1911 年底因病離職。1912 年，勞倫斯在拜訪諾丁漢大學語言學教授威克利（Ernest Weekley，1865-1959）時，遇到了教授的德國籍妻子弗麗達（Frieda von Richthofen，1879-1956）。兩人一見傾心，私奔出走歐陸。在此期間，他完成了成名作《兒子與情人》。第一次世界大戰期間，勞倫斯滯留英國。由於妻子的德籍身份和本人的反戰態度，他受到懷疑和監視，生活困苦壓抑，但仍完成了代表作《虹》和《戀愛中的女人》。

戰爭結束後，勞倫斯迫不及待地離開了英國。他先去德國、義大利，隨後於 1922 年開始環球之旅，經錫蘭（今斯里蘭卡）、澳大利亞、最後到達美國，其後又輾轉於美國和墨西哥之間。在此期間，他創作了 6 部長篇小說，以及大量中短篇小說、詩歌、論文等。1925 年 9 月，勞倫斯離開美國，返回歐洲。1928 年勞倫斯完成最有爭議的長篇小說《查泰萊夫人的情人》。1930 年 3 月 2 日客死於法國南部。

　　勞倫斯短暫的一生創作了大量作品，而小說是他全部創作中最優秀的部分，代表了其主要文學成就。勞倫斯 24 年的小說創作道路可以分為四個時期。1907-1913 年為第一期。1907 年，勞倫斯第一篇小說《序曲》[1] 發表時，年僅 22 歲，是諾丁漢大學學院的學生。其後不久，他開始創作長篇小說《白孔雀》。這部作品數易其稿，終於在 1911 年問世。小說以勞倫斯青少年時代長期相處的女友吉西·錢伯斯（Jessie Chambers, 1887-1944）家的農場和周圍自然環境為主要背景，以懷舊為主軸，圍繞萊蒂、喬治、萊斯利之間的情愛糾葛，對樂園的消逝、鄉土詩意的無可挽回彈奏了一曲無盡的輓歌。1912 年，勞倫斯出版了第二部長篇小說《逾矩者》。小說中的已婚男子西格蒙德與一個年輕女子產生婚外情，後因妻兒鄙視及自責而自殺。小說深化了《白孔雀》中對「肉體的愛」與「精神的愛」的思考，但其結構散漫，文字缺乏靈性和激情，算不得成功之作。勞倫斯第三部長篇小說《兒子與情人》出版於 1913 年，著力表現了保羅作為一個男性的成長歷程。推動保羅成長的主要動力，以

---

[1]　勞倫斯第一篇小說的發表頗富戲劇性。1907 年 10 月，《諾丁漢衛報》舉辦年度耶誕節小說大賽。比賽設三個不同獎項，但每個參賽者只能參加其中一項。當時還是諾丁漢大學學院學生的勞倫斯寫了三個短篇，請他的兩個女友吉西·錢伯斯和露易·巴柔斯代替他參加了另外兩項比賽。勞倫斯送出了《彩色玻璃碎片》，露易·巴柔斯送出了《白色長統襪》，吉西·錢伯斯送出了《序曲》。結果是《序曲》獲獎，最後以吉西·錢伯斯的名字刊登在 1907 年 12 月 7 日的《諾丁漢衛報》上。

及他成長所要克服的主要障礙都來自與母親、以及其他女性的關係。這部小說具有鮮明的自傳色彩，勞倫斯家庭中父母的不和諧對勞倫斯的影響，勞倫斯和吉西・錢伯斯交往的經過，都在小說中有具體反映。小說充分展示了勞倫斯的才華，它沒有後來作品中那麼多抽象玄秘的冥思和超驗的架構，文字燦爛而舒展，極富詩意，為勞倫斯帶來了廣泛的聲譽，奠定了他在文壇的地位。同時，《兒子與情人》中也出現了一些尖銳、冷峻的場景，預示了他今後小說創作的發展方向。

1914-1919 年是勞倫斯小說創作的第二個時期，其代表作是《虹》和《戀愛中的女人》。西方文明陷入深重的危機之中，世界大戰是這場危機的總爆發。勞倫斯在《虹》和《戀愛中的女人》這兩部代表作中，雖然沒有直接描寫戰爭，但卻把戰爭作為西方文明毀滅的象徵，用來構建他為人類從死寂的荒原上尋求再生之途的出發點。在《虹》中，勞倫斯以布蘭溫家族三代人的經歷為情節主線，以兩性關係和非理性心理世界為表現中心，力圖反映現代社會的沉淪，並尋求人類理想家園的重建。《戀愛中的女人》則具體揭示了代表死亡和新生的兩對兩性關係的發展過程及其在非理性心理世界激起的反響；死亡的下降曲線和新生的上升曲線對比映襯，暗示了勞倫斯對人類前途的樂觀態度。這一時期勞倫斯的玄學思想業已形成，視野更加開闊，藝術表現手法臻於成熟。同時，這一時期勞倫斯也把對神秘的超驗世界的追尋和玄想帶進了作品。

1920-1925 年是勞倫斯小說創作的第三個時期。這 6 年時間裏，勞倫斯共創作了《阿倫的杖杆》（1920）、《迷途的姑娘》（1920）、《努恩先生》（未完，1984 年出版）、《袋鼠》（1924）、《叢林中的男孩》（1924，與人合著）、《羽蛇》（1926）等 6 部長篇小說。這些小說追隨著勞倫斯戰後的行蹤，反映了他旅途中特定的體驗和心境，都帶有相當程度的自傳性和記遊性。又因為勞倫斯的環球之旅也是他的追尋之旅，他渴望在

異域，在基督教文明之外找到拯救西方文明的新希望，因此，這些作品不約而同都有朝聖小說的特點。這些作品也延續了此前的兩性關係主題，但大都在異域的背景中展開，非理性心理活動在兩性關係發展中所起的啟動作用下降，異族原始文明的作用上升。前期作品中的大自然描寫，有與原始土著部落的神話、圖騰結合的傾向，神秘主義有進一步發展。

勞倫斯這一時期創作的長篇小說《努恩先生》和《叢林中的男孩》，很少為學者論及，這裏有必要格外介紹一下。長篇小說《努恩先生》創作於 1920 年至 1921 年間。小說中的努恩先生是內地一所技術學校的教師，因與同事艾瑪發生關係引起物議，不得不辭去工作，避走德國。在那裏，他與一個英國醫生的妻子約翰娜真誠相愛，在她身上找到了真正的激情，隨即二人一起私奔去了義大利。小說有濃重的自傳色彩，是勞倫斯與弗麗達私奔經過的真實寫照。《努恩先生》由截然不同的兩部分構成。第一部分以《現代情人》為名發表於 1934 年，後來收入《鳳凰》二集（1968）中。占全部小說三分之二篇幅的第二部分被勞倫斯束之高閣，後來手稿還一度失蹤。直到 1984 年，康橋大學出版社在出版《勞倫斯作品集》時，才將兩部分合而為一，呈現出《努恩先生》的全部面貌。但《努恩先生》也仍然是一部未竟的作品，只寫一對情人到義大利後即嘎然而止。《叢林中的男孩》的故事發生在 19 世紀後期。英國年輕男子格蘭特來到澳大利亞西部殖民地，在那裏有種種經歷和見聞，並和兩個表姊妹之間發生了愛情糾葛，最後成長為一個強壯、獨立的男子漢。小說對西澳大利亞遼闊浩瀚的大自然和獨特的風土人情有出色描寫。這部小說由勞倫斯與澳大利亞一位護士出身的作家摩麗·斯科勒（Mollie Skinner，1876-1955）合作完成。勞倫斯 1922 年 5 月在前往雪梨的途中經過西澳大利亞，在摩麗擁有的一家旅館短暫停留，與摩麗相

識。1923 年夏天，摩麗將自己寫的小說《愛麗絲的房子》的手稿寄給已在美國的勞倫斯，請他指教。勞倫斯認為作品素材豐富，但缺乏完整性和統一性。在徵得摩麗的同意後，勞倫斯對《愛麗絲的房子》進行了重新改寫。研究者對作品的手稿進行細緻研究後認為，勞倫斯使原作《愛麗絲的房子》發生了脫胎換骨的變化，因此《叢林中的男孩》應該算在勞倫斯的名下。

　　1926-1930 年是勞倫斯小說創作的第四個時期。這一時期他創作的唯一一部長篇小說是《查泰萊夫人的情人》（1928）。這部作品因為對性愛所作的直白、大膽描寫，招致了許多謾罵和攻擊，一些國家的官方甚至出面以「淫穢」和「色情」的罪名查禁此書。但正如勞倫斯自己認為的，《查泰萊夫人的情人》不是一本宣揚色情的「淫書」，勞倫斯的性描寫蘊含著深刻的目的性。他孜孜不倦深入探索的理想兩性關係，在《查泰萊夫人的情人》中完全通過性愛來實現。健康的性愛，啟動了人的血性，使人擺脫理性、社會性的束縛，回歸到赤裸的純真、自然狀態。如果我們真要對勞倫斯的性描寫有所挑剔的話，並不會覺得《查泰萊夫人的情人》和淫靡的色情有何關聯，而是覺得他把性愛的作用看得太重了。勞倫斯把性愛當作解決一切問題的靈丹妙藥，將其過分誇張和神秘化，進而發展為性崇拜，這是他走火入魔的表現。

　　以上對勞倫斯小說發展道路的勾勒，舉例只限於長篇小說。沒有提及中短篇小說的原因，不是它們不重要，而是它們還有自身的特色，需要在此專門介紹。勞倫斯 1907 年發表第一個短篇小說《序曲》，到 1929年出版《死去的人》，23 年間還寫了約 70 篇中短篇小說，數量不算少。勞倫斯自己把寫作重心一直放在長篇小說上，說寫中短篇小說只是為了「賺點活錢」，[2] 其實他的中短篇小說成就是相當高的，地位也相當重

2　勞倫斯說的是事實。這是因為長篇小說需要消耗大量的時間和精力，出版的周期

要。他早期的中短篇小說在題材、主題、風格等方面進行了多樣化的嘗試，這種「練筆」對他走向成熟是極其有益的。勞倫斯 1916 年完成長篇小說《戀愛中的女人》，到 1928 年寫出長篇小說《查泰萊夫人的情人》，這 12 年間所寫長篇小說，如《迷途的姑娘》、《阿倫的杖杆》、《袋鼠》、《羽蛇》，充斥著冗長的說教，概念化十分嚴重，藝術性大打折扣，而同一時期的中短篇小說卻熠熠生輝。勞倫斯是一個信念堅定、理想崇高的人，他的優勢，他的弱點，也都藉著理想的名義，暴露出來。勞倫斯後期一些中短篇小說，讓我們看到，他矢志追求超驗世界的「理想」趨於極端，陷入神秘主義後，會是個什麼樣子。與長篇小說的宏篇巨制不同，中短篇小說在篇幅上短小緊湊，情節簡潔明快。長篇小說中得以充分展開的人物心理過程，在中短篇小說中被壓縮、提煉成一些富有啟示意義的場景，具有豐富的象徵意義。

二、勞倫斯小說的個性心理基礎

作家的生活經歷，尤其是早年生活經歷對其個性心理氣質的生成有重要影響，而個性心理氣質又必然對作家的創作產生巨大作用。具體來說，勞倫斯的戀母仇父是他童年、少年時期重要的個性心理特徵。當勞倫斯進入青春期時，生命的自然節律促使他從對母親的依戀轉向對其他異性情愛的渴求。但由於無法掙脫母親強大的精神控制，加上初戀情人傑西・錢伯斯的個性氣質偏重於心靈生活，勞倫斯的這種轉向遭到阻

也較長。而短篇小說通常會先刊登在雜誌上，如果它們集結出版，還可以有另一份報酬。勞倫斯早年寫短篇來彌補當教師收入的不足；成為職業作家後，寫短篇能夠支撐他頻繁旅行和漫長的長篇小說創作過程所需的花費。勞倫斯在他的書信中對長篇小說的創作過程中談及甚多，而對短篇小說所提甚少。也是一個證明。

礙，以致長久無法實現。勞倫斯在青春躁動和情慾渴求中備受煎熬，直到與弗麗達相愛，才真正完成了身心解放。勞倫斯病弱的身軀對其個性心理同樣有巨大影響：他欽慕強健的生命體以及旺盛的情慾；肺結核病促使他逐陽光而居，使他情緒容易失控，喜怒無常；死亡威脅與死亡意識及再生意識同步增強。這些個性心理特徵與勞倫斯小說基本特徵之間有明顯的因果關聯。

1、在父母與情人之間

　　勞倫斯的祖父是裁縫，父親阿瑟‧勞倫斯（Arthur Lawrence, 1846-1924）是煤礦工人。勞倫斯的外曾祖父是經營花邊生意的商人，後來破產，外祖父是一家船廠的裝配技工，母親莉迪亞（Lydia Beardsall, 1851-1910）結婚前一度想從事教師職業。從階級出身上看，勞倫斯的母系雖然略高於父系，但差別算不上很大。可是從所受教育的程度和趣味來看，勞倫斯的父母則有天壤之別。勞倫斯的父親白天在井下挖煤，晚上下班後洗過澡，換過衣服，就直奔酒館。在那裏他與工友們喝酒談天，直到深夜才回家，有時還喝得酩酊大醉。他幾乎不能書寫，閱讀只限於報紙，而且常常不知所云。勞倫斯曾經說起他的《白孔雀》出版後得了五十英鎊稿費，父親大為驚訝，居然不敢相信這麼一筆「鉅額收入」是靠「寫字」紙掙來的。這是一個很好的例子，顯示勞倫斯的父親對任何形式的精神生活和創造，都是完全隔膜的。勞倫斯母親則不同。勞倫斯不無驕傲地說：「我母親強多了。她是城裏人，的確算得上小中產階級」。[3]母親受過較好的教育，能講一口標準的英語，寫一手漂亮的義大利文，喜愛讀書，能言善辯，虔信宗教，愛好整潔，氣質文雅，渴望交流。

---

[3]　勞倫斯：〈自畫像一幀〉，《勞倫斯散文精選》，黑馬譯，人民日報出版社 1996 年版 164 頁。

　　父母間由於教養、趣味上的巨大差異造成了關係的緊張，但這種緊張並不是以暴力或不忠反映出來。母親以自己的教養和趣味在家庭中營造了一種中產階級生活氛圍，也建立了自己在家庭中的核心地位和絕對影響。這種中產階級生活氛圍鼓勵孩子們追求知識和教養，但對無法適應它的父親來說，則是不折不扣的「冷暴力」，因為它否定了礦工父親生活方式的價值，排擠了父親在家庭中的容身之處，把他置於受歧視的位置。孩子們都接受母親的價值觀，本能地與母親親近；在父母的衝突中，孩子們也都站在母親一邊。吉西·錢伯斯在《一份私人檔案》中描述了勞倫斯母親在家庭中的「統治」地位：「她以一種神聖的母親權威治理著這個家庭，她儼然是一個女牧師而不像一個母親。她的特權是不可逾越的；對她權威的懷疑就好像是一種對神物的褻瀆。」[4]

　　勞倫斯就生活在這樣一個父母間關係不平等，母親有絕對權威，而父親深受歧視的家庭裏。按照佛洛伊德精神分析理論，家庭成員中，兒子對母親，女兒對父親，多多少少都會具有性戀傾向，前者他稱為「伊底帕斯情結」，也就是戀母情結，後者稱為「伊蕾克特拉情結」，也就是戀父情結。精神病理學家的調查研究表明，也存在母戀子，父戀女「情結」的案例。這就是說，家庭成員中，性吸引力通常是雙向的。在勞倫斯的家庭中，由於父母關係緊張，出於感情的寄託和轉移，出於價值觀的認同，勞倫斯與母親之間相互依戀更深。勞倫斯 1910 年 12 月在給友人的信中這樣描述自己與母親的關係：「我們彼此相愛，幾乎就像夫妻之愛，但同時也是母子之愛。我們之間本能地相知……我們如同一人，彼此異常敏感，心有靈犀。」[5]對母親的依戀使他本能地憎恨父親。讀

4　吉西·錢伯斯、弗麗達·勞倫斯：《一份私人檔案：勞倫斯與兩個女人》，葉興國、張健譯，知識出版社 1991 年版 99 頁。

5　D. H. Lawrence, *The Letters of D. H. Lawrence* Vol.1, ed. James T. Boulton（Cambridge: Cambridge University Press, 1979）, p. 190.

過《白孔雀》和《兒子與情人》的讀者都會對其中落魄尷尬的父親形象留下深刻印象，二者是勞倫斯家庭體驗的真實寫照。在上文提及的信中，勞倫斯說：「父母的婚姻生活是一場肉體血淋淋的戰鬥。我生就恨父親，打我記事時起，他一摸我，我就嚇得發抖。」[6]

　　1901年，中學畢業的勞倫斯隨母親去幾英里外的海格斯農場做客，自此與吉西・錢伯斯開始了長達10年的友戀關係。傑西的父親是海格斯農場的承租人，其家庭的經濟狀況和社會地位比勞倫斯家庭略低。但從傑西所寫回憶錄《一份私人檔案》中的記錄和文筆看，她是一個有相當修養的知識女性。傑西極力鼓勵勞倫斯發展自己的寫作才能，眾所周知的一件事情是傑西背著勞倫斯把他的詩歌習作投給《英語評論》。用勞倫斯的話說，他被這個小女子「不小心推上了文壇」。傑西自己也曾嘗試寫過一些作品，並得到勞倫斯的熱情支援。傑西後來上了當地的教師培訓班，成了一名教師。

　　勞倫斯與錢伯斯的交往中，最可注意的是成長與性體驗的問題。勞倫斯剛認識傑西時才16歲，還是一個少年，他與傑西的交往可以用「青梅竹馬」來概括。在很多年時間裏，他們的交往是純精神性的，任何一方的性本能都沒有覺醒。勞倫斯曾向友人承認，「她和我偶爾有過美妙、狂熱的情形——十年後再看，這一切顯得多麼不可思議：那整個期間我幾乎沒有吻過她。」[7]顯然易見，他們之間主要是一種精神之愛。以傑西的性格和氣質，她始終滿足於這種精神之愛，勞倫斯也長久陶醉於這種關係之中。1906年，21歲的勞倫斯考進諾丁漢大學學院。大約在1907年到1908年，勞倫斯進入青春期，性意識開始覺醒；加之他在大學的

[6] D. H. Lawrence, *The Letters of D. H. Lawrence* Vol.1, ed. James T. Boulton（Cambridge: Cambridge University Press, 1979）, p. 190.

[7] D. H. Lawrence, *The Letters of D. H. Lawrence* Vol.1, ed. James T. Boulton（Cambridge: Cambridge University Press, 1979）, p. 154.

閱讀範圍和交往圈子擴大，逐漸對性有了正面的認識。於是，勞倫斯開始以性為尺規，重新審視他與父母及傑西的關係。

勞倫斯首先意識到了母愛的束縛。傑西曾在《一份私人檔案》中回憶，他們在一起的時候，有好幾次勞倫斯堅持要與她一起讀莎士比亞的悲劇作品《科利奧蘭納斯》。該劇中的羅馬帝國將領科利奧蘭納斯的母親意志堅定，有膽有識，對兒子有巨大的影響。早年她驅遣兒子率軍攻打伏爾斯人，後來說服他違心競選羅馬執政官。最後科利奧蘭納斯叛變投敵，又是她前往勸告，使鐵石心腸的兒子退兵。傑西對勞倫斯閱讀時的專注神情疑惑不解，並感覺到這個劇本對他似乎有重大的意義。果然勞倫斯對傑西說：「你看，這裏是母親說了算，妻子幾乎不起什麼影響。母親處處都在左右著他。」[8]勞倫斯在少年時代充分享受著母愛的庇護，進入青春期後，他開始感到母愛加給他的強大精神桎梏。母親「想看到的是一個可愛的、順從的兒子，可以廝守在她的身邊，朝朝夕夕和她共用歡樂、共擔憂愁的兒子」，「她絕不會讓他離開她的。」[9]由於這種關係的排他性，吉西・錢伯斯發現自己也很難被勞倫斯母親接受。只要她與勞倫斯在一起，勞倫斯的母親就感到不快。在《一份私人檔案》中，傑西多次描寫到勞倫斯母親對自己的戒備和敵意。有一天，母親和姐姐把勞倫斯叫過來，問他是不是與傑西在談戀愛，並告訴他要麼和傑西訂婚，要麼別在一起，否則，會妨礙傑西去愛其他人。這無疑是一個最後通牒，不允許他們再以過去那種形式繼續交往。傑西自己也承認勞倫斯的母親不喜歡她。母愛的強大桎梏給勞倫斯造成了嚴重的心理缺陷，推遲了他的生理發育，阻礙了他與其他異性關係的發展。在母親的有生之

8　吉西・錢伯斯、弗麗達・勞倫斯：《一份私人檔案：勞倫斯與兩個女人》，葉興國、張健譯，知識出版社 1991 年版 38 頁。

9　吉西・錢伯斯、弗麗達・勞倫斯：《一份私人檔案：勞倫斯與兩個女人》，葉興國、張健譯，知識出版社 1991 年版 109 頁，104 頁。

年，雖然勞倫斯與傑西長期交往，卻沒有修成「正果」，除了前述傑西的性格因素外，母愛的桎梏也是起了相當大干擾作用的。只是母親1910年去世後，勞倫斯才一點點地斷絕了母親的影響。正是基於自己的切身感受，勞倫斯在《兒子與情人》中，對保羅與母親的複雜關係做了深刻的揭示，在《美婦人》中，他更對以母愛名義所進行的精神控制表達了切齒的憎恨。

覺醒後的勞倫斯對過去憎惡的父親有了新的認識。他把母親定位為「小中產階級」，把父親定位為工人階級。以母親的中產階級眼光看父親，他除能夠掙錢外，可以說一無是處。但在重新認識父親之後，他對父親所代表的工人階級及其生活方式產生了認同，對父親身上所體現的那種自然狀態中的，緣於真覺、肉體的生活形態產生了認同。勞倫斯在〈諾丁漢與鄉間礦區〉中這樣描寫早期的礦工井下生活：

> 礦井並沒有把人變成機械。情況與之可以說恰恰相反。基於計件工資制度，礦工們在地下作業倒好像結成為某種親密無間的共同體。他們互相瞭解每一個人，彼此間實際上是坦誠相見。由於異常親密的關係，由於煤礦的「礦坑」伸手不見五指，由於井下光線極為模糊，由於危險會經常發生，人與人之間肉體上的和基於本能與直覺的聯繫於是就得到了高度的發展，而且人與人之間這種基於直覺的聯繫簡直親密到了好像彼此發生直接接觸的程度，他們彼此之間的聯繫是非常真實，同時也是非常強有力的。[10]

可以說，勞倫斯對那種血性、肉體、直覺等生命內在品質的思辨和弘揚，最初的靈感和體驗，就來自於他的父親。勞倫斯進而把父母間的對立理解為階級的對立。當這種意識萌生並不斷增強時，他作品的面貌

---

[10] 勞倫斯：《勞倫斯散文選》，馬瀾譯，百花文藝出版社1992年版169頁。

徹底改變了。我們看到，勞倫斯小說中，處處呈現出階級的對立。他以生命力強旺與否，來重新界定兩個階級間的優劣。他把中產階級看成是現代文明這根朽木上長的一顆「靠過去生命的遺骸生存」的老蘑菇，外表光潔，裏邊早已被蟲蛀得空空洞洞。在他眼裏，以工人階級為代表的下層勞動者則生機勃勃，蘊含著人類的希望。

勞倫斯也對與傑西的關係有了重新理解。在傑西筆下，勞倫斯與她的純精神聯繫始終是非常美好的：「這種學習和娛樂的活動不可避免地將我們聯繫在一起，我們之間發展起了一種良好的相互理解和默契。勞倫斯向我傳遞過來的那股同情之流喚起了我心中的一種同樣的感情。我們同根而生，一起長大，我們生命的脈動是那樣的相似，我們的相互吸引是十分自然的。我們還沒有談及愛情，但我們知道它就在我們的前面，那是我們必定會面臨的東西。」[11]勞倫斯以前也這樣認識，但覺醒後的理解就不同了。傑西在《一份私人檔案》中忠實地記錄了勞倫斯進入青春期後，這種心理情感的變化過程。勞倫斯開始坦誠布公地與傑西討論愛情中性的問題，並要求傑西接受自己對愛情所作的精神和肉體的劃分。勞倫斯的意思是說，自己的人格有精神和肉體兩個方面，精神離不開傑西，但是肉體卻需要從其他女性那裏獲得滿足。勞倫斯顯然認為他與傑西關係中最大的問題在於，傑西屬於「精神型」的女子，她潛意識中把性看成婚姻的附屬物，是兩性交往中次一級的東西，甚至是骯髒的東西。勞倫斯在 1908 年 1 月給傑西的信中坦率地說出了對傑西的看法：「當我看著你時，我看到的是你的不可親吻和不可擁抱的那一部分……瞧，你是一個修女，我能給你的是我能給予一個聖潔的修女的東西。所以，你必須讓我娶一個我能親吻和擁抱的女人，一個能成為我的

11　吉西・錢伯斯、弗麗達・勞倫斯：《一份私人檔案：勞倫斯與兩個女人》，葉興國、張健譯，知識出版社 1991 年版 37 頁。

孩子們的母親的女人。」[12]勞倫斯把自己與傑西交往的失敗完全歸咎於傑西的清教徒式性格，這並不公平。由於身體羸弱，勞倫斯的生理發育本來就比一般男孩子遲了許多（21歲左右才進入青春期！），加之母愛的禁錮，直到23歲前，性對他來說還是懵懂之物。事實上，長期無性的愛情是在勞倫斯與傑西共同接受的前提下實現的。但性覺醒後的勞倫斯並不考慮自己要承擔什麼責任，他在觀念上徹底否定了傑西所代表的所謂「精神之愛」。在《兒子與情人》中，勞倫斯以傑西為原型，塑造了一個精神型女子米麗安的形象。小說中這個形象是成功的，可在現實生活中，它卻把傑西放在了屈辱的位置上，給了勞倫斯與傑西已經搖搖欲墜的關係致命的一擊，導致了他們10年友戀的最終解體。但勞倫斯對「精神型女性」及「精神之愛」的清算並沒有到此為止。他把由與母親和傑西關係中引申出來的「畸形的母愛」、「精神之愛」、「精神性女性」都歸到了現代文明的名下，給予了痛切的批判和徹底的否定。

　　勞倫斯的性覺醒姍姍來遲，也許正因為如此，它如火山噴發般猛烈、狂熱。1908年6月間，勞倫斯在諾丁漢劇院觀看了法國著名女演員薩拉・伯恩哈特演出的《茶花女》。戲對他刺激很深，以致在劇終前勞倫斯離開自己的座位，發狂地衝到劇院的門口砸門，直到一個服務員過來開門讓他出去。勞倫斯1908月6月25日給布蘭奇（Blanche Jennings）的信中，解釋了他發狂失態的原因。他說演員薩拉是「野性情感的化身」，「代表了女人的原始激情。她令人心醉沉迷到一種超常的程度。我會愛上這樣的女人，而且會愛得發瘋。全然為了那種純粹的、野性的激情。」[13]顯然，演員薩拉表演中所流溢的激情和野性，正是勞倫斯急切

---

[12]　吉西・錢伯斯、弗麗達・勞倫斯：《一份私人檔案：勞倫斯與兩個女人》，葉興國、張健譯，知識出版社1991年版99頁。

[13]　D. H. Lawrence, *The Letters of D. H. Lawrence* Vol. 1, ed. James Boulton （Cambridge: Cambridge University Press, 1979）, p.59.

要尋找的東西。勞倫斯在同一時期寫的一首〈短途旅行〉的詩中更加直白地表達了對獲得性滿足的渴望：

> 一夜夜隨著黎明的玷污
> 尚未開花便已衰萎凋枯，
> 又是一夜，落下新的夜幕，
> 可否撕開我？
> 打開我體內饑渴的情竇，
> 讓那熾烈之液從我心頭
> 向著你迸射。

　　性覺醒後的勞倫斯，在 1908-1912 年短短 4 年多時間裏，先後陷入到與露易（Louie Burrows, 1888-1962）、艾麗絲（Alice Dax，1878-1959）、阿格尼絲（Agnes Holt，1883-1971）、海倫（Helen Corke，1882-1978）等多位女性的肉體關係中。值得注意的是，勞倫斯與這些女性的交往，不論長短，專注的主要是性體驗，追求的主要是性放縱。他在傑西面前把自己與露易的關係形容為「肉體的婚姻」，背地裏罵艾麗絲是「母狗」，寫信告訴海倫「你我之間的關係是性關係」，語氣輕浮。這顯示出勞倫斯對這些女子缺乏始終如一的感情，也沒有做天長地久的打算，他只是為了從她們身上得到性滿足。勞倫斯本質上是一個對性十分嚴肅的人，這一時期的「濫情」，是禁錮剛一打破時引起的狂歡反應。勞倫斯在同一時期給布蘭奇的信中，曾描述過他心目中理想的婚姻：「一個男人的婚姻必須依賴性協調的強固程度，同時還要伴隨盡可能多的和諧美」。「不僅性愛那組和絃要調準了音，我們稱作宗教情感（廣義上）與一般同情心的大小和諧，也應該包括進來。」[14]性愛是婚姻的基礎，但只有

---

[14] D. H. Lawrence, *The Letters of D. H. Lawrence* Vol. 1, ed. James Boulton (Cambridge:

性愛是不夠的，還需要有其他情感的輔助配合。可見勞倫斯即使在放縱自己時，也十分清醒什麼是理想的婚姻。放縱只是暫時的，是青春的盡情宣泄，是締結理想婚姻前的短暫鬆弛，是試探，是準備。同樣值得注意的是，勞倫斯雖然先後一一否定了這些女性，但始終沒有否定自己這一時期的性體驗和性放縱，也未在道德層面上有過懺悔和自省。相反，性激情、性滿足被他看成建立理想兩性關係的前提條件，性的飽滿充溢被他看成是生命力強旺的象徵。

勞倫斯追求的理想婚姻在 1912 年終於出現了。3 月 9 日這一天，勞倫斯去赴諾丁漢大學威克利教授家的午宴。威克利曾在德國教過書，勞倫斯想去求他幫自己在德國大學裏謀一個教職。一場肺炎之後，勞倫斯已不能勝任忙碌的中學工作，而大學要稍輕鬆一些，不用去管教學生。勞倫斯準時到達，在威克利露面前，勞倫斯與他的妻子弗麗達‧威克利單獨相處了一會。當時誰也沒想到，這種偶然相遇卻成就了他們的天作之合。事情發展很快，六個星期以後，他們就雙雙離開英國、私奔去了德國。

弗麗達‧馮‧里希特霍芬（1879-1955）是德國人，出生於一個沒落的貴族世家。弗麗達的父親在部隊服過役，受傷退伍後在一個軍事化的城鎮梅茨當土木工程師，他一生的事業、經濟狀況都不盡如人意，與妻子關係緊張，性格暴躁、抑鬱。弗麗達少年時代在天主教修道院接受教育，17 歲從梅茨女子中學後，進大學預科學習。也就是在這一年，弗麗達與當時在德國任教的英國人威克利邂逅。三年後弗麗達嫁給威克利，並隨丈夫回到英國。

一些早期勞倫斯傳記，都刻意渲染弗麗達與威克利婚後生活的沉悶乏味，把弗麗達描述成一個保守婚姻的犧牲品，並將此歸咎於威克利，

說他是一個抑鬱、保守、膽怯、笨拙、呆板的學究式人物，不懂得愛情。威克利是康橋大學三一學院的高材生，著名的語言學家，33 歲就成為諾丁漢大學現代語言學教授。其實威克利在學術上的成就，並沒有令他成為一個缺乏生活情趣的人。同事認為他富有幽默感，有戲劇表演天賦，相當高雅，是真正的紳士，而且富有激情。弗麗達離開威克利，多半是她的稟性使然，與威克利所謂「缺陷」無多少聯繫。弗麗達身材高大健壯，體態豐腴，精力充沛。她的性格倔強獨立，奔放不羈，較少受傳統道德習俗的束縛，性觀念開放，敢做敢為，屬於那個時代的「解放型」新女性。婚後的弗麗達，在認識勞倫斯之前，就已經有過多位情人，其中一個是佛洛伊德的弟子，奧地利精神分析學家格羅斯（Otto Gross, 1877-1920），另一個是激進的無政府主義者弗立克（Ernst Frick, 1881-1956）。

以弗麗達的教養和性格，她不可能成為傳統意義上賢淑忠誠的妻子，與威克利如此，與勞倫斯也是如此。事實上，弗麗達對家務一竅不通，是個極不稱職的家庭主婦，在這方面勞倫斯反倒比她還要高明一些。弗麗達在自己的回憶錄《不是我，而是風》中，不無誇張地渲染自己把廚房弄得一團糟，以及勞倫斯如何「英雄救美」，代她操勞家務。他們之間也經常為一些日常瑣事，為觀點上的爭執而吵鬧不休，稍有不和，就大打出手。更有甚者，弗麗達雖然在靈魂上忠於勞倫斯，但在肉體上卻經常「出軌」，與作家默里（John Middleton Murry，1889-1957）、義大利軍官拉瓦格等人多次傳出「婚外情」。但他們的婚姻「美滿度」是不可以常理揣測的。正如勞倫斯研究者瑪格麗特・德拉布林在為《不是我，而是風》寫的導言中說，這是一椿「熱烈的，騷動的，充滿性的活力而又發自內心的婚姻」，[15]而這正是勞倫斯心目中理想的婚姻範型。

---

[15] 吉西・錢伯斯、弗麗達・勞倫斯：《一份私人檔案：勞倫斯與兩個女人》，葉興

這椿婚姻對於勞倫斯的意義在於，它使勞倫斯真正獲得了新生。弗麗達在《不是我，而是風》中就此頗有感觸地寫道：「我認為，男人有兩次誕生。開始是母親生他，然後他必須從他所愛的女人那裏獲得再生。」[16]勞倫斯這一時期寫的詩中，歡呼與弗麗達的婚姻帶給他的巨大變化：「你的生命，我的生命」，「直到最終結成一體」。（詩歌《歷史》）「我們不再是過去的「我們」。／我感覺清新，渴望／重新開始一切。」（詩歌《春天的早晨》）我們記得在他剛剛完成的《兒子與情人》的結尾，青春覺醒後的保羅面對的是迷茫的未來。保羅的處境正是勞倫斯 1908-1912 年間心理的真實反映。那些年結交的女子，滿足的只是勞倫斯的性慾望，使勞倫斯的青春綻放，但都沒有觸動他的靈魂，沒有讓他真正成熟起來。勞倫斯在新婚期間完成的《虹》中，主人公厄秀拉從舊的社會體制和傳統束縛中掙脫了出來，發生了脫胎換骨的改變，成為一個新人。厄秀拉的新生正是勞倫斯與弗麗達結合後思想、精神面貌煥然一新的真實寫照。勞倫斯獲得新生的意義是重大的。對於勞倫斯來說，從童年到成人，從母親的兒子到弗麗達的丈夫，不僅年齡和身份在變化，它也蘊含了心理、思想的成長過程。從對母愛的依戀到掙脫母愛，從無性的愛情到放縱情慾，再到和相稱的女性締結婚姻，一個受本能、直覺支配，並以此為理想形態的生命體及兩性關係終於生成。這一對活躍的生命體憑藉直覺和本能，在不斷的衝突和碰撞中建立起來一種動態平衡關係，它給勞倫斯帶來前所未有的身心自由和解放。勞倫斯與弗麗達婚姻所達到的這種境界，為勞倫斯自《虹》以後的所有作品奠定了心理和思想基礎。

國、張健譯，知識出版社 1991 年版 171 頁。

[16] 吉西・錢伯斯、弗麗達・勞倫斯：《一份私人檔案：勞倫斯與兩個女人》，葉興國、張健譯，知識出版社 1991 年版 226 頁。

2、疾病與死亡

　　勞倫斯的個體生命從心理、思想意義上講是異常強大的，但它的生理基礎又極其脆弱。而勞倫斯這一具太過羸弱的軀體所遭遇的種種苦難，對其創作同樣有不容忽視的影響。

　　勞倫斯在五個孩子中排行第四。與其他兄弟姐妹不同，勞倫斯幼時的身體非常瘦弱，總是疾病纏身。剛出生時，母親總對別人說，她擔心勞倫斯活不過三個月。據一位當地的古董商人回憶，童年的勞倫斯看上去就像剝了皮的兔子。在勞倫斯妹妹艾達記憶中，勞倫斯是一個總是拖著鼻涕，愛哭愛鬧的孩子，經常沒有緣由地哭鬧，惹得母親都不免心煩。成人後的勞倫斯對自己年幼時的病弱記憶深刻，他常說，他出生僅兩個星期，就差點死於氣管炎。

　　因為體弱，勞倫斯直到 7 歲才正式上學，這比當時一般礦工孩子上學的時間晚得多。[17]作為礦工的父親早出晚歸，家庭主要是母親和姐妹以及她們的客人構成的婦人們的世界。這意味著其他男孩在學校待在一起時，他則在婦人的懷抱裏成長。上學後，由於體能限制，他從不參加學校男孩子玩的遊戲。上學放學的路上，他更願意和女孩子們走到一起。為此他屢受其他男孩子的嘲笑作弄。而同時，勞倫斯的哥哥則和他完全相反，擅長各種男孩子的遊戲，學習又很好，是同伴們的楷模，這又讓勞倫斯感到自卑和受壓抑。因此，勞倫斯的學校生活是極不快樂的。他作品中對學校生活的描寫，負面成分居多，童年的這一體驗是一個重要原因。

　　勞倫斯在 16 歲時，被一場嚴重的肺炎擊倒。當時勞倫斯已經中學畢業，在諾丁漢 J. H. 海伍德醫療器械廠工作。關於這次生病的原因，

---

[17] 事實上，勞倫斯 3 歲多就被母親送去上學，但他在學校裏只待了 4 個月，就因病退學。所以他正式上學的時間通常從 7 歲起算。

有不同的說法。一種說法是勞倫斯所在工廠的女工過於潑辣、粗野，她們經常以戲弄涉世未深，一片天真純潔的勞倫斯為樂。一次玩笑開得過了火，把勞倫斯逼到牆角，要脫掉他的褲子。體弱的勞倫斯好不容易掙脫出來，卻受到了驚嚇。內維爾認為，由於這次驚嚇，導致他染上肺炎。勞倫斯研究者哈里‧莫爾（Harry T. Moore）卻提出了另一種說法：「這個受冷落的孩子有意識地模仿他兄長的病症，試圖以此贏得他母親的愛。」[18]1901 年 10 月 11 日，勞倫斯的哥哥艾奈斯特（Ernest Lawrence, 1878-1901）患肺炎去世，同年 12 月下旬，勞倫斯也染上肺炎。莫所說這種病症的「心理傳染」是否有病理學根據姑且不論，如果把情志所受刺激看成是肺炎的一個外在誘因，正如同那些女工們對勞倫斯的刺激是另一個外在誘因，我想是成立的。不得不考慮的更為根本性的原因是勞倫斯羸弱的體質，以及這一時期勞倫斯工作的勞累。勞倫斯所在的工廠每周工作 6 天，每天 9 點上班，晚上八點下班。勞倫斯的家在諾丁漢以南八英里的伊斯特伍德，為省錢，他不能在城裏住，每天只好乘火車往返。這意味著他要早晨 6 點鐘起床，晚上 10 點多鐘才能就寢。對一個體弱的少年來說，這是相當勞累的。勞累導致抵抗力下降，疾病才趁虛而入。

　　勞倫斯第二次受到肺炎打擊，是在 1911 年底。勞倫斯此時在倫敦南郊克羅伊頓的戴維森路學校任教，已經完成了第一部長篇小說《白孔雀》的寫作。此前的 1911 年 11 月上旬一個星期天的晚上，勞倫斯去拜訪《英語評論》的編輯愛德華‧加奈特（Edward Garnett，1868-1937），在途中淋了雨，濕衣服沒有及時換，引起感冒，很快轉為肺炎，在床上躺了一個多月。他在給克羅福特（Grace Craford, 1889-1977）的信中說：

---

[18]　穆爾：《血肉之軀──勞倫斯傳》，張健、舍之、張微譯，湖南文藝出版社 1993 年版 49 頁。

「我得了肺炎，過去一個月一直躺在床上。我知道，生病是件蠢事，幾乎是不可原諒地愚蠢。不過我現在恢復得挺不錯了。」[19]雖然勞倫斯一個多月就逐漸康復，但醫生警告他，以他的體質，不能再回學校教書了，勞倫斯只好辭職。這次患病，對他的身心產生巨大影響。他對海倫說：「一場大病令我改變了許多，就像冬天改變了大地的面貌」。[20]他對露易說：「我被一場病改變了許多，它打破了許多加在我身上的舊情束縛」。[21]生病是一個契機，讓他決定擺脫舊情的束縛，開始新的生活。在《兒子與情人》中，保羅在母親死後，也有勞倫斯類似獲得新生的感覺。這是一個新的變化，使他的小說能夠結束在一個新的起點上。

從 1912 年初春勞倫斯與弗麗達相愛到 1914 年底，這近三年時間，因為新婚，勞倫斯精神處於持續的亢奮狀態，身體也感覺不錯。1914年 7 月，第一次世界大戰爆發。這場戰爭以及由此引起的生活必需品短缺，警方對德籍妻子的監視，對勞倫斯的身心都是極大的摧殘。1915年 2 月 24 日，勞倫斯告訴瑪麗・坎南（Marry Cannan, 1867-1950），自己「得了重感冒」。[22]1915 年 11 月初，《虹》被官方查禁，這對勞倫斯又是沉重一擊，加上對戰爭的擔憂加深，勞倫斯的身體狀況明顯轉壞。勞倫斯 11 月 6 日給愛德華・馬什（Edward Marsh，1872-1950）寫信，說身體「感到極不舒服」，[23]他病倒了。12 月 18 日，他「仍臥病在床」。[24]這

---

19 D. H. Lawrence, *The Letters of D. H. Lawrence* Vol. 1, ed. James Boulton (Cambridge: Cambridge University Press, 1979), p. 334.

20 D. H. Lawrence, *The Letters of D. H. Lawrence* Vol. 1, ed. James Boulton (Cambridge: Cambridge University Press, 1979), p.360.

21 D. H. Lawrence, *The Letters of D. H. Lawrence* Vol. 1, ed. James Boulton (Cambridge: Cambridge University Press, 1979), p. 361.

22 D. H. Lawrence, *The Letters of D. H. Lawrence* Vol.2, ed. George J. Zytaruk and James T. Boulton (Cambridge: Cambridge University Press, 1981), p.293.

23 D. H. Lawrence, *The Letters of D. H. Lawrence* Vol.2, ed. George J. Zytaruk and James T. Boulton (Cambridge: Cambridge University Press, 1981), p.429.

一病就是一整個冬天，直到 1916 年的 2 月，病情才開始好轉。1916 年
2 月 1 日，勞倫斯在給奧托琳‧莫瑞爾夫人（Lady Ottoline Morrell，
1873-1938）的信中說：「很久以來，我都沒有一個健壯的體魄。現在好
些了──終於恢復了健壯的體魄。雖然仍有點搖晃，但腳已經又能下地
了。」[25] 這是勞倫斯久病初癒後的感受。2 月 7 日，他又給阿斯奎斯夫
人（Lady Cynthia Asquith，1887-1960）寫信訴說病情：「我已臥床很久，
梅德蘭‧雷德福從倫敦來看我，他是一個醫生。他說，精神壓力引起所
有內部器官發炎，要我必須安靜、保暖、平和。我的左半邊身子感到麻
木，手什麼東西都拿不住，真奇怪！」但久病初癒，勞倫斯仍感到很高
興，他說：「感謝上帝，現在都好起來了，感到元力又回到了身上。」
現在「所有炎症、熱度和狂躁幾乎都消失了。」他的身體在緩慢地恢復，
直到 4 月，才「真正痊癒」。[26]

　　大病初癒的勞倫斯馬上投入到《戀愛中的女人》的創作中。這是一
項高強度的工作，到 1916 年 11 月終於完成。10 月間，勞累過度的勞倫
斯再一次病倒。1916 年 10 月 11 日他給凱瑟琳‧卡斯韋爾（Catherine
Carswell, 1879-1946）寫信說：「自你走後，我一直在患感冒，身體很不
好」。[27]1916 年 11 月 11 日他給阿斯奎斯夫人寫信說：「整個秋天我都無
精打采，好像大部分光陰都是在床上度過的。」[28] 為使身體恢復，在寫

---

[24] D. H. Lawrence, *The Letters of D. H. Lawrence* Vol.2, ed. George J. Zytaruk and James
T. Boulton (Cambridge: Cambridge University Press, 1981), p.480.

[25] D. H. Lawrence, *The Letters of D. H. Lawrence* Vol.2, ed. George J. Zytaruk and James
T. Boulton (Cambridge: Cambridge University Press, 1981), p.522.

[26] D. H. Lawrence, *The Letters of D. H. Lawrence* Vol.2, ed. George J. Zytaruk and James
T. Boulton (Cambridge: Cambridge University Press, 1981), p.526.

[27] D. H. Lawrence, *The Letters of D. H. Lawrence* Vol.2, ed. George J. Zytaruk and James
T. Boulton (Cambridge: Cambridge University Press, 1981), p.662.

[28] D. H. Lawrence, *The Letters of D. H. Lawrence* Vol.3, ed. James Boulton and Andrew
Robertson (Cambridge: Cambridge University Press, 1984), p. 26.

完《戀愛中的女人》後,他想去倫敦請一位醫生為他做一次徹底檢查。但即使這樣一個再普通不過的願望,對他也相當艱難。他對友人說:「我的意念很強,但身體很虛弱。如你所知,我一想到乘火車長途旅行,就覺得像要暈過去似的」。[29]1917 年初春,勞倫斯終於去了倫敦。可一到倫敦他就躺下了。直到 5 月,身體才有所好轉。

在 1917 年夏天至 1918 年底,戰爭接近尾聲,勞倫斯的情緒也逐漸好轉。1919 年 2 月,勞倫斯離開英國前往義大利,在其後的 6 年時間裏,他主要生活在義大利南方、美國西部及墨西哥等地。這些地方乾燥溫暖的天氣,對他的身體有利。所以勞倫斯這一時期雖然小病不斷,經常「感冒」,但都沒有大礙。1925 年春,勞倫斯完成長篇小說《羽蛇》後,在墨西哥染上重病。這次生病異常兇險,讓他幾乎挺不過去。這場重病成了勞倫斯生命的一個轉捩點。從此,他頻繁生病,健康狀況每況愈下,直至 1930 年 2 月 27 日去世。

羸弱的體質,持續的病症,逐漸逼近的死亡,給勞倫斯身心帶來了持久的影響。西班牙思想家、作家烏納穆諾(Miguel de Unamuno, 1864-1936)在《生命的悲劇意識》一書中寫道,疾病「是所有生機盎然的健康的源泉。從這一份創痛的最深處,從感覺到我們生命的有限性的深淵裏,我們躍入了另外一個天堂的光暈裏。」[30]這段頗為玄奧的話聽起來似乎有些矛盾,其實卻深刻地反映了生命的本質。正是因為飽受疾病的困擾,飽受死亡的威脅,人才會越發感到生命的可貴,才會更加珍惜生命,讓有限的生命不斷追求創造,不斷追求超越。勞倫斯從未有過一個健康的身體,他比常人更多地受到疾病的困擾,更加深切地感受

[29] D. H. Lawrence, *The Letters of D. H. Lawrence* Vol.3, ed. James Boulton and Andrew Robertson (Cambridge: Cambridge University Press, 1984), p.45.
[30] 烏納穆諾:《生命的悲劇意識》,上海文學雜誌社 1986 年發版 40-41 頁。

到死亡的威脅，但勞倫斯身上煥發出來的生命激情、生命創造力也遠在常人之上。勞倫斯的朋友在描述勞倫斯時，總喜歡用「火焰」這個詞。奧托琳‧莫瑞爾夫人說他是「火焰的精靈」，凱瑟琳‧卡斯韋爾說勞倫斯具有「迅疾的火焰般的性格」，奧爾德斯‧赫胥黎（Aldous Huxley, 1894-1963）說勞倫斯像「一團火焰在燃燒」。[31]「火焰」意象正是勞倫斯在疾病持續交攻下仍保持強旺和高昂精神的寫照。勞倫斯是一個對生命始終保持樂觀態度的人。勞倫斯煌煌 7 卷書信集，等於是一份詳盡的病情檔案。但在這份病情檔案裏，你很難看到憂鬱、悲傷、絕望的情緒，最多的是對未來美好的展望。勞倫斯喜歡把自己的病通稱為「感冒」。「由於患了感冒，我的身體一直不適。」「患了感冒，在床上躺了幾天。」在他生命的最後幾年裏，當「感冒」已經不足以掩飾自己日益衰竭的身體狀態時，他又搬出「支氣管炎」來搪塞關心他的友人。勞倫斯掩飾真相，避重就輕，一個重要原因是在安慰友人，也是在鼓勵自己。勞倫斯從未被自己的不治之症所嚇倒，所擊垮，直到生命的最後時刻，他仍然堅信自己會好起來。他並不想死，但他從未為了治療而治療，他努力爭取的不是使自己多活幾年，而是和死神搶時間，以便創作出更多更優秀的作品。他只活了短短的 45 年，創作期只有 24 年，然而卻創作了巨量的作品，其成就與喬伊斯（James Augustine Aloysius Joyce, 1882-1941）、福克納（William Faulkner，1897-1962）、普魯斯特（Marcel Proust, 1871-1922）等 20 世紀文學大師比肩。他臨去世前，還念念不忘要為每一個大陸寫一部小說，仍想寫關於非洲和亞洲的小說。正如弗麗達所說：「他常常令人驚異地又振作起來，他的精神不衰，始終開出不朽的

---

[31] Daniel J. Schneider, *The Consciousness of D. H. Lawrence: A Intellectual Biography* (University Press of Kansas, 1986), p. 1.

精神之花，直到他生命最後一刻。」[32]勞倫斯的身體症狀及其心理反應在其作品中表現得異常充分。他的作品是用自己的生命激情和火焰鍛造的。讀者都會注意到，他的作品中處處流露出對健康軀體的欽羨，對性激情的崇尚，對精神力量的讚譽。可以說，正是基於對自我生命的形式和內核的深刻領悟，才會有這樣的文學表現。

　　勞倫斯病弱的體質使他屢屢感受到死亡緊迫的威脅。勞倫斯不懼怕死亡，卻喜歡在超驗的層面上表現死亡和復活，以寄託他對個體和人類超越有形生命，達致永恆和不朽的強烈願望。他的《巴伐利亞的龍膽》的詩情由德國巴伐利亞的龍膽草觸發，詩人見到這開深藍色花的龍膽草，立即想到了希臘神話中普路托的冥府，於是龍膽成了用普路托幽暗的「冒煙的藍」染黑的火炬，打開了通往冥府的路。勞倫斯又在詩中穿插了珀耳塞福涅與四季變化的神話，於是他的死亡之途，也成了復活之路。《靈船》借古代義大利民族的死亡傳說及《聖經》中諾亞方舟的故事，表達了生命通過死亡走向復活的超驗玄想：「該走了，向自我道一聲告別，／從掉落的自我中／尋找一個出口。」「把死亡處死吧，處死這漫長、痛苦的死亡，／擺脫舊的自我，創造新的自我。」這些詩作中的抒情主人公神情莊嚴、堅定、神聖，視死如歸，你如何能把它們與一個垂死的病人聯繫起來？弗麗達不愧是勞倫斯的紅顏知己，她在《不是我，而是風》裏，對勞倫斯的心靈中有關死亡和復活的玄想有深刻理解。她說，在勞倫斯的作品中，「死亡的背景始終存在，讀者能感覺到生命不息，運動不止。只有當死亡是生命一個組成部分時，生命才成其為生命。基督教拒死亡於生命之外，宣稱死亡在生命告終時才來到，勞倫斯

---

[32] 吉西·錢伯斯、弗麗達·勞倫斯：《一份私人檔案：勞倫斯與兩個女人》，葉興國、張健譯，知識出版社 1991 年版 355 頁。

卻認為死亡始終存在。」[33]這是極其精妙的闡釋。勞倫斯作品滲透的濃重的死亡意識，強烈的復活慾望，在很大程度上是他飽受疾病折磨，以及渴望在精神上戰勝死亡的情緒的反映。上述詩歌如此，他的小說也是如此。

　　勞倫斯最後死於肺結核病。醫學研究表明，肺結核是由結核桿菌通過空氣和飛沫等途徑傳染，侵害肺部所致的一種疾病。肺結核病可分為原發型肺結核和繼發型肺結核兩大類，其中繼發型肺結核又包括浸潤型肺結核、慢性纖維空洞型肺結核等。在卡介苗接種等預防措施和鏈黴素化學治療得到推廣之前，像世界其他國家一樣，英國兒童患原發型肺結核的比例通常很高。原發型肺結核本身的危害性相對較小，90%以上的患者會不經治療自行痊癒，終身不再發病。但原發型肺結核患者的病灶一般不會完全消除，在經過 2 個月到 20 多年不等的潛伏期後，大約有5%-10%的患者會轉為繼發型肺結核。精神緊張、勞累、營養不良等因素導致免疫力下降，是原發型轉為繼發型肺結核的主要原因。在上述兩種繼發型肺結核中，浸潤型屬於肺結核的早期階段，危害程度相對較輕。浸潤型肺結核在沒有得到及時、有效、徹底地治療的情況下，發展到晚期，就會變成慢性纖維空洞型肺結核，危及到生命。勞倫斯肺結核病的確診時間是 1925 年。據為臨終前的勞倫斯提供過治療的莫蘭醫生說，勞倫斯患肺結核可能已經有 10-15 年的時間，也就是說，在 1916-1920年間，他就罹患了肺結核。而研究過勞倫斯病歷的醫學文學史專家威廉‧奧伯則認為勞倫斯 1911 年在克羅伊頓任教時就患上了肺結核。[34]以目前醫學界對肺結核的認識水平，我們甚至可以推測勞倫斯在幼年時就

---

[33]　吉西‧錢伯斯、弗麗達‧勞倫斯：《一份私人檔案：勞倫斯與兩個女人》，葉興國、張健譯，知識出版社 1991 年版 310 頁。

[34]　布倫達‧馬多克斯：《勞倫斯：有婦之夫》，鄒海侖、李傳家、蔡曙光譯，中央編譯出版社 1999 年版 512 頁。

染上了原發型肺結核。1901 年時，由於工廠工作的勞累，以及女工騷擾引起的驚嚇和哥哥去世造成的悲傷，勞倫斯體內的結核病菌被啟動，原發型肺結核轉為繼發型浸潤型肺結核。肺結核屬於慢性病，其發病過程漫長，最初的症狀是發熱、咳嗽，與感冒、肺炎等病症的表現無異。而且，在肺結核初期，病情會時有反覆。環境好、情緒好、不太勞累時，症狀就輕，反之就重。勞倫斯 1901 年以後斷斷續續的患病，很可能是浸潤型肺結核在不斷發展反覆。勞倫斯 1925 年在墨西哥大病，是從浸潤型肺結核惡化到慢性纖維空洞型肺結核的一個轉捩點。1929 年春，勞倫斯在好友的勸告下，在巴黎作了 X 光透視檢查，結果發現肺部已經出現了很大的空洞，一切都難以挽回了。

關心文學藝術的讀者都會注意到一個有趣的現象：肺結核病似乎與作家藝術家有不解之緣。一方面，作家藝術家中罹患肺結核的人數眾多，我們熟悉的諾瓦利斯（Novalis, 1772-1801）、濟慈（John Keats, 1795-1821）、雪萊（Percy Bysshe Shelley, 1792-1822）、夏洛蒂‧勃朗特（Charlotte Bronte, 1816-1855）、契訶夫（Anton Chekhov 1860-1904）、曼斯菲爾德、卡夫卡（Franz Kafka, 1883-1924）、奧尼爾（Eugene O'Neill，1888-1953）、魯迅、郁達夫、蕭紅等眾多作家都患有肺結核。另一方面，肺結核病人常有持續低燒、惡寒、虛弱、消瘦、咳嗽、臉色蒼白，面頰潮紅等體表症狀；肺結核病還會引發特殊的心理生理反應，如敏感、易激動、煩躁、偏執等，有些早期病人的性功能會很亢奮：這些體表症狀和生理心理反應往往被人們描繪成「藝術家氣質」或「詩人氣質」，而他們的作品又會折射這種氣質。普通讀者的上述感性認識被加拿大學者艾博特在他《作曲家與肺結核：對創造性的作用》中的研究所證實：肺結核的確「與天才和創造力之間有某種聯繫。」[35]

---

[35] 轉引自余鳳高：《飄零的秋葉——肺結核文化史》，山東畫報出版社 2004 年版 129 頁。

　　那麼，肺結核病引起勞倫斯什麼特殊的心理情感反應？這種反應與他的創作特徵之間有何具體聯繫呢？寬泛地講，上述對勞倫斯病情發展及創作影響的介紹都可以歸到肺結核的名下。但有二點是前面沒有提及卻十分重要的，即勞倫斯變化無常的脾氣和他逐陽光而居、漂泊不定的生活習性。曾經為勞倫斯做過診療的美國肺結核專家克拉克醫生指出，勞倫斯屬於具有「高度腎上腺活動性水準」的肺結核病人。這類病人的腎上腺活動水平通常較高，而腎上腺活動水平高意味著類固醇荷爾蒙激素分泌多，反映在情緒上，則比較容易發火、暴躁。有趣的是，病人在憤怒發作時，腺體又會因此分泌出額外的類固醇荷爾蒙激素，從而使腎上腺水平降低，使身體的感覺好轉。很多勞倫斯的友人都見證過他的壞脾氣和沒完沒了的憤怒，這事實上成為勞倫斯緩解疾病痛苦的一種方式。勞倫斯研究學者哈里・莫爾因此說：「勞倫斯的那種經常使得陌生人感到震驚和他的朋友們的忍耐性為之畏而遠之的怒氣，可能延長他的生命。」[36]傑西在《一份私人檔案》中多次描述過勞倫斯的暴躁和發怒。勞倫斯曾經告訴露易：「我的脾氣發起來非常突然而猛烈，我自己也為之驚訝。」[37]勞倫斯和弗麗達在日常生活中更是經常發生激烈爭吵，甚至打鬧。按照克拉克博士的意見，這種壞脾氣是由勞倫斯的肺結核體質所決定的。一戰期間，曼斯菲爾德夫婦曾與勞倫斯夫婦在康沃爾與比鄰居住，有機會對勞倫斯的性格作近距離觀察。曼斯菲爾德（Katherine Mansfield，1888-1923）寫給友人的信中，生動地記錄了勞倫斯「易怒」、「多變」脾氣的發作：

---

[36] 穆爾：《血肉之軀——勞倫斯傳》，張健、舍之、張微譯，湖南文藝出版社社 1993 年版，第 606 頁，第 607 頁。

[37] 轉引自布倫達・馬多克斯：《勞倫斯：有婦之夫》，鄒海侖、李傳家、蔡曙光譯，中央編譯出版社 1999 年版 80 頁。

我和弗麗達近來連話都不說，而勞倫斯雖說住在咫尺間，卻像遠在天邊……這一切都是由於我不能忍受他倆之間的關係引起的。這種關係太令人感到無聊了——它給人造成的精神苦悶是無法用詞語表達的。我都說不出他們哪樣更令我厭惡——他們一會兒相互表示熱烈的愛，一起玩樂；一會兒又大吵大嚷。他揪著弗麗達的頭髮叫道：「你這混蛋，我要割斷你喉嚨。」弗麗達到處亂跑，尖嚷著，讓「傑克」去救她！這僅僅是上星期五晚上所發生的事情的一半……勞倫斯已失去了健康，有些神經不正常。一旦遇到不同意見，他就大發雷霆，失去自控能力，在他精疲力竭之後，才被迫倒在床上，直至復原。不管你的意見是哪方面的，他都說你在性方面出了毛病……每次我與他在一起，不過很短的一會兒，他就會發怒火……每當他對弗麗達發火的時候，他總是說弗麗達和他動怒，說弗麗達是「靠侵吞我生命而活的臭蟲」……弗麗達說雪萊的雲雀頌是假的。勞倫斯說：「你在炫耀；其實你什麼也不懂。」弗麗達接著說：「好了，我受夠了，從我的房子裏出去。你這個自稱萬能的小混蛋！我受夠了，你住不住嘴！」勞倫斯說：「我給你一巴掌，看你還嚷嚷，你這個不要臉的。」……晚飯時分，弗麗達來了。「我終於和他斷絕關係了，一切都永遠結束了。」她走出廚房，在黑暗中一圈一圈地繞著房子走。突然間，勞倫斯跑出來，兇猛地撲向她，他倆尖叫著撕作一團。他打她——打得她死去活來——打她的頭、臉、胸，揪斷了她的頭髮。弗麗達不停地喊著默利去幫她。最後他們打進廚房，圍著桌子亂打。我永遠忘不了勞倫斯的樣子，他慘白的臉色近乎於鐵青，他簡直是在捶——不，在使勁打那軟乎乎的大個子女人。後來，他栽進座位裏，而她倒在另一把椅子上。沒有人說話。屋內一片寂

靜，只聽得見弗麗達啜泣和抽噎聲……漸漸地……弗麗達自己倒
了些咖啡，後來她和勞倫斯逐漸地談起話來……而第二天，他痛
打了自己一通，比打弗麗達還徹底。他又裏裏外外忙碌著，把早
飯給弗麗達端到床頭，還給她修飾了一頂帽子。[38]

　　曼斯菲爾德描述的症狀完全可以用克拉克博士的研究成果加以解
釋。更重要的是，勞倫斯小說中許多人物也都感染了這種「肺結核體
質」：情緒極不穩定，容易暴怒，容易失控；在與兩性關係的另一方劇
烈的衝突後，又逐漸恢復平靜。勞倫斯在無意識中，把這種體質特徵在
作品中加以表現，將其當成是生命內在能量的瞬間顯現，當成潛意識和
本能的表現形式。這種「肺結核體質」由此成為勞倫斯小說人物心理活
動最重要的現象形態。

　　在勞倫斯生活的那個年代，人們普遍認為肺結核與貧困、酗酒和生
活不檢點有關，是一種極不光彩的病；肺結核還是一種不治之症，且染
病者眾多。在 19 世紀的英格蘭，這一病症引起的死亡占到總死亡率的
十分之一。英國議會 1864 年曾通過一項傳染病強制通報法案。勞倫斯
在克羅伊頓任教期間，英國醫學界正在掀起一場旨在使肺結核成為「須
強制通報」之傳染病的運動。這一努力在 1912 年取得了成功。肺結核
強制通報制度本意是控制疾病的傳播，但患者因此成為眾矢之的，身心
受到極大傷害。勞倫斯 1911 年底患病，當時醫生的診斷排除了患肺結
核的可能性，但醫生同時建議他為身體計，最好辭去在克羅伊頓的教
職。據勞倫斯的研究者布倫達・馬多克斯猜測，醫生可能已經確診勞倫
斯患了肺結核，但或許是出於保護學校和勞倫斯的雙重目的，才做如是
建議：讓學校受到保護，也給了勞倫斯一個臺階。勞倫斯後來在法國旅

---

[38] 曼斯菲爾德：《曼斯菲爾德書信日記選》，楊陽等譯，百花文藝出版社 1991 年版
44-45 頁。

行期間入住一家「觀光大旅館」，陶醉於這裏的清新空氣和美麗風景的
勞倫斯，沒有想到自己連續幾個小時的咳嗽引起經營者的懷疑，結果被
驅逐出去。勞倫斯總是把自己的病說成是「感冒」、「支氣管炎」，這一
方面如前所述是在安慰自己和朋友，但也有掩飾真相的成分。對肺結核
病的預感、戒懼、防備和治療伴隨了勞倫斯的大半生。1912 年以後，「除
了他自己沒有進住一家療養院以外，他遵守諸如《給癆病患者的忠告》
等一些很有名氣的書中所開列的所有指示規定行事。他尋求著陽光、海
邊或山間的新鮮空氣；他飽餐著黃油、雞蛋和牛奶，他盡可能避開城市，
特別是那些著名的「煙囪」城市。」[39]勞倫斯大半生都在四處漂泊，不
斷地變換居住地點，無休止地想到新的地方去，去追尋溫暖的陽光、美
好的風景、新鮮的空氣。戰時困居英倫期間，勞倫斯主要居住在較溫暖
的南方。在英國和義大利之間選擇時，他憎恨英國，鍾情義大利，因為
那裏氣候更溫和、陽光更明媚。環球旅行期間，他一路向南，無論是在
澳大利亞，還是美國西南部，或在墨西哥，他所居之地，都在氣候、環
境條件方面考慮到了「治療」的需要。勞倫斯這種「肺結核患者」的心
態，在其創作中留下了鮮明的痕跡，如勞倫斯小說中對南方地區的崇
拜，對陽光的追逐，都和這種心態有密切關係。

三、勞倫斯與非理性主義

　　勞倫斯作為一位現代主義小說家，他對人類本質、對心理世界及
其與外部世界諸關係的理解，都與西方非理性主義思潮有密不可分的
關係。

---

[39] 布倫達·馬多克斯：《勞倫斯：有婦之夫》，鄒海侖、李傳家、蔡曙光譯，中央
編譯出版社 1999 年版 104 頁。

　　何謂非理性？這是我們首先要弄清楚的問題。一般而論，人的精神世界，可分為理性和非理性兩部分。理性是指受人的目的和意識支配的一切精神現象和活動，它具有自覺性、抽象性、邏輯性等特點。非理性是指不受人的目的和意識所支配的一切精神現象和活動，包括情感、意志、本能、直覺、靈感、無意識等，它具有自發性、非抽象性和非邏輯性的特點。在人類思想史上，對理性和非理性作用的評價經歷了一個此消彼長，回環往復的變化過程。18 世紀啟蒙主義使對理性的崇拜達到高潮。但作為啟蒙主義作家，盧梭卻是批判理性主義的始作俑者，他使情感的文學，意志力的哲學，激情的政治得到張揚。德國古典哲學家康德規定了以邏輯為基礎的理性思維方式的許可權和邊界，它只能認識現象世界，無法觸及純粹道德的、信仰的自在之物本身。這一理論為浪漫主義文學強調靈感、激情和想像，反抗功利化和機械化的現實世界，追求「無限」和「永恆」，提供了理論依據。

　　上述對人類非理性因素的關注和重視可以視為西方非理性主義思潮的濫觴。但非理性主義作為一股思潮出現，時間要稍晚，它形成於 19 世紀中葉，到 19 世紀後半期進一步發展，20 世紀上半葉達到高峰。總體而言，非理性主義強調人精神世界中非理性部分的作用，認為人的本能、意志、潛意識、直覺等非理性心理因素是世界的基礎和本源，人類的社會實踐和個體行為都是由這些非理性因素所決定的，人也只有憑藉非理性才能認識客觀世界。非理性主義思潮排斥人的社會屬性，強調人的自然屬性，認為在一個人身上，重要的不是他所從屬的那個階級、民族、時代，而是與生俱來的性、本能，其他一切都建立在此基礎之上。非理性主義思潮的代表人物是叔本華、尼采、柏格森、佛洛伊德，但他們的思想各有側重。叔本華認為，世界的本質是意志，而意志的核心是追求生存。意志與理性對立，所謂人受理性支配不過是表面現象，起決

定作用的是理性背後的意志和慾望。尼采和柏格森都把直覺、本能與道德、理性對立起來，把直覺、本能等人的非理性因素看成是生命的本質因素，而理性和道德則與生命的本質背道而馳。他們都認為現代文明與人為敵，社會歷史、人類文明的發展呈現墮落、退化的趨勢，最後必然要走向毀滅。佛洛伊德的精神分析理論與叔本華、尼采、柏格森的見解本同而末異，他在心理學層面上提供了現代文明的產物——理性、道德與本能衝突的模型。他把本能主要歸結為性，研究了性慾受到壓抑後的種種變態行為。佛洛伊德認為，文明會內化為人的「超我」，對本能、慾望起壓抑作用。上述哲學家、心理學家的這種將非理性與理性對立起來的看法，儘管主觀上用意不同，在客觀上卻都把現代文明送上了審判台。幾個世紀以來，人類一直把自身問題的解決寄託於理性和文明程度的不斷提高，而他們卻挖掘出人內在的生命力，同時讓人看到了理性和文明本身的破綻。正如巴赫金所指出的：在非理性主義理論中，「人身上的非社會、非歷史的東西被抽象提出並奉為一切社會和歷史的東西的尺度和標準。」[40]非理性主義這種將人的非理性與理性、社會性對立起來，尊此捨彼的觀念，其局限性是不言而喻的。但是，非理性主義理論也張揚了人的內在生命力，是批判西方現代文明的重要精神資源。

　　非理性主義為西方現代主義文學提供了思想基礎。勞倫斯作為一位現代主義小說家，他對人類本質、對人心理世界及其與外部世界諸關係的理解，與非理性主義有密不可分的關係。下面我們梳理勞倫斯與三位主要非理性主義思想家叔本華、尼采、佛洛伊德的具體聯繫，確定他所受影響的來龍去脈，進而較全面地揭示勞倫斯小說創作思想的根源和本質。

---

[40]　巴赫金：《佛洛伊德主義》，佟景韓譯，上海文藝出版社 1988 年版 8 頁。

1、勞倫斯與叔本華

　　勞倫斯初次接觸叔本華（Arthur Schopenhauer，1788-1860），是在
1906-1907 年間。吉西・錢伯斯在《一份私人檔案》中回憶說：「在大學
的第二學年裏，勞倫斯開始閱讀哲學著作。……他曾經讓我的一個哥哥
送給我一本叔本華的《散文集》作為生日禮物，並給我們朗讀《愛的玄
學》。他用鉛筆將書中的拉丁文引語翻譯在空白處。這篇文章給他留下了
很深的印象。」吉西・錢伯斯進而判斷：「叔本華好像很對他的胃口。」[41]
傑西的姐姐梅・錢伯斯（May Chambers, 1883-1955）作為當事人證實，
在那些年裏，「達爾文的理論，隨後是叔本華的論文，打斷了我們的生
活模式，給我們頭腦裏塞滿了垃圾。」[42]因為喜好，勞倫斯甚至在《白
孔雀》中，把他與錢伯斯家人閱讀討論叔本華的場景搬了進來。西里爾
在農場幹活時總是和喬治談個沒完沒了，向他講解教授傳授給自己的東
西：「關於生命、關於性，以及生命與性的起源；還有叔本華和威廉・
詹姆斯的學說。」《白孔雀》第二部第 7 章，萊蒂向喬治提到「叔本華
式的愛」，用來指那種為了下一代而犧牲自己的愛情和婚姻。西方學者
普遍認為，勞倫斯的小說受到叔本華哲學的深刻影響。如艾米爾・德拉
文奈認為，「從叔本華這樣受人尊敬的作家那裏，勞倫斯發現了性激情
是所有人類活動基本趨力的理論。」[43]艾倫・祖奧指出：「勞倫斯的作品
與叔本華幾乎所有的思想都有關聯。」[44]

---

[41]　吉西・錢伯斯、弗麗達・勞倫斯：《一份私人檔案：勞倫斯與兩個女人》，葉興國、
　　　張健譯，知識出版社 1991 年版 78 頁。

[42]　John Worthen, *D. H. Lawrence, the Early Years 1885-1912*（Cambridge: Cambridge
　　　University Press, 1991）, p. 174.

[43]　Emile Delavenay, *D. H. Lawrence, the Man and His Works: The Formative Year
　　　1885-1919*（Carbondale: Southern Illinois University Press, 1972）, p. 64.

[44]　Alan R. Zoll, "Vitalism and the Metaphysics of Love: D. H. Lawrence and
　　　Schopenhauer ", *D. H. Lawrence Review*, 11 (Spring 1978), p. 19.

在叔本華的哲學體系中，意志是一個核心概念。叔本華所謂意志，是指自然物體（包括有機物和無機物）中固有的衝動和本能，它的基本特點是追求生存，追求生命的延續和發展，因此意志又稱為「生存意志」。叔本華認為，生存意志是宇宙的本源和基礎。大千世界中，無論自然力的盲動，還是人的自覺行為，都是生存意志的徵象，是生存意志的客觀化。生存意志是生生不息、永恆不滅的，連死亡都對其無可奈何。這是因為死亡否定的是個體生命現象，卻奈何不了生存意志本身；生存意志可以通過種族繁衍的方式獲得永續。叔本華還認為，生存意志與理性是對立的。表面上看，人具有知識和智慧，受理性指導和支配，而事實上這不過是表面現象。生存意志高於理性，理性只是意志的手段和工具，是為意志服務的。

受到勞倫斯讚賞的叔本華《愛的形而上學》一書，集中討論了在生存意志中，性慾、愛情、婚姻等所占的地位。叔本華認為，生存意志戰勝死亡的途徑是繁殖後代，而這必須借助兩性的交合才能夠實現。因此，「性慾是生存意志的核心，是一切慾望的焦點」，「是求生意志最完全的表現和最明確的形態。」[45]正因為性慾非常重要，叔本華承認兩性交合對生命質量的提升，他認為異性相互吸引的條件是「健康，力和美」。兩性身處熱戀中，他們的「思想不但非常詩化和帶有崇高的色彩，而且，也具有超絕的、超自然的傾向。」一個生活即使很平淡的人，「他的戀愛也是很富有詩意的插曲。」[46]性慾雖然重要，可叔本華並不認為由個體生命實施和完成的交合，具有獨立的價值和審美意義，它只不過是借自於種族，是「種族力量的迸發」，是為種族傳宗接代大業在效勞。他說：「歸根結底，兩性之間所以具有強烈的吸引力和緊密的聯結，就

---

[45] 叔本華：《愛與生的苦惱》，陳曉楠譯，中國和平出版社 1986 年版 68 頁。
[46] 叔本華：《愛與生的苦惱》，陳曉楠譯，中國和平出版社 1986 年版 7 頁，8 頁。

是由於各種生物的種族求生意志之表現。這時的意志，已預見到他們所
產生的個體，很適合意志本身的目的和它本質的客觀化。」[47]叔本華從
種族求生、延續的本能意志出發理解性、評價性，就排除了對性慾的現
實道德評價，放棄了對個體生命的尊重和張揚，而將其歸於甚至不受個
體支配和決定的種族生命衝動中。

　　正因為叔本華否定個體生命的價值，認為性慾不過是種族意志的體
現，所以他對與性慾密切相關的愛情和婚姻缺乏熱情和信任。叔本華排
除了任何關於愛情是羅曼蒂克和無私的觀念，認為所謂的「愛情」，事
實上是「物種的意志」在工作，以保證人類相互吸引，保障物種最好的
質量。兩性相悅過程中產生的激情，是「因為戀愛中人受種族之靈的鼓
舞，瞭解它所擔負的使命遠較個體事件重大，且受種族的特別依託，指
定他成為『父親』，他的愛人成為『母親』，具備他們兩者的素質，才可
能構成將來無限存續的子孫的基礎。」[48]叔本華認為所謂圓滿的愛情，
結局不幸的比幸福的要多，這是因為「由於種族意志遠較個體意志強
烈，使戀愛中人對於自己原來所討厭的種種特徵，都閉著眼睛毫不理
會，或者給予錯誤的解釋，只祈求與對方永遠結合。戀愛的幻想就是如
此的使人盲目，但種族的意志在達成任務之後，這種迷妄便立刻消失，
而遺下了可厭的包袱（妻子）。我們往往可發現一個非常理智又優秀的
男人，卻和嘮叨的女人或悍婦結為夫妻。」[49]婚姻只是一種現實安排，
一種權宜之計。「婚姻本來就是維持種族的特別安排，只要達成生殖的
目的，造化便不再惦念嬰兒的雙親是否『永浴愛河』，或者只有一日之

[47]　叔本華：《愛與生的苦惱》，陳曉楠譯，中國和平出版社 1986 年版 5-6 頁。
[48]　叔本華：《愛與生的苦惱》，陳曉楠譯，中國和平出版社 1986 年版 8 頁。
[49]　叔本華：《愛與生的苦惱》，陳曉楠譯，中國和平出版社 1986 年版 9 頁。

歡了。」「幸福的婚姻並不多，因為結婚的本質，其目的並不為現在的當事人，而是為未出世的兒女著想。」[50]

叔本華的哲學對女性評價不高。他認為女性雖然對事物有不凡的直覺理解力，但理性薄弱，缺乏抽象能力，「平凡俗氣得很」。在此問題上，叔本華甚至擺出衛道人士的嘴臉，責怪女性是紅顏禍水、萬惡之源，是「釀成近代社會腐敗的一大原因」。他認為當前妻子與丈夫共有身份和稱號，是極不合理的。」叔本華也反對歐洲文化中的女性崇拜，認為「女性崇拜主義是基督教和日爾曼民族豐富感情的產物」，將其斥為「愚不可及」。[51]

勞倫斯小說創作所受叔本華生存意志說的影響，主要表現在他把生存意志作為人物活動的基本動力。勞倫斯致力於挖掘人物生命的原動力，使人身上「物質的」、「生理的」、「非人類的意志」因素，主要是叔本華所言的生存意志，成為人物活動的內在驅力。活躍在勞倫斯小說中人物身上的生存意志，首先表現為「性驅力」，即兩性相互吸引，相互靠攏，相互感應的本能。這當然不是說，任何男女人物都會輕率地結合，這要取決於他們相互間直覺和血液是否有感應；有感應，才能走到一起。值得注意的是，勞倫斯小說中的這種「性驅力」，從不依靠社會性因素來發揮作用。一般文學作品中兩性吸引所依賴的社會地位、財產，或志同道合、心靈高尚等因素，在勞倫斯小說人物身上是無效的。它是赤裸裸的性吸引力，是純動物的自然衝動，它受制於先於個體意識而存在的人類更本質的力量，按照既定的軌跡發展，自我無法意識和控制它。同時，這種「性驅力」也不包含道德判斷在其中。

---

[50] 叔本華：《愛與生的苦惱》，陳曉楠譯，中國和平出版社 1986 年版 12 頁，13 頁。
[51] 叔本華：《愛與生的苦惱》，陳曉楠譯，中國和平出版社 1986 年版 54 頁，55 頁。

在勞倫斯小說中，生存意志還表現為兩性之間精神佔有與反佔有的鬥爭。它通常發生在「性驅力」推動兩性確立了對應關係之後，以激烈的心理衝突為表現形式。這種衝突並非因日常事務糾紛或財產支配權而起，也不是因為一方對另一方的不忠和背叛。它是因為一方總是試圖獲得精神上的強勢地位，在心靈上控制另一方，佔有另一方。如前所述，叔本華把生存意志看成宇宙的本源和基礎，它是永恆不滅的。但同時，叔本華又認為，生存意志需要客體化，需要通過個體來實現自己。因此，作為個體的人，生活在特定的時間和空間中，每個人都受自己生存意志支配，都是生存意志的工具。如此一來，不同個體的生存意志必然發生衝突，人類社會就成為相互競爭，彼此吞噬的場所。勞倫斯小說中兩性間精神佔有與反佔有的鬥爭，就屬於不同個體生存意志的鬥爭。但與叔本華不同的是，勞倫斯從純精神的層面理解和演繹這種生存意志的鬥爭。在勞倫斯小說中，性慾誤入歧途是個體間生存意志鬥爭產生的有害結果。與叔本華一樣，勞倫斯對世俗的婚姻家庭興趣不大，他小說中正面主人公也極少把建立世俗意義上的婚姻和家庭作為追求的理想和目標，相反，倒是那些畸形的兩性關係，常以婚姻和家庭為歸宿。

2、勞倫斯與尼采

勞倫斯接觸尼采（Friedrich Nietzsche, 1844-1900）比接觸叔本華稍晚，是他應聘到倫敦南郊克羅伊頓學校當教師的 1907 年之後。吉西・錢伯斯說：「在克羅伊頓的圖書館裏，勞倫斯發現了尼采。⋯⋯我開始從他那裏聽到有關『意志力』的說法，我意識到他接觸到了某種新而複雜的東西」。[52]克羅伊頓中心圖書館的記錄表明，該圖書館從 1903 年起

---

[52] 吉西・錢伯斯、弗麗達・勞倫斯：《一份私人檔案：勞倫斯與兩個女人》，葉興國、張健譯，知識出版社 1991 年版 85 頁。

陸續收藏了尼采的《超越善與惡》、《查拉斯圖拉如是說》（編者按：即
《查拉圖斯特拉如是說》）、《偶像的黃昏》、《看啊，人！》、《權力意志》、
《快樂智慧》等著作，該圖書館的館員證實，勞倫斯讀過這些書。[53]勞
倫斯寫於 1910 年的小說《現代情人》提及自傳性主人公西里爾・馬西
姆所受的教育從閱讀勃朗特姐妹開始，經過俄國和法國作家，最後以閱
讀尼采達到頂點。勞倫斯 1912 年出版的長篇小說《逾矩者》中，主人
公海倫娜也拿了一本未具名的尼采著作去了懷特島。這些證據顯示，勞
倫斯熟悉尼采。勞倫斯與德國哲學家尼采的親緣關係已經被許多西方研
究者論及。如考林・米爾頓在《尼采與勞倫斯》一書中指出：「勞倫斯
和尼采對環境與性格的關係，對人類精神的結構和動力，對於人類發展
的基本節奏，以及人類持續成長所面對的冒險和挑戰，在本質上持相同
的觀點。」[54]哈里・斯坦因荷爾更確信勞倫斯「接受了尼采的全部『體
系』」。[55]

　　非理性主義哲學家尼采是生命熱烈的謳歌者。在尼采眼中，「生命
是一道快樂之泉」。[56]他充滿激情地讚美生命：「哦，生命喲，我最近凝
視著你的眼睛：我在你的夜眼裏看到了黃金的閃耀——我的心為歡樂而
停止跳動了！」[57]尼采也熱烈讚頌肉體，這是因為肉體不僅是生命外在
的感性形態，也是生命的象徵；正是因為肉體的存在，人的生命才具體
可感。尼采在《權力意志》中寫道：「這就是人的肉體，一切有機生命

[53] Keith Sagar, *A D. H. Lawrence Handbook*（Manchester: Manchester University Press, 1982），p. 69.

[54] Colin Milton, *Lawrence and Nietzsche: a Study in Influence*（Aberdeen: Aberdeen University Press, 1987），p. 2.

[55] Harry Steinhauer, "Eros and Psyche: a Nietzschean Motif in Anglo-American Literature ", *Modern Language Notes,* 64, 1949.

[56] 尼采：《查拉斯圖拉如是說》，尹溟譯，文化藝術出版社 1987 年版 114 頁。

[57] 尼采：《查拉斯圖拉如是說》，尹溟譯，文化藝術出版社 1987 年版 271 頁。

發展的最遙遠和最切近的過去靠了它又恢復了生機，變得有血有肉。……肉體乃是比陳舊的「靈魂」更令人驚異的思想。無論在什麼時代，相信肉體都勝似相信我們無比實在的產業和最可靠的存在。」[58]在尼采眼中，「信仰肉體比信仰精神具有根本意義」。[59]在尼采的生命價值評判中，「肉體」還是一個重要尺度。尼采說：「我們最神聖的信念，與我們最高價值相關的，始終不渝的信念，乃是我們肌肉的判斷。」[60]我們「要以肉體為出發點，並且以肉體為線索。」[61]在尼采看來，體魄健壯，活力充沛，慾望強烈，這些肉體表徵是強力意志的外在表現形式，也是強力意志的保證。

尼采更重視生命的內在本質。他指出，生命的本質是強力意志：「生命所在的地方，即有意志：但是這意志不是求生之意志……而是權力意志！」強力意志是「不竭的創造性的生命意志」。[62]也就是說，生命無限制地追求自我實現、自我擴張、自我滿足，這種慾望與衝動是它的基本法則：「在我看來，生命本身就是成長、延續、積累力量和追求力量的本能：哪裡缺乏強力意志，哪裡就有沒落。」[63]

尼采不僅在普遍抽象的意義上頌揚生命，同時，當生命落實為個體存在時，尼采以強力意志的強弱作為標準，又區分出生命價值的高下。尼采認為，強力意志有強弱之分，因此其價值就有大小之別，強力的強弱決定了生命價值的大小，強力量等同於價值量。這裏所說強力之大小，不能理解為政治統治能力的強弱，數量上的優劣，支配資源的多寡

---

[58] 尼采：《權力意志》，張念東、凌素心譯，商務印書館 1991 年版 152 頁。

[59] 尼采：《權力意志》，張念東、凌素心譯，商務印書館 1991 年版 205 頁。

[60] 尼采：《權力意志》，張念東、凌素心譯，商務印書館 1991 年版 458 頁。

[61] 尼采：《權力意志》，張念東、凌素心譯，商務印書館 1991 年版 178 頁。

[62] 尼采：《查拉斯圖拉如是說》，尹溟譯，文化藝術出版社 1987 年版 138 頁，136 頁。

[63] 佛里德里希・尼采：《尼采文集・查拉斯圖拉如是說》，周國平等譯，青海人民出版社 1995 年版 294 頁。

之類，在尼采眼中，這些都是外部權力，是他所否定的。尼采所言的強力是內在的，即生命實現自我超越的能力。由於個體生命不是孤立的存在，它是人類總體生命鏈條上的一個環節，因此，個體生命同時肩負著人類總體生命的目標和使命。「每一個人均可根據他體現生命的上升路線還是下降路線而得到評價。」[64]如果個體生命的內在趨力把人類總體生命帶向上升、強旺、發展，那麼它的強力意志就強盛，價值就大；相反，如果它把人類的總體生命帶向下降、沒落、蛻化，它的強力意志就軟弱，價值就小。

尼采的生命哲學對勞倫斯產生了巨大影響。勞倫斯一貫宣稱自己「最大的信仰」是認為人的肉體和血性高於理智和道德，他的全部作品，都是對生命唱出的頌歌。勞倫斯小說熱衷於描寫兩性軀體，他相信，肉體體現著生命的本質力量，肉體也應該充分地張揚和釋放這種力量。勞倫斯也十分重視生命的內在能量和自我超越性。勞倫斯筆下的正面形象，像厄秀拉、伯金、康妮等，都是有強大生命能量的人。這種強大生命力，不取決於人物在現實中社會地位有多高，出身如何高貴，權力有多大，駕馭局面的能力有多強等，這些屬於外部權力，是勞倫斯竭力否定的。這些人物全部的生命能量，都來自深埋著的非理性心理世界。在它的能量被激發之前，人物是茫然的、萎靡的、死氣沉沉的。一旦這種生命能量被激發出來，人物的周身立即充溢了強旺的元氣和神采，他們的自我由此獲得了新生。勞倫斯認識到，生命需要不斷的更新，需要持續的上升，這是一個艱難的過程，卻是生命的真正目的所在。概觀勞倫斯的全部小說創作，讀者會發現他提供的個體生命追求新生的途徑五花八門，有基於性愛的新生，有基於自然人性的新生，也有基於原始人性

---

[64] 佛里德里希‧尼采：《尼采文集‧查拉斯圖拉如是說》，周國平等譯，青海人民出版社 1995 年版 368 頁。

的新生。有的新生實現於英國鄉村的自然中，有的完成於義大利燦爛的陽光下，更有的新生要遠赴重洋，到美洲西部的大荒野中，到印地安原始部族中尋找。儘管獲取新生的具體途徑不同，人物追求新生的衝動都是不可遏制的，他們的生命走的是一條上升線，不斷提高，不斷超越，永無止境。

　　尼采在《道德的譜系》一書中，從心理學和歷史的角度，對構成西方基督教道德基礎的善惡觀念進行了系統清理。尼采認為，「好」與「壞」的價值判斷，最初起源於生命力強弱的差異。生命力強大者擁有「話語權」，它將自己的行為規定為「好」和「善」，將生命力衰弱者的行為定義為「壞」與「惡」。隨著基督教統治在歐洲的確立，這種貴族價值觀念被打破，取而帶之的是基督教善惡道德觀：它弘揚了生命力孱弱者的價值，排斥了生命力強大者的價值。尼采將這種價值觀的顛覆稱為「道德上的奴隸起義」，認為在它統治歐洲二千年的歷史中，人類的健康生命逐漸在走向衰敗和沒落。

　　正是基於對生命價值的崇信，尼采向支配歐洲二千年的基督教道德觀發起了挑戰。基督教道德觀視肉體為罪孽，把慾望看成萬惡之淵藪，認為人只有克制自己的慾望，追求靈性生活，才能到達幸福的彼岸世界。尼采指出，這種道德觀危害對生命的「享受」、「感激」、「美化和崇敬」，也危害對生命的「認識」和「發展」。尼采把這種道德觀比喻為「獸欄」，認為人被圈禁在這種道德圍欄中，原始獸性消磨殆盡，生命變得衰朽、破敗。尼采因此認為，基督教道德是對生命的極大犯罪，「盲目奉信基督教，此乃頭號大惡──對生命的犯罪。」[65]而為了解救生命，就必須消滅道德。尼采稱自己「是第一位非道德論者，因此，我是地道

---

[65]　佛里德里希‧尼采：《瞧！這個人》，《權力意志》，張念東、凌素心譯，商務印書館 1991 年版 104 頁。

的破壞者」。[66]尼采不僅揭露了基督教道德觀的本質，他對建立在基督教道德觀基礎上的近代西方的人道主義思想、社會契約論、理性主義思想，乃至西方現代文明本身都作了徹底的否定。尼采信奉歷史永恆輪迴說，認為人類歷史和整個世界在不斷的創造和毀滅，如此周而復始、循環往復。基督教傳播以來的歷史，就是人類文明不斷退化、墮落的歷史。而當代人類社會已經進入了最墮落的時代，城市充塞著腐朽、惡臭、貪歡、縱慾、潰爛，人退化成「猴子」，西方現代文明正在走向滅亡。

英國是一個基督教新教占支配地位的國家，即使是在伊斯特伍德這樣一個以移民礦工為主體的地區，基督教新教的影響仍無處不在。勞倫斯的母親是虔誠的公理會教徒，勞倫斯在公理會主日學校讀書，也經常參加教會團體舉辦的各種活動。在這樣的氛圍中，年幼的勞倫斯飽受基督教文化的浸淫。勞倫斯曾經說自己在學會思索之前很久，甚至在完全讀不懂《聖經》時，就已經被迫接受了基督教的學說，情感和思維也受到它的影響。但是，當勞倫斯接觸了尼采的生命哲學之後，他與基督教新教體系徹底決裂，成了基督教新教道德的激烈批判者。與尼采一樣，勞倫斯認為基督教道德根植於仇恨，它壓抑了人的本能、直覺，遏制了生命的活力。他在〈為《查泰萊夫人的情人》一辯〉一文中指控基督教新教清除了異教的儀典，破除了早期基督教中尚存的人與宇宙節律的和諧一致，扼殺了性愛本身，也最終摧毀了理想的婚姻和兩性關係。他在〈《D. H. 勞倫斯畫集》自序〉中如此控訴基督教道德的罪惡：「我們永遠不能忘記，現代的道德紮根於仇恨，那是對本能的、直覺的和生殖的肉體所抱有的深仇大恨。這股子仇恨因為人們的恐懼而加深，而無意識中對梅毒的恐懼又是新添的一副毒藥。於是，我們明白當代中產階級的

66　佛里德里希・尼采：《瞧！這個人》,《權力意志》，張念東、凌素心譯，商務印書館 1991 年版 100 頁。

思想了，原來這思想是圍繞著恐懼與仇恨之秘密支柱旋轉的。這才是所有國家裏中產階級思想的軸心——懼怕和仇恨本能的、直覺的和生殖的男女軀體。當然了，這恐懼和仇恨要以某種正義的面目出現，於是有了道德。道德說，本能、直覺以及生殖肉體的一切行為都是罪惡的；同時它還許諾，如果人們壓抑這一切，就可以得到回報。」[67]

尼采和勞倫斯都以拯救人類的先知面目出現。《查拉斯圖拉如是說》是尼采最著名的作品之一。查拉斯圖拉是古代波斯人，出生在貴族家庭，大約生活在西元前 14 或 13 世紀，他在 30 歲時開始傳教，成為一代教宗。尼采在該書中，借用了查拉斯圖拉作為先知的形象，來傳播自己的「福音」。尼采筆下的查拉斯圖拉在 30 歲時離開故鄉到山上去隱修，十年之後，經過「保真養晦」而生命力充盈飽滿的他走出深山，返回人間。他發現這個世界已經崩壞，到處充斥著「靈魂的癆病者」，芸芸眾生方生方死，混混噩噩。在這個「末世」，查拉斯圖拉開始四處傳播「上帝死了」的消息，向「慈善者」、「教士」、「有德者」、「賤眾」投以巨大的輕蔑；他宣佈「人是必須超越的一種東西」，自己要教給眾人「什麼是超人」，以及如何創造，如何成為超人。經過他的啟示，「術士」、「退職者」、「最醜陋的人」、「資源的乞丐」等「高人」覺醒過來，成為他的信徒。最後，沐浴在燦爛的朝陽中，查拉斯圖拉說「我的時候已經到了」，從而結束了他拯救人類的使命。有趣的是，儘管尼采的《查拉斯圖拉如是說》不遺餘力地攻擊基督教世界觀，但它的敘事模式和語言風格卻完全承襲了《聖經》的預言傳統；查拉斯圖拉的形象類比的也是耶穌的形象；甚至其中許多意象和比喻，如羊與牧人，鴿子，獅子等，都與《聖經》有莫大的關係。

---

[67] 勞倫斯：《靈與肉的剖白》，畢冰賓譯，灕江出版社 1991 年版 247 頁。

　　《查拉斯圖拉如是說》的預言家姿態和啟示錄模式無疑是勞倫斯深愛的。勞倫斯的全部作品堪稱是荒原啟示錄：他宣佈這個世界已經死亡，末世已經來臨，他的使命就是傳佈「福音」，使這個世界獲得拯救。他的代表作《虹》完全可以看成人類「創世紀」的袖珍版：布蘭溫家族三代人的生活經歷比擬的是《聖經》中人類所經歷和將要經歷的樂園—失樂園—復樂園三個階段，其中大洪水和彩虹的意象清楚地昭示了人類所遭受的劫難和獲得再生的希望。勞倫斯的《戀愛中的女人》被研究者指為是一部「啟示錄」式的作品，[68]其中的伯金扮演的就是一個先知的形象，他對這個世界進行死亡的宣判，不斷發佈著來自神秘世界的消息，昭示著再生之路。《聖經》的最後一部書《啟示錄》是勞倫斯的心愛讀物，他自己也從此書獲得靈感，寫了一部自己的同名著作《啟示錄》。正如克默德所說：「從某種意義上說，勞倫斯所有有分量的小說都是以《啟示錄》為引喻的，時代的危機，在這危機中行為的規範等等，都可以在那裏找到。」[69]

　　值得注意的是，尼采對勞倫斯的影響並非全是正面的，也有負面的影響，例如超人思想的影響。尼采認為，目前的絕大多數人類都已經墮落，要想獲得拯救，就必須使意志達到足夠強大，以超越自己，創造出新的人類，這便是超人。超人產生於人類，卻不是全體人類自然進化的結果。只有極少數強力意志充沛者，他們血統高貴，心性孤傲，接受超人思想，經過嚴格的人工選擇和教育，才能成長為超人。尼采的超人思想區別出人的等級貴賤，把超人描繪成自然和社會的立法者，天然的領袖，真理的化身。這些思想後來被專制獨裁者和法西斯勢力利用，給人類帶來深重的災難。勞倫斯戰後小說創作受到尼采超人哲學的明顯影

68　克默德：《勞倫斯》，胡纓譯，三聯書店，1986 版 74 頁。
69　克默德：《勞倫斯》，胡纓譯，三聯書店，1986 版 77 頁。

響。《阿倫的杖杆》中的里立就是一個尼采式的超人形象。他瘦小體弱，卻信念堅定，思想深邃，有強大的精神力量。他多次給探索中的阿倫指點迷津。最後阿倫完全屈服於里立，接受了他的權威。小說描寫到里立的「領袖」魅力和阿倫的迷戀：「阿倫感到里立站在那兒，在生活中間，但既不要求聯繫也不拒絕聯繫。他在，他是這個人群的中心，然而他什麼也不要求他們去做，什麼也不迫使他們去做。他讓他們每個人都獨立地在那兒，他自己也只是他自己，不多也不少。可總是有一種決定性的東西，它立即就能使人瘋狂，讓人著魔。」勞倫斯長篇小說《袋鼠》中的庫利，《羽蛇》中的卡拉斯可也都以超人的面目出現。與《阿倫的杖杆》中的以強大的精神力量示人的里立不同，他們更追求外在的事功，追求特定的社會理想和目標，而這一理想和目標具有宗教極端主義和法西斯主義色彩。此外，勞倫斯 20 年代發展起來的男權思想，也有濃重的尼采超人思想的影子。

3、勞倫斯與佛洛伊德

　　勞倫斯與佛洛伊德（Sigmund Freud，1856-1939）精神分析學說有著廣泛深入的聯繫。

　　勞倫斯最初接觸佛洛伊德精神分析理論，可能是在他任教克羅伊頓中學時期。當時勞倫斯訂有一份刊物《新時代》，而此雜誌這一時期刊登過英國精神分析學家艾奈斯特·瓊斯的文章。與弗麗達相愛後，勞倫斯又從她那裏獲悉更多佛洛伊德精神分析理論的知識。弗麗達在《不是我，而是風》中說：「在這之前，我剛認識了佛洛伊德的一位弟子。我滿腦子都是未經消化的理論。這個朋友對我的幫助很大。」[70]這裏所說

---

[70] 吉西·錢伯斯、弗麗達·勞倫斯：《一份私人檔案：勞倫斯與兩個女人》，葉興國、張健譯，知識出版社 1991 年版 183 頁。

的「佛洛伊德的一位弟子」指的是弗麗達過去的情人格羅斯。弗麗達與
格羅斯陷入情網，是在 1907-1908 年之間。通過格羅斯，弗麗達知道了
精神分析理論，後來又把它轉述給了勞倫斯。學者們都承認，弗麗達在
勞倫斯修改長篇小說《保羅‧莫爾》（《兒子與情人》的未定稿）時，提
供了重要的修改建議，這其中就包括用伊底帕斯情結解釋保羅與母親的
關係。弗麗達多年後，在應學者霍夫曼就此問題提問時答道：「是的，
勞倫斯在寫《兒子與情人》最後一稿之前已經知道了佛洛伊德。」「我
不記得我們在 1912 年相遇前他是否讀過佛洛伊德。但我極其讚賞佛洛
伊德；我們就他作過很長時間的討論。或多或少，勞倫斯的結論是：佛
洛伊德太過從醫生角度看待『性』和『力比多』，這樣做局限性很大，
過於機械。」[71]霍夫曼由此推斷，「這些爭辯和討論可能至少從一個方面
影響了《兒子與情人》的最終結構：勞倫斯可能加大了對小說中母子關
係的強調，而忽略了其他事情。」[72]後來的學者一致同意他的看法，如
克默德說：「小說中人物之間的關係在相當大的程度上符合佛洛伊德關
於戀母的解釋，這無疑是對佛洛伊德的概括的一個絕好的說明。」[73]當
然《兒子與情人》與佛洛伊德的聯繫不限於對伊底帕斯情結的應用，更
主要的是對性與文明關係的理解。佛洛伊德認為，性愛原本是一種動物
本能，在人類的進化過程中，性逐漸被包裹上文明的外衣，處於被壓抑
的狀態。這種性壓抑的一個重要表現，就是受過良好教育的男子接受來
自超我的約束，把性看成是骯髒的、醜惡的，因此，他們很難實現情感
與官能享受的統一。通常他們能從粗俗低等的性愛物件那裏獲得性滿

---

[71] Frederick F. Hoffman, *Freudianism and the Literary Mind* （Louisiana: Louisiana State
University Press, 1945）, p. 153.

[72] Frederick F. Hoffman, *Freudianism and the Literary Mind* （Louisiana: Louisiana State
University Press, 1945）, P. 153.

[73] 克默德著：《勞倫斯》，胡纓譯，三聯書店 1986 年版 23 頁。

足，在感情上接受教養很好的妻子，卻對她難以產生性衝動。「男人幾乎總是感到自己的性活動受到自己對女人尊崇感的牽制，只有當他遇見較低賤的性物件時，他的性能力才會逐漸達到高峰。」[74]在《兒子與情人》中，米麗安具有「文明的要求」和一定的文明素養，她排斥性，否認動物本能，保羅因而無法和她長相廝守。克拉拉在一定意義上象徵粗俗低等的女人，在她身上，性愛作為動物本能的一面表現得十分突出，她給保羅帶來了相當的滿足。毫無疑問，勞倫斯這種把健康性愛和文明對立起來的看法來自佛洛伊德，它不僅在《兒子與情人》中顯現，在勞倫斯日後的作品中，這種看法始終是對人物進行價值判斷的基本依據。學者們都同意這樣一個看法：沒有佛洛伊德，勞倫斯的小說創作是不可想像的。

1913 年以後，勞倫斯增加了更多瞭解佛洛伊德精神分析理論的渠道。挪威學者、費邊社成員伊芙・婁（Ivy Low，1889-1977）在勞倫斯的《兒子與情人》出版後，向他寫信表達欽佩之情。勞倫斯邀請她來作客，他們就此有了交往。伊芙・婁的姨媽巴巴拉・婁（（Barbara Low，1877-1955）是英國心理分析研究的開拓者，著有《心理分析》、《佛洛伊德理論綱要》（1920）等著作。大衛・艾德博士（David Eder, 1865-1936）是另一位英國佛洛伊德主義的先驅人物，他把佛洛伊德的著作翻譯成英文，並著有精神分析著作《日常生活》（1914）等，他娶了巴巴拉・婁的妹妹愛迪絲。這樣，勞倫斯通過伊芙認識了巴巴拉，又通過巴巴拉結識了大衛。勞倫斯和這些學者的交往加強了他理解精神分析理論的廣度和深度。

有趣的是，勞倫斯對佛洛伊德理論的瞭解在不斷增加，對它卻始終沒有生出好感，並且還極力撇清自己的思想與佛洛伊德理論之間有任何

---

[74] 佛洛伊德：《佛洛伊德論創造力與無意識》，中國展望出版社 1986 年版 181 頁。

相似之處。1914 年，勞倫斯說：「我現在不是一個佛洛伊德主義者，過去也從不是。」[75]勞倫斯的《兒子與情人》出版後，引起批評界廣泛關注，一個名叫艾爾弗雷德・庫特納的作者在 1916 年 7 月《精神分析評論》3 卷 3 期上，刊登《兒子與情人：佛洛伊德派的鑒賞》的文章，指出該小說受到了佛洛伊德精神分析理論的影響：「這本驚人的小說意外地證實了佛洛伊德的傑出的心理——性理論」，「作為這種理論的說明和例證，其完整性簡直令人瞠目結舌。」[76]勞倫斯對這一指證十分反感，他在給巴巴拉・婁的信中說：「我討厭對《兒子與情人》作精神分析式的評論。你知道，我認為所謂『情結』是佛洛伊德主義邪惡片面的陳述，是只見樹木不見森林的做法。你在嘟囔『情結』時，實際上你什麼都沒有說。」[77]1922 年，勞倫斯自己已經在寫《精神分析與無意識》和《無意識幻想曲》這一類精神分析理論著作了，他對佛洛伊德仍然不依不饒，指斥他是一個「治療精神病的江湖騙子」。[78]

　　勞倫斯對佛洛伊德的否定性言論，一部分是源於情緒上的反應：他不願意讓別人認為自己在追隨什麼人或什麼理論。撇開這一層，我們還能發現他力圖構建自己心理學理論體系的努力。事實上，勞倫斯稔熟佛洛伊德精神分析理論並深受影響，同時，他對精神分析理論又有自己獨到的理解和應用。正如一位批評家所說：「他有佛洛伊德思想的自己的版本。」[79]或者說，勞倫斯從瞭解佛洛伊德之日起，就自覺地和精神分

[75] D. H. Lawrence, *The Letters of D. H. Lawrence* Vol.2, ed. George J. Zytaruk and James T. Boulton （Cambridge: Cambridge University Press, 1981）, p. 218.

[76] 蔣炳賢編選：《勞倫斯評論集》，上海文藝出版社 1995 年版 12 頁，26 頁。

[77] D. H. Lawrence, *The Letters of D. H. Lawrence* Vol.2, ed. George J. Zytaruk and James T. Boulton （Cambridge: Cambridge University Press, 1981）, p. 655.

[78] D. H. Lawrence, *Psychoanalysis and the Unconscious* （London: Martin Secker, 1923）, p. 9.

[79] Anne Fernihough, ed., *Cambridge Companion to D. H. Lawrence* （Cambridge:

析理論分庭抗禮了，這或許可以稱為一種「逆反影響」——以此為參照系，在對立面建構自己的心理學模式，這是對佛洛伊德理論的接受，又是對它的超越。

　　勞倫斯對佛洛伊德精神分析理論的接受和超越，突出體現在性與無意識這兩個領域。

　　性是佛洛伊德和勞倫斯思考的中心。佛洛伊德精神分析理論的一項重要貢獻，是把性看成人類活動最基本的動力，勞倫斯把這一觀點發展到極致。勞倫斯也同意佛洛伊德這一認識：在文明社會，人的性生活被壓抑和忽視了。但勞倫斯與佛洛伊德在對待性的價值評判上卻有著巨大的區別。佛洛伊德認為人的性衝動是一種原始慾望，它與文明的社會道德規範是背道而馳的，二者的衝突，是大多數精神疾病的根源。佛洛伊德醫學實踐和研究的方法是發現人心理中這種非理性的，縱慾行樂的慾望，對其進行疏導和控制，使之符合文明規範，進而發生轉移和昇華。性本能經過這樣的轉移和昇華，就變成精神創造的原動力，可以服務於有社會價值的目標。佛洛伊德表示，性壓抑是「文化的最大成就的源泉」。[80]可以看出，佛洛伊德對性本身所作的是一種否定性研究，在他看來，性本能是生命的惰性表現，它固執地要求回復到生命的初始狀態中去，拒絕進化。如果不對原始慾望和衝突加以限制，將陷文明於災難之中。顯然，在性和文明的衝突中，佛洛伊德站在文明一邊，使性屈從於文明。勞倫斯對性所取的態度正好相反，他認為，性是人之個性本質的表現，這種本質是上帝賦予的，是理所當然的。勞倫斯在《性與可愛》一文中，把性與火焰聯繫起來，他說：「性之火在我們每個人身上蟄伏、

Cambridge University Press, 2001）, p. 217.
[80] 佛洛伊德：《佛洛伊德論創造力與無意識》，孫愷祥譯，中國展望出版社 1986 年版186 頁。

燃燒著，哪怕活到九十歲，它也依然在那兒。一旦熄滅了，我們就成了那些可怕的行屍走肉。」在勞倫斯眼中，性與生命同在，性甚至就是生命最重要的特質，性體驗也是健康和幸福的基礎，性是美的。勞倫斯說：「性和美是一回事，就像火焰和火是一回事一樣。如果你憎恨性，你就是憎恨美。如果你愛上了有生命的美，你就是在敬重性。」[81]在《無意識幻想曲》中，勞倫斯認為用性動機可以解釋人類的所有行為，同時，在兩性關係中，性也有特殊的意義，因為「性意味著把生命劃分成雌雄二體，有魔力的慾望或推力把雄性與雌性放置在相反的兩極，同時，它們又相互吸引，最後通過必不可少的性交合為一體。」[82]他說自己寫《查泰萊夫人的情人》的目的，就是「要讓男人和女人們全面、誠實、純潔地想性的事，即便我們不能盡情地縱慾，但我們至少要有完整而潔淨的性觀念。」他稱自己這部引起軒然大波的小說是「一部今天人們必需的真誠而健康的小說」。[83]同樣，勞倫斯對現代文明深惡痛絕，認為文明的最大災難就是對性的病態的憎恨，它殘害性，壓抑性。在《色情與淫穢》一文中，勞倫斯分析了現代人在性方面的墮落表現，即把性作為一種淫慾的秘密滿足，勞倫斯認為這是醜惡的，是對性的侮辱。「頭腦中的性」是一個帶有貶損意味的用語，勞倫斯在《無意識幻想曲》中經常使用它，藉以描述同時代人那種對性的深思熟慮的專注，——這是一種產生於精神的對生殖器的固戀，而非來自肉體的激情。性行為因此變為機械的、麻木的，令人沮喪的。把性看作可以隨意把玩的齷齪的玩具，令色情玷污了性。賣淫、性濫交等現代文明的毒瘤更在勞倫斯的堅決反對之列。

---

81 勞倫斯：《性與可愛》，姚暨榮譯，花城出版社 1988 年版 108 頁，106 頁。

82 D. H. Lawrence, *Fantasia of the Unconscious*（London: Martin Secker, 1923），pp. 13-14.

83 勞倫斯：〈為《查泰萊夫人的情人》一辯〉，《勞倫斯散文精選》，黑馬譯，人民日報出版社 1996 年版 295 頁，294 頁。

就這一點而言，勞倫斯頗像一位守護著性的清教徒，他賦予性太多深遠、嚴肅的內涵，以及凝重的承擔。

毫無疑問，勞倫斯和佛洛伊德都重視人的無意識。正是佛洛伊德首先對人的心理世界進行了劃分。前期他將人的心理世界分成本我、超我、自我三部分，後期又分為意識、前意識、無意識。這兩種分類方法，只是側重點略有差異，本質卻是相同的：本我代表本能慾望和原始衝動，它遵循快樂原則，尋求發泄自己，而無意識就猶如一口巨大的容器，為受社會道德律令壓抑的本我提供了遁身之所。勞倫斯接受了佛洛伊德有關心理世界中存在無意識區域，它是本能慾望的潛身之所這一基本前提，但在研究無意識的方法論、對無意識本質及其功能的認識上，與佛洛伊德產生了深刻分歧。

勞倫斯指出，佛洛伊德精神分析理論是用「科學的」方法來研究無意識，這樣會使無意識有意識化，其結果是借助科學和理性對血肉生命進行了壓制。勞倫斯堅持認為無意識不應該被「量化」，因為它是不可分析、不可定義、不可想像的。「無意識從來不是抽象物，永遠不能被抽象化。它從來不是觀念。它始終是具體的。」「任何進一步概括的企圖都只會阻礙我們對於生命的思考，而進入機械的物質力量的領域」。[84]勞倫斯在《美國經典文學研究》中，談到愛倫・坡的小說《麗姬婭》。這篇小說講述了「我」的前妻麗姬婭病逝後，借屍還魂，又將「我」的後妻折磨致死的故事。勞倫斯敏銳地指出，小說中男主人公對麗姬婭所做的一切是分析她，「在理智上完全弄懂她」，就像在實驗室裏分析物質一樣。小說中男主人公不厭其煩地描述麗姬婭相貌的各個組成部分，那種瑣碎和迷醉，達到病態的程度，印證了勞倫斯的判斷。勞倫斯說，男

---

[84] D. H. Lawrence, *Psychoanalysis and the Unconscious*（London: Martin Secker, 1923）, pp.109, 36.

主人公是想通過理智瞭解對方，進而掌握對方，佔有對方。也正因為「你只應該在冥冥中通過血液感知你的女人，試圖理智地瞭解她就是試圖戕害她」，[85]男主人公應該對麗姬婭的死負責。勞倫斯對艾倫·坡小說主人公命運分析後得出的結論與他對佛洛伊德的評判如出一轍：他們的行為都背叛了本能生活。勞倫斯在《小說與情感》中進一步批判了用精神分析方法對待無意識的有害性：「像精神分析醫生那樣對待情感是沒有用的。精神分析專家最最害怕的是人內心深處那個最原始的地方，那兒有上帝。猶太人亙古以來對真正的亞當——神秘的『自然人』——的恐懼，到了當今的精神分析學那裏變本加厲地成為一聲慘叫，就像白癡那樣，死咬自己的手直至咬出血來。佛洛伊德學說仇視那個未被上帝轟出樂園的老亞當，它把老亞當乾脆看成是個變態的惡魔，一團蜷縮著的蝰蛇。」[86]勞倫斯在這裏以他特有的感性語言指出精神分析理論對無意識的敵視。

其次，勞倫斯認為，佛洛伊德精神分析理論把無意識的研究區域集中在人的頭腦中，以為無意識是大腦精神活動的產物，這與事實相背，是找錯了方向，因為「大腦是觀念的基地，而觀念是意識的死胡同。」[87]按照勞倫斯的認識，無意識屬於人的軀體活動，是每個有機體中自發的生命動機，它產生於大腦之外的其他地方，諸如血液、細胞、神經等。勞倫斯想像著亞當和夏娃被逐出伊甸園之前源於血液和軀體的生活：「起先，亞當對夏娃就如同一頭野獸對他的伴侶那樣，靠偶然的感知認識她，當然這感知靠的是生命與血液。這是一種血液的認知而不是智慧的認知。血液的知識似乎會被全然忘卻，其實不然。血液的知識即是本

85　勞倫斯：《埃德加·愛倫·坡》，《靈與肉的剖白》，畢冰賓譯，灕江出版社 1991 年版 116 頁，117 頁。

86　勞倫斯：《小說與情感》，《性與可愛》，姚暨榮譯，花城出版社 1988 年版 208 頁。

87　D. H. Lawrence, *Psychoanalysis and the Unconscious* （London: Martin Secker, 1923）, p. 47.

能、直覺,即黑暗中知識的巨大洪波,先於頭腦的知識而產生。」[88]勞倫斯為了說明無意識產生於軀體這一觀點,甚至在人體中找到了四個所謂無意識活動的中心,即太陽神經叢、心臟神經叢、脊椎神經叢、腰椎神經叢。

如同對待性本能一樣,佛洛伊德對無意識的研究,也本著服務於文明社會、維護基督教道德傳統的目的。在他眼中,無意識存在本身是消極的,是精神疾病的根源,它需要經過文明的淨化和改造才能發揮有益的作用。佛洛伊德把對無意識的分析作為使病人康復的手段——精神分析在原初意義上是一門臨床科學——來理性地診斷和治療神經官能症。在他所提供的一些治療個案中,成功的分析都導致病人重新融合進社會、家庭或其他社會單位之中。勞倫斯相反,他認為無意識是原初的創造性力量,是生命的本質體現。勞倫斯說,無意識是一種「原生質」,是「每個個體生命必不可少的、獨一無二的本質」,是「創造性的元素」。「真正的無意識不是其他,正是生活的源泉,個性的源泉,最根本的,是創造力的源泉。」「它是我們生命的元氣,是一切生命的元氣。」[89]

勞倫斯認識到西方文明陷入危機之中,人類「病了」。這種病症的重要表現,是人的理性化和社會化。在〈論高爾斯華綏〉一文中,勞倫斯評價英國小說家高爾斯華綏筆下的人物都是「社會生物」。而一旦「墮落」為「社會生物」,「他的同一性就會發生分裂,他的核心崩潰,他的純潔或天真腐爛,他終於變成一個主—客觀分裂的個體,但已經不再是一個嚴格的個人了。」[90]他們只是「死屍」、「鬼影」、「幽靈」。勞倫斯發

---

88 勞倫斯:〈納撒尼爾·霍桑與《紅字》〉,《靈與肉的剖白》,畢冰賓譯,灕江出版社 1991 年版 133 頁。

89 D. H. Lawrence, *Psychoanalysis and the Unconscious* (London: Martin Secker, 1923), pp.41, 44, 47.

90 勞倫斯:《靈與肉的剖白》,畢冰賓譯,灕江出版社 1991 年版 29 頁。

現了個體抵抗社會化和理性化的力量,這就是人的無意識:「如果可能,我們必須發現真正的無意識。我們的生命在那裏沸騰,先於任何精神。我們體內原初的沸騰生命,不存在任何精神改變的生命,這就是無意識。它是原始的,而根本不是觀念的。它是我們應該賴以生活的自發起源。」「我們必須辨認出它的真正性質,然後讓無意識本身激起新的活動和新的生命——創造性過程。」[91]他呼籲要「傾聽我們血管中黑徑上高貴的野獸發出的聲音,這聲音來自心目中的上帝。向內傾聽,向內心,不是聽字詞,也不是獲取靈感,而是傾聽內心深處野獸的吼叫,聽那感情在血液的森林裏徘徊;這血,淌自黑紅黑紅的心臟中上帝的腳下。」[92]

　　本節以叔本華、尼采、佛洛伊德為代表,論述了非理性主義思想對勞倫斯創作的影響。值得注意的是,非理性主義思想並不完全如本節所論述的那樣,以具體的人為單位,各自獨立地發揮影響作用。事實上,這種影響是交叉的、混合的、彌漫性的。例如叔本華的生存意志和尼采的權力意志,在勞倫斯的作品中並沒有特別嚴格的分野;叔本華對生存意志中性慾作用的強調,與佛洛伊德關於性的理論,表現在勞倫斯作品中,也不易判斷出所有權究竟歸屬於誰。我不希望我出於論述方便而採取的權宜之計,給讀者造成錯誤的印象。更值得注意的是,非理性主義對勞倫斯小說創作的影響,雖然以正面成分居多,它豐富和深化了勞倫斯對現代人心理世界的理解,加強了他小說的社會批判力量。但不容忽略的是,非理性主義的影響也有消極的成分。如叔本華的生存意志理論,從生物學意義上判斷人、評價人,這加強了勞倫斯創作中將人「動物化」、「非道德化」的傾向。勞倫斯從 20 年代起,越來越推崇超人思

---

[91] D. H. Lawrence, *Psychoanalysis and the Unconscious* (London: Martin Secker, 1923), p. 35.

[92] 勞倫斯:《小說與情感》,《性與可愛》,姚暨榮譯,花城出版社 1988 年版 209 頁。

想、貴族統治、男權主義，不可否認這其中有尼采的影子。佛洛伊德有關性的理論鼓勵了勞倫斯大膽張揚性，毫無掩飾地進行性描寫。雖然這些描寫的確不是色情，但難道因為不是色情，文學作品就可以肆無忌憚的加以描寫嗎？因此，在瞭解了非理性主義對勞倫斯發揮的正面影響的同時，還應該對其負面作用保持一個清醒的態度。

四、勞倫斯與現代主義運動

1、勞倫斯小說的現代主義特性

　　不少學者把勞倫斯看成現實主義作家，[93]這種認識的形成主要有兩個原因：其一是在現代主義思潮與現代主義諸流派之間劃等號。現代主義作為 19 世紀末、20 世紀前半期在歐美蓬勃發展起來的一股文學思潮，既包括象徵主義、未來主義、表現主義、意識流、意象派、超現實主義、存在主義、荒誕派等先鋒文學流派，也包括一些不屬於任何特定流派的作家，如勞倫斯、布萊希特、奧登等。但一些研究者通常將思潮等同於流派，只從具體流派的角度界定現代主義；勞倫斯不屬於上述任何一個先鋒文學流派，也就常常被排斥在現代主義作家之外。其二，勞倫斯在小說情節結構、敘述手法等方面所進行的革新遠沒有喬伊斯、吳爾芙等同時代作家那麼激進，那麼大張旗鼓，他不少小說的外在「面貌」

---

[93] 例如朱維之主編的《外國文學史》（歐美卷）（南開大學出版社 2004 年版），鄭克魯主編的《外國文學史》（高等教育出版社 2000 年版）都明確將勞倫斯列入現實主義作家行列。劉象愚主編的《從現代主義到後現代主義》（高等教育出版社 2002 年版）在「現代主義小說」一章沒有論及勞倫斯，實際上也是將勞倫斯排除在現代主義作家之外。

給人的印象看起來也相當「傳統」，這導致一些研究者將他歸入現實主義作家的行列。

本書將勞倫斯界定為現代主義作家，是基於對現代主義文學思潮本質的理解。所謂文學思潮，是指「在特定歷史時期一定社會思潮影響下形成的具有某種共同思想傾向、藝術追求和廣泛社會影響的文學潮流」。[94]對文學思潮的界定，一般可以從三個層次進行，即世界觀；觀察、認識、感受事物的角度與習慣；文本構建的藝術技巧。雖然一種典型的文學思潮應該是上述三者的有機統一，但這三者還是有層級之分，其中以世界觀，即對於世界的基本看法和信念最為重要。由此看來，我們只有超越具體流派的範疇，不局限於方法和技術的層面，而從思潮的本體論和思想特徵來理解勞倫斯，他的現代主義特質才能夠清晰地浮現出來。

現代主義作為一股文學思潮，是西方社會進入壟斷資本主義和現代工業社會階段的產物，是 20 世紀上半葉西方動盪不安的時代精神的反映。現代主義文學的哲學基礎是以叔本華生存意志論、尼采的權力意志論、柏格森（Henri Bergson，1859-1941）的生命直覺說、佛洛伊德的精神分析理論等為代表的非理性主義。現代主義文學將表現的重心從外部的客觀物質世界轉向內在的主觀精神世界，即著重表現人的內在自我，由此引發了文學表現向內轉的趨勢。現代主義作家筆下的內在自我不是由穩定的性格因素構成，而彙聚了更多的直覺、本能、潛意識等非理性成分；這個內在的自我不按照現實生活的邏輯展現自己，它遵循某些不以人的理性和意願為轉移的原型、情結、集體無意識行事，具有「非人性」的特點。現代主義作家筆下的自我是投射和過濾外部世界的鏡子，觀察和感受客觀世界的途徑，承載現代社會種種罪惡的淵藪；現代主義

---

[94] 伍曉明：〈中國文學中的現代思潮概觀〉，載樂黛雲、王寧主編：《西方文藝思潮與 20 世紀中國文學》，中國社會科學出版社 1990 年版 4 頁。

作家熱衷於表現西方現代人的異化、物化、機械化，以及精神危機，這些都在人物的內在自我中得到反映。英國學者佈雷德伯里（Malcolm Bradbury）指出，現代主義「明顯地尊崇歷史循環論，傾向於啟示論的、以危機為中心的歷史觀。」[95]正是在這一歷史觀的指導下，現代主義作家宣佈人類處在一個危機的時代，現代文明走到了盡頭，他們以具有強烈啟悟色彩的語言，描畫出現代文明崩潰的整體圖景。現代主義作家既是精神荒原的描繪者，他們也在急切地探索著人類走出荒原的途徑。這種探索主要有兩個向度：其一是轉向內心，從內在的、非理性的自我中挖掘精神能量。現代主義作家認為現代文明壓抑了人的直覺、本能和慾望，只有將這些被壓抑的生命力釋放出來，人類才能獲得拯救。其二是轉向異國異域，在基督教文明之外的異文明，尤其是在東方文明或原始文明中尋求西方現代文明的拯救之路。

勞倫斯的小說創作，其思想特徵與現代主義思潮是完全一致的。勞倫斯出生在礦區，他從自己的經驗感受中，從英國的鄉村田園文化傳統中汲取靈感和力量，對現代工業文明展開批判。他表現工業文明與大自然的衝突，對大自然造成的破壞，對人內在生命力的摧殘。更進一步，勞倫斯還超越了具體的煤礦生產領域，從整體上把現代文明塑造成一種異己力量，廣泛展示了其存在的方方面面。美國漢學家艾愷（G. S. Alitto）給「現代化」下過一個準確的定義，他認為現代化指社會、經濟、政治各個領域的組織與制度「全體朝向以役使自然為目標的系統化的理智的運用過程。」[96]現代化追求的是功利化和效率。作為現代化的具體成果，現代文明在為人提供舒適的物質享受的同時，也必然將人本身組織到機

[95] 馬‧佈雷德伯里、詹‧麥克法蘭編：《現代主義》，胡家巒等譯，上海外語教育出版社 1992 年版 4 頁。
[96] 艾愷：《世界範圍內的反現代化思潮：論文化守成主義》，貴州人民出版社 1991 年版 5 頁。

械化的程式中去，使之工具化、理性化、物化和社會化。勞倫斯抓住了
現代文明這一根本要害，並堅決反對。受非理性主義影響和現代主義思
潮的策動，勞倫斯著力表現人的「另一個自我」，也就是被本能、慾望、
潛意識所驅動的非理性自我。勞倫斯將非理性自我的根源追溯到個體的
人的童年期，追溯到人類的初民時代，追溯到現存的異族原始文明中。
在勞倫斯的小說中，非理性自我具有雙重職能：一方面它是現代文明的
內化形式。各種扭曲變態的「情結」、「原型」和欲念彙聚其中，都在昭
示著現代文明沉淪、墮落的程度。另一方面，勞倫斯又認為，現代文明
與人的非理性自我是一種敵對關係，與生命的本質相悖，使人的生命力
衰竭。只有讓原始自然本性復歸，人類才能重新煥發活力。這兩種對非
理性心理相互矛盾的理解和處理同時出現在勞倫斯的小說中，值得特別
關注。兩性關係是勞倫斯小說關注的另一個焦點問題。勞倫斯表現畸形
的兩性關係，也探索理想的兩性關係；現代文明造就的扭曲的兩性關係
被死亡的冥河淹沒，與大自然在精神上一致的理想兩性關係架著彩虹獲
得再生。勞倫斯就像一個先知，宣稱自己處在一個危機的時代，最後的
審判即將來臨，他竭盡全力向他的教民們昭示如何經歷死亡，走向再
生。勞倫斯對死亡和再生的表現使他的作品從寫實走向象徵，從經驗世
界升騰到超驗世界，從而獲得深廣的哲理內涵。啟動人的軀體、血性，
尤其是性本能，是勞倫斯探索的再生途徑之一。勞倫斯探索的另一個途
徑是走向異域，在美洲等地現存的原始文明中尋找拯救西方現代文明的
希望。

　　勞倫斯不是一個自覺的文體家，沒有在藝術形式的創新方面提出過
什麼鮮明、激烈的口號，但這並不說明他對現代主義小說藝術沒有做出
自己獨特的貢獻。他比前人更出色地理解和表現了人的「另一個自我」，
即人的非理性心理世界，他對超驗世界的玄想和追求使他的作品籠罩了

一層神秘綺麗色彩，他改變了小說情節發展的經典動力學原則，他對意象象徵和神話框架的出色應用豐富了現代主義小說的敘述模式。但是在本書中，我沒有設專章來「提煉」勞倫斯小說的現代主義藝術形式，而是將這些藝術性、形式性因素，融入到對他的小說內容性、主題性因素的闡釋中。這既暗合了現代主義小說對「有意味的形式」的追求，避免了論述上的交叉重疊，也便於突出勞倫斯現代主義小說中更為本質的內容。我相信讀者從本書各章節的論述中，同樣能夠領略到勞倫斯小說的藝術魅力。

2、勞倫斯在英國現代主義進程中的位置

英國現代主義文學運動從 1890 年發端，[97]經歷了約半個世紀三個階段的發展，到二戰前後走向尾聲。

英國 19 世紀中後期小說的主潮是現實主義。英國現實主義小說側重表現外部世界，描寫風俗，批評社會。即使它在反映內在圖景或心理現實時，也通常局限在意識和理性的層面，很少去揭示人物存在的非理性深度。吳爾芙十分精闢地稱這種小說是「社會學小說」，薩克雷（William Makepeace Thackeray, 1811-1863）、狄更斯（Charles Dickens, 1812-1870）、喬治‧艾略特（George Eliot, 1819-1880）的作品都清晰地反映了「社會學小說」的特點。但是到 19 世紀最後 10 年，以這些現實主義小說為代表的維多利亞時代文學在經歷了長久的輝煌之後開始徐徐落幕，貫穿在這一時期文學中的明朗基調、理性精神，對現存社會秩序和未來的樂觀態度漸漸轉趨黯淡，傳統美學和道德觀念開始崩潰。這時一大批新的作家開始崛起，其中包括哈代（Thomas Hardy,

---

[97] 佈雷德伯里主編的影響深遠的《現代主義》，萊文森主編的《現代主義》，都把 1890 年看成現代主義開端的年份。

1840-1928）、高爾斯華綏（John Galsworthy, 1867-1933）、貝內特（Arnold Bennett, 1867-1931）、蕭伯納（George Bernard Shaw, 1856-1950）、王爾德（Oscar Wilde, 1850-1900）、康拉德（Joseph Conrad, 1857-1924）、亨利・詹姆斯（Henry James, 1843-1916）、吉卜林（Rudyard Kipling, 1865-1936）等。他們中的一些人一貫被看成是現實主義作家，但現代主義同樣萌發於他們之中，是確鑿無疑的。正如著名文學批評家佈雷德伯里所指出的：「儘管他們的性情和意圖極為不同，但與過去決裂的意識和積極改造藝術的信念卻把他們聯繫在一起。事實上，存在著一種可以辨認出來的英國現代主義，它具有變革和解放的意識，影響著一大批作家，這些作家認為維多利亞時代風尚已接近尾聲，一個社會、藝術和思想的新時期正在開始。」[98]

英國現代主義文學在經過 19 世紀末 20 世紀初 20 年左右時間的積累之後，在 1910 年左右，進入了加速發展的時期。關於這一時間的重要性，維吉尼亞・吳爾芙（Virginia Woolf, 1882-1941）在《貝內特先生和布朗夫人》一文中有過生動表述：「在一九一〇年十二月，或者大約在這個時候，人性改變了⋯⋯人與人之間的一切關係──主僕、夫婦、父子之間的關係──都已經發生了變化。而人與人之間的關係一旦發生了變化，信仰、行為、政治和文學也隨之而發生變化。」[99]在第一次世界大戰前後，英國所遭遇到的空前的社會危機使英國知識界空前活躍，知識份子在極力探索新的解決方案，這為新思想的輸入創造了條件。也是在這一年，英王愛德華七世去世，羅傑・弗賴（Roger Eliot Fry, 1866-1934）在倫敦舉辦後印象主義畫展引起巨大轟動，作為一個親歷

---

[98] 馬・佈雷德伯里、詹・麥克法蘭編：《現代主義》，胡家巒等譯，上海外語教育出版社 1992 年版 155 頁。
[99] 維吉尼亞・吳爾芙：《貝內特先生和布朗夫人》，《論小說與小說家》，瞿世鏡譯，上海譯文出版社 2000 年版 294-295 頁。

者，吳爾芙的話有其深刻的背景和依據。後來的研究者也證實，儘管現代主義運動的發生最早可以上溯到 19 世紀 90 年代，但在 1910 年左右到第一次世界大戰爆發之前，「還有一個強度增加的時期」。[100]在此前，康拉德、亨利·詹姆斯已經在進行出色的現代主義實踐，寫出了他們的優秀作品，但他們的創作實驗卻默默無聞，在社會上沒有激起太大反響。1910 年前後英國社會風氣的變化為廣大作家接受現代主義準備了條件。在這一年前後，一批年輕的現代主義作家登上文壇。文學編輯、作家休弗（Ford Madox Hueffer，1873-1939）在後來的回憶中記錄了那個時代的文學活動：

> 按照他們出現時間的先後來說，「年輕的一代」是龐德先生、D. H.
> 勞倫斯先生、諾曼·道格拉斯先生、弗林斯先生……『H. D.』、
> 理查德奧爾丁頓先生、T. S. 艾略特先生……我們編輯部的沙龍
> 裏，他們可以直躺在沙發和躺椅上，討論動亂中的歐洲的命運。
> 有三四年，到 1914 年倫敦社交季節為止，他們在醞釀著更大風
> 暴的城市裏名噪一時……他們主張藝術中的非表現主義；主張自
> 由詩；主張散文中的象徵、新生活的喧囂和印象主義的滅亡。[101]

　　還有一些休弗沒有列在名單中的現代主義作家，如葉芝（編者按：通譯為葉慈）（William Butler Yeats，1865-1939）、喬伊斯（James Augustine Aloysius Joyce，1882-1941）、吳爾芙。不僅新的作家出現，同樣重要的是，現代主義文學流派、團體開始出現，這其中包括意象派、意識流小說和布盧姆斯伯里集團。英國現代主義文學邁入它最輝煌的鼎盛時期。

---

[100] 轉引自馬·佈雷德伯里、詹·麥克法蘭編：《現代主義》，胡家巒等譯，上海外語教育出版社 1992 年版 164 頁。

[101] Ford Madox Hueffer, *Thus to revisit*（London: Chapman & Hall, 1921）, p. 59.

　　勞倫斯是英國現代主義文學運動這一鼎盛時期出現的作家。1908
年之前，勞倫斯一直生活在英國內地城市諾丁漢伊斯特伍德，最遠只到
過林肯郡，對時下的文學潮流相當隔膜。但在英國文學發生重大轉折前
夕的 1908 年，勞倫斯來到了現代主義的發源地之一，國際大都會倫敦，
與上述新一代作家中的一些人密切交往並受到他們的深刻影響。
1912-1914 年之間，勞倫斯頻繁往來於歐洲大陸和英國倫敦之間，接觸
到義大利的未來主義，對現代主義的理解加深。1914 年 7 月，第一次世
界大戰爆發，勞倫斯雖然困居英倫半島，創作上卻進入高峰期，寫出了
《虹》和《戀愛中的女人》這兩部以對非理性心理世界探索為特色的現
代主義傑作，他本人也成為英國現代主義運動的重要代表。從第一次世
界大戰結束到 1925 年，勞倫斯把對非理性心理世界的探索與異域想像
結合起來，神秘色彩進一步加強，現代主義有了新的發展。從 1926 年
到去世，勞倫斯的小說風格轉向簡約、寫實，形式上有向現實主義回歸
的傾向，但其現代主義本質並沒有因此發生改變。他執著於挖掘性本能
中強大的非理性力量，使其在重建人類理想兩性關係與和諧社會中發揮重
要作用。這一點使他備受爭議，但也最終奠定了他在現代主義運動中獨特
的地位。

　　在隨之而來的 30 年代，奧登一代詩人，如奧登（Wystan Hugh
Auden，1907-1973）、斯蒂芬・斯彭德（Stephen spender, 1909-1995）、
戴・劉易斯（Cecil Day-Lewis, 1904-1972）、露易斯・麥克尼斯（Louis
MacNeice, 1907-1963）等，以及小說家赫胥黎、奧威爾（George Orwell,
1903-1950）、衣修伍德（Christopher William Bradshaw-Isherwood,
1904-1986）、普里斯特利（John Boynton Priestley, 1894-1984）等崛起，
把英國現代主義運動推向第三個階段。30 年代資本主義世界爆發了有史
以來最嚴重的經濟危機，導致百業蕭條、社會動蕩、資本主義國家間的

矛盾加劇，最終引發慘絕人寰的第二次世界大戰。這一現實的巨大變化與文學上的世代交替相呼應，也決定了英國現代主義的發展方向。新一代現代主義作家表現出強烈的政治傾向性和參與政治運動的熱情。多數人思想左傾，反法西斯，支援與同佛朗哥作戰的西班牙共和政府，嚮往社會主義，渴望與工人階級結盟，共同締造革命事業；也有一些人反馬克思主義和社會主義，或墜入神秘主義。新一代現代主義文學的成就總體上不及上一代，但在傾向、主題、題材、風格上出現了比前 20 年更為多樣化的局面。

勞倫斯在 1930 年去世，但他的影響卻逐漸顯露出來。他的工人階級意識，他對資產階級的仇恨，他對性與生命力的張揚，他對非理性世界的深刻洞察和揭示，在上述新崛起的不少現代主義作家中都找到了繼承者。不僅如此，在勞倫斯小說和思想在未來更長的歲月裏，流布到更廣闊的空間，在英國本土，在歐洲其他國家，在美洲，在亞洲，都紮下了根。

3、勞倫斯與現代主義諸流派的聯繫與區別

(1) 勞倫斯與意象派

意象派是 1909-1917 年間興盛於英美的現代主義詩歌流派，它的發展大致經歷了三個階段。第一階段開始於 1909 年，由休姆（Thomas Ernest Hulme，1883-1917）主導，他與其他一些詩人定期在倫敦一家餐廳聚會，討論新詩的創造。到 1912 年，埃茲拉・龐德（Ezra Pound （1885- 1972）成為這群詩人的核心和骨幹，其他成員有理查德・奧爾丁頓（Edward Godfree [Richard] Aldington, 1892-1962）、H. D.（Hilda Doolittle，1886-1961）等。此時龐德主持發表了意象派宣言和《意象派的幾個禁忌》，正式打出了意象派的旗號。龐德還以其高超的交際本領，使一批雜誌在自己的

影響和控制之下，擴大了意象派的陣地。1914 年，龐德編輯的詩集《意象主義者》出版，收入龐德、H. D.、奧爾丁頓、洛厄爾、詹姆斯・喬伊斯等 11 位詩人的作品。1914 年以後，另一個美國詩人艾米・洛厄爾（Amy Lowell，1874-1925）逐漸取代了龐德的地位，領導意象派繼續發展。洛厄爾又編輯出版了三部《一些意象主義詩人》（1915，1916，1917）的選集，包括洛厄爾、H. D.、奧爾丁頓、勞倫斯等 6 位詩人的作品。總體而言，意象派排斥 19 世紀英國維多利亞詩歌的感傷主義和道德訓誡，轉而積極從法國象徵主義、日本俳句中尋找靈感，重視象徵和隱喻，強調客觀，主張應用精確、簡潔、純粹的視覺化意象，以達到藝術表現清晰明澈的目的。直接處理素材，不要不關鍵的詞語。其代表作品有龐德的《地鐵車站》，洛厄爾的《丁香》等，為英美詩歌藝術的新發展開闢了道路。

　　勞倫斯與意象派詩人龐德的交往是他第一次直接接觸現代主義，時間是 1909 年 11 月。勞倫斯在 1909 年 11 月 20 日給露易・巴柔斯的信中詳細描述了與龐德在倫敦堤岸艾德芙街的改革俱樂部聚會中第一次見面的情形。他稱道龐德「了不起」，「有一點天才」，說與他見面「非常令人愉快」。[102]隨後他與龐德在倫敦有了頻繁的交往。勞倫斯儘管年齡與龐德相仿，但龐德已經成名，勞倫斯此時還是一個剛出道的文學青年。生性熱情慷慨的龐德積極拉攏勞倫斯加入他的圈子，動用他的影響力推薦勞倫斯發表作品。勞倫斯發表在《時尚》、《自我主義者》、《詩歌》等雜誌上的詩歌小說作品，有許多經龐德之手。1913 年 6 月 21 日，勞倫斯給愛德華・加尼特寫信稱：「埃茲拉・龐德要我寄一些短篇小說給

---

[102] D. H. Lawrence, *The Letters of D. H. Lawrence*, Vol. 1, ed. James T. Boulton (Cambridge: Cambridge University Press, 1979), p.145.

他，因為「有一個美國出版商受他庇護」」。[103]勞倫斯在這封信中詢問加尼特是否可以把自己的小說寄給龐德，在受他「庇護」的雜誌《美國評論》上發表。我們知道後來勞倫斯給龐德寄去了兩個短篇，但在 10 月間，他又從《美國評論》的編輯手裏把這些作品要回，給了加尼特主編的《英語評論》。這是勞倫斯受龐德提攜的一個具體事例。1913 年，勞倫斯的《愛情詩集》出版，龐德又將這部詩集推薦給波立格奈柯文學獎評獎委員會，使他當年獲得了這個由英國皇家文學社設立的詩歌獎項。

　　儘管龐德熱心幫助勞倫斯，但並不表示他全盤接受勞倫斯的創作傾向；勞倫斯也感到他與龐德在出生背景、個性、審美趣味等方面存在巨大差異。吉西・錢伯斯在她的《一份私人檔案》中描述過勞倫斯與龐德的交往。一次傑西隨勞倫斯去編輯休弗家參加一個聚會，傑西注意到龐德是餐桌上的活躍分子，喜歡像一連串爆竹一樣，不斷爆出一個個問題。他甚至當著出身貧寒的勞倫斯和傑西的面問休弗：「你對一個工人會怎麼講話？你會像對其他任何人一樣與他交談嗎？或許你會有所不同？」這問題讓傑西感到不快，也令主人窘迫。傑西因此對龐德印象不佳，形容他「像一個有趣的小丑。」[104]傑西沒有提到勞倫斯對龐德話的態度，但無疑龐德的話以及休弗和傑西對此問題的敏感，揭示了龐德與勞倫斯出身上巨大的鴻溝，這是他們之間後來分道揚鑣的一個重要原因。勞倫斯的《愛情詩集》1913 年出版後，龐德的評價毀譽參半。龐德在 1913 年 9 月 23 日給哈裏特・門羅的信中提到勞倫斯《愛情詩集》，稱讚作者「是聰明的」，「我認為他在我之前已經掌握了如何處理現代題材。」6 月，他在《詩歌》雜誌上發表了一篇評論，稱道《愛情詩集》

---

[103] D. H. Lawrence, *The Letters of D. H. Lawrence* Vol.2, ed. George J. Zytaruk and James T. Boulton (Cambridge: Cambridge University Press, 1981), p. 26.

[104] 吉西・錢伯斯、弗麗達・勞倫斯：《一份私人檔案：勞倫斯與兩個女人》，葉興國、張健譯，知識出版社 1991 年版 128 頁，127 頁。

中用方言「敘事」的詩，讚賞勞倫斯「對下等生活的敘述，40 歲以下的英國詩人沒有人能夠與他比肩」。但也就是在這篇評論中，龐德說這部詩集是「令人討厭的」，其中大部分作品不過是「拉斐爾前派的無聊廢話，令人作嘔。」[105]

1914 年之後，龐德和勞倫斯彼此失去了興趣。這是預料之中的事情。勞倫斯一開始就意識到他與龐德在美學原則上的區別：「他的上帝是美，我的則是生活。」[106]在龐德小圈子極力拉攏他時，勞倫斯也和他保持著一定距離。在前述給加尼特的信中，勞倫斯調侃說：「休弗和龐德這個小集團使我轉著小圈子，好像我成了他們的哈巴狗。」勞倫斯在後來與龐德交惡後，更認為他像一個江湖騙子。但勞倫斯並沒有因為與龐德關係惡化而離開意象派圈子，在 1914 年艾米‧洛厄爾（1874-1925）加入後，勞倫斯很快與她成為朋友。洛厄爾經常在經濟上幫助勞倫斯，還在她主編的 1915、1916、1917 年《意象派詩選》中連續收入勞倫斯的作品，勞倫斯與意象派關係有了新的發展。

勞倫斯與意象派的關係，不僅表現在他與龐德、洛厄爾、奧爾丁頓、H. D. 等意象派成員的密切交往上，還表現在他的詩歌創作受到意象派詩風的影響。品托說：「指引他採用自由節奏的影響最大的指路人是意象派的埃茲拉‧龐德和艾米‧洛厄爾。」[107]意象派把意象視為「在瞬息間呈現出的一個理性和感情的複合體」，認為意象的表現應該遵循三大原則：「直接處理『事物』，無論是主觀的還是客觀的」，「絕對不使用任何無益於呈現的詞」，「至於節奏，用音樂性短句的反覆演奏，而不是用

---

[105] Ezra Pound, *Literary Essays of Ezra Pound*, ed. T. S. Eliot (London: Faber and Faber, 1954), p. 387.

[106] D. H. Lawrence, *The Letters of D. H. Lawrence* Vol. 1, ed. James Boulton (Cambridge: Cambridge University Press, 1979), p.145.

[107] 蔣炳賢編選：《勞倫斯評論集》，上海文藝出版社 1995 年版 216 頁。

節拍器的反覆演奏來進行創作。」[108]勞倫斯的不少詩歌，都多多少少貫徹了意象派詩人有關意象的主張。桑德拉・吉爾伯特說，勞倫斯的一些詩雖然不是「自覺的意象主義詩作」，但「在氛圍上卻是意象主義的」。在桑德拉・吉爾伯特所舉實例中，〈嬰孩跑動〉就是一首「難得完美的意象主義小詩」。[109]詩的頭四句這樣寫道：

> 那嬰孩的白腳敲擊著草坪，
> 小小的白腳像白花在風中搖曳，
> 停停跑跑如同一陣陣輕風
> 在水草稀疏的水面掠過。

　　這首詩描寫兒童一雙白皙的小腳在綠色草坪上跑過的動作。勞倫斯使用了「像」、「如同」等關聯詞構成的明喻，在實寫和想像之間架起聯繫的橋梁，這和意象詩「直接處理事物」的做法是違背的。但勞倫斯刻意營造畫面，努力追求意象內在意蘊與外在客觀性的和諧統一，這些都盡得意象詩的神髓。詩中的畫面白綠映襯，色彩搭配清新鮮亮，對比強烈。「敲擊」一詞製造出聲響，打破了畫面的寧靜感。「白花在風中搖曳」和「一陣陣輕風／在水草稀疏的水面掠過」是兩幅虛構的圖景，同是對兒童一雙白晰小腳跑過草坪這一動作的引申和聯想，但各有側重。前一幅著眼於孩子腳的局部動作，後一幅立足於兒童小腳跑過草坪時形成的整體視覺效果。由此，短短四句詩，就包含了虛虛實實的三幅圖畫，它們即各自獨立又相互連貫補充，把怡然恬靜的田園感受和盤托出。詩不押韻，卻輕盈飛動，自有其內在的動感和節奏。勞倫斯的〈傍晚的母鹿〉

---

[108] 黃晉凱、張秉真、楊恒達主編：《象徵主義・意象派》中國人民大學出版社 1989年版 129 頁，132 頁。

[109] Sandra Gilbert, *Acts of Attention: The Poems of D. H. Lawrence* (Ithaca: Cornell University Press, 1972), pp. 36, 35.

也是公認的意象詩佳作，它讓我們看到「意象派詩人是如何啟示他『剝去虛飾』的」。[110]詩的前兩節寫一匹母鹿被詩人驚擾，從穀草中躍出，逃上山坡，然後凝神回望。這本是一個連貫、延續的動作，勞倫斯卻將它轉換成兩幅極具空間感的凝固畫面；而兩幅畫面前後銜接，組合出母鹿靈動輕快、纖弱優美的造型，客觀呈現了這神秘造物包蘊的奇跡。

勞倫斯最終沒有成為意象主義者，但意象派詩人及其主張，對他避免「喬治派詩人的含糊不清的一般化的詩句、過分典雅的用詞以及甜得發膩的節奏」，[111]起到了鼓勵和示範的效果。意象派對勞倫斯的影響不限於詩歌領域，作為一場現代主義試驗，勞倫斯在錘煉語言的表現力方面受到了很好的訓練，這對他發展出充滿意象和隱喻的現代小說語言，有不可估量的作用。

(2) 勞倫斯與未來主義

未來主義作為一場現代主義運動，崛起於義大利的米蘭。1909 年 2 月 20 日，義大利詩人，未來主義創始人和理論家馬利涅蒂（Filippo Tommaso Marinetti，1876-1944）在法國《費加羅報》發表〈未來主義宣言〉，宣告未來主義的誕生。此後三四年間，馬利涅蒂又發表〈第一政治宣言〉、〈第二政治宣言〉、〈未來主義文學技巧宣言〉等宣言，進一步闡述他的未來主義思想。在馬利涅蒂及其追隨者的大肆鼓動下，未來主義不久就發展成一場涵蓋一切藝術形式的運動，影響波及到整個歐洲。未來主義者以對傳統激烈的批判態度著稱。如馬利涅蒂在其宣言裏聲稱，「要摧毀一切博物館、圖書館和科學院」，「切除這個國家肌體上生長著的由教授、考古學家、導遊和古董商們組成的臭氣熏天的癰疽」。[112]

[110] 蔣炳賢編選：《勞倫斯評論集》，上海文藝出版社 1995 年版 217 頁。
[111] 蔣炳賢編選：《勞倫斯評論集》，上海文藝出版社 1995 年版 216 頁。
[112] 馬利涅蒂：《未來主義宣言》，《未來主義・超現實主義》，張秉真、黃晉凱主編，

他認為義大利作為古董鋪的時間已經太長，是到了打碎她的圖書館、博物館和畫廊，拋棄一切常規習俗的時候了。馬利涅蒂以如此激進的反傳統姿態出現，目的是告誡自己的同胞，現代通訊和機械已經引發了 20 世紀的感受力的革命，傳統形式已經不能滿足表現飛速變化的現實的需要，應該創造一種屬於新時代的新藝術。從馬利涅蒂的宣言和典型的未來主義作品看，其所崇尚和實踐的所謂新藝術，就是對現代發明所產生的速度和力量之美，以及對行動和魄力的崇拜。因此，他們對於現代發明所催生的一切事物都予以表彰頌揚：從工廠的煙囪、車床，行駛的汽車、火車，翱翔的飛機，到碼頭、街道、無線電，不一而足。未來主義者在文學形式上也進行了創新，如對動感、鮮豔色彩的強調，自由語法的使用，印刷符號的革命，最後蛻變為所謂直覺的「自動寫作」。

初看起來，態度激進的未來主義與作風保守的英國社會似乎格格不入。但由於在第一次世界大戰之前，英國所遭遇到的空前的社會危機使英國知識界空前活躍，知識份子在極力探索新的解決方案，這為新思想的輸入創造了條件。1910-1914 年間，馬利涅蒂頻繁出現在倫敦，通過發表演講，舉辦展覽和記者招待會等形式，在英國掀起了未來主義熱潮。在 1913 年，一部《未來主義詩選》翻譯成英文出版，當年就銷售了 35000 冊。可以說，未來主義在英國的傳播，推動了英國現代主義運動的發展。勞倫斯首次接觸未來主義是 1913 年。這一年 8 月，勞倫斯讀了義大利未來主義作家赫羅德‧孟羅（Harold Monro, 1879-1932）《詩歌和戲劇》的英譯本。隨後，勞倫斯給孟羅寫信，並把自己的一些詩作郵寄給他，希望他能從中發現一些未來主義的東西。1914 年，勞倫斯在義大利得到一本義大利文的《未來主義詩集》（1912，米蘭），這部詩集收入了馬利涅蒂和保羅‧布奇（Paolo Buzzi, 1874-1956）的詩作。此外

中國人民大學出版社 1994 年版 6 頁，7 頁。

勞倫斯還讀過索菲斯（Ardengo Soffici, 1879-1967）的《立體主義和未
來主義繪畫集》（1914），其他一些未來主義者的宣言和作品，以及論述
未來主義的文章。[113]

　　勞倫斯1914年6月2日寫給麥克勞德的信和同年6月5日寫給加
奈特的信是研究勞倫斯與未來主義關係的最重要文獻。勞倫斯在給麥克
勞德的信中說自己「近來一直對未來主義者們很感興趣」，並表示「我
很喜歡未來主義」。為什麼喜歡，勞倫斯列舉了三個理由：其一，未來
主義「致力於清除舊的形式和多愁善感」；其二，未來主義呼籲「讓我
們坦率誠實、忠於我們內心的東西」；其三，未來主義認為「傳統顯示
出令人厭倦的病態」，而「社會處於死氣沉沉、停滯不前的狀態。」顯
然，未來主義對傳統、對社會現實、對藝術形式因循守舊的判斷是勞倫
斯深有同感，並且完全同意的，「讓我們坦率誠實、忠於我們內心的東
西」更是說出了勞倫斯的心裏話。但勞倫斯並不同意未來主義的全部主
張，他認為未來主義者全盤否定傳統和經驗是「無知」，「不知天高地
厚」。勞倫斯也不同意他們為拯救這種病態社會所開的藥方和逃避態
度。最重要的是，勞倫斯認為未來主義在藝術上是不成功的。勞倫斯對
馬利涅蒂要求毀棄句法，消滅形容詞、副詞、標點符號之類口號顯然不
願苟同，對他所提煉的「聲響」、「重量」、「氣味」這文學中「迄今仍被
忽視」的三要素也沒有興趣，他認為他們主張的藝術「算不上是藝術，
只不過是圖解某些身體或精神狀態的極端科學嘗試」，他們的作品是「世
界上最忸怩、造作、偽科學的東西」。[114]勞倫斯不反對未來主義詩人們
對運動、力量、速度和機械之美的狂熱情緒，但反對他們試圖把藝術變

---

[113] Mark Kinkead-Weekes, *D. H. Lawrence: Triumph to Exile, 1912-1922* (Cambridge: Cambridge University Press, 1996), p. 786

[114] D. H. Lawrence, *The Letters of D. H. Lawrence* Vol.2, ed. George J. Zytaruk and James T. Boulton. (Cambridge: Cambridge University Press, 1981). pp. 180, 181.

成偽科學。對勞倫斯來說，藝術不能趨向極端的理智。科學可以沿著純粹的理智路線取得進步，但如果要求藝術這樣做則是死路一條。

　　勞倫斯對未來主義有褒有貶，他從中汲取自己感興趣的東西，對不感興趣的東西則加以排斥。那麼，勞倫斯到底從未來主義受到哪些有益的影響呢？

　　讓我們再次把目光轉向勞倫斯 1914 年 6 月 5 日寫給加尼特的信。在這封信中，勞倫斯稱自己正在寫作的《結婚戒指》(《虹》和《戀愛中的女人》的未定稿)「有點未來派的味道」。事實上，勞倫斯在寫作這部小說的過程中，不斷向編輯愛德華・加尼特提到它的「創新」。1913 年 4 月 17 日給加尼特的信中說他正在寫的《姐妹們》(《虹》和《戀愛中的女人》的另一未定稿) 是一部「奇特的小說」。1913 和 9 月 4 日給加尼特的信中說：「《姐妹們》的開頭相當新穎」，「它的新形式相當有意思。」[115]1913 年 12 月 30 日給加尼特的信中說正在寫作的《姐妹們》「與《兒子與情人》截然不同，幾乎是用另一種語言寫成的。」[116]1914 年 5 月間，勞倫斯完成了其中的《虹》，他把手稿寄給加尼特，請他對作品發表意見。發現並提攜過康拉德，且一直都在積極扶持勞倫斯的這位大編輯，這一次卻對《虹》感到束手無策：他無法弄懂這部作品到底表現了什麼。他給勞倫斯回信，對《虹》發表的意見不著邊際，總體評價也不高。然後，才有了勞倫斯 1914 年 6 月 5 日回答加尼特批評的這封著名的信。

　　從勞倫斯這封給加尼特的信可以發現，他不斷強調的《虹》的創新之處與未來主義有密切聯繫。在這封信中，勞倫斯引用了馬利涅蒂的一段文字：「生命深層的直覺反應一個接一個，蹦出一個一個的單字，隨

---

[115] D. H. Lawrence,*The Letters of D. H. Lawrence* Vol.2, ed. George J. Zytaruk and James T. Boulton (Cambridge: Cambridge University Press, 1981), pp. 67, 68.

[116] D. H. Lawrence, *The Letters of D. H. Lawrence* Vol.2, ed. George J. Zytaruk and James T. Boulton (Cambridge: Cambridge University Press, 1981), p. 132.

著它們非邏輯地產生，在我們面前呈現出物質的直覺心理的概貌。」這句話引起勞倫斯強烈的共鳴，他說：「我明白了這正是我追求的東西。」[117]這段引文出自馬利涅蒂的〈未來主義文學技巧宣言〉，其主旨是論述如何用直覺的方式去把握物質的本質，而這正是馬利涅蒂寫〈未來主義文學技巧宣言〉的目的所在。在這篇宣言中，馬利涅蒂類似的表述還有多處：「未來主義的詩人們！我教你們憎恨圖書館和博物館，是為了使你們仇視理智，喚醒你們神奇的直覺……通過直覺，我們將克服那種將我們的血肉之軀和發動機的金屬分隔開來的、表面上似乎無法調和的敵對意識。」「我們要在文學中注入生命的原動力。原動力是一種憑本能行動的新事物。當我們瞭解了包含有原動力的各種力量的本能之後我們就能認識原動力的總的本能。」「人類總是習慣於用自己的青春的歡樂或衰老的痛苦給物質塗一層感情色彩。物質具有不停地向更多的熱量、更猛的運動和更大的分裂飛躍的令人敬佩的持續性。物質既不悲傷也不快樂。它有勇氣、意志和絕對力量這些天生的品質。」「消除文學中的「我」」，把人類「從文學中清除出去，最終地用物質來代替人，應當用直覺去捕捉物質的本質。」[118]把直覺和軀體從理智的壓抑中解放出來，與運動著的物質世界融為一體，這樣，生命的原動力才能被揭示出來。要表現這種原動力，還應該與傳統文學決裂，把文學中沾染著痛苦或歡樂之感情色彩的「我」驅逐出去。這正是未來主義者寫作的法門所在。

在這封給加尼特的信中，勞倫斯討論了馬利涅蒂用直覺挖掘物質生命原動力的手法後，進而指出：

[117] D. H. Lawrence, *The Letters of D. H. Lawrence* Vol.2, ed. George J. Zytaruk and James T. Boulton (Cambridge: Cambridge University Press, 1981), pp. 182,183.

[118] 馬利涅蒂：〈未來主義技巧宣言〉，《未來主義‧超現實主義》，張秉真、黃晉凱主編，中國人民大學出版社 1994 年版 21 頁，18 頁，19 頁，17-18 頁。

人性中物質的、非人類的東西要比那種老式的人性因素更令我感
興趣。那種老式的人性因素使人按照特定的道德體制來塑造人物
形象，並使這個人物形象前後連貫一致。這種道德體制正是我所
反對的。在屠格涅夫、托爾斯泰、杜斯妥耶夫斯基的作品中，人
物形象都與其道德體制相吻合———那幾乎是一種相同的道德體
制———在這種體制下，無論人物形象本身有何傑出之處，他們都
顯得沉悶、陳舊、僵化。……我只關心女人是什麼，從非人類的、
生理上、物質的意義上講，她「是」什麼。對我來說，女人只作
為一種現象（或者用來表現某些更強大的、非人類的意志），而
不是按照人類的觀念來看她感覺到什麼。[119]

　　顯而易見，勞倫斯一開始就劃定了他接受未來主義影響的範圍，將
它引向能夠容納自己探索、表現人身上「物質的」、「生理的」、「非人類
的意志」領域。〈未來主義文學技巧宣言〉深深吸引勞倫斯的，就是這
種要求從文學表現中剔除人類感情色彩，使之「物質化」，以挖掘出物
質和生命的原動力的主張。勞倫斯在此對 19 世紀俄羅斯作家的批評十
分引人注目，這一批評從側面揭示了他自己追求的方向。他認為屠格涅
夫、托爾斯泰、杜斯妥耶夫斯基這些作家，他們筆下的人物都遵循某種
道德模式、符合某種道德理想、展現某種道德特性，不管這些人物具體
的精神面貌有何不同，或「善良」、或「高尚」，或「奸滑」、或「邪惡」，
都是「老式的人性因素」在起作用。儘管我們都熟悉車爾尼雪夫斯基評
論托爾斯泰心理描寫時所作的著名論斷：「托爾斯泰伯爵最感興趣的是
心理過程本身、它的形式、它的規律，用特定的術語說，就是心靈辯證
法。」托爾斯泰之前，文學的常規是心理描寫依附於性格塑造，心理描

---

[119] D. H. Lawrence, *The Letters of D. H. Lawrence Vol.2*, ed. George J. Zytaruk and James
T. Boulton (Cambridge: Cambridge University Press, 1981), pp. 182-183.

寫從性格出發，按性格取材，從內部對性格的發展變化加以解釋。托爾斯泰反對這種陳舊的文學模式，指出以性格特徵來談論人，說他善良、聰敏、或愚蠢、始終如一之類，無助於揭示人的真實面目。但事實上，托爾斯泰仍然沒有完全超越以性格塑造人物，以道德評價人物的窠臼。勞倫斯反感這些作家筆下這樣的人物，說他們是沉悶、陳舊、毫無生氣。勞倫斯首要關心的不是傳統小說家感興趣的自我，而是比「性格」更優先的「原初力量」，是人的更本質的存在。勞倫斯研究者普里查德認為：「作為獨立個性的性格差異對勞倫斯不是重要的，對貫注於人物身上的共同原則的表現更加重要。」[120]達爾斯基指出：「放棄確定的道德主題意味著人物不再被社會的或倫理的標準評判，而是以達到自我最深刻的存在和本質的程度來評判。」[121]隨後，勞倫斯敦促加尼特注意自己小說採用新方法後出現的新變化：「你不必在我的小說人物身上尋找老式的穩定的自我。他們身上有另一個自我，從行動看，他們的個性無法識別，事實上個性已經消失。」似乎是擔心加尼特還無法理解，勞倫斯又進一步告誡：「不要從人物的線索去尋找我小說的發展，這些人物受制於其他的韻律形式」。[122]

問題已經十分清楚，從《虹》開始的勞倫斯小說創作，出現了巨大的變化，這種變化是在未來主義影響、啟發下完成的。未來主義使勞倫斯認識到表現「生命的非人類特質」的必要性，並幫助他找到了表達它的理想方式。在《虹》和《戀愛中的女人》等小說中，人物的軀體運動、

---

[120] R. E. Pritchard, *D. H. Lawrence: Body of Darkness* (London: Hutchinson University Library, 1971), pp. 20-21.

[121] Mark Spilka, ed., *D. H. Lawrence: A Collection of Critical Essays* (MacMillan Publishing Company,1963), p.51.

[122] D. H. Lawrence, *The Letters of D. H. Lawrence* Vol.2, ed. George J. Zytaruk and James T. Boulton. (Cambridge: Cambridge University Press, 1981), pp. 183, 184.

精神體驗、意志衝動，都不是自我能夠意識和控制的，也不是社會性因素所能夠決定的，它們受制於那些先於個體意識而存在的人類更本質的力量，按照既定的軌跡發展。與此相適應，這些小說中的人物都被刻意提煉出來的生命基本元素所控制，如愛與恨，生與死。勞倫斯還為人物設計了若干主導性意象：厄秀拉象徵大地，踏實、豐饒、包納萬物；伯金象徵天空，靈動，玄虛，境界高遠；傑羅爾德是水，他與冰雪、冷漠、潔白結成了同盟；古娟是火，她脾氣暴躁，極易與人發生摩擦。這些主導性意象的反覆出現並相互作用，推動了小說情節的發展。這種小說情節發展的模式，與傳統小說，甚至與勞倫斯的《白孔雀》和《兒子與情人》都迥然不同，它們不是靠個性心理或現實生活的邏輯展開，而是通過先驗的框架來加以規劃。未來主義對勞倫斯的影響，還表現在他對創生與腐爛、死亡之間關係的處理上。勞倫斯相信，死亡與再生相剋相生、相輔相成，新的世界就是誕生在舊世界的腐爛與死亡當中。未來主義與勞倫斯藝術創新之間的關係得到了學術界廣泛的承認。英國著名作家高爾斯華綏 1915 年在給文學編輯平克的一封信中說，《虹》具有「非常強烈的未來派文風」。[123]學者赫茨格爾指出：「未來主義給他提供了新的方向和新的語言，幫助勞倫斯對他感到屬於他的東西保持忠誠並信守它。」[124]學者金基德-威克斯在論《虹》和《戀愛中的女人》的文章中指出，勞倫斯這一時期嘗試找到「一種語言，這種語言能夠讓他領悟在人類之中和人類之間起作用的非人類的力量」，[125]而未來主義在勞倫斯這一新風格的形成中發揮了巨大作用。正是未來主義幫助勞倫斯開創了新的語言

---

[123] 蔣炳賢編選：《勞倫斯評論集》，上海文藝出版社 1995 年版 9 頁。

[124] Kim A. Herzinger, *D. H. Lawrence in His Time, 1908-1915* (London: Associated University Presses, 1982), p.130.

[125] Mark Kinkead-weekes, " The Marble and the Statue ", *Imagined Worlds,* ed. Maynard Mack and Ian Gregor (London: Methuen, 1968), p. 380.

模式，給他提供了一個新的表現領域，在此基礎上，勞倫斯最終建立起自己的思想體系。

(3) 勞倫斯與布盧姆斯伯里集團

布盧姆斯伯里集團屬於英國上層知識份子團體，包括作家維吉尼亞·吳爾芙、福斯特（Edward Morgan Forster, 1879-1970）、T. S. 艾略特（T. S. Eliot, 1888-1965），藝術家弗賴、凡尼莎（Vanessa Bell, 1879-1961）、克利夫·貝爾（Clive Bell，1881-1964）、鄧肯（Duncan Grant，1885-1978），政治學家狄更生（Goldsworthy Lowes Dickinson, 1862-1932），哲學家喬治·穆爾（George Edward Moore，1873-1958）、羅素（Bertrand Russell, 1872-1970），經濟學家凱因斯（John Maynard Keynes, 1883-1946）等。在 20 世紀頭 20 年，這個團體是英國現代主義運動的積極推動者。

布盧姆斯伯里集團與現代主義大規模發生聯繫，是在 1910 年。這一年，羅傑·弗賴在倫敦格拉夫頓畫廊舉辦了一場法國現代畫展，他創造性地給這次畫展貼上了「後印象主義」的標籤，以指代馬奈（Edouard Manet, 1832-188）、塞尚（Paul Cezanne, 1839-1906）、高更（Paul Gauguin，1848-1903）、梵谷（Vincent van Gogh, 1853-1890）、畢卡索（Pablo Picasso, 1881-1973）、馬蒂斯（Henri Matisse, 1869-1954）這些早期現代主義畫家的作品。這些顛覆了歐洲傳統繪畫結構風格的作品在英國引起巨大反響，並對英國早期現代主義運動產生巨大的推動作用。有批評家甚至認為這次畫展「標誌著英國現代主義運動的開始」。[126]1912 年，弗賴又舉辦了第二次後印象主義畫展，1913 年，弗賴開辦了奧米伽工場，設計和出售具有現代主義風格的造型藝術品，包括繪畫、陶器、織物設計等。

---

[126] 格倫·麥克勞德：《視覺藝術》，《現代主義》，邁克爾·萊文森編，田智譯，遼寧教育出版社 2002 年版 273 頁。

弗賴是英國現代主義藝術的鼓吹者、推動者和實踐者。受弗賴的鼓動和影響，布盧姆斯伯里集團的畫家克利夫‧貝爾、凡尼莎、鄧肯，作家維吉尼亞‧吳爾芙等也都紛紛加入到現代主義藝術與文學陣營中去。如果說康橋大學傳統給了布盧姆斯伯里集團以抽象和智識的刺激，弗賴和貝爾等畫家的藝術實踐則幫助這個集團浸泡在生活的真實感受之中，使他們從視覺藝術中直觀地感受到現代主義的影響。弗賴為現代主義藝術辯護的形式美學理論對形式本身價值的重視，對質感的強調，有助於作家們擺脫在英國文學中佔據支配地位的敘事因素，從外部現實退避到主觀世界。吳爾芙小說在探索人的內心世界時力求捕捉存在本相偶然顯現的瞬間，這一點也與後印象主義相切合。

　　工人出身的勞倫斯與上層知識份子團體布盧姆斯伯里集團曾經建立過個人聯繫。1915 年初，勞倫斯在英國南部一個小鎮格雷特姆居住時，與福斯特相識，並有書信往還。勞倫斯表示「我喜歡他」。[127]但他們之間也發生過齟齬，勞倫斯不論當著福斯特的面，還是在給友人的信中都直言不諱地批評過福斯特，這讓福斯特頗感不快。福斯特則告訴勞倫斯，自己欽佩他，卻不想讀他的東西。話雖這麼說，福斯特並不是對勞倫斯的作品敬而遠之。1927 年福斯特出版小說理論著作《小說面面觀》，在其中說勞倫斯是「聰穎過人的說教者」，把他的作品歸入「預言小說家」之列。[128]1930 年勞倫斯去世後，福斯特著文悼念，對勞倫斯創作作了比較客觀的評價。1960 年，在企鵝出版社因為出版勞倫斯的《查泰萊夫人的情人》被告上法庭時，福斯特還出庭作證，為此書在英國解禁，助了一臂之力。

---

[127] D. H. Lawrence, *The Letters of D. H. Lawrence* Vol.2, ed. George J. Zytaruk and James T. Boulton (Cambridge: Cambridge University Press, 1981), p.293.
[128] 福斯特：《小說面面觀》，蘇炳文譯，花城出版社 1984 年版 127 頁。

　　1915 年初，勞倫斯經小說家吉爾伯特・坎南（Gilbert Cannan,
1884-1955）的介紹，結識了議員莫瑞爾的妻子奧托琳・莫瑞爾夫人，
她在倫敦貝德福特的寓所也是布盧姆斯伯里集團經常聚會的地方。在那
裏，勞倫斯認識了和奧托琳關係密切的哲學家羅素，感到有一種迫切的
願望要去「親近他」。在 1915 年前後，他與羅素展開合作，籌備一系列
反戰演講，並進行了一場烏托邦試驗。

　　勞倫斯與布盧姆斯伯里集團的蜜月時間很短，他們很快就發現了彼
此間深刻的隔閡。1915 年 3 月，勞倫斯應羅素邀請去康橋訪問，並會見
羅素的一些朋友，其中包括哲學家穆爾和經濟學家凱因斯。勞倫斯對這
次聚會一開始就流露出擔心。他 1915 年 3 月 2 日對羅素說：「我感到來
康橋極其重要——對我是非常重要的一個時刻。我不想被嚇壞，但又擔
心真的被嚇壞。我只關心我們將開展的革命……我害怕聚會，害怕結
夥，害怕社團，害怕宗派……我真的相當擔心。」[129]事實證明了勞倫斯
的預感：這次會面成為勞倫斯「生活中的危機之一」。[130]凱因斯把進入
康橋－布盧姆斯伯里集團看成是對勞倫斯的一個「教化」機會，希望這
有助於他融入上層知識份子群體之中，但勞倫斯的表現「欠佳」。凱因
斯回憶說：勞倫斯「從一開始就很怪僻，話很少。除了含糊煩躁地表達
不同意見外，整個早晨……他的整個反應都是頗不完美並且不公平的，
但這通常不是沒有根據的……勞倫斯不注意康橋可能給他提供的任何
有價值的東西。」[131]勞倫斯同樣對康橋的這次聚會留下惡劣印象。他在
1915 年 3 月 19 日給羅素的一封信中說：「真的，康橋使我非常生氣和沮

[129] D. H. Lawrence, *The Letters of D. H. Lawrence* Vol.2, ed. George J. Zytaruk and James
　　　 T. Boulton (Cambridge: Cambridge University Press, 1981), p.300.

[130] David Garnett, *The Flowers of the Forest* (New York: Harcourt Brace & Co. , 1956), p. 54.

[131] John Maynard Keynes, "My Early Beliefs," *Two Memoirs* (London: Rupert Hart-Davis,
　　　 1949), p. 79.

喪。我不能忍受它的腐臭和沼澤般污濁的味道。我得了憂鬱症。這些病入膏肓的人怎麼能復活？他們先該去死。」[132]康橋之行使勞倫斯與羅素之間實現真誠交往的夢想破滅，到 1915 年秋，他與羅素已經徹底決裂。他在 1915 年 9 月 14 日給羅素的信中，直言不諱地指責羅素：「你是全人類的公敵」。勞倫斯同時宣佈與羅素絕交：「讓我們再次成為路人吧。我想這樣好一些。」[133]勞倫斯當然也令羅素寒了心，很久以後，他提起勞倫斯時，還攻擊勞倫斯是「徹頭徹尾的惡魔」，他的思想「直接導向奧斯威辛集中營。」[134]

　　雖然生活在同一個時代，勞倫斯與吳爾芙這兩位傑出的小說家卻從未正式見過面，也沒有過通信。直到勞倫斯於 1930 年去世後一年，吳爾芙才發表了〈論戴・赫・勞倫斯〉一文，算是對這位同時代傑出小說家的紀念。在這篇不長的文章中，吳爾芙的偏見與藝術家的敏感並存。她首先聲稱「直到一九三一年四月為止，她對於勞倫斯的認識僅限於耳聞其名，幾乎完全沒有親身體驗。」吳爾芙說這番話時，顯然忘記了自己曾於 1920 年 12 月 2 日在《泰晤士報文學增刊》第 795 期發表過評論勞倫斯小說《迷途的姑娘》的文章。以布盧姆斯伯里集團的出身和教養，儘管她自己也不遺餘力地反對維多利亞時代的婦女道德，追求女性解放，但吳爾芙不可能對因為所謂「色情描寫」被主流社會罵得狗血淋頭的勞倫斯公開表露出任何激賞。這句話的態度排除了他們之間所有個人聯繫的可能，把自己擺放在一個安全的位置。在〈論戴・赫・勞倫斯〉

---

[132] D. H. Lawrence, *The Letters of D. H. Lawrence* Vol.2, ed. George J. Zytaruk and James T. Boulton (Cambridge: Cambridge University Press, 1981), p.309.

[133] D. H. Lawrence, *The Letters of D. H. Lawrence* Vol.2, ed. George J. Zytaruk and James T. Boulton (Cambridge: Cambridge University Press, 1981), p.392.

[134] Bertrand Russell, *Portraits from Memory and other Essays* (London: Allen & Unwin, 1956), pp.112, 114.

一文中，她也毫不掩飾自己對勞倫斯的偏見，說他名聲「醜惡」，「以先知、神秘的性慾理論的闡述者、隱秘術語的愛好者、放手使用「太陽神經叢」之類詞語的一門新術語學的發明者而著稱於世。」吳爾芙對勞倫斯大多數作品也沒有多少好印象：《普魯士軍官》包含了「不自然的猥褻」，《迷途的姑娘》是「一部臃腫而帶有水手味兒的書」，兩部義大利遊記「支離破碎而不連貫」，詩集《蕁麻》和《紫羅蘭》更是「唸起來就像小男孩們隨手塗寫在門柵上，女傭們看了會跳起來吃吃嗤笑的那種話兒。」但在這篇文章中，吳爾芙作為藝術家的敏感仍然在發揮作用，這使她能夠客觀地稱讚《兒子與情人》，說它「輪廓鮮明、果斷明確、爐火純青、堅如磐石。」吳爾芙也注意到勞倫斯「從他的出身獲得了一種強大的動力」，認識到他在文學史上所占的獨特地位：他「並不附和任何人，也不繼承任何傳統，他無視過去，也不理會現在，除非他影響未來。」[135]

除了私人關係上的恩恩怨怨，勞倫斯與布盧姆斯伯里集團作家之間還分享了一些共同的小說理論主張，進行了類似的小說藝術試驗，追求著共同的文學理想。

眾所周知，吳爾芙是現代小說藝術的積極倡導者，她堅決主張文學要表現人的心靈，表現人的精神世界。在〈論現代小說〉中，她批評威爾斯、貝內特、高爾斯華綏是物質主義者，熱衷於表現「約定俗成的那種情節、喜劇、悲劇、愛情的歡樂和災難」，認為這種傳統的現實主義無法反映生活的真實和本質。她說：「對我們來說，當前最時髦的小說形式，往往使我們錯過、而不是得到我們所尋求的東西。不論我們把這個最基本的東西稱為生活還是心靈，真實還是現實，它已飄然而去，或

[135] 維吉尼亞・吳爾芙：〈論戴・赫・勞倫斯〉，《論小說與小說家》，瞿世鏡譯，上海譯文出版社 2000 年版 220 頁，221 頁，222 頁，223 頁，224 頁。

者遠走高飛，不肯再被我們所提供的如此不合身的外衣所束縛。」那麼生活的真實和本質是什麼呢？他在同一篇文章中寫道：「讓我們考察一下一個普通人在普通的一天中的內心活動吧！心靈接納了成百上千個印象──瑣屑的、奇異的、倏忽即逝的或者用鋒利的鋼刀深深地銘刻在心頭的印象。它們來自四面八方，就像不計其數的原子在不停地簇射；當這些原子墜落下來，構成了星期一或星期二的生活，其側重點就和往昔有所不同。」她呼籲：「讓我們按照那些原子紛紛墜落到人的心靈上的順序把它們記錄下來；讓我們來追蹤這種模式，不論從表面上看來它是多麼不連貫，多麼不一致；按照這種模式，每一個情景或細節都會在思想意識中留下痕跡。」[136]在吳爾芙看來，生命可以分為「存在」與「非存在」即內心的和外在的兩種狀態。外在的生活是物質性的和社會性的活動，而內心生活則是由各種各樣的記憶、感覺、體驗、隱秘的思緒以及無意識的慾望等構成。後者雖然根植於前者，來源於前者，但又是前者的主觀折射、闡釋、解悟與判斷，因而它們更能代表生命的本質，更具有價值和意義。

　　文學表現主觀化的一個直接後果，就是意識流小說的誕生。如前所述，19世紀英國現實主義小說基本上是社會小說，在這類小說中，心理描寫服務於性格塑造，處於從屬地位。即使他們「在關注人物的內在心靈時，也通常被局限在白天的和意識層面的心理學，難得做到去揭示人物心靈的深度。它實際上拒絕考慮榮格稱為「生活的夜的一面」的內容，也就是人的存在的非理性深度。」[137]並且，英國19世紀小說家在描寫人物心理時，通常按照外部語言的規則和形式來寫人物的內心活動，心

[136] 維吉尼亞・吳爾芙：〈論現代小說〉，《論小說與小說家》，瞿世鏡譯，上海譯文出版社2000年版8頁，7頁，7-8頁。

[137] Ntakei da Silva, *Modernism and Virginia Woolf* (Windsor: Windsor Publications, 1990), p.37.

理活動呈現出聯貫性、條理性、邏輯性，實際上是作者概括性的轉述，並不符合心靈的真實。意識流小說表現人物心理世界的創新之處在於，它使人物心理成為自為的運動，獲得了獨立的、主體的地位。意識流小說還首創了心理語言，展示了不同心理因素——感覺、表像、記憶、感情、思維、意志、夢境打破物理時間和固定空間的隨意交替運動，使心理活動呈現不規則性、間斷性和跳躍性，還心理以本來的面目。再者，意識流小說家對人物心理活動的積極意義有了新的認識，將其看成一個能動的、能夠促進自我完善、自我創造和更新的內在機制。對人的心理功能的這種新認識，促使意識流小說家紛紛去開掘人的心理世界的能動力量，為拯救危機中的現代人類提供一條新的出路。意識流小說家除布盧姆斯伯里集團的吳爾芙外，還包括法國的普魯斯特、英國的喬伊斯、美國的福克納等，上述總結的特點不只屬於吳爾芙，它們還被這幾位小說家分享。

勞倫斯的小說創作同樣應和了文學表現主觀化這一現代主義潮流。我們在上文中討論勞倫斯小說與未來主義關係時所提供的例證，也可以用來說明勞倫斯對心理描寫的重視；勞倫斯通常被當成一位現代心理小說家，這也說明了心理描寫在他創作中所占的分量。但與意識流小說家不同的是，勞倫斯專注於人的喧囂躁動、神秘莫測的非理性心理世界，他深刻揭示了非理性心理的表現形態、運動形式、內驅力，描繪出現代人騷亂、掙扎、渴望得到拯救的精神世界的整體圖景，並從中挖掘出現代人精神更新的內在資源。

布盧姆斯伯里集團成員雖職業不同，年齡殊異，但都把人類交往和對於美好事物的熱愛視為生活的最高準則，正是這一理想和信念把他們緊密聯繫在一起。正如倫納德・吳爾芙（Leonard Sidney Woolf，1879-1961）所說的：「經常有這樣一個團體，包括作家和藝術家，他們

不僅是朋友，而且被一種意識到的公共準則和目標，或者藝術或社會的
目的聯合起來。功利主義者、湖畔派詩人、法國印象派畫家，英國的拉
斐爾前派等都屬於這一類團體。但我們的團體又相當不同，它的基礎是
友誼，有些發展成愛情和婚姻。我們心靈和思想的色彩是康橋的氛圍和
穆爾的哲學賦予的。」[138]

　　布盧姆斯伯里集團的作家福斯特和吳爾芙在他們的創作中都致力
於探索人類美好關係的種種可能性。對人與人之間真誠關係的嚮往，對
「聯結」的嚮往和探求更是福斯特小說的一貫主題。他的代表作《霍華
德別墅》探索人與人之間打破階級界限實現「聯結」的可能性，《印度
之旅》則傳達了人與人之間跨越民族界限實現「聯結」的願望。吳爾芙
《達羅衛夫人》中的克萊麗莎在大戰結束後的歷史性時刻，強烈意識到
個體生命間需要相互依賴、相互扶持、相互聯結。她通過舉辦一場晚宴，
把親朋好友聚在一起，實現了「去聯合，去創造」的願望，並從中領悟
到生命的真諦。《海浪》中，吳爾芙借助於超驗的形式，使小說中的人
物存在於由人類整體生命從古至今的縱向發展延續和六位朋友個體生
命橫向的滲透、融合所交織成的網路之中，通過這種聯結，個體戰勝了
死亡。

　　勞倫斯同樣重視人與人之間真實關係的重建，他把這種關係還原為
基於性吸引力的兩性關係。1913 年 5 月給愛德華・加尼特的信中說：「我
只能寫我感受最強烈的東西，就目前而言，它就是男人與女人之間的關
係。建立一種新型的兩性關係，或重新調整舊的兩性關係，這畢竟是當
前問題之所在。」[139]1913 年 4 月 23 日給麥克勞德的信中說：「我確信，

[138] Leonard Woolf, *Beginning Again* (London: Hogarth Press, 1964), p. 25.
[139] D. H. Lawrence, *The Letters of D. H. Lawrence* Vol.1, ed. James T. Boulton (Cambridge: Cambridge University Press, 1979), p.546.

只有通過重新調整男女之間的關係，使性變得自由和健康，英國才能從目前的衰退中掙脫出來。」[140]此前勞倫斯曾經希望與羅素建立密切的友誼，但他意識到自己與羅素之間出身教養差異造成的鴻溝，他告誡羅素，要想與他建立這種友誼，「你必須扔掉你的更深奧的知識和經驗，用我的方式對我說話，否則我感到就像一個胡說八道的白癡和一個闖入者一樣。我的世界是真實的，這是一個真實的世界，這是一個我以我的尺度能夠理解的世界。不可否認，你也有一個真實的世界，而我卻不能理解。我為得出這個結論感到很悲哀。你必須和我一起生活在我的世界中。因為它也是一個真實的世界。這是一個你能夠與我一起棲息的世界，如果我不能同你在你的世界棲息的話。」[141]勞倫斯的全部創作都在嘗試建立理想的兩性關係。這種理想兩性關係基於本能、軀體的相互感應，通過性愛得到確立，在大自然的映襯下臻於完形。和諧的兩性關係是沉淪中的人類復興的希望，是新世界的基礎。

雖然勞倫斯和布盧姆斯伯里集團作家都強調建立真誠個人關係和友情的重要性，但他們對這種關係的實現途徑、性質的認識仍然有很大差別。勞倫斯不滿意布盧姆斯伯里集團作家過多的社會性和理性。勞倫斯感到，布盧姆斯伯里集團的基本價值觀——培養個人關係——已經變得做作和理性化，流於空談。在一封著名的信中，勞倫斯談到布盧姆斯伯里集團：「這些年輕人的談話讓我滿肚子憤怒：他們無休止地談話，無休止——其實從沒有很多或真正的事情好說。他們既無禮貌，又喜歡炫耀。他們每個人都把自己裝在堅硬的小甲殼裏，頭一探出來就說

---

[140] D. H. Lawrence, *The Letters of D. H. Lawrence* Vol.1, ed. James T. Boulton (Cambridge: Cambridge University Press, 1979), p. 544.

[141] D. H. Lawrence, *The Letters of D. H. Lawrence* Vol.2, ed. George J. Zytaruk and James T. Boulton (Cambridge: Cambridge University Press, 1981), p.295.

話……我真受不了。」[142]勞倫斯把對這一集團的印象寫入他的小說。只要想想勞倫斯 1915 年與羅素鬧翻後寫的小說中的人物，有不少是以這個集團的成員為藍本的。如《戀愛中的女人》中的赫米恩，《羽蛇》中的歐文，《查泰萊夫人的情人》中的克利福德、蔑克里斯、福布斯，《雙目失明的人》中里德，都有布盧姆斯伯里集團知識份子身上的影子。

---

[142] D. H. Lawrence, *The Collected Letters of D. H. Lawrence* Vol.1, ed. Harry T. Moore（Heinemann, 1962），pp. 332-333.

第一章　工業文明的批判及其現代意義

　　西方各種現代化理論通常把人類社會的發展劃分成四個階段：原始社會、傳統農業社會、現代工業社會和後現代知識社會。現代化發生在第二和第三個階段，係指從傳統農業社會向現代工業社會轉變的歷史進程及其變化，其主要特徵包括工業化、城市化、民主化、法治化、理性化等，在此基礎上產生的物質與精神成果總和統稱為工業文明。在西方，現代化進程起始於文藝復興，在經歷了工業革命和資產階級革命後，進入加速發展的時期，到 20 世紀 70 年代，一些最發達的西方國家率先進入到後現代知識社會。

　　工業文明批判是 18 世紀後期以降西方文學的重要思想內容。18 世紀後期興起的浪漫主義文學，對法國大革命的理想與大革命實際結果之間的矛盾感到失望，對日益發展的資本主義社會現實（市儈習氣、城市生活對自然淳樸鄉村生活的破壞等）表達了極大的激憤和反抗之情。19世紀 30 年代興起的現實主義文學把抨擊的矛頭指向資本主義的「金錢原則」對人際關係的腐蝕、敗壞，資本家對工人階級的壓迫和剝削，政治、社會體制不健全引起的特權當道、正義缺失現象等。無論浪漫主義還是現實主義文學，都把標榜自由、平等、博愛的人道主義作為工業文明批判的思想武器。現代主義文學繼承了浪漫主義文學和現實主義文學批判工業文明的傳統，但立足點和批判物件發生了本質的變化。現代主義文學對工業文明批判的思想基礎是非理性主義，人性異化是其用力的重點；同時，現代主義文學從人類文明危機的高度看待西方社會、文化形態，將其描繪成一幅災變和荒原的整體象徵性圖景。

　　勞倫斯進行工業文明批判的思想文化資源主要來自兩個方面。其一是非理性主義,對此我在導言第 3 部分已經專門論及。其二是英國文化中的鄉村田園傳統。這兩種思想文化資源使勞倫斯的工業文明批判具有了鮮明的時代和民族特色。勞倫斯把人性異化等同於人的社會化和機械化。他對伊斯特伍德地區煤礦工業生產及鄉土田園生活解體過程的描寫,在更廣闊的範圍對現代人的兩性關係、心理世界的揭示,反對的都是人的社會化和機械化。勞倫斯還把工業文明造成的惡果上升到人類文明危機的高度加以認識,這反映了勞倫斯工業文明批判的深度和廣度。

　　本章討論的不是勞倫斯工業文明批判的全部內容,只限於他對伊斯特伍德地區煤礦工業生產及鄉土田園生活解體過程的描寫。這部分內容相對完整獨立,是勞倫斯工業文明批判的基礎和重要組成部分,而其他內容我將在隨後的章節中以其他形式涉及。

一、工業文明批判的鄉土與文化根源

　　一切先要從勞倫斯故鄉伊斯特伍德地區特殊的地理風貌說起。伊斯特伍德位於諾丁漢郡與德比郡交界處的英國中部鐵路艾瑞沃什支線上,艾瑞沃什河從附近流過,距諾丁漢郡首府諾丁漢市約 8 英里。伊斯特伍德因為 17 世紀中葉發現煤礦而逐漸發展起來,山谷中有幾座煤礦,山谷南邊斜坡的頂端,坐落著礦區小鎮,主要居民是礦工及其家屬。勞倫斯出生在這座小鎮的一個礦工之家,伊斯特伍德煤礦產業的發展對自然環境的破壞,給礦工生活帶來的苦難,對礦工心靈的扭曲,對兩性關係的摧殘,勞倫斯都是親歷者和見證人,因此,他大量的作品中對以煤礦生產為代表的工業文明的批判深刻而有力。勞倫斯在〈諾丁漢與鄉間礦區〉中說:「興旺的維多利亞時代裏,有錢階級和工業促進者造下的

一大孽，就是讓工人淪落到醜陋的境地，醜陋，醜陋，卑賤，沒人樣兒。醜陋的環境，醜陋的理想，醜陋的宗教，醜陋的希望，醜陋的愛情，醜陋的服裝，醜陋的家具，醜陋的房屋，醜陋的勞資關係。」[1]這重複使用的句型和辭彙，強調了勞倫斯對工業文明的切齒痛恨。

從小鎮向谷地東北方向眺望，則是另一種風景。勞倫斯在〈諾丁漢與鄉間礦區〉中寫道：「這片山鄉……東部和東北部是曼斯菲爾德以及舍伍德森林區。在我眼裏，它過去是，現在依然是美麗的山鄉──一邊是諾丁漢的紅色砂岩和橡樹林，另一邊是德比郡冷峻的石灰石、梣樹和石牆。兒時和青年時代的故鄉，仍然是森林密布、良田一片的舊農業英格蘭，沒有汽車，礦井只是田野上的一些皺褶，羅賓漢和他樂觀的夥伴們離我並不遙遠。」[2]這片谷地的中心地帶是莫格林水庫，周圍是若干溪流和水塘。水庫的右邊是名為海帕克林地的森林區，左前方是安德伍德森林，就是傳說中英雄羅賓漢出沒的地方。水庫、池塘、森林、農場，以及若干歷史遺跡構成了這片谷地的主要景觀。

1926 年 12 月 3 日，浪跡義大利的勞倫斯在給友人的信中滿懷深情地描述這片土地：

> 走到沃克街……在第三所房子前站住──從左邊的克里奇看過去，安德伍德就在前邊，海帕克森林和安奈斯列在右邊：我從 6 歲到 18 歲都住在這所房子裏，我比世界上任何人都更熟悉這裏的風景。然後越過一片空地，來到伯瑞奇，對著柵欄門拐角處的房子，我從 1 歲到 6 歲住在那裏。沿著恩景巷，往前跨過在莫格瑞恩煤礦的鐵道口，一直走，就到了阿爾弗瑞頓公路……向左轉，朝著安德伍德，走到一處靠近水庫的農場門房前。穿過這道門，

---

[1]　《勞倫斯散文精選》，黑馬譯，人民日報出版社 1996 年版 196 頁。
[2]　《勞倫斯散文精選》，黑馬譯，人民日報出版社 1996 年版 190 頁。

　　向上走過車行道，到了下一道門。繼續沿著車行道左邊的人行道，
穿過森林，就到了菲利磨坊（這是《白孔雀》中寫到的那個農場）。
你跨過一條小溪後向右，穿過菲利磨坊的大門，登上去安奈斯列
的小路。或者最好還是向右轉，上坡，在你下到小溪前，繼續上
坡，直到一處崎嶇不平已經廢棄的牧場。在過去，它叫安奈斯列·
克耐爾斯……很長時間一直空著……那是我心中的故鄉。[3]

　　從勞倫斯的這兩段論述中，我們能夠證實，他所說的「我心中的故
鄉」，並非代表了工業文明的伊斯特伍德礦井和小鎮，而是它附近區域
的鄉村與自然，是一片象徵著「森林與往昔農業的古老英格蘭」的樂土。

　　勞倫斯對這塊土地魂牽夢繞，不僅僅是因為它風景美麗，還因為他
青少年時代曾無數次穿過林間小道，去初戀情人吉西·錢伯斯家的海格
斯農場。海格斯農場及附近其他一些農場，如格瑞斯雷農場、菲利農場
等，位於「我心中的故鄉」的中心地帶，有了這一處所在，勞倫斯投身
到大自然中，就有了明確的目標和歸宿。1901 年夏天，中學畢業的勞倫
斯第一次隨母親去海格斯農場做客。第二年初春，大病初癒的勞倫斯由
傑西的父親用小推車推著，來到海格斯農場休養。自此，他在 10 年時
間裏頻繁踏訪海格斯農場及其附近地區。傑西在《一份私人檔案》中，
記錄了勞倫斯在海格斯農場勞作的情形：

　　勞倫斯常常一整天地和我父親、兄弟在田裏幹活。這些田有幾英
里見方，我們常常帶上一籃子食物，在田裏吃一整天，所以在田
裏幹農活頗有些野餐風味。[4]

[3]　D. H. Lawrence, *The Letters of D. H. Lawrence,* ed. Aldous Huxley (London: William
　　Heinemann, 1934), p.674.
[4]　吉西·錢伯斯、弗麗達·勞倫斯：《一份私人檔案：勞倫斯與兩個女人》，葉興國、

　　在導論中我已經提及，傑西父親是海格斯農場的承租人。這意味著他並非農場的主人，只是從農場主手裏租賃土地進行耕種。錢伯斯父子是家裏的主要勞動力，都要下地幹活，春種秋收。他們雖然有一些農機具可用，但幹活主要還是靠人力和畜力。2004-2005 年筆者在英國康橋大學訪學期間，曾專程前往伊斯特伍德進行實地考察，其間還深入到海格斯農場遺址參觀。筆者發現，海格斯農場周圍的土地多是坡地，相當貧瘠。這與《白孔雀》中透露的情況是一致的。以海格斯農場及其周圍地區為背景的《白孔雀》中屢次提及，土地的出產有限，農場主過於苛刻，兔子不斷騷擾，以致喬治不得不考慮離開土地，到加拿大去謀生。可見，錢伯斯家的農業勞作是相當艱辛的。勞倫斯是海格斯農場的客人，幹活不是他賴以為生的手段，有「玩」和「休閒」的性質，包含了新鮮的刺激在裏邊。因此，勞倫斯才會把農場生活浪漫化。另一方面，一個工人的兒子由於這一份特殊機緣，接觸到了農人生活，接觸到了鄉村、土地！英格蘭有強大、深厚的鄉村文化傳統，勞倫斯通過田間的勞作親身接觸到了這一傳統。

　　傑西在《一份私人檔案》中還回憶了他們一起去林中觀賞風景的情形：

> 茶點以後，我們去了樹林。我特別想讓他看看我發現的一片高高的熟地林。那樹林對我們很有吸引力。那樹蔭，那樹葉的沙沙呢喃，那種冒險的感覺，那灌木林散發出的強烈的氣味，野雞突然發出的鳴叫，松雞翅膀的拍擊，都給我們以驚喜、刺激……盛開的鮮花使人賞心悅目，花的品種很多，有含苞待放的銀蓮花，有初吐芬芳的白屈菜和紫羅蘭，還有小徑兩旁的勿忘我草和蓋滿林

張健譯，知識出版社 1991 年版 15 頁。

地的圓葉風鈴草花瓣。我們常常採集許多花束,放在林間的草坪上,吮吸他們散發出來的濃郁的芳香。[5]

海格斯農場周圍森林、水塘、溪流遍佈,各種低矮灌木、奇花異草夾雜其間,它也是禽鳥和各種小獸物的樂園。勞倫斯和傑西春夏秋冬,無數次徜徉其間,他們深愛這神的恩賜之物,對其中的一草一木都了然於心。勞倫斯對美國浪漫主義作家梭羅的《瓦爾登湖》(編者按:通譯為《湖濱散記》)十分喜愛,也是因為梭羅文中的描述與眼前的風景、自己的感受遙相呼應。傑西寫道:勞倫斯對《瓦爾登湖》「簡直入了迷,尤其是對有關「池塘」的那些文章極感興趣。我記得在一個假日的早晨,勞倫斯等在我兄弟去葛利斯雷農田幹活的路上,告訴我們梭羅是怎樣在樹林的池塘邊自己搭建了一間房子住在那裏。那是一個靜謐,沒有太陽的早晨,一種陰鬱的光線籠罩著四周的景物,他在描述時的那種氣氛好像與這個早晨的景色非常和諧。」[6]

但是,這片被勞倫斯稱為「我心中的故鄉」的區域並不大,而且與伊斯特伍德礦區毗鄰,有些礦井還深入到森林之中。勞倫斯和傑西等夥伴在林中漫步時,時常能聽見捲揚機的轟鳴聲,小火車的隆隆聲,看見礦區雜亂的井架,煙囪冒出的濃煙,遇到拖著疲憊的步子下班的礦工,聞到煤燃燒時刺鼻的硫磺氣味,這些工業文明的「傑作」與鄉野清新的氣息,生機勃勃的花草樹木,雪地上狐狸的腳印並存。這一獨特的地域風貌,給青少年時代的勞倫斯心靈以極大的刺激,他說:「鄉間多麼美啊,但人造的英格蘭卻醜得出奇。」「當年的生活就是這樣將工業主義

---

[5] 吉西・錢伯斯、弗麗達・勞倫斯:《一份私人檔案:勞倫斯與兩個女人》,葉興國、張健譯,知識出版社 1991 年版 17 頁。

[6] 吉西・錢伯斯、弗麗達・勞倫斯:《一份私人檔案:勞倫斯與兩個女人》,葉興國、張健譯,知識出版社 1991 年版 69 頁。

與莎士比亞、彌爾頓、菲爾丁、喬治‧艾略特農業的古老英格蘭混雜在一起的。」[7]勞倫斯從這種對立中，強烈感受到大自然的幽靜美麗，工業文明對大自然的侵蝕破壞，以及工業文明作為異己力量和正常人精神生活的衝突。日後漸趨成熟的勞倫斯豐富、複雜的思想的鬚根，就絜在早年對這尖銳對立的直觀感受中，工業文明和大自然的衝突，也成為勞倫斯作品中一切衝突的基礎。

　　把工業文明放在與大自然對立的地位加以批判，這一角度，一方面得自故鄉土地上二者在狹小空間裏尖銳對立的直觀刺激，同時，也是英國文化中根深蒂固的鄉村田園傳統的反映。

　　我們知道，英國自 18 世紀中葉工業革命開始，大踏步邁上了工業化的進程。與此同時，英國工業資產階級開始壯大，在 19 世紀頭半期，英國的工業家、工程師、管理人員形成的階層逐步壯大為社會的一支重要力量，工業精神逐漸形成。這個階級的勢力主要集中在英格蘭北部和中部的曼徹斯特、伯明罕和諾丁漢等工業城市。在 19 世紀的英國，由於資本主義的飛速發展，資產階級思想家們普遍產生了虛幻的樂觀情緒，似乎資本主義是人類最完美的制度，是永遠不會過時的。於是為資本主義辯護的各種理論紛紛出籠，馬爾薩斯人口理論、功利主義哲學和曼徹斯特政治經濟學就是其中的代表。馬爾薩斯（Thomas Robert Malthus，1766-1834）在他的《人口論》（1798）中認為，貧困與社會制度、財產分配不平等無關，它根源於人口的增長快於生活資料的增長，解救的辦法是抑制人口的增長。工人的貧困不在於他們受到剝削，而在於他們過多生育。功利主義哲學認為人類行為是建立在個人利益基礎之上的，因此個人利益是評價一切是非善惡的標準，也是整個道德理論的

---

[7]　勞倫斯：〈諾丁漢與鄉間礦區〉，《勞倫斯散文選》，馬瀾譯，百花文藝出版社 1992 年版，第 172 頁，第 169 頁。

出發點。這一理論將追求個人利益、幸福看成是人的自然本性,把自由
競爭、資本家追逐最大利潤合法化。曼徹斯特政治經濟學產生於英國的
工業中心曼徹斯特,他們提出自由貿易的原則,鼓吹政府和社會應該放
手聽任資本家活動。這些理論試圖把資本主義剝削、現狀、貧富差別合
法化。

　　但伴隨著資本主義的高歌猛進,批判工業化社會弊端的文化思想運
動也一浪高過一浪。英國同樣有著另一個悠長、強大的熱愛鄉村傳統。
貴族、金融資產階級集團是這一傳統的重要代表,他們主要定居在英國
南方,擁有莊園或別墅,欣賞傳統的鄉村生活方式,憎恨城市生活。客
觀地講,並非只有少數貴族和金融資產階級推崇鄉村田園生活,它有著
廣泛的社會基礎,是一股強大的文化力量。英國普通百姓把在鄉間擁有
一棟房子看成是夢寐以求的理想。我們從當今各種新聞媒體上經常能夠
看到英國鄉村居民和環保人士抗議公路穿越鄉村,破壞綠地的報導,這
種讓崇尚現代化的發展中國家民眾感到不可思議的事情,在英國早就習
以為常。並且,廣大知識份子,其中包括作家,早已經加入到維護鄉村
田園傳統的行列中去,他們與貴族和金融資產階級「合謀」創造了「鄉
村神話」。按照這一神話,城市是地獄,而鄉村是天堂。工業和城市化
不具有道德基礎,它展現的只是物質主義。在城市生活中,人類獲得了
物質享受,卻以失去靈魂為代價,現代性代表了世俗物質主義對精神理
念的勝利等等。卡萊爾(Thomas Carlyle,1795-1881)、羅斯金(John Ruskin,
1819-1900)、阿諾德(Matthew Arnold, 1822-1888)等英國 19 世紀傑出
的思想家都毫無例外地站在維護英國鄉村田園傳統的立場上,一致認為
「有機」的鄉村社會,貢獻著精神而非物質的價值,它是一種生活方式,
在人類和精神價值上是獨特的,無可替代的。他們一致呼籲要把「英格

蘭翠綠的土地」「從這些黑暗的撒旦的工廠」解救出來。他們咒罵倫敦，
攻擊城市。

　　卡萊爾是拜金主義的猛烈鞭撻者。他認為，拜金主義是時代的悲
劇，它腐蝕了人的靈魂，使道德淪喪，社會風氣敗壞，「是罪惡的淵藪，
是整個社會壞疽的根本」。[8]卡萊爾指出：「拜物教，供求關係，競爭，
自由放任主義」創立了一個「最委瑣」、「最使人絕望」的信仰，「使得
所有的人都陷入利己主義、唯利是圖、崇尚享樂與虛榮之中……人們因
此而變得貪心不足：除了無窮的物慾之外，他們將一切置之度外！」他
認為「這樣的世界絕不會長久。一個物慾橫流的世界很快就將失控：這
樣的世界正在走向滅亡，而根據自然法則，它也必須滅亡。」[9]羅斯金
在〈工作〉一文中批判了英國社會的拜金主義盛行和城市污染：「那個
骯髒的大城市倫敦——車馬喧嘩、人聲嘈雜、煙氣彌漫、臭氣熏天——
一大堆可怕的高樓大廈在發酵般騷動不已，全身吐著毒液。」[10]整個沸
騰的倫敦，都在玩著一個可怕的、令人作嘔的遊戲——賺錢。羅斯金的
〈19世紀上空的暴風雲〉一文追蹤了倫敦上空的惡風臭雨、污雲髒霧在
近40年間形成的過程，對環境污染發出了「災難」的預告。羅斯金指出，
長此以往，污濁骯髒的雲霧將遮蔽大自然最美好的饋贈——太陽也將見
不到了，「大英帝國過去是日不落帝國，如今則變成日不升之國了。」[11]傑
西在《一份私人檔案》中記錄了勞倫斯對卡萊爾的《法國革命》、《英雄
和英雄崇拜》、《舊衣新裁》等著作的喜愛，以及從中獲得的啟示。事實
上，勞倫斯也在多個方面繼承了羅斯金對工業文明的批判態度。19世紀
英國思想家阿諾德也是工業文明的堅定批判者。他在《文化與無政府狀

8　卡萊爾：《文明的憂思》，寧小銀譯，中國檔案出版社1999年版4頁。
9　卡萊爾：《文明的憂思》，寧小銀譯，中國檔案出版社1999年版50頁，51頁。
10　羅斯金：《羅斯金散文選》，沙銘瑤譯，百花文藝出版社1997年版144頁。
11　羅斯金：《羅斯金散文選》，沙銘瑤譯，百花文藝出版社1997年版266頁。

態》一書中指出：「整個現代文明在很大程度上是機器文明，是外部文明」。這種文明將機器的特徵廣泛傳播，尤其在英國，「機械性已到了無與倫比的地步」，「世上沒有哪個國家比我們更推崇機械和物質文明」。[12] 阿諾德把工業文明造就的中產階級稱為「非利士人」，在他眼裏，這些「非利士人」是不關心心智的完美和精神的豐富，對文化藝術和人文思想缺乏興趣，只知道追逐物質利益的平庸之輩，與英國文化的真正需要，與國家的強盛背道而馳。因此阿諾德指出：「對機械工具的信仰乃是糾纏我們的一大危險。」[13] 在作家當中，華茲華斯（William Wordsworth，1770-1850）、喬治·艾略特、哈代、福斯特等都是鄉村田園生活的熱情謳歌者。

眾所周知，英國在 20 世紀經歷了持續的經濟衰落，當年這個工業革命的先驅國家，工業生產最為發達的國家，已經不可避免地淪為二流國家。著名學者馬丁·維訥（Martin J. Wiener）在他影響巨大的著作《英國文化和工業精神的衰落》中，獨闢蹊徑地分析了英國工業衰退的原因。他把這種衰落的根源追蹤到文化層面，認為這是英國工業精神被削弱所導致的結果。而工業精神的被削弱，是因為工業的發展與傳統利益集團產生了嚴重對立，是一種彌漫在知識份子以及文學、文化中對工業精神的敵意，因此英國強大的鄉村田園傳統及其根深蒂固的影響應該為英國經濟的衰退負責。維訥站在工業文明的立場上，向英國的鄉村田園傳統興師問罪，這從另一個側面揭示了英國工業傳統與鄉村田園傳統之間長久積累的矛盾。勞倫斯在他的作品中也深刻揭示了這種矛盾，不過他與卡萊爾、羅斯金、阿諾德等前輩學者一樣，是鄉村田園傳統的繼承者和堅定維護者。勞倫斯在〈諾丁漢與鄉間礦區〉中說：「事實上，直

---

[12] 馬修·阿諾德：《文化與無政府狀態》，韓敏中譯，三聯書店 2002 年版 11 頁。
[13] 馬修·阿諾德：《文化與無政府狀態》，韓敏中譯，三聯書店 2002 年版 12 頁。

至 1800 年，英國人還是絕對過著鄉間生活的人，很有泥土氣。幾個世紀來，英國一直有城鎮，可那絕不是真正的城鎮，不過是一片片村落而已。從來不是真正的城鎮，英國人的性格中從未表現出人的城市性一面。」但是，「工業制度一下子讓這些變了個樣」，今天的「英國人被徹底工業化了，因此不可救藥地變成了徹頭徹尾的城市鳥兒。」[14]在《查泰萊夫人的情人》中，勞倫斯討論了兩個英格蘭的問題：「這就是歷史。一個英格蘭消滅了另一個英格蘭。……工業的英格蘭消滅了農業的英格蘭；……新英格蘭消滅了舊英格蘭。事態的繼續並不是有機的，而是機械的。」有趣的是，《查泰萊夫人的情人》中，處處對立的克利福德和康妮，在留戀舊英格蘭、憎恨新英格蘭這一點上，卻有完全一致的意見。在第 5 章，克利福德由康妮推著輪椅在樹林裏散步，他看到美麗的林木花草，不由感歎：「這兒是古老的英格蘭，是它的心臟」，並且發誓「要把它完整地保存下去。」在第 11 章，康妮看到代表傳統英格蘭的遺迹正被黑煙和雜亂無章的建築所吞噬，不由痛切地喊出「英格蘭，我的英格蘭」。

　　事實上，勞倫斯的家族是工業化進程的受益者。勞倫斯的外祖父是海軍造船廠的技術工人，他的祖父是一個裁縫，後來飄鄉到伊斯特伍德，在礦區紮下了根。他父親是一名礦工，他的哥哥喬治是諾丁漢一家工程公司的管理人員。勞倫斯自己也有過短暫的在公司從業的經歷。由於青少年時代的勞倫斯在實際生活中必須依靠工業生產所帶來的經濟收益，所以他的早期作品中不經意間會流露出對煤礦工業生產的期冀和好感。《兒子與情人》中，礦區風景在一定程度上甚至是動人的。保羅臨去諾丁漢上班前，望著山谷的景色，感到「從來也未曾發覺家鄉對他有著這麼強的感染力。」在保羅見到的清晨的風景中，也包括了「明頓

---

[14]　《勞倫斯散文精選》，黑馬譯，人民日報出版社 1996 年版 198 頁。

礦上的蒸汽迅速地與晨光融為一體」。不久保羅隨母親去拜訪利弗斯太太一家，途中經過礦區，見到「明頓礦上飄蕩縷縷白煙，不時還傳來一陣陣隆隆聲和軋軋聲。」保羅還看見車輛和馬匹翻過高高的山脊，以及萬綠叢中幾家紅色的農舍。這些下午陽光中的物景令母子二人感動。母親說：「世界真美好」。保羅補充說：「煤礦也一樣，你看它堆在一起，多像個活的東西——像一隻我們不知道的大動物。」他又議論那些運煤的貨車：「還有排隊等在那兒的貨車，多像一串等著喂食的野獸。」保羅從生物有機性的角度欣賞礦山之美，取純審美的態度。母親也喜歡，但出發點是功利的，因為貨車多說明需求大，需求大意味著收入增加，她說：「有這麼多貨車等著，我真高興，這說明這個星期的情況還不錯。」因此，無論從出身還是從實際經濟利益看，勞倫斯本應該是工業文明的維護者，至少他也沒有理由敵視工業文明。但以勞倫斯天性對任何工業機器、現代交通工具，乃至日常生活中的機械用品，都毫無興趣。更重要的是，在伊斯特伍德鎮之外，他發現了「心中的故鄉」那片屬於英國未被破壞的鄉村自然區域，發現了海格斯農場。在那裏，勞倫斯與錢伯斯一家的交往，為他與英國鄉村田園生活傳統建立聯繫提供了直接的契機，使他切身體會了英國的鄉村田園生活。此外，他閱讀卡萊爾、羅斯金、喬治‧艾略特、哈代，欣然接受了英國文化中彌漫的對工業文明的敵意。因此，勞倫斯對工業文明的批判（就伊斯特伍德地區而言），一方面來自自己的生活體驗，同時也來自英國的文化傳統。

二、《白孔雀》：牧歌與失樂園

1、牧歌與樂園圖式

　　把勞倫斯第一部長篇小說《白孔雀》看成一部現代牧歌，在英美學界不乏其人。如邁克爾‧斯誇爾斯認為：「《白孔雀》事實上是一部變體的或現代版的牧歌小說。它的抒情性風景，詩情畫意般的谷地，城市與鄉村生活模式的尖銳衝突，城鄉價值觀之間的緊張關係，它對具有田園風的野餐的詳盡描寫，它的反牧歌結局，它對曾象徵著人物「黃金時代」的谷地的充滿懷舊情緒的回望，這些都使它具有了牧歌的特色。」[15]赫茨格爾也指出：「《白孔雀》是一部牧歌小說……儘管它包含了大量的現實因素——例如它承認鄉村生活經常是粗礪和苦澀的，工業的英格蘭也日甚一日侵擾著風景——但《白孔雀》給人留下的最重要的印象是它的浪漫田園牧歌旋律。」[16]本節將圍繞《白孔雀》的牧歌屬性，就其在批判工業文明方面的獨特內容展開論述。

　　在西方，牧歌（pastoral）是一個有悠久傳統的文學品種。遠在古希臘時代，詩人們用它表現牧羊人在村野和自然中的純樸生活，歌詠愛情和死亡。古羅馬詩人維吉爾（Virgil, 70-19 B.C.）的《牧歌》是牧歌史上的一座高峰，他給牧歌注入了政治寓言的成分，以希臘的阿卡迪亞地方為原型，創造了理想化的樂土，並預言了一個新黃金時代的到來。維吉爾給牧歌定了型，對後世產生深遠的影響。在文藝復興時期，牧歌出現繁榮局面，斯賓塞（Edmund Spenser, 1552-1599）、錫德尼（Sir Philip Sidney, 1554-1586）、莎士比亞（William Shakespeare, 1564-1616）、德萊

---

[15] Michael Squires, *The Pastoral Novel: Studies in George Eliot, Thomas Hardy, and D. H. Lawrence* (Charlottesville: University Press of Virginia, 1975), p. 178.

[16] Kim A. Herzinger, *D. H. Lawrence in His Time, 1908-1915* (London: Associated University Presses, 1982), pp. 76-77.

頓（John Dryden, 1631-1700）、彌爾頓（John Milton, 1608-1674）等，都創作了傑出的作品。牧歌作者將鄉村和城市刻意對立起來，鄉村生活是純樸的、自然的、寧靜的，而城市生活則是複雜和敗壞的。儘管許多牧歌的描述與城市和鄉村的實際生活相去甚遠，但這種二元對立的模式，極大滿足了作家逃避現實，追尋樂土的理想。牧歌的傳統在 18 世紀後發生了很大變化，受盧梭回歸自然的理念及浪漫主義重視自然和民間因素的影響，鄉村與城市衝突的傾向加劇；田園風光由於其脆弱和古舊，往往受到城市更便利的生活的侵擾和破壞，因此，田園風光的描繪中注入了苦澀的現實感，矯揉造作的風氣逐漸被摒棄。這樣的作家有彭斯（Robert Burns, 1759-1796）、華茲華斯、喬治·桑（George Sand, 1804-1876）等。早期的牧歌通常由牧羊人扮演其中角色，抒發感懷，形式主要是詩和劇。18 世紀以後，牧羊人角色已少見，牧歌被用來泛指一切美化鄉村生活的作品，包括小說。由於牧歌處理死亡、命運、理想的鄉村生活的式微一類主題，它的情調常常是感傷和憂鬱的。文學中的現實主義興起後，牧歌沒有因為它缺乏寫實性而走向消亡，而是在崇尚經驗和寫實的環境中生存下來。理性主義和社會批判也逐漸滲透到牧歌中來，「鄉村」被看成傳統、鄉土、自然和宗法制社會的守衛者，「城市」則囊括了一切外來的、墮落的資本主義因素。

　　牧歌最初是文類的一種，但在發展過程中，它的涵義極大地豐富了。現代學者已不限於只從類型、品種的層面上理解它。易卜蓀（William Empson, 1906-1984）在他著名的《牧歌的若干形式》（1935）一書中認為，「牧歌並非由傳統特徵和慣例構成，它是一種特殊的結構關係，這種關係超越形式的限制，並得以存在下去。」「如今，牧歌仍然具有體裁名稱的功能，然而它同時獲得一種引申意義，這種引申意義與批評家追尋文學的神話和原型的努力直接有關。術語「牧歌」的這一用法體現

了一種熱衷於探討和研究文學中的各種常見結構的傾向。」[17]學者們認為，構成牧歌的最本質的因素，可以超越文體的限制，永久地生存下來，因為它和人追求回歸自然，回歸鄉土，回歸單純樸質生活的本性聯繫在一起。這展示了牧歌廣闊的發展空間和彈性。在英國 19、20 世紀文學中，喬治・艾略特、哈代、勞倫斯的部分作品就是牧歌在現代社會保持強大生命的明證。

　　《白孔雀》的牧歌屬性，主要表現在它以自然風景、農事、愛情為描寫物件，將鄉土生活理想化，從而構築起一個樂園圖式。

　　大自然從來都是牧歌的基本素材，對勞倫斯當然也不例外。《白孔雀》對伊瑟梅爾水庫及其周圍地區的自然風貌濃彩重抹，繪製了一幅與工業文明相對立的樂園圖景。《白孔雀》第三稿的標題叫「內瑟梅爾」，定稿後第 1 部第 1 章的標題也叫「內瑟梅爾」，它是小說中人物活動的主要場所，也是小說表現的中心。「內瑟梅爾」就是本章第 1 節中所述被勞倫斯稱為「我心中的故鄉」的那片區域，莫格林水庫是它的中心，周圍林木森森，池塘、溪流、農田、牧場、果園、磨坊、農舍點綴其間。喬治家的斯特利磨坊，是當地實有的菲利磨坊的翻版；而喬治一家人，是以住在菲利磨坊西邊不遠處海格斯農場的吉西・錢伯斯一家為原型創造的。勞倫斯把錢伯斯家的農場和家人生活搬到了菲利農場。西里爾（勞倫斯自己的化身）家在內瑟梅爾的南邊。小說中的萊斯利住在海克洛斯，在內瑟梅爾的東邊，其住處以當地煤礦主巴伯家族的名為蘭姆克洛斯的房產為原型。三組人物圍繞著內瑟梅爾構成了一個三角形，而內瑟梅爾是人物活動的中心。勞倫斯在小說中具體描寫了這個區域的方位和概況：

---

[17] 轉引自羅吉・福勒主編：《現代西方文學批評術語詞典》，袁德威譯，四川人民出版社 1987 年版 198 頁。

　　……斯特利磨坊坐落在狹長的內瑟梅爾河谷的北端，它的牧場和可耕地都在北坡上。西坡上草木叢生，這時已經被圈了起來，成了莊園一部分的公地。耕地以東邊突然下降的河灣為界，一條窄窄的林地逐漸變寬成為雜木林，一直延伸到上水塘。從這兒再向東，山坡突然上升。坡上野草森森，老樹星羅棋佈，舊灌木樹籬已經纏滿了荊棘。從西北面開始，沿小山邊繞東南兩面長著黑壓壓的樹林，鬱鬱蔥蔥一直漫到內瑟梅爾南邊，圍住了我們的家。

　　在《白孔雀》中，這片區域最令人驚歎的是它的物種多樣性。其實內瑟梅爾不過是方寸之地，卻彙聚了眾多的植物和動物。小說中提及名稱的喬木、灌木、草本類植物，有七葉樹、赤楊樹、橡樹、松樹、榛樹、山毛櫸、楓樹、岑樹、椴樹、白楊、蘇格蘭杉樹、梅樹、橙樹、柳樹、櫟樹、蘋果樹、榆樹、柳樹、楸樹、梧桐、紫杉、醋栗、金鏈花樹、丁香、山茶、櫻桃、接骨木、長春藤、杜鵑花、荊棘、野山莓、薔薇、剪秋蘿、山楂、冬青、槲寄生、蒲草、秀線菊、野薄荷、紫羅蘭、天竺葵、蘭花、筋骨花、菊花、蜀葵、大麗花、荊豆、黑莓、蘩蘿、蘆葦、薊草、蕁麻、櫻草、繡球花、忍冬花、旱金蓮、五葉地錦、香雪球、風玲草、立金花、木銀蓮花、水仙、報春花、虎耳草、香車葉草、風信子、勿忘我草、酢漿草、玲蘭花、羊齒草、蒲公英、九輪草、水蘇、雛菊、野豌豆、黃芪、玫瑰、防風草、茅草、地榆、紫巢菜、繁縷草、老鸛草、牡丹、矢車菊、飛燕草、百合、山茱萸、旋花、瀉根草、蕨草、山莓、牛筋草、毛茛、燈芯草、指項花等近百種。此外，還有燕麥、玉米等莊稼。出沒於此地的動物也十分豐富，小說中提及的有牛、馬、羊、豬、貓、狗等常見家畜，以及孔雀、蜂、田雞、水鳥、野稚、天鵝、烏鴉、蒼頭燕雀、松鼠、斑尾林鴿、鼬鼠、鼴鼠、秧雞、知更鳥、雲雀、蝴蝶、鷓鴣等飛禽走獸 30 餘種。

英格蘭緯度較高，但受北上的墨西哥暖流的影響，氣候比較溫和。1 月份的平溫氣溫在攝氏 4 度以上，而 7 月份的平溫氣溫只有 17 度左右，可以說冬無極寒，夏無酷暑。英格蘭的年平均降水量約 600 毫米，不算多，但分佈均勻。由於是島國，加上溫帶海洋性氣候的影響，英格蘭常常雲遮霧罩。英格蘭雖然少高山大川，但丘陵坡地也增添了許多變化。可以設想，這些因素合力作用於上述動植物，會變幻出多麼動人的風景！而勞倫斯在《白孔雀》中從來不吝嗇筆墨去展現這些風景。在他筆下，內瑟梅爾的春天萬物萌發，生機盎然：

> 這是早春一個美妙的早晨，……我的整個世界因為想起了夏天而感到一陣激動。木門旁，榛樹下，幼嫩蒼白的銀蓮已破土而出。那兒偶爾有赤熱的陽光透射進來，閃著金光。到處呈現出一種實實在在的激動與歡欣，就像懷孕的婦人所感到的喜悅。在一個得天獨厚的地方，一棵闊葉柳看起來活像夏日黎明的一塊淺金色雲朵。再近一些，每一根細枝上都懸著一塊金色而小巧玲瓏的高頂帽。蜜蜂發出嗡嗡聲，就像是上帝那燃燒的荊豆叢。在這暖人的香氣中，大自然處處發泄著它的歡樂。鳥兒歡叫著四下翻飛，銜著飄動的草絲、一束束雪白的絨毛縈進樹林幽暗的去處，然後又沖出來，直插藍天。

夏天的內瑟梅爾，陽光燦爛，林木花草繁盛，一切呈現出愜意、饜足的情景：

> 一天都很悶熱。我們跳過小溪的時候，西邊的太陽還是一片火紅。傍晚的馨香開始甦醒，不知不覺地在沉寂的空氣中瀰散。偶爾有一束黃色的陽光從濃密的樹葉間斜射進來，情深意切地照著一串串橙色的山楸果。樹木寂靜無聲，擠在一起沉睡。路邊只有

　　幾朵淡紅色的蘭花，懶洋洋地站在那兒，若有所思地望著一叢叢
　　紫紅色的筋骨草開得正豔，渴望著陽光的照射。

　　勞倫斯在《白孔雀》中，不僅客觀地再現了自然物景的豐富和美麗，
更重要的是，他表現了人與自然之間的深刻聯繫。吉西・錢伯斯在《一
份私人檔案》中證實：「勞倫斯和死亡是截然不同的兩個極端。對我來
說他一直象徵著盎然的生命。他不僅擁有人的生命，而且他好像還能與
其他的大自然生命融為一體。他與野花飛鳥，陷阱中的野兔和地穴裏的
雀蛋合而為一，息息相通，所以我一直認為他是不朽的，最嚴格意義上
的不朽。」[18]對勞倫斯來說，自然不是純粹的客觀外在之物，而是自我
主體的物件化；要想真正領悟它，就不能只是去看，去分析，去分類，
而要用真實的直覺意識和可靠的本能感情去把握它，佔據它。勞倫斯的
確有這樣一種本領，能用活力和激情將自己與周圍的事物融在一起，尤
其是與大自然融為一體。《白孔雀》中的主人公繼承了勞倫斯這種特質。
埃米莉說：「當你能擁有滿地的立金花時，誰還想要那黃金舖就的大道
呢！」這樸質的語言包含了她對內瑟梅爾山水的深厚感情。同樣的意思
喬治也表達過：「僅僅割這些草就值得生活在這裏。」小說中的喬治是
真正意義上的自然世界的擁有者，他隨手一摸，就能找到藏著的蜜蜂巢
穴。他在犁地時把紅嘴鷗孵蛋的窩移開。他把一隻野兔藏在他的毛毯下
面，以逃避獵狗的追擊。他在田間揮鐮收割，或懶散地躺在水塘邊曬太
陽，或在月光下的林中漫步。他做這一切，就像在自家的後院裏侍弄花
草一樣，那是「自家」的東西，他熟悉它們，就像熟悉自己口袋裏的東
西一樣；他熱愛它們，因為那是他生命的全部形式和意義。他對西里爾
說的話反映了這種關係的實質：「你看見大柳樹邊那棵茂盛的梧桐樹了

18　吉西・錢伯斯、弗麗達・勞倫斯：《一份私人檔案：勞倫斯與兩個女人》，葉興國、
　　張健譯，知識出版社 1991 年版 164-165 頁。

嗎？記得當我父親折斷它的主枝時，我非常難過……好像我自己的主莖也被折斷了似的。」這說明自然景物與人物的內在真實生命相呼應，與人物的命運發展是息息相關的。

在小說敘述人西里爾眼中，大自然是一個生命的有機體，它有思想，有感情，並且能夠和自己聲息相通。當他獨自在水塘邊觀賞風景時，喬治問他在幹什麼，他說：「我在想，這地方似乎很古老，正在沉思它的過去呢。」後來西里爾又說：「我希望，在這四野茫茫的荒蠻山谷中，在這雲影像香客朝聖般遊移的地方，應當有什麼東西召喚我向前，把我從這深沉的孤寂中喚起……」這說明西里爾意識到，自然與人的心靈是相互呼應的，自然具有將人「喚醒」的功能。西里爾在離開家鄉去倫敦前，他的身份似乎是一名在校的大學生，也可能是公司職員，學校教師。身份不很確定的原因，是小說完全沒有寫到這個 23 歲知識青年的任何社會活動。他捲入萊蒂、喬治和萊斯利的三角關係中，卻是感情上的局外人。他與喬治妹妹埃米莉的關係若即若離，雖然偶爾兩情繾綣，有擁抱和親吻，但興趣似乎並不在其中。小說第 1 部共 8 章，除第 4 章西里爾與母親趕往附近一個村子處理父親的後事外，其他章節的故事，都有內瑟梅爾這一場景參與在其中。主要的方式，就是西里爾作為故事的第一人稱敘述者，一次次走出家門，到內瑟梅爾去。有時是去內瑟梅爾散步，有時去喬治家幫助幹農活，有時陪妹妹萊蒂赴約會，有時受萊蒂差遣去叫萊斯利或喬治。其中有些理由，從人事的角度看，是完全不必要的。但只要有一個理由，哪怕是牽強的理由，西里爾都會投身到內瑟梅爾的大自然之中，去體驗它春天的溫柔，夏天絢爛，秋天的寥落，冬天的蕭瑟。雖然每個季節都有不同的心情和故事，自然的美卻是永恆的。西里爾說：「我和萊蒂一直都生活在樹林與水色之間」。自然構成了西里爾生活的主要內容，甚至目的本身，他為自然而生。

除自然山水外，農事活動也是《白孔雀》建構樂園圖式的重要因素。勞倫斯把農事活動理想化，從田間村舍、春種秋收中讀出的是盎然的詩意。5 月是播種的季節，喬治在地裏施肥，隨即西里爾加入進來。烏雲低垂，各種禽鳥在田間地頭鳴叫、歡跳、奔跑，西里爾陶醉於這幅田園美景，甚至覺得它「太優雅、太燦爛了一點」。6 月是割草的季節，西里爾與喬治去收割湖心小島上的一塊草地。清晨涼爽濕潤的空氣，大地的芬芳，嬌豔的花朵，以及蟲草樹木的靜寂，那一份沁人心脾的美景令喬治無限感懷，以致傷心起來，遲遲不忍動手幹活。

9 月間收割燕麥，田間地頭不斷傳來有節奏的、鐮刀割麥時發出的沙沙聲，割草機割草的唦唦聲。收割了的麥子被捆好，立成麥禾堆。在沐浴了一天溫熱的秋陽之後，它們構成了一幅慵懶、恬靜的圖景：

> 麥捆變得更輕了；它們隨隨便便地相依相靠，像是彼此在低聲細語。腳一踩在長而結實的麥茬上就發出劈劈啪啪的破裂聲。麥草散發出縷縷香甜的氣味。當把一捆捆可憐巴巴、曬得發白的麥捆舉過樹籬時，就會露出一片晃動的野草莓。遲熟的山莓隨時都可能掉下地；在潮濕的草中還可以發現水靈靈的黑莓。……麥子已全部捆好，就只剩下把倒在地上的麥捆立起來堆成堆了。太陽落進金光燦燦的西天，金色隨之變成紅色，紅色越來越深，好像快要燃盡的一團火。

農事活動彰顯了喬治的軀體和力量之美。小說第 1 部第 5 章，西里爾和萊蒂及萊斯利一道去喬治家的農場，正趕上喬治和父親在收割燕麥。興致勃勃的萊蒂吵鬧著要加入進來，喬治客氣地勸阻了她。然後是喬治繼續割燕麥的場面：

陽光溫和，喬治已經把帽子丟到一邊，黑油油的頭髮濕漉漉的，亂蓬蓬地捲了起來。他站得穩穩的，腰部的擺動優美而有節奏。他繫著腰帶的臀部褲子上掛著刀石，褪了色的襯衣幾乎變成了白色，正好在腰帶上方撕裂了一道口子，露出了背部的肌肉，就像照在河灣裏白色沙灘上的一抹亮光。有節奏的身體上透出某種超乎尋常的吸引力。

喬治強壯結實的身體，一起一伏的勞作中展現的力量之美對萊蒂產生了強烈的吸引力，她情不自禁地對喬治說：「你的雙肩逗得我真想摸一摸。它們棕褐色的顏色真美，顯得很結實。」也在迷戀著萊蒂的喬治把手臂伸給他，只見萊蒂「猶豫了一下，接著迅速把指尖放在他平滑的棕色肌肉上，順著胳膊滑動。突然她面紅耳赤地把手藏在裙褶裏。」

嚴寒的冬季，農家活動一樣充滿了樂趣。穀倉裏打漿機在打蘿蔔漿，空氣中飄逸著蘿蔔甜絲絲的氣味。喬治給牛餵完飼料，又坐下來擠牛奶。埃米莉在挑選葡萄乾，在木鉢裏切硬板油，或在縫紉機前做手工，母親則做她的餡餅。無事可幹時，喬治一家人（當然西里爾和萊蒂總是加入其中）就圍坐在爐火旁喝咖啡、閒談、讀書，或者什麼也不談，僅僅是為了享受那份溫馨而安逸的氣氛。

愛情和友誼是牧歌的重要內容，《白孔雀》也不例外。萊蒂身上有分裂的兩個自我，一個是本能與肉體，另一個是理性與精神。在現實生活中，喬治代表前者，萊斯利代表後者，他們都不具備二者的統一，因此無法滿足萊蒂全部的內心需求。正因為這樣，萊蒂在左右搖擺中毀掉了喬治和萊斯利，也毀掉了她自己。雖然這一愛情悲劇開創了勞倫斯表現肉體之愛與精神之愛的衝突的先河，有凝重的心理探索成分，但其中也包含了青春的感傷，浪漫的遊戲，洋溢著濃郁的詩情畫意，這些都符合傳統牧歌的套路。如小說第 1 部第 5 章，在一天的勞作之後，萊蒂和

喬治、萊斯利、西里爾、埃米莉等一起去林間漫步。花前月下，萊斯利
把萊蒂抱到一根樹叉上，兩人竊竊私語。這時，喬治唱著古老的情歌走
過來，萊蒂又叫喬治把自己從樹叉上抱下來。三人爭風吃醋的場面令人
忍俊不禁。小說第7章，萊斯利從萊蒂口中得到訂婚的許可後欣喜若狂。
雖然萊斯利總體上是一個否定性的人物，但他此刻的喜悅卻是由衷的，
真誠的，他們的談情說愛充滿了機智和風趣。在第8章，萊蒂夜間拉著
喬治去林中尋找槲寄生樹，用來裝點聖誕晚會。其實這只是一個由頭，
萊蒂真實的意圖是想和喬治在一起。在黑暗中，喬治將萊蒂摟在懷裏，
在她的嘴上印上了一個吻。萊蒂被喬治的舉動弄得心慌意亂，而激動的
喬治說起話來也語無倫次。喬治想知道槲寄生樹上的漿果多不多，就返
回家取來了一盞防風燈。燈照亮了槲寄生樹，也照亮了兩人的臉。但他
們沒有去看樹上的漿果，卻只是含情脈脈地望著對方的眼睛。明明槲寄
生樹上的漿果疏疏落落，喬治卻言不由衷地說：「漿果真多啊。」萊蒂
居然也「喃喃地表示同意。」言語在此刻是多餘的，他們最後乾脆什麼
也不說，沉浸在無言的幸福之中，如醉如癡。在第2部第7章，已經與
萊斯利訂婚的萊蒂仍不能忘懷喬治，又一次來找他。萊蒂把這次相會看
成是自己和喬治愛情最後的機會，同時又缺乏勇氣向前邁進一步。他們
一起散步到池塘邊，在燦爛的陽光和滿目的鮮花中，不知不覺靠得很
近。萊蒂感慨地說：「但願我們能像雲雀一樣自由。」當喬治追問她的
話是什麼意思時，萊蒂隨即退縮了，說：「我們不得不考慮很多。」看
看喬治神情沮喪，萊蒂再一次激勵他：「要是我是男人，我會自己安排
一切──啊，難道我就不可能有我自己的方式！」還沒有等喬治明白過
來，萊蒂的心念又一次轉瞬即逝。當他們走到山腰往下回望磨坊和池塘
時，萊蒂說自己要回家，而喬治堅持請萊蒂去農場喝茶，萊蒂提起喬治
未婚妻梅格的名字，攪動了喬治內心無限的痛苦。萊蒂心中不忍，就提

議在樹林中呆一會兒。他們坐在花草叢中，心情好了一些。萊蒂說到牧神樹精，說到林網，說這說那，一會兒笑，一會兒又淚水盈盈，一顆紛亂的心，如同天上的雲，忽陰忽晴，瞬息萬變。最後萊蒂終於掙脫了情感的羈絆，漸漸冷靜下來。在《白孔雀》中，萊蒂扮演的是文明人的角色，她身上精神的、理性的因素更加強大，這也是她最終選擇萊斯利的根本原因；三角愛情發展至此，萊蒂與喬治也漸行漸遠。勞倫斯在《白孔雀》中，總是講萊蒂與喬治、萊斯利的愛情場面安置在山水林木之間，主人公的喜悅與無奈，敘述人的憂傷，與大自然的陰晴節氣變化交相輝映，營造出浪漫的抒情氣氛。

　　西里爾與喬治一家的友情也為小說的牧歌情調增色不少。農場差不多是西里爾的第二個家，在小說中他出現的場景，大部分都在農場及周圍區域。西里爾與喬治情同手足，患難與共，一起在內瑟梅爾度過了青春歲月。在小說第 2 部第 8 章，二人的關係發展到高峰。5 月的一天，他們一起幹完農活後坐在一起小憩，在細雨朦朧中，彼此間「產生了近乎熱烈的感情」。在 6 月割草季節，他們一起在水塘裏洗澡，之後擦身子時，又互相打趣。喬治嘲笑西里爾纖瘦，西里爾就給他舉出歷史上許多纖瘦身材的例子，以證明自己比喬治高大健壯的身材更優越，這讓喬治感到十分有趣。但無論如何，西里爾還是十分崇拜喬治「高貴、潔白而豐滿的體形」，以至凝望得出了神。喬治看見西里爾著迷似地注視自己，就抓住西里爾，給他擦身體。這時的西里爾意識到，自己在喬治眼裏就像是個孩子或他所鍾愛而不畏懼的女人一樣。「我柔弱無力地躺在他手中，讓他抓住我。為了把我抓牢，他用手臂摟住了我，讓我緊貼著他。我們赤裸的身軀的互相接觸有一種極甜蜜的感覺。從某種程度上說，滿足了我心靈中的一種朦朧的渴望，他也是如此。」喬治為西里爾擦完身子後，他們眼中含著笑意互相凝視，一剎那間感到「我們之間的

友愛是那麼完美，比我知道的任何男人或女人情愛更為完美。」西里爾與喬治的妹妹埃米莉也保持著很親密的關係，經常在一起促膝談心。一次西里爾與埃米莉在林中相遇，西里爾一時興起，摘了幾顆繡球花的漿果送給她。埃米莉拿紅豔豔的果子輕輕觸著自己的嘴唇、臉頰，並用手撫弄著，看得西里爾魂不守舍，又趕緊給她編了一頂花冠。埃米莉也是西里爾徜徉山水間的陪伴，他們一起去采花，去掏鳥巢，去探訪伊瑟梅爾未知的角落。後來西里爾在異鄉的日子，他們還保持了頻繁的通信，也保持著那一份青梅竹馬的友誼。

2、失樂園：輓歌的三個層面

牧歌其實並不限於表現鄉土喜樂，它本身也含有悲劇成分。在西方早期牧歌中，牧羊人經常面對各種挫折：失敗的愛情，暴虐的主人，死去的朋友等等，牧羊人對同伴傾訴憂傷，感懷身世。後來，牧歌更發展出一個分支——哀歌。英國 18 世紀的格雷（Thomas Gray，1716-1771）是著名的哀歌詩人，他的《墓園哀歌》中，詩人在夕陽西下，倦鳥歸林的田園景色中，低首徘徊，沉思死亡的玄秘。19 世紀後期英國小說家哈代的小說，尤其是早期小說，牧歌氣息十分濃郁，他滿懷溫愛，寫到鄉土人物、田園情調、古老習俗在城市現代文明的衝擊下的衰敗。從牧歌史上的實例可以看到，牧歌不僅不拒絕衰敗和憂傷，並且牧歌的美感和詩意在很大程度上依賴這種格局和情緒。同時，輓歌也最能明示鄉土和自然所遭遇的挫折和破壞，並切合展現其魅力和潛在希望的努力。

《白孔雀》的失樂園主題，首先表現在傳統農業耕作方式的逐漸瓦解上。掀開喬治一家日出而作、日入而息，春種秋收、自給自足的鄉村田園生活溫情脈脈的面紗，會發現它的基礎並不牢固。土地是鄉村生活賴以支撐的基礎，但喬治一家並不擁有自己的土地，他們只是土地的租

賃者，並且和地主時有衝突。土地的主人有飼養兔子的嗜好，那些兔子在主人的驕縱下，很快繁殖到可怕的數量，它們侵入喬治一家租種的牧場，啃光了牧草和莊稼。喬治的父親反覆交涉無用，只好大開殺戒。莊園主惱羞成怒，向他們下了驅逐警告。喬治一家為可能失去土地而倉皇失措，不得不考慮另謀生路。去加拿大是他們的選項之一，喬治為此曾感到歡欣鼓舞，以為能夠開闢出一片新天地。但在萊蒂拒絕與他同行後，他又灰心喪氣了。父親同樣為去加拿大憧憬過，不久也偃旗息鼓。此外，土地貧瘠，野狗經常騷擾羊群，也影響了農場的收益，「整個河谷越來越荒蕪，越來越無利可圖了」。有一次喬治和西里爾去一處廢棄的農場參觀。看到那裏荒涼的情景，喬治對西里爾說：「這就是磨坊將來的樣子」，悲傷之情溢於言表。事實上，傳統的農業生產方式根本無法養活喬治一家。喬治曾經說過：「我們靠的是賣牛奶，靠的是我給鎮議會運貨。你不能說這就叫農業。我們不是農民，而是賣奶人、蔬菜水果商和運輸承包商的可憐混合物。這行當風雨飄搖吶。」這說明喬治已經意識到，自己不再是純粹的「農民」，從事的也不是傳統的農業活動了。

小說發展到第 3 部第 1 章，傳統農業耕作方式的解體開始加速。在這一章，喬治娶了白羊酒店主人的女兒梅格。城市景觀在這一章的出現耐人尋味。這天，喬治駕了一輛馬車，前來接梅格到市里去辦結婚登記手續。他穿著夾克衫、馬褲和綁腿式夾克衫，這副打扮像「要上牲口市場似的」。這說明了喬治對婚姻和梅格的輕蔑態度。但眼前的好天氣和即將開始的新生活又讓他覺得刺激興奮。這種矛盾的心緒，決定了城市景觀的雙重景象。辦完手續後，喬治帶梅格去城裏遊玩。在好心情的感染下，雖然喬治「畏懼城市」，「害怕貿然闖入生活的異地」，但在城市他們仍興奮異常，覺得自己就像長期蟄居在小島上，首次來到廣闊大陸

的人一樣。他們逛商店，坐酒吧，遊科威克公園，上城堡和特倫特大橋，還去劇院看了一場演出。他們沉浸在澎湃的感情激蕩中。這時的城市，既標誌著喬治新生活的開始，也是他走向墮落的關鍵一步。城市的喧囂和物質享樂刺激著他們的神經，喚起了他的物慾。白羊酒店主人去世後，喬治與妻子繼承了她的酒店和田產，也搬離斯特利農場，轉行開始經商。他經營酒店、牛奶場，販馬，生意逐漸興旺發達。雖然喬治在經濟上變得相當富裕，但卻失去了真正的、本質的自我，失去了生活之根。正像他給西里爾的信中說的：「我賺的錢不是想得到的卻得到了。可是每當我在格雷麥德教堂後的山坡上耕種、收麥時，我就感到，是否幹下去我並不在乎。……上星期我通過各種方式純賺了五鎊多錢。可現在我卻情緒不安，心中不滿，似乎渴望著什麼東西，但又不知到底需要什麼。」他還半開玩笑半認真地對西里爾說：「我就喜歡回到農場去。這兒真不是個地方，不是種莊稼的地方。手邊總有事幹：一會兒要見旅行推銷員，要不就是到釀酒商那兒去，再不就叫人看管馬匹之類雜七雜八的事，生活就是這樣一塌糊塗。」當他發現單純的財運亨通並沒有想像中那麼美好時，他開始對社會主義學說發生了興趣。他熱衷於討論私有制問題、就業、王權、土地問題，熱衷於與人辯解，上臺演說。他還與萊斯利展開辯論，把後者辯得落花流水。但他不久就對這運動感到厭倦，熱情煙消雲散。最後喬治逐漸自暴自棄，沉淪為一個醉鬼。他放任自己的生意，任其衰敗，狂飲濫醉，摧殘自己的身體。當西里爾最後一次見到喬治時，他落魄得可憐，倚靠著門，就像是一棵長滿沾糊糊的小真菌的正在倒下的樹，蒼白、軟爛和腐朽。當西里爾鼓勵他振作起來時，他烏黑的眼裏閃動著恐怖和絕望眼光。他預感到自己已經走向末路，對西里爾說：「我不久就會不妨礙任何人的。」還說，「我越早離開越好。」喬治墮落的一個重要原因是他脫離了土地，脫離了傳統的鄉村農業方式。

　　喬治最先搬離農場，隨後是埃米莉和莫莉兩姊妹，終於他們的父母也離開了。西里爾在異鄉漂泊一年以後回到家鄉，和埃米莉一起到農場尋夢，卻發現那裏完全變了樣。它「再也不是曾使我們著迷地生活在那兒的那個完整的小世界了」，磨坊的大石屋裏「有一種荒涼的牢房氣息」，五個籠子裏的金絲鳥在聒噪。斯特利農場來了新的居住者，那是一對工人夫婦，來自北方的外鄉人。男子的氣質讓人懷疑是老鼠的遠親，女人打扮邋遢，性格古怪，不恰當的胡言亂語弄得二人興味索然。曾經讓西里爾魂縈夢的農場田園生活，隨著喬治一家的離開，已經徹底解體，它的詩意也蕩然無存。

　　《白孔雀》的失樂園主題，還表現在人與自然之間真正和諧的關係遭到了破壞。在勞倫斯看來，自然應該保持其粗糙、蠻野、放任的原生形態，不接受任何人類出於功利目的的規劃、安排和利用。人與自然要真正和諧相處，只有接受這種形態，並徹底地皈依它。小說中的兩個自然人形象喬治和安納布，社會關係極為單純，在本能和直覺的支配下生活，從事體力勞動。他們真正與大自然的本質一致，與自然之間擁有這種和諧關係。喬治體魄強壯，粗俗野性，渾身洋溢著旺盛的生命力。小說第 1 部第 3 章，喬治在萊蒂家作客，萊蒂反覆讚歎喬治「強壯」，還說喬治是個「原始人。」隨後萊蒂搬來一大本畫冊，與喬治一起欣賞其中的作品。從小說的敘述看，這本畫冊是由查爾斯・霍姆（Charles Holme，1848-1923）在 1902 年編輯出版的《英國水彩畫》，錢伯斯家庭曾把這樣一本畫冊送給勞倫斯作為他 21 歲生日的禮物。當喬治從畫冊中翻出畫家莫裏斯・格瑞芬黑根（1862-1931）的《牧歌》時，他驚訝得叫了起來，而萊蒂則羞紅了臉。原來在格瑞芬黑根作於 1891 年的這幅水彩畫上，一個裸體的男子正在急不可待地擁抱一位姑娘。姑娘的長裙敞開著，臉部表情混合著羞怯與迷醉。男子古銅色的皮膚和健壯的體

魄，與姑娘的現代裝束和優雅身姿形成鮮明對比。喬治毫不掩飾自己對這幅畫的粗俗的興趣，他提醒萊蒂注意畫面上那個姑娘見到裸體男子時「懼怕」與「激情」混合的感受，但萊蒂卻回避了喬治提示的「激情」的一面，只是說：「當一個野蠻人一絲不掛地向她走來時，她完全會感到有點害怕。」萊蒂在這裏使用的「野蠻人」這個詞，與她此前稱喬治「原始人」是呼應的。儘管萊蒂嘴上拒絕喬治露骨的引誘，但毫無疑問她把繪畫中的人物與喬治和自己對號入座了，而「原始人」、「野蠻人」正是喬治身上她所欣賞的特質。勞倫斯顯然認為，這反映了喬治與自然同一的品質。

　　《白孔雀》中的安納布是另一個自然人的形象。與喬治不同，他曾在康橋大學接受教育，作過牧師，出身並不屬於下層階級。安納布生活發生轉折是在與一位貴族女子結婚之後。這位貴族女子受法國廉價小說中的浪漫愛情故事影響，下嫁給了他，但婚後對安納布需索無度，還表現出強烈的控制慾，三年後又冷落他，移情戀上一位詩人。氣惱的安納布不辭而別，到此地當了林場看守人，完全離群索居。安納布把自己婚姻的失敗歸咎於妻子的貴族出身和教養，並由此產生了對文明強烈的憎恨情緒。在小說中，這個游離於情節主線之外的人物存在的主要目的，就是詛咒文明，表彰純自然的生活方式。小說中介紹他「是個只有一種觀念的人——那就是，他認為所有文明都是一種色彩豔麗的腐敗真菌。」「他在思考問題時，總會想到人類的衰落——人類墮落成愚蠢、懦弱、腐敗的廢物。」小說中他第一次出場，就是和喬治為兔子發生爭執打鬥。強壯的喬治要和安納布動手，還沒有反應過來，就被擊倒在地；西里爾衝過去幫忙，也挨了重重的一拳。他的孔武有力和冷峻強悍給讀者留下深刻印象。又一次萊蒂、萊斯利、西里爾一夥在谷地遊玩，看到安納布陰沉地站在光輪中，身軀健美強壯，一動不動，活像個邪惡的畜牧神。

他很不客氣地教訓萊蒂一夥人：「不管是男人還是女人都得作個好動物」。敘述人後來也說：「「做個好動物，忠實於動物本性」便是他的格言。」安納布養了一大群孩子，讓他們像鳥兒、鼬鼠、蝰蛇之類獸物般自由自在地在大自然中成長。

由於現實邏輯的牽引和誘惑，喬治和安納布這兩個自然人並不易長久維持其純自然的狀態。喬治無法拒絕文明的教化，他甚至渴望被文明馴化，因為文明作用於喬治，並非是以某種非人道、殘忍的方式。它是便利的，能夠滿足他的各種慾望，幫助他在社會中立足，而且是朋友以極其友善的方式提供給他的。西里爾和萊蒂承擔了用文明教化喬治的職責。西里爾與他在一起，經常教他化學、植物學、心理學，以及詩歌、哲學，還有關於生活、性、生命的起源，就像美國白人教化印第安土著一樣。萊蒂與喬治在一起，大多是談畫，談詩，談音樂，跳舞，用一種藝術的情調來薰陶他。萊蒂有豐富的文學、文化、藝術知識，當他隨口吟詠詩句時，喬治常常似懂非懂。她引經據典，喬治更如墜霧裏。第2部第7章萊蒂念引自《荷馬史詩》中的詩句：「特洛伊，特洛伊，命運的邪惡的法官，和他那位外國女人，把你變成了灰燼。」喬治問：「你唸的是什麼？」萊蒂知道他不懂，就說「什麼也不是。」那種知識者的優越感溢於言表。還是第7章，喬治叫萊蒂到家裏喝茶，萊蒂不去，喬治堅持讓她去，萊蒂就說，「在維吉爾的詩歌裏，你記得歐律狄克是怎麼下到地獄的嗎？」喬治自然不懂，就所答非所問，依舊說：「可是，你必須去喝茶。」萊蒂就用拉丁文唸了兩句詩作為回答，喬治更不懂。後來萊蒂把喬治比作農牧神、樹精、酒神，喬治也不懂。不懂倒也罷了，但要命的是，喬治雖是自然之身，但卻資質聰穎，渴慕文明，依戀文明。他愛萊蒂，實際上是把她當成文明的化身。正因為如此，他逐漸接受了文明的馴化，使自己的自然本性被壓抑和扭曲，造成他的內在生命力日

趨衰竭。就安納布而言，他雖然有崇尚自然、排斥現代文明的堅定信念，自視清高，他卻不得不依賴莊園主的雇傭來維持生活。他的工作是看守林地，防止當地人盜砍樹木、獵殺動物，這一工作把他擺在了與當地礦工、農人為敵的位置。最後他被採石場塌方的石頭壓死，傳言他是被與他結仇的人設計殺死。從某種程度上說，他也是現代文明與自然為敵的犧牲品。

我在上一節已經指出，勞倫斯在《白孔雀》中表現了煤礦工業生產對大自然的污染。事實上，內瑟梅爾谷地的自然風景，還受到另一種形式的侵擾，即城市居民把它作為休閒的場所和觀賞的物件。在現代工業社會，人類對自然的這種利用早已成為一種生活常態，它就像陽光、空氣和水一樣，是我們生活中的一部分，是我們生活的必需品。我們厭倦城市的喧囂時，就會想到回歸自然，在自然中釋放自己，在自然中恢復自己。這看起來無可厚非，但勞倫斯認為，這種「消費心態」破壞了自然的原生態，也異化了人與自然真正和諧的關係。《白孔雀》第2部第9章提供了現代城市人以此種方式「消費」自然的一個絕好例證。這一章的標題是「牧歌與牡丹花」，寫新婚的萊斯利與萊蒂邀請朋友到喬治家農場附近舉行野餐會。參加婚禮的客人，都是溫文爾雅、彬彬有禮的城市人，他們希望逃進內瑟梅爾的牧歌世界放鬆一下自己。這群客人剛一到，就想抓起木叉幹翻草的農活。喬治的父親只好撿了最輕的幾把交給他們。他們裝模做樣、嘻嘻哈哈地幹了一會兒，就丟下了。隨後他們開始議論牧歌詩人和牧歌中的人物，扮演著牧歌中的故事，讚歎著這裏純樸、優雅的牧歌氣氛。接著他們又在田野漫步，採集花朵，談笑風生。到了喝茶時分，有男僕把茶點一一擺好，客人們坐在乾草上，品嚐著漂亮的橡木托盤裏盛放的葡萄、桃子、草莓等美味，觥籌交錯，高談闊論。在酒足飯飽之後，才戀戀不捨地離開農場。細心的讀者會注意到，這一

場景中出現了傳統牧歌的所有元素：自然、愛情、農事、吟詩作唱。但這不是真正的牧歌，而是對牧歌的戲擬，通過戲擬要達到嘲諷的效果。這些城裏人的矯揉造作，他們的表演性，都顯示出他們與真正的牧歌風格格不入。更具有諷刺意味的是，內瑟梅爾這片牧歌樂園真正的主人喬治在這場野餐會中，卻扮演了一個尷尬的角色。當達西小姐想把幹活的喬治叫過來，為他們「富有牧歌情調的幸福境界」助興時，萊蒂遲疑了，她知道喬治的到來準會掃了他們的雅興。果然，喬治沒有接萊蒂遞過來的漂亮杯子，而是俯身用嘴在水潭裏飲水，之後還把水攪渾，抓起一把淤泥仍在地上。在和大家談話時，他顯得局促不安，只會用乾巴巴的單音節詞回答問題，以至於這些高雅的客人一致認為他是個「掃興的人」。萊蒂甚至對喬治極為惱怒，巴不得他走得遠遠的。喬治對這群客人也十分不滿，因為他們打攪了他幹活。他憤憤地說，農人為了野兔把麥子啃光而傷腦筋，這些人「卻坐在我們的地裏，大談田園詩，啃著桃子。」最後雙方鬧得不歡而散。這一場景顯示，不管文明人如何「熱愛」自然，這樣的姿態必然把自己擺在與自然為敵的位置上。當自然被人類以這樣的態度佔有和消費時，自然的真義也就不可挽回地喪失了。

　　《白孔雀》中，無論是愛情還是友情，都在向解體的方向不可阻擋地發展。西里爾作為見證者和當事人，目睹和經歷了這一切，內心充滿感傷之情。萊蒂與萊斯利的婚姻是一場悲劇，也導致了喬治的毀滅。與此相一致，三人關係的發展在自然時序上從春天起步，發展到萊蒂和萊斯利訂婚，已經是冬天。時序上如此變化，不是一個好的兆頭。在萊蒂與萊斯利定情前的那一刻，西里爾眼中的冬天是一幅萬木蕭瑟的景象：

> 綿綿細雨，好像給山山水水挂上了一幅骯髒的簾幕。花園的走道旁，旱金蓮的葉子已在寒霜中枯萎朽敗，鮮綠的花盤已經被冬天宣佈死刑的黑旗所取代，花柄枯槁，垂挂在鬆弛無力的莖上。草

木落葉遍佈，潮潤而鮮豔：五葉地錦團團深紅，歐椴樹落葉呈金
黃色，山毛櫸樹下，樹葉鋪成了一片紅褐色，遠處角落裏是一簇
簇黑色的楓葉，被雨水浸得沉甸甸的；而它們本來應該是鮮豔的
檸檬色。偶爾有一片寬大的樹葉脫落下來，飄飄蕩蕩跳著死亡的
舞蹈落下來。

　　烏鴉是不祥之鳥，在萊蒂等待萊斯利來訪之前，一隻烏鴉在窗外的
樹枝上縮成黑色的一團，萊蒂稱它是「不幸的東西」，「悲哀的預兆」，「不
祥之兆」。不久，又有幾隻烏鴉在空中奮飛，抵抗著風雨的挾裹，但一
切都是徒勞，很快就被席捲而去。西里爾稱被風刮走的烏鴉「像兩個絕
望的靈魂去尋求寄託的軀體。」而恰在此時，萊斯利按響了門鈴。當西
里爾在看到萊蒂屈從於理智，給萊斯利以明確的訂婚暗示，任萊斯利親
吻時，他的目光又一次轉向窗外：「我坐在自己的窗口邊，望著低垂的
雲層翻滾旋轉而去。萬事萬物似乎也隨之飄走。我自己好像也失去了本
體，已經開始與有形的事物和堅實的、日常生活的固定之路相剝離。」
這感受實際上正是萊蒂放棄內心本能的需要，與萊斯利訂婚之悲劇性的
真實寫照。此後，萊蒂和萊斯利的關係幾經搖擺，逐漸穩固，但他們的
內心卻漸行漸遠，咫尺天涯。

　　喬治是西里爾的好朋友，萊蒂是他的妹妹，西里爾關心他們的命
運。因為獵殺野兔受到莊園主的警告，喬治一家可能失去土地；而萊蒂
又會因長大結婚而搬離，想到這些，西里爾不禁黯然神傷，大自然也隨
之變幻了色彩：「我憑窗眺望，想把這些事情理出個頭緒。起霧了，霧
像集會的幽靈，陰森森地從四面合攏，把內瑟梅爾裹在一片溟蒙之中，
我思緒重重，想到我的朋友將不在我們這個舒適的河谷邊跟在犁耙後面
走了，想到我隔壁萊蒂的房間將會關得嚴嚴實實以掩蓋它的空虛而不是

它的歡樂，一想到這種時候我就不禁溫情脈脈地懷念起那個把我們大家聚在一起的窪地；一想到它將會那樣地荒涼，我怎麼能夠忍受！」

小說第 3 部，內瑟梅爾的幾個主人公長大成人，各自開始了新的生活。萊蒂結婚後與萊斯利去法國旅行。7 個星期以後，西里爾也將離鄉到倫敦開始新的生活。喬治說：「現在我必須走了」。喬治的意思不是要背井離鄉，而是在愛情落空後選擇與梅格一起生活。不久埃米莉和莫莉也離去了，喬治父母放棄了原先的農場。愛情不再，友伴分離，西里爾愈發覺得倉皇失落，有「天地發生了突變的感受」。他承認「這寧靜故鄉裏漫長生活的航程已告結束」，「是我們大夥兒遠走高飛的時候了」。但一想到要互相離別，漂泊異鄉，西里爾仍感到「心情沉重」。10 月間西里爾到了倫敦，內心多了一份濃濃的鄉愁。他在街頭徘徊，看到黃昏中的路燈從樹叉間投下來孤獨的光，總是在心頭喚起對內瑟梅爾山水人物的回憶：「我在這個倫敦郊區漫步時，總是沉浸在與內瑟梅爾河谷那個潮濕的小地方散步時同樣的心情之中。我心中有一個奇異的聲音在呼喚，它呼喚著山間的小路；我又感到樹林在等待我，呼喚我，召喚我。」內瑟梅爾的一切代表了家鄉最美的內涵，是鄉愁的承載物，他對此魂牽夢繞。

但是，已經告別了青春期的西里爾，在離開故鄉多年後，再次回到故鄉，卻發現內瑟梅爾物是人非，自己在故鄉的山水面前已經是個十足的陌生人了：

> 我在內瑟梅爾四處轉悠，它如今已把我忘到九霄雲外。水仙花仍然在船底下不斷發出爽朗的笑聲，在閒聊中相互點頭稱道，我注視著它們時，它們根本沒停下一刻來看我一眼。水中，水仙花的黃色倒影映水面柳枝的陰影中，它們在陰影裏講著神秘的故事時不斷微微顫動。我感到自己像個離開了遊伴的孩子。……

我多麼想被什麼事物認出來。我對自己說，林中仙女正從林邊望
著我。可是，當我走上前去時，她們退縮了，愁悶地掃了我一眼，
就像樹林中正在落下的花朵一樣轉過身去。我成了陌生人，成了
闖入者。樹林中，歡快的小鳥喊喊喳喳地向我呼喊。燕雀一閃而
過，一隻知更鳥站在那兒粗暴地問道：

「喂，你是誰？」

　　西里爾從內瑟梅爾感到雙重的痛苦：在異鄉時因思念它而痛苦，返
鄉時，卻又發現它成了與自己毫無關係的陌生物。他傷感地想到：「內
瑟梅爾不再是一個完美的、出色的小世界了⋯⋯他是一個小小的、不足
道的山谷，迷失在地球的空間中。」樂園一去不返了。

三、伊斯特伍德礦區：工業文明的一面鏡子

1、伊斯特伍德煤礦工業史

　　如前所述，勞倫斯小說描寫了家鄉伊斯特伍德地區的煤礦工業。這
個位於諾丁漢市西北約 8 英里處，鄰近德比郡邊界的山谷地帶，早在 17
世紀後期，就有了採煤業，伊斯特伍德由此成為煤礦工人的一個定居
點。最初的煤礦主通常是當地農場主或自耕農，他們在自家的土地上挖
煤。後來出現了合夥人制，一些合夥人集資從土地所有者手中租賃土地
開辦小煤窯。勞倫斯在〈諾丁漢與鄉間礦區〉一文中，介紹了最初的小
煤窯是什麼樣子：煤層很淺，有些礦井就是在山包的側面開一個口子，
礦工們就經由這個豁口進出。有些礦井裝著吊桶，在井下幹活的礦工以
及煤塊通過吊桶上下，吊桶由一頭毛驢提供動力。《兒子與情人》第 1
章開頭也寫到這些傳統的小煤礦：「驢子疲憊不堪地拖動升降機的轉

盤，把地下的煤塊運上來。」「礦工和驢子像螞蟻般鑽進地下，麥田和草地上便隨之出現奇形怪狀的土墩以及一塊塊黑斑。」

從 18 世紀末到 19 世紀末這一百多年間，隨著英國工業的飛速發展，對煤炭的需求量成倍增長，伊斯特伍德採煤業也進入它的黃金時代。18 世紀後期，連接艾瑞沃什河與礦區的克茹福德運河開鑿完成，19 世紀 40 年代，中部鐵路艾瑞沃什支線貫通，這些都極大地改善了煤炭外銷的交通條件。由於市場擴大，運輸能力提高，伊斯特伍德老式煤礦的現代化改造也提上了議事議程。兩家大型煤礦公司巴特利公司和巴伯‧沃克公司在 40 年代先後宣佈成立。這些公司屬於現代資本主義工業企業，他們增加投資，引進新型採煤技術，增加礦工和管理人員，提高管理水平，挖掘新礦井，使煤炭產量急劇增加。一些統計數位說明了伊斯特伍德採煤業興旺的景象：1803-1848 年間，伊斯特伍德通過運河外銷的煤從 254268 噸增加到 427670 噸，增長了約 68%。1849-1869 年，運河的煤炭運力萎縮，鐵路運力飛速增長。在這 20 年間，伊斯特伍德通過鐵路共運出 170 多萬噸煤，在 1848 年的基礎上增長了 298%。伊斯特伍德地區的煤礦在 19 世紀 50 年代，每年平均出產 15 萬噸煤，到了 19 世紀 90 年代，達到每年 100 多萬噸。煤礦業的擴張，也反映在伊斯特伍德人口的增加上。這個煤礦小鎮的居住人口在 1881 年時大約有 3500 人，1886 年是 4500 人，1893 年約有 5000 人。到 1910 年，勞倫斯 25 歲時，有超過 4400 人在伊斯特伍德礦井工作，這個數位比 1885 年伊斯特伍德地區全部人口的總數還多。[19]

---

[19] A. R. and C. P. Griffin, "A Social and Economic History of Eastwood and the Nottinghamshire Mining Country", *A D. H. Lawrence Handbook,* ed. Keith Sagar (Manchester: Manchester University Press, 1982), pp. 127-128.

伊斯特伍德採煤業經過 19 世紀的輝煌之後，進入到 20 世紀 20 年代，出現了前所未有的嚴重衰退。在勞倫斯年輕的時代，煤炭的需求有周期性變化，有的年份很好，有的年份就不太景氣；冬天好，夏天就差一些，但長期的趨勢是上升的。這一次不同，它的衰退是永久性的。原因很多，如國際上新興資本主義國家美國、德國、日本崛起，更便宜的煤炭打進英國市場。而英國的採煤業因為工人工資高，福利好，導致成本增加，國際的競爭力下降，煤炭銷售萎縮。這反過來又造成煤礦開工不足，礦井關閉，礦工大量失業。到 30 年代末，失業的礦工們不得不依靠「貧困保護法案」來申請救濟了。到 70 年代，伊斯特伍德最後一座礦井關閉。如今你漫步伊斯特伍德，除了一兩座廢棄的井架、一些建築物和一些示意牌提示著當年這裏曾經是礦區外，再也找不到它的任何痕跡了。

勞倫斯的小說客觀上呈現了伊斯特伍德煤礦發展的歷史，它也是英國工業發展的一個縮影。勞倫斯的《兒子與情人》開頭描寫了當地採煤業從小煤窯向現代資本主義煤礦公司邁進時刻的情景：

> 六十年前的一場突變使轆轤煤窯一下子變成了金融家們的大型煤礦。諾丁漢郡和德比郡的煤鐵礦藏一經探明，卡斯頓—韋特公司立即應運而生。在一片歡呼聲中，帕莫斯頓勳爵為該公司坐落在舍伍德森林灌木公園邊的第一家煤礦開張剪了彩。
>
> ……
>
> 卡斯頓—韋特公司鴻運高照，在塞爾比到納特爾溪流橫貫的山谷裏相繼開掘了一個個新礦井，不久竟有六個礦井開工生產。從坐落在林中砂岩上的納特爾，一條鐵路蜿蜒而去，經過卡爾特會修道院，羅賓漢泉，灌木公園，然後到達突兀於小麥田間的明頓礦；再從那裏跨越山谷邊的廣袤田野到煤山，而後拐彎向北，直奔俯

視克里奇和德比郡群山的貝格裏和塞爾比。這六個礦好似六顆鑲
嵌在田野間的黑飾紐，而鐵路猶如一彎鏈條，把它們連成一串。

這是伊斯特伍德礦區發展歷程中的重要一幕。長篇小說《虹》的開
頭從另一個角度概述了當地採煤業的發展情形。在 1840 年前後，一條
橫穿馬什農場草地的運河開鑿完成，把埃爾瓦希溪穀一帶新開的各個煤
礦連成一體。此後不久，在運河的另一側又開了一座新煤礦，中部鐵路
也沿著溪谷通到伊爾克斯頓山腳。運河開鑿和鐵路修建所帶動的煤礦業
發展，又使礦區城鎮繁榮興旺起來。

《戀愛中的女人》描寫了煤礦公司內部的改革。克里奇家族以經營
煤礦發家。老克里奇管理煤礦的辦法是老式的，慈善因素在他的管理中
起相當大的作用。他對礦工很好，想使他們獲得足夠的工資和住房，千
方百計提高他們的福利。但礦工富了還想更富，胃口越來越大，結果管
理上漏洞百出，效率低下。家族所經營的煤礦因此也陷入不景氣之中，
礦井千瘡百孔，陳舊破爛，「像上了年紀的獅子，雄風不再。」在小說
第 17 章，老克里奇將死，兒子傑羅爾德接管了煤礦，開始進行大刀闊
斧的改革。為了緊縮開支，增加利潤，他取消了免費津貼給死難礦工家
屬的「寡婦煤」，將諸如工具維修費等各種開支承包給工人，清洗掉不
稱職的老職員，任用經過專門訓練的業務人員，引進先進設備，運用嚴
密的科學方法。這些改革使企業提高了生產效率，利潤大幅度增加。

勞倫斯的童年和少年時代是在伊斯特伍德煤礦業飛速發展中度過
的，他的上述三部小說也客觀地呈現了煤礦生產上升時期的景象。如前
所述，伊斯特伍德在 20 世紀 20 年代陷入永久的衰退之中，這就為他在
1928 年出版的《查泰萊夫人的情人》中表現煤礦生產提供了一個新背
景。小說中的克利福德戰前曾在德國波恩研究煤礦技術，在戰場受傷後
回到他的祖業拉格比礦區，發現他所繼承的煤礦是一片衰敗景象：「礦

場在林木間荒蕪著，煤坑上面生滿了荊棘，鐵軌腐鏽得發紅。死了的煤礦場，可怕得像死神本身一樣。」克利福德決定通過技術革新來改變煤礦經營不善的狀況，具體思路是將煤變成煤氣。小說中的克利福德為此殫精竭慮，但始終沒有能夠使煤礦生產好轉。

2、伊斯特伍德礦工的經濟狀態與勞倫斯的階級態度

勞倫斯的小說客觀折射了伊斯特伍德煤礦一百多年的興衰歷史。留意勞倫斯對礦工生活的描寫，讀者必定會注意到一個極其突出的現象：這裏工人的生活並不處於極端困苦狀態，勞資矛盾也沒有發展到無法調和的程度。如果與狄更斯、左拉小說中的工人階級狀況加以比較，勞倫斯小說中的工人生活甚至可以說小康的。這種特殊現象與伊斯特伍德礦區的具體情形有關，也與勞倫斯父兄的職業身份有關。這一特殊現象的重要性在於，它為勞倫斯另闢蹊徑批判工業文明提供了現實基礎。

讓我們先來瞭解一下伊斯特伍德礦區工人真實的生活狀態。與英國其他地區的煤礦工業相比，伊斯特伍德礦區工人的工資和福利，可以說是一個特例。從 19 世紀 50 年代到 1914 年，礦工的工資水平一直在穩定地增加。在 19 世紀末，礦工平均一個班次能掙到 9-10 先令。20 先令是一鎊，一個礦工一個星期大約可以掙二三鎊。而在同一時期，一個農場雇工要幹一個多月才能掙到這個數目。當然，礦工之間的收入也有很大差距。所在採煤面比較好的包工頭，在布林戰爭或第一次世界大戰這段景氣時期，一個星期的收入會達到五六鎊。統計資料顯示，在 19 世紀末 20 世紀初，伊斯特伍德礦工之家的子女比其他職業者的子女要多。家裏孩子多，拖累大，生活就貧困。如果一個礦工家庭只有一個人工作，還有一些正在成長的孩子，他就會感到相當拮据。但他們也有苦盡甜來的時候。等兒子們長到十二三歲，就會跟隨父親下井幹活，一個中年礦

工有三四個兒子在井下工作的情況並不少見。這樣的一個家庭，生活水準已經達到了中產階級的水平。[20]

伊斯特伍德主要的煤礦公司巴伯・沃克公司在改善礦工住房和其他福利方面也做了很大的努力。巴伯・沃克公司為工人修建住房，大力資助學校、教會、圖書館、福利院、體育等公益事業，還給它的雇工提供其他社會福利。僅就住房這一項來說，在 1851 年，礦區有 339 棟工人住房，1871 年增加到 532 棟，到 1901 年更增加到 974 棟。房屋的質量在總體上也在提高。19 世紀 70 年代以前，礦工們的住房大都是一些連排的茅草披頂的棚屋，破敗而狹小。19 世紀 70、80 年代以後修建的房子，則更加寬敞堅固。一般的房子都有一個起居室，一個廚房，三個臥室，還有後花園。這些房子由公司出資修建，然後出售或出租給礦工。生活殷實的礦工之家，會租賃或購買品質好的房子，還會置備昂貴的家具和鋼琴。在 1871 年，平均四個礦工中，就有一個人家裏雇有女僕。[21]《戀愛中的女人》中寫到老煤礦主克里奇管理煤礦的時期，工人「極少有人困苦，人人都富足，……在那些歲月裏，做夢都沒有想到會如此富裕。」這基本反映了伊斯特伍德的實際狀況。這也是為什麼在 19 世紀後期，伊斯特伍德被看成是一個男人，甚至婦女能夠發跡和致富的地方。

勞倫斯的父親是井下礦工，經濟狀況與伊斯特伍德一般礦工家庭沒有太大差異。他有五個孩子，當這些孩子年幼時，生活是相當困難的。但隨著幾個孩子長大、就業，家庭生活有了很大改善。勞倫斯父母在伊

---

[20] A. R. and C. P. Griffin, "A Social and Economic History of Eastwood and the Nottinghamshire Mining Country," *A D. H. Lawrence Handbook*, ed. Keith Sagar (Manchester: Manchester University Press, 1982), pp. 129-134.

[21] A. R. and C. P. Griffin, "A Social and Economic History of Eastwood and the Nottinghamshire Mining Country," *A D. H. Lawrence Handbook*, ed. Keith Sagar (Manchester: Manchester University Press, 1982), pp. 135-141.

斯特伍德的家一共搬過四次。勞倫斯 1885 年 9 月 11 日出生在伊斯特伍德鎮的維多利亞街 8A 號。2 年後，也就是 1887 年下半年，他們家搬到伊斯特伍德伯瑞徹的戈登路 57 號（後來是 58 號）一所大一些的房子。1891 年，勞倫斯 6 歲時，全家搬到沃克街 3 號（現在是 8 號）。勞倫斯就是從這裏向遠方眺望，可以看到屬於「我心中的故鄉」的那片谷地。勞倫斯在這裏住了 14 年。1905 年，勞倫斯家最後一次搬家到利恩‧克若福特街 97 號，這是一所半獨立的房子，有一個大花園。這一年，勞倫斯 20 歲。房子是越住越大，越住越好，勞倫斯家庭生活的改善由此可見一斑。可以肯定地說，勞倫斯一家是伊斯特伍德地區煤礦工業發展的直接受益者。一些研究者把那個時代家庭雇傭女僕，或年收入在 150 英鎊以上當成中產階級必不可少的經濟條件，以此標準衡量，勞倫斯的家庭已經可以跨入中產階級行列了。

　　勞倫斯的長篇小說《兒子與情人》真實地反映了伊斯特伍德一般礦工，以及勞倫斯家庭的日常生活。莫瑞爾一家的生活來源，最初主要是靠莫瑞爾在煤礦工作。井下作業採取的是承包制，由工頭承領任務，然後再分配給礦工不同的作業面，施行的是計件工資，周薪制。莫瑞爾的收入在不同季節有較大的起伏。平時一周能掙 50-55 先令，冬天煤炭需求量大時，每周可以掙 5 鎊。有一次，莫瑞爾在井下事故中受傷住院，煤礦公司發了 14 先令補助，傷病人協會給了 10 先令，傷殘人基金會給了 5 先令，此外工友們也幫助了 5 先令或 7 先令，這筆錢差不多相當於莫瑞爾平時一周掙到的工資，使莫瑞爾一家不至於斷絕生活來源。莫瑞爾有 5 個孩子，當這些孩子幼小時，家庭生活是比較窘迫的。我們看到保羅、安妮等幾個孩子採蘑菇、拾麥穗、摘黑莓，以補貼家用，也看到莫瑞爾太太在市場上為了買一個便宜碟子和人討價還價，看到莫瑞爾太太為了每周的開銷精打細算。但當威廉、保羅開始工作時，莫瑞爾一家

的家境已經有很大改善。威廉 13 歲時，母親在合作社辦公室為他找了一份工作，每周有約 6 先令。16 歲時，他每周能掙 14 先令。威廉 19 歲時離開合作社辦公室，在諾丁漢找到了一份工作，每周掙 30 先令。這是一份相當高的收入，難怪莫瑞爾夫婦為此感到「非常榮耀」，當地人也「誇獎威廉，似乎他即將平步青雲似的。」威廉不久又在倫敦找到新的工作，年薪是 120 鎊。這是一筆驚人的收入，所以「母親簡直不知道到底是喜還是悲」。當然，威廉到倫敦後的高收入並沒有給家裏多少助益，因為他很少寄錢回來，原先他的那份工資反而失去了。這種困難局面持續了約一年時間，直到保羅加入到工作的行列。在 19 歲時，保羅能掙到 20 先令的周薪，不久，他的姐姐安妮、哥哥約瑟也都有了工作。當保羅 20 歲時，莫瑞爾一家的生活已經相當寬裕，甚至可以外出度假了。他們在海邊租了一棟別墅，盡情享受了兩個星期的假期。這是莫瑞爾一家生活的重大轉折，從此，經濟問題已經不再困擾他們。

　　上述情況反映了伊斯特伍德礦工經濟狀況的主流。但這並不是說那裏所有礦工的生活富足安康，伊斯特伍德是人間天堂。在勞倫斯小說中，礦工的悲劇也時有發生，也有困苦難耐的生活。《菊花的幽香》中寫到一場礦難使妻子失去了丈夫，一個家庭失去了生活來源。《查泰萊夫人的情人》中的波爾敦太太，她的丈夫只有 28 歲，就在礦井事故中喪了命。因為礦主認定是波太太的丈夫在事故發生時沒有聽從指揮，是自己的錯，所以只給了很少賠償費，致使波太太孤兒寡母生活艱難。《一個患病的礦工》中的威利是一名礦工，原先有一份體面收入。但因為罷工，因為新婚，收入減少，開支增加，他在經濟上開始感到拮据。不久，威利又在井下事故中受傷，一家人為未來感到擔憂，陷入絕望之中。

　　總體而言，在 19 世紀末 20 世紀初的伊斯特伍德，挖煤算是一個有較高收入的職業。即使有些礦工家庭比較困苦，他們也沒有陷入赤貧狀

態，所承受的來自煤礦主的剝削沒有趨於極端。相對於資本主義發展過程中，工人階級普遍遭受的嚴酷剝削和壓迫而言，伊斯特伍德礦工的處境有其特殊性。這種狀況從客觀上決定了勞倫斯不可能表現嚴酷、尖銳的階級壓迫與階級鬥爭。《白孔雀》寫到煤礦工人因不滿井下工作制度，舉行了罷工。嚴寒和饑餓給罷工帶來了重重困難，整個過程充滿痛苦、無望和忿恨，但礦工們仍然堅持了很長時間。勞倫斯的《戀愛中的女人》寫到煤礦工人的一次大規模抗爭活動。工人因不滿意煤礦主關閉一個礦井而爆發了大規模遊行示威，結果引發騷亂，礦井著火，並招致軍警開槍鎮壓。勞倫斯早期還有一組短篇小說以罷工為題材。如〈罷工補貼〉中，參加罷工的煤礦工人幽默、樂觀、互助，對取得罷工勝利充滿信心。〈病中的礦工〉寫受傷的威利渴望參加罷工，卻心有餘而力不足。〈輪到她了〉中，丈夫因罷工沒有了工資，妻子只得把私房錢拿來購買生活必需品。但是，因為伊斯特伍德煤礦工人階級特殊的經濟狀況，勞倫斯失去了對這些偶發的勞資矛盾進行概括和提煉的現實基礎，它們在勞倫斯小說中只能是一些小插曲，或只是作為背景來處理，從未成為小說表現的主體。也正因為如此，勞倫斯做不到像 19 世紀現實主義、自然主義作家那樣，把對工業資本主義的批判，集中在控訴資本家對工人階級的殘酷壓迫和剝削，披露工人階級極端困苦的生活，反映尖銳的勞資矛盾上，他也就失去了循著前輩足跡如此批判社會的現實基礎。這是勞倫斯的局限，但如果換一個角度看，也未嘗不是勞倫斯的造化。這使他有機會另闢蹊徑，探索表現勞資矛盾的新角度。

　　勞倫斯極其憎惡資產階級，認為他們完全喪失了生命的活力。可如果我們對勞倫斯的全部作品加以深入分析，會發現他的階級立場有時也是搖擺的。他並不是堅定的工人階級一分子，對資產階級生活方式也常

有豔羨之心。在他的早期作品中，這種搖擺立場更見明顯。《兒子與情人》中的保羅與母親談話時，明確為工人階級辯護：

> 「你知道，」他對母親說，「我並不想躋身於生活優裕的中產階級。我還是喜歡自己階層的普通老百姓。我自己也是個普通老百姓。」
> 「不過，兒子，如果這些話是出自別人之口，難道你不會感到難過嗎？因為你知道自己可以和任何紳士媲美。」
> 「作為我個人，」他答道，「而不是從階級或所受的教育，或行為舉止看，就我個人而言，是這樣的。」
> 「好呀。那為什麼還要談什麼普通老百姓的事呢？」
> 「因為——人的差別並不在於他們所屬的階級，而在於人本身。人們從中產階級那裏只能得到各種想法，但從普通老百姓那裏得到的卻是——生活本身，是溫暖。你能真切地感受到他們的愛和恨。」

保羅對工人階級的態度反映了勞倫斯的部分意見：下層民眾的生命更真實，更合乎本質。這與勞倫斯在〈諾丁漢與鄉間礦區〉中對礦工的認識是遙相呼應的。這篇文章認為，礦工本質上屬於井下、酒館和黑夜，在其中，他們牢固地建立起了一種肉體的、本能的和直覺的聯繫，這種聯繫極其真實有力。勞倫斯的短篇小說〈范妮和安妮〉也表現了工人階級的優越性。范妮曾是一個貴婦家的女僕，養成了上層社會的舉止、打扮和談吐得體。為年齡所迫，她不得不決定嫁給工人哈里。哈里滿口土話，舉止粗俗，毫無上進心，並且未來的婆婆敵視她的「標準英語口音」。這些不如意最初令范妮沮喪，但後來她逐漸感受到哈里肉體的吸引力，終於戰勝了自己好不容易掙得的階級偏見，與哈里結了婚。

但勞倫斯在〈我的小傳〉中又認為，勞動階級在視野、知識和認識上都太過「狹隘」，對人構成了「束縛」。他因此說，「一個人絕對不能

成為任何階級的一員」。[22]勞倫斯的這一認識反映了他的階級意識的另一面。在《兒子與情人》中，我們也分明看到，保羅完全遵照母親的安排，遠離礦井，遠離工人階級。他去礦區代領父親工資的經歷無疑是一場噩夢，他對礦工們的粗俗玩笑和高聲喧嘩極不適應，擠在其中如芒刺在背。好不容易受完「酷刑」，回家後對母親說寧可不要每月的零花錢，也不願意去代領父親的工資了。這說明保羅從心底裏是拒絕工人階級的。他可以抽象地談論工人階級的種種優越性，而一旦在現實生活的場景中直接與工人階級發生聯繫，他的身體則代替他的頭腦做出了厭惡的反應。他的人生道路是脫離工人階級，躋身中產階級行列。他最後在藝術界嶄露頭角，實現了自己的目標。長篇小說《白孔雀》洋溢著濃郁的中產階級情調。勞倫斯虛榮地把自傳性主人公西里爾安排在一個中產階級之家。為了回避現實生活中自己的礦工父親在小說中「煞風景」，他讓西里爾的父親早早地死去。萊蒂和西里爾姐弟兩個，一個與礦主之子談情說愛，一個整日陶醉在山水之中。二人還熱衷於用豐富的知識和高雅的藝術修養來馴化農民喬治。更進一步，當勞倫斯以「社會化」、「機械化」的標準來檢驗工人時，他們常常就喪失了其階級的「優越性」，被勞倫斯與資產階級歸為一類，分享了同樣的命運。《虹》、《戀愛中的女人》、《查泰萊夫人的情人》等作品中，常常有蓬頭垢面的礦工，如同鬼魅，在林間小道上匆匆走過，或在大街上看著女人涎笑。在兩性關係中，他們也總是犧牲品。在《兒子與情人》中我們看到，煤礦業導致了兩性的分離與隔絕：女性工作在家裏，男性工作在煤礦；男人下班後去酒館，女人休閒時則去教堂。女性屬於白天、家庭和教堂，她們面對的永遠是生活中理性的一面，事實的一面，物質的一面。男子屬於黑夜、礦井、酒館，當他們不得不回到現實世界時，面對生活中的實際事務與

22　《勞倫斯散文精選》，黑馬譯，人民日報出版社 1996 年版，第 168 頁。

責任時，常常無所適從。結果，兩性雙方儘管住在同一座屋簷下，但礦工的本能與他們妻子的道德和精神相疏離，一性反對另一性，造成了兩性關係的緊張對抗，彼此隔絕，咫尺天涯。

3、工業家群像

　　勞倫斯隊工人階級的態度始終是搖擺的，但成熟之後的勞倫斯，對資產階級的批判從未動搖，從來都不遺餘力。勞倫斯在〈我的小傳〉中寫到：「身為工人階級的一員，我感到當我與中產階級在一起時，我生命的震顫被切斷了。我承認他們是迷人、有教養的大好人，可他們硬是讓我的一部分停止轉動，某一部分非切除不可。」「我無法從我自己的階級搖身一變進入中產階級。我無論如何也不能為了中產階級淺薄虛偽的精神自傲而拋棄我的激情，拋棄我與本階級同胞之間、我與土地和生靈之間生就的血肉姻緣。中產者一勢利眼起來，就只剩下了精神的淺薄與虛偽。」[23]瓦爾特·艾倫在〈英國小說〉中也認為，「他來自一個工人階級家庭，幾乎毫不例外地有他的階級覺悟。也就是這種懷著深仇大恨的階級意識，導致他天才中存在著那麼多的令人不愉快的方面，以及當他的想像力衰退時而不知不覺地養成的那種虛張聲勢、嘲弄的、咄咄逼人的語調。——在他的小說中，他可以讚美工人階級和貴族階級，可是他從來沒有對資產階級贊一詞。」[24]艾倫出於偏見，顯然並不認同勞倫斯的階級意識，但他也的確道出了實情。

　　按階級身份對人物進行劃類、區分和甄別，是勞倫斯小說中階級意識的重要體現。他的小說中有一群煤礦工業家，他們缺乏內在的真正生

---

[23] 《勞倫斯散文精選》，黑馬譯，人民日報出版社 1996 年版，第 169 頁。
[24] 蔣炳賢編選：《勞倫斯評論集》，上海文藝出版社 1995 年版 106-107 頁。

命，是社會化、機械化的典型代表，反映了工業資產階級腐朽、墮落的深度，也反映了勞倫斯仇恨資產階級的態度。

《虹》厄秀拉的舅舅小湯姆從小就頭腦精明，工於心計，深得老師喜愛。他中學畢業後，在倫敦工作，結交了許多科學界名流。23 歲時，因為和上司鬧彆扭，他一氣之下辭職，輾轉於義大利、美國、德國，行蹤不定。後來，他在約克郡著手經營一家大煤礦公司，成為煤礦的經理。它的外表看上去瀟灑剛毅，待人寬厚和藹，但內在的生命激情已經枯竭，所以他看人時眼神總是遊移不定，不能專注。「他的舉止彬彬有禮，顯得陌生、冷淡，一笑起來便仰起鼻子，齜牙咧嘴，一副牲畜似的怪模怪樣。他的皮膚細膩光滑，有些部位如蠟一般發亮，遮蓋著他的令人生厭的庸俗與反常的心態。從他的粗壯的大腿和腰間能隱約看得出他的墮落與庸俗的跡象。」在屬於他的礦區，礦工的工資雖然很高，但工作環境危險，條件惡劣，很多礦工死於事故或肺病。小湯姆女管家的丈夫原先是一個煤礦裝卸工，後來患肺病死去，女管家兩個妹妹的前夫也有類似的遭遇。這樣的事情在礦區如此普遍，以至女子不再把婚姻看成天長地久的事情，女人找丈夫只是找一個能夠養活她們的人，因為男人意味著工作和收入，至於這個人是誰，這是無所謂的。丈夫死了，再換一個就是了。女管家的兩個妹妹就剛剛改嫁。小湯姆給應邀來訪問他的侄女厄秀拉講述發生在自己礦區的這一切，言辭冷漠，甚至還冷嘲熱諷。他完全理解這一切，但他認為這一切都理所當然，無關緊要，「礦井才是要緊的，圍繞著礦井總有一些次要的東西，多著吶。」在礦區的所聞所見，使厄秀拉意識到礦井就是一個巨大的機械怪物，它吞噬著，奴役著生命。在厄秀拉眼中，她的舅舅是工業文明的化身，當他為機器效勞的時候，正是他獲得唯一的幸福和自由的時候。舅舅被陽光曬得佈滿汗珠的臉，讓厄秀拉想起「潮濕、膨脹、臭氣沖天的沼澤，在那裏生命與腐

敗並存」，以致厄秀拉覺得在舅舅身上聞到了那股沼澤般腐爛惡臭的氣味，這些氣味，直刺她的鼻孔，令她噁心，窒息。她還覺得舅舅是一隻史前動物大蜥蜴。想到此，一股怒火從厄秀拉心中升起，「她恨不得踏平、碾碎機器，恨不得搗毀煤礦，不讓威吉斯頓的人再幹機器活。」

　　《戀愛中的女人》中，傑羅爾德作為一個工業巨子的形象引人注目。傑羅爾德在接替父親掌管煤礦以後，很快弄明白了煤礦運轉困難的全部癥結，就在於父親把煤礦辦成了慈善機構。他知道，要使這種局面徹底改觀，必需拋棄「民主、平等」等「愚蠢」、「可笑」的觀念，而要把自己的意志貫穿到煤礦的經營與管理中去，使煤服從他的意志：「與物質進行鬥爭，人們必須有嚴密的組織和完美的工具，這種組織的機械結構應該非常靈巧、和諧，應該服從一個人的意志，按照規定的動作反覆無情的運轉，非人道地、不可抗拒地完成某項任務。」傑羅爾德很快取得了成功。由於這一改革家形象，順應了英國工業發展的需要，小說中交待，傑羅爾德用不了幾年，就會步入政界，成為議會成員，進入統治集團。這種使企業管理正規化、程式化、優化的改革，在勞倫斯看來，就是把管理體系變成一架無情的機器，把工人變成機器的一個個部件，這是與人之本性為敵，是對人的異化。經過傑羅爾德的改革，企業增產了，但礦工們卻完全淪為機械的附庸。隨著他們越來越被機械操縱，他們的生活失去了歡樂和希望。資本對人的異化作用，不僅降臨到工人身上，也降臨到它的統治者身上，傑羅爾德變成了一個精神空虛、感情枯竭的人。經常會有一種莫名的恐懼襲上心頭，使他半夜驚起，顧影自憐，「害怕有朝一日會精神崩潰，變成一堆無用的東西。」他在這種空虛與恐懼中越陷越深，到後來只有三樣東西能使他幸福起來：毒品的麻醉、伯金的安慰、女人的陶醉。

　　作為工業家的代表，傑羅爾德是一個徹頭徹尾的物質主義者。他認為物質的滿足，如有飯吃，有房子住是生活的基礎，為達到這個目的，就需要生產。他聲稱自己「活著就是為了工作，就是為了生產東西。」傑羅爾德的「生產力原則」遭到伯金的激烈反駁，他指出工業文明的現實惡果和終極關懷的缺失：「我們是些極為陰鬱的說謊者，我們的一個主意，就是對自己說謊，說我們有一個完美世界的理想，這個世界廉潔、正直、富強，於是我們就用污穢遮蓋這個世界，……人們就像昆蟲在污穢裏奔忙著。這樣，你的礦工就可以在他的客廳裏面有一架鋼琴，你就可以在現代化的房子裏面有一個男管家和一部汽車，而作為一個國家，我們就可以加以炫耀了。」傑羅爾德洋洋得意的諷刺激起伯金更大的怒火，在他眼裏，「傑羅爾德身上有一股悠然自得的冷酷，甚至難以名狀的惡意，正在散發出來，正在透過他的聽起來似乎有理的生產力原則規範，閃現出來。」伯金認為，「生活的最高和最終目標」，也就是「人需要一種真正純潔單一的活動」，即愛。在一個「沒有上帝」的時代，「生活中心」應該聚集在兩性關係上。伯金和傑羅爾德的辯論反應了勞倫斯自己對工業文明的態度：它雖然創造了物質財富，但它製造了更大的不幸，它解決不了人類的終極關懷問題。

　　《查泰萊夫人的情人》中的克利福德從先輩那裏繼承了兩處煤礦的所有權。他原本對煤礦並無興趣，而希望在文學方面發展，只是在新來的看護婦波太太的影響下，才找到了「新的擴展自己的需要」，搖身一變成了實業家。屬於他的兩處煤礦，有過它的黃金時代，但如今已經敗落。他視察礦井，召見經理，閱讀現代採煤技術書籍，很快找到了煤礦生產衰退的癥結。他決定採用新的技術，把煤直接轉化成氣，或用煤發電，以提高效益。小說中描寫他投身煤礦事業時，感到了能夠控制幾千礦工的命運，使別人聽命於自己的那種權威，感到自己重新獲得了生

命，這生命「從煤炭裏，從礦穴中，蓬勃地向他湧來。」不幸的是，克
利福德沒有趕上傑羅爾德那個時代，煤炭生產在 20 世紀 20 年代已經陷
入永久性衰退之中，沒有任何辦法讓它起死回生。小說中克利福德的宏
偉計劃始終停留在紙上談兵階段，沒有真正落實。在這樣的背景下，煤
礦主克利福德的形象就不再顯得強勢，他的生育能力的喪失是他所代表
的工業資產階級沒有生命力的象徵。他還被描寫成螃蟹或蝦一類甲殼類
的無脊椎動物，披著機械一般的鋼甲，內臟卻稀爛如漿。他坐著輪椅在
莊園裏轉來轉去，儼然一個半人半機械的怪物。在〈為《查泰萊夫人的
情人》一辯〉中，勞倫斯對克利福德這樣評價：「克利福德的癱瘓是一
種象徵，象徵著今日大多數他那種人和他那個階級在情感和激情深處的
癱瘓」。「他是個純粹的個性之人，與他的同胞男女全然斷了聯繫，只剩
下習慣。他身上熱情全無，壁爐涼了，心已非人心。他純粹是我們文明
的產物，但也是人類死亡的象徵。他善良的時候也不失刻板，他根本不
知熱情與同情為何物。」[25]克利福德的形象，反映了現代工業資產階級
機械化和墮落的程度。

4、工業文明與大自然的衝突

　　把以礦區為代表的工業文明與大自然對立起來，表現自然環境的被
污染、被侵佔和被破壞，表現各種反自然力量的反生命本質，是勞倫斯
批判工業文明的另一個非常重要的角度。

　　從前一節的分析中我們已經瞭解到，《白孔雀》以寫景見長，以內
瑟梅爾為中心的自然景觀是牧歌圖景的重要組成部分。而與它形成鮮明
對照的，是鄰近的礦區景觀：

---

[25]　《勞倫斯散文精選》，黑馬譯，人民日報出版社 1996 年版，第 329 頁，第 328 頁。

我們走到了那十分醜陋的幾排房屋。它們背靠礦山，到處都是黑的，滿是煤煙。房屋緊挨著，只有一個入口，從一個方形花園進去，園裏長著帶黑斑點的陰沉沉的野草，從入口那裡還可以望到一排令人厭惡的矮小的煤灰坑棚子，路上鋪著一層烏黑的煤煙礦渣。

我們的馬車顛簸著駛過辛德爾山那粗糙的鵝卵石路，又朝巨大的礦山腳下駛去。礦山散發出一股股熏人的硫磺氣味，白天因為爐渣慢慢燃燒著紅火，使空氣很熾熱，山上結了一層灰爐的硬皮。我們來到山頂，看見眼前的城市就像一片高高堆起的模糊不清的山巒。我尋找著往日讀書的那所學校的方塔和聖安德魯斯教堂那傲然高聳的塔尖。藍天下，城鎮上空一片灰暗，就像懸掛著一幅又薄又髒的天幕。

《白孔雀》中大自然的對立面是礦區。《兒子與情人》中，貝斯特伍德礦區所代表的工業文明是在以侵佔、破壞大自然為代價發展起來的。起初，這裏是大片的森林、草地、農田，發現煤礦之後，田野中便出現了一些「奇形怪狀的土墩以及一塊塊黑斑」，這是挖小煤窯造成的結果。而「礦工居住的茅棚也開始疏星似地散佈在教區的農莊上」。在大約 60 年前，現代意義上的大型煤炭公司成立，溪谷間六個礦井先後開工，聯結各個礦井間的鐵路也修建起來。這些礦井和鐵路點綴在森林小溪之間，逐漸地蠶食、侵吞、破壞著自然之美和它的完整性。煤礦擴大了生產，礦工增加，需要新的住房。原先的工棚區被付之一炬，清除的垃圾堆成了一座小山。新的住房修建起來，外表雖然美觀，但廚房正對著垃圾坑，環境令人作嘔。

勞倫斯在《虹》中，以細膩的筆墨，再一次展現了工業文明對大自然的侵佔過程，工業文明又一次以大自然破壞者的角色出現。馬什農場的周圍，原先是一望無際的原野。一條河流，蜿蜒曲折，緩緩流過一片

片赤楊樹林，遠處是起伏的小山，山上聳立著一座教堂。布蘭溫家族成員日出而作，日入而息，與大自然息息相通，這是一幅人與自然和諧相處的畫面。但自從運河、鐵路開通，煤礦修建後，運河附近的鎮子因靠近工業區而日趨繁華，布蘭溫家靠給鎮上居民提供生活用品而富裕起來，生活方式漸漸在改變。開始時，布蘭溫一家對周圍發生的這場亂紛紛的變化驚訝不已。把他們隔絕開來的堤壩令他們困惑不安，在土地上幹活時，聽見從河堤那邊傳來捲揚機有節奏的轟鳴，在人們心中掀起莫名的恐懼。家人趕馬車從鎮上回家時，常常會遇見蓬頭垢面的煤礦工人成群結隊地從礦井出來。收穫季節，連風也夾雜著煤塊燃燒散發的硫磺味兒。工業化的發展向這塊古老的土地投來了陰影，運河、鐵路和煤礦的井架標誌著古老文明的結束與新時代的開始。與寧靜、翠綠的鄉村構成強烈對照的是污濁、灰暗、骯髒的礦區，以及礦區裏人們呆滯的目光和麻木的表情。勞倫斯把自然看成是這片土地的主人，而工業文明是外來的，是強迫之物，是一個「偶然事件」。所以，他寫道：「入侵完成了」。

在《戀愛中的女人》第 1 章，厄秀拉和古娟去觀看克里奇家族成員的婚禮。他們走在路上，看到雜亂無章的街道，蓬頭垢面的居民，蓋滿煤灰的菜園，就如同進入了一個鬼魅的世界。一直在外地工作的古娟不由叫道：「厄秀拉，這世界瘋了。」沿路走下去，景象越來越不堪：

> 姐妹倆穿過一片覆蓋著一層黑灰的田野，沿著一條黑色的小路走著。左邊的景色挺美，山谷旁立著許多礦井架，右邊遠處山上的麥田和樹林披了層黑魆魆的薄紗。在黑色的天空中兩行煙柱，一白一黑，筆直地升向天穹，蔚為壯觀。……她們腳下的這條黑路是礦工們長年累月踩出來的。一道鐵牆把路和田野分隔開來，通向大路的欄杆被礦工的衣服磨得發亮。此時，姐妹倆行走在幾排房屋中，這兒的房屋更破舊。女人們圍著粗布圍裙，雙手交叉

在胸前，站在屋旁聊天。她們像土著人那樣的眼睛直勾勾地看著。
小孩們嘴裏叫著罵人的話。

《查泰萊夫人的情人》在更大更系統的規模上表現了工業文明與大
自然的對立和衝突。克利福德在英國中部礦區的府宅是一座 18 世紀的
老屋，建在高坡上的一個橡樹園裏，這座壯麗的貴族府宅因為距煤礦和
特弗沙爾村落不遠，它的美麗和寧靜全被破壞了。在這棟住宅裏，能聽
見礦坑裏篩煤機的轟鳴聲，捲揚機的噴氣聲，載重車換軌時的響聲，以
及火車的汽笛聲。近處的天邊，總是「籠罩著一種蛋白石色的霜和煙混
成的蒙霧」，當風吹來的時候，屋裏便充滿了硫磺的臭味。屋前屋後花
草樹葉上，總是舖著一層煤灰，好像是天上降下的黑露。特弗沙爾村落
是礦工的居住區，「差不多挨著園門開始，極其醜惡地蔓延一裏之長，
一行行寒酸骯髒的磚牆小屋，黑石板的房頂，尖銳的屋角，帶著無限悲
愴的氣概。」小說第 11 章，康妮乘車去阿斯巍，途中經過特弗沙爾，
她被這個村落受到的工業文明荼毒震驚了。這個村落不僅環境受到煤礦
生產的嚴重污染，更可怕的是，當地社區和居民的精神完全墮落了。這
裏「絲毫沒有自然美，絲毫沒有生之樂趣，甚至一隻鳥、一隻野獸所有
的美的本能都全部消失了，人類的直覺官能都全部死了。」康妮乘車穿
行於其間，就好像穿行於地獄之中，蠡蠡鬼魅就是新英格蘭正在生產著
的「一種新人類」，這是「迷醉於金錢及社會政治生活，而自然的直覺
的官能確是死滅了的新人類」，他們不過是「有人類模樣的、歪曲的、
妖怪的小東西」，是行屍走肉。

小說以無盡的詩意筆墨描繪出與工業文明對立的另一個世界——
拉格比莊園附近一片年代久遠的樹林。它是舍伍德森林的殘存部分，傳
說中的草莽英雄羅賓漢曾在此打獵。如今這片樹林不再寬廣，但仍保存
著「老英格蘭時代的什麼神秘東西」，甚至克利福德都讚歎，這裏是「老

英格蘭的心」。在勞倫斯筆下，這片樹林成為理想的聖土，培養理想情愛和兩性關係的伊甸園，對抗工業文明的堡壘。

這片樹林最大的特點是它生機盎然，並且與康妮生命的覺醒過程，與康妮和梅勒斯理想兩性關係的建立過程相生相伴，相輔相成。在康妮生命的低潮期，在她被日漸增大的不安感所困擾時，她投身進這片樹林，想從中得到慰藉。但這種急功近利的做法一開始並不成功，樹林不能成為她避難的地方，「因為她和樹林並沒有真正的接觸」，「沒有接觸樹林本身的精神」。直到在小說第 5 章，她與克利福德一起走進樹林，與狩獵人梅勒斯相遇時，樹林本身的精神才被她觸著。克利福德坐在輪椅上，奢談著「古老的英格蘭」，發誓要保護這片樹林，但當他冷靜地暗示康妮可以找一個情人生一個孩子時，這一番蔑視生命本質的談話，以及他需要梅勒斯幫他把輪椅車推出樹林，說明他在精神上與這片樹林是隔絕的。梅勒斯是克利福德剛剛請來的守獵人，他牽著一頭獵犬，在樹林中輕快地行走，敏捷而從容，這顯示他才是樹林的真正主人，是自然的精靈。康妮與梅勒斯雙目對視，各自心中有了對方。這時，儘管是 2 月的寒冬，萬物蕭瑟，但康妮仍然感到她與樹林建立起了內在的聯繫，感受到了樹林正在積聚著力量，等待著生命噴發的時刻：

> 古老的樹林散發出憂鬱的古代氣息，這氣息使她感到安慰……她喜歡這片殘餘森林的內向性，喜歡老樹那無言的含蓄。老樹具有一種非常強大的沉默力量，同時又體現出一種充滿生命力的存在。它們也在等待：固執而淡薄地等待，散發出沉默的潛能。

隨著春天降臨大地，陽光雨露催促著樹木、花草、家禽、鳥獸迅速地生長、發育、成熟，自然界一片生機。「山毛櫸的褐色芽兒，溫柔地展開著。老去的冬天的粗糙，全變成溫柔了。甚至倔強嶙峋的橡樹，也

發出最柔媚的嫩葉，伸展著纖纖的褐色的小翅翼，好像是些向陽的蝙蝠的翅翼。」與此同時，康妮的生命也開始覺醒：「在 3 月的風中，無窮的詞語在她的意識中掠過：「你必須重生！我相信肉體之復活！一粒麥子不落在地裏，死掉，是不會結出許多麥粒的。當報春花吐蕊時，我也會再度出現，來看太陽。」康妮靠著一株小松樹坐下，她感到這小松樹蕩動著一種奇異的、有彈性的、有力的、向上的生命。她覺得自己的生命被大自然激發出來，獲得了自由。受大自然的招引，康妮與梅勒斯有了第一次性愛。當第二天再走進樹林時，康妮驚訝地發現「所有的樹都在靜默中努力著發芽了。她今天幾乎可以感覺著她自己的身體裏面，潮湧著那些大樹的精液，向上湧著，直至樹芽頂上，最後發為橡樹的發光的小葉兒，紅得像血一樣。」可以看出，這片樹林與人本源的內部存在是完全呼應的。以後，康妮盡可能多地逃進樹林中。時間從春天進入初夏，自然界「處處都是蕾芽，處處都是生命的突躍。」康妮與梅勒斯的理想兩性關係終於得以建立，康妮獲得了新生，最後還有一個孩子即將出世，預告了以後共同新生活的可能性。

　　勞倫斯的《白孔雀》和《查泰萊夫人的情人》都有對大自然的傾力描寫。二者不同的是，《白孔雀》中的大自然在小說中具有支配地位，它是廣大的，強勢的，人只有進入大自然中才能夠存在，才具有意義。甚至是萊斯利這樣的社會化人物也莫不如此。以煤礦生產為代表的工業文明在小說中的存在可以說微不足道，也沒有力量對大自然形成有實質意義的威脅。但在《查泰萊夫人的情人》中，二者的力量對比發生了根本變化。這片樹林成了自然的殘存物，它隨時隨地都受到來自工業文明及其社會力量的侵擾和破壞：克利福德的父親在戰爭時期砍掉莊園成千上萬棵林木，送到前線修築工事。這一行為在與世隔絕的樹林中開了一個口子，使樹林受了傷，破壞了它的完整性。這片樹林小到已經難以躲

避煤礦生產的喧囂。梅勒斯知道，所謂樹林的僻靜是欺人的，煤礦的喧囂把寂靜完全破壞了，世界上再也沒有僻靜的地方，再也容不下遁世者了。梅勒斯知道，「過失是從那邊來的，從那邪惡的電燈光和惡魔似的機器之囂聲裏來的。那邊，那貪婪的機械化的貪婪世界，閃著燈光，吐著熾焰的金屬，激發著熙來攘去的喧聲，那兒便是無限罪惡所在的地方，準備著把不能同流合污的東西一概毀滅了。不久那世界便要把這樹林毀滅了，吊鍾花將不再開花了。一切可以受傷的東西，定要在鐵的蹂躪之下消滅。」梅勒斯擔心著未來這片樹林的命運。而在現實中，各種敵對力量也在日甚一日地進逼。克利福德多次闖入樹林之中，他的輪椅車一路碾碎路邊野花。梅勒斯的前妻找到樹林向他尋釁吵架。還有礦工前來偷獵，康妮和梅勒斯的秘密交換被人窺視等等。這些都說明，這片樹林已經「不能保證他們達到真正逃避的目的。」從這個意義上講，「這樹林不僅僅象徵一種生活方式，而且還象徵著生機遭到壓抑的那種被圍困、受打擊的狀態。」[26]工業文明與大自然的對立中，大自然處在劣勢，處在被瓦解和破壞的過程中。從這個意義上講，小說中康妮和梅勒斯獲得的勝利只是象徵性的。

[26]　蔣炳賢編選：《勞倫斯評論集》，上海文藝出版社 1995 年版，第 180 頁。

第二章　新女性‧性‧兩性關係

　　馬克思在《1844 年經濟學──哲學手稿》中說：「男女之間的關係是人與人之間直接的、自然的、必然的關係……根據這種關係，人們就可以清楚地判斷出人的整個文明程度。」[1]在馬克思看來，兩性關係是人類之間最為本質的聯繫，是衡量人類文明程度的重要標準。勞倫斯無疑會同意馬克思對兩性關係重要性的判斷，但他把著眼點放在兩性關係對創造健康生命的意義上。勞倫斯說：「個體自我的實際進化是個體和外部宇宙相互作用的結果。這意味著，就像母親子宮中嬰兒的成長是父母血流滋養了胎兒的生命核心一樣，每一個男人女人的成長和發展，乃是本能的自我與其他某種或某些自我這兩極之間相互熔鑄的結果。正是個體自我和其他某個或某些生命體之間循環往復的生命熔鑄，才帶來了個體在精神和肉體上的發展和進化。這是一條生命和創造的法則，我們無可逃避。」[2]勞倫斯 1914 年 6 月 2 日給麥克勞德的信表達了類似的思想：「所有生命和知識的源泉都來自男人和女人，所有生活的源泉都在於兩者之間的交換、會聚和融合：男人的生活和女人的生活，男人的知識和女人的知識，男人的存在和女人的存在。」[3]每個人都來自於他們的父母，但勞倫斯相信，人還有第二次誕生，而且是更為重要的誕生。父母只給了孩子生理意義上的生命，只有第二次誕生，人才能夠獲得真正的自我，獲得完整的生命。而第二次生命誕生的關鍵是兩性之間的「生

---

[1]　馬克思：《1844 年經濟學──哲學手稿》，劉丕坤譯，人民出版社 1979 年版 72 頁。

[2]　D. H. Lawrence, *Psychoanalysis and Unconsciousness* (London: Martin Secker, 1931), p. 119.

[3]　D. H. Lawrence, *The Letters of D. H. Lawrence* Vol.2, ed. George J. Zytaruk and James T. Boulton. (Cambridge: Cambridge University Press, 1981), p. 181.

命激蕩波動」，以及「交換、會聚和融合」。正是基於對兩性關係重要性的認識，它才成了勞倫斯小說表現的中心。

勞倫斯渴望建立理想的兩性關係，他對現實世界中種種畸形兩性關係的批判也不遺餘力。正所謂不破不立，在對畸形兩性關係的批判中，理想的標準才得以樹立起來。在勞倫斯筆下，充滿精神廝殺與搏鬥的畸形兩性關係最後走向死亡，而經過艱難的心理調適建立起來的理想兩性關係，迎來了新生的彩虹。

值得注意的是，有關勞倫斯作品的絕大多數爭議也都因本章討論的問題而起。勞倫斯用兩性關係涵蓋和取代人類關係的全部內容，放肆地攻擊新女性，毫無節制地進行性描寫，渲染和誇大同性戀的作用，其思想之極端、片面，給了批評者以物議的口實。本章的意圖，是揭示勞倫斯筆下兩性關係問題產生的社會歷史根源，呈現性質上截然對立的兩類兩性關係的具體內涵和形式，並就兩性關係所涉及的性描寫及同性戀諸問題作一些辨析工作，以澄清一些誤解，也對其創作中真正具有危害性的思想內容進行批判。

一、女權主義與勞倫斯小說中的新女性

1、女權運動與新女性的誕生

英國女權運動興起於 19 世紀 60 年代，在 20 世紀上半葉得到迅速發展。這場運動極大地動搖了維多利亞時代的傳統女性觀念，提高了女性在家庭和社會中的地位。勞倫斯對性及兩性關係本質的理解，對畸形兩性關係的批判，對理想兩性關係的建構，對性問題的認識，都反映了這場運動對他的衝擊和影響；同時，也包含了他對這場運動的反思。

作為討論英國女權運動的起點，我們首先要瞭解 19 世紀維多利亞時代的傳統女性觀念和女性地位。概言之，在維多利亞時代的英國，雖然資本主義政治、經濟制度早已經確立，但在家庭觀念和制度上，封建主義的影響依然十分強大。被普遍接受的觀念是男尊女卑，男人是女人的主宰，女人是男人的附屬品。典型的中產階級家庭是建立在夫權至上和明確分工基礎之上的：男主外，女主內；男人掙錢養家，承擔社會責任，女人安排家庭生活，照顧丈夫，撫養孩子。丈夫在家庭中享有絕對權威，而已婚女子從法律角度講一無所有。她不是獨立法人，不能支配自己的勞動所得，不能分享和繼承財產。女性的身體屬於丈夫，她們的貞操受到嚴格的社會監督；丈夫可以任意拋棄她們，她們卻沒有要求離婚的權力。英國學者約翰‧梅彭對這種家庭模式作了簡要的說明：「維多利亞式的家庭是一個龐大的父權制機構……妻子和母親的角色是充當相當繁重的家庭經濟事務的管理者，她極少有指望過任何別的生活。統治整個機構的是維多利亞時代的父親，他擁有不容置疑的權力」。[4]美國女權主義批評家凱特‧米利特則對此毫不客氣地指出：在那個時代，「婦女一旦結婚便開始了『公民死亡』，她幾乎喪失了一切公民權利，就像如今的重罪犯人入獄一樣。」[5]社會普遍接受的角色分工和領域分離觀念，把已婚女性牢牢限制在家庭的私人領域，使她們無法進入公共領域，接受與男性相同的教育，從事與男性相當的職業，得到同樣的報酬，她們也沒有選舉權。

有趣的是，在維多利亞時代，這種與英國先進資本主義制度極不相稱的女性觀念和地位，卻能夠得到社會的廣泛肯定，甚至被神化。19世紀維多利亞時代眾多報刊書籍中所描繪的中產階級妻子都是純潔

---

[4]　John Mepham, *Virginia Woolf, A Literary Life* (London: Macmillan Press Ltd., 1991), p.39.

[5]　凱特‧米利特：《性政治》，宋文偉譯，江蘇人民出版社 1999 年版 87 頁。

的，美麗的，高雅的，賢淑的。她們忠實於自己在家庭中的神聖職責，不僅為丈夫提供溫馨舒適的家庭生活，讓丈夫從忙碌紛繁的公共事務中抽身時，有一個寧靜的港灣得到休憩，而且還努力使家庭成為培養高尚美德和虔誠宗教情感的場所。這樣的家庭體制更被上升到國家和公共利益的高度來認識：「家庭是安寧有序社會的基石，妻子和母親是家庭的核心」。[6]英國詩人帕特莫（Coventry Patmore, 1923-1896）在 1854 年發表〈家庭天使〉一詩，頌揚了在家庭中為丈夫營造「天堂」的中產階級女性形象，由此，「家庭天使」成了維多利亞時代中產階級已婚女性形象最生動的概括。對勞倫斯產生過重要影響，堅決反工業文明的英國思想家、藝術批評家羅斯金在一篇名為〈百合——談王后的花園〉的演講中，也大肆讚美家庭，鼓吹這種為妻之道。他認為男女各有其擅長的領域，女性的「經營範圍」在家庭，她們應該謹守這一「本分」。在家庭中，妻子應該順從丈夫，為丈夫謙恭地服務，把家庭建設成「和平的地方」、「避難所」，使它「免遭一切傷害」、「免遭一切恐怖、懷疑和分裂。」有了這樣的妻子，人間就變成了樂園：

> 一個真正的妻子無論走到哪裡，這個家都會隨之而至。她頭頂上也許唯有星星在閃爍，她腳旁也許僅有冰涼夜晚中草叢的螢火蟲在閃亮，但是，只要她在就有家。對於一個高尚的婦女來說，家在她身邊延伸開去，覆蓋著雪松頂篷的場所或漆著朱紅的屋宇也無法與它相比。它靜靜地透出光亮，灑向遠方，為那些無家可歸的人照亮前面的路程。[7]

---

[6] 傑裏米·帕克斯曼：《英國人》，嚴維明譯，上海譯文出版社 2000 年版 242 頁。

[7] 羅斯金：《羅斯金散文選》，沙銘瑤譯，百花文藝出版社 1997 年版 74 頁。

在 19 世紀的英國，男女比例嚴重失調，男子是「稀缺」資源，這造成了大量的適齡女子無人供養。據統計，在 19 世紀中葉，英國 20 歲以上的單身婦女達 150 萬人，寡居的婦女達 75 萬人。儘管女性在家庭中地位低下，這種情形仍使得結婚成為女性的一個令人羨慕的歸宿。此外，維多利亞時代全社會對美德的重視，對責任的強調，不只針對女性，對男子甚至有更高的要求。所以，儘管從法律上講，男子可以對妻子為所欲為，實際上已婚男子要克制、本分得多。基於這些原因，全社會對婚姻和家庭的美化才找到了著力點，也使得真相更容易被掩飾。

但是，女權運動的先驅者們沒有被蒙蔽，她們開始組織起來，為改變女性嚴酷的生存狀況而鬥爭。1866 年，英國一個名為肯辛頓協會的婦女組織舉行請願活動，要求與男子具有同樣的政治權利。在尋求國會立法的努力失敗後，不甘氣餒的組織者發起成立了婦女平權運動倫敦協會。很快，類似的組織在全國紛紛成立。1887 年，英國 17 個獨立的平權運動組織合併成立婦女平權協會全國聯盟（NUWSS）。此後，NUWSS迅速發展壯大，到 1914 年第一次世界大戰爆發前，它在全英國有 500個地方支部，成員超過 10 萬人。由於英國捲入第一次世界大戰，NUWSS領導人宣佈暫時放棄所有政治要求，直到第一次世界大戰結束。

婦女社會與政治聯盟（WSPU）成立於 1903 年 10 月，由原 NUWSS在曼徹斯特的一些成員組建。這個組織不滿 NUWSS 的和平鬥爭方式，主張採取更為激進的措施爭取婦女權益。它只接受女性會員，把選舉權看成是兩性平等的核心問題。為了闡述她們的激進態度，她們提出了一個響亮的口號：「要行動，不要言辭。」1905 年開始，因為推動的一個有關婦女選舉權的法案沒有在議會中通過，WSPU 發動了一系列針對國會的遊行示威活動，其中不少成員因此被捕。1908 年，WPSU 在倫敦海德公園舉行了 50 萬人大集會。1912 年，WSPU 又發動了一場「非暴力

抵制運動」，但這場運動很快被暴力行動所淹沒，以致釀成嚴重騷亂。一些 WPSU 分子砸商店，燒房子，甚至向西敏寺等公共建築投擲炸彈。在一次這類抗爭活動中，該組織一名成員在混亂中被皇家馬隊踩死，成為轟動一時的事件。第一次世界大戰爆發後，聯盟通過與政府談判達成妥協，結束針對政府的街頭運動，支援政府進行戰爭。此後聯盟逐漸退出了公眾的視線。1917 年，聯盟宣佈解體。

婦女合作社是一個婦女合作互助組織，成立於 1883 年，19 世紀 90年代開始迅速發展。1889 年它在英國有 1700 個成員，1933 年達到 72000名成員。該組織的主要目的是爭取婦女在政治、社會、家庭、健康、教育等方面的平等權益，傳播合作獲益的思想，努力消除婦女貧困狀況。比較 NUWSS 和 WPSU 等女權運動組織，婦女合作社把精力更多地投入到婦女自助、自救的實際工作中去，很少搞街頭運動，因此，它更受普通家庭婦女歡迎，也更有生命力。

第一次世界大戰是英國女權運動發展的一個重要分水嶺。從表面上看，許多女權組織暫時放棄了他們政治訴求，女權運動因此走向低潮，但實際上，戰爭在客觀上極大地改善了英國婦女的地位。戰爭期間，由於大批適齡男子入伍，他們留下的工作職位空缺不得不雇用婦女來填補；一些傳統上由男子承擔的工作，如管理店鋪工作，軍役部門的工作，也有大量女性加入。婦女參加工作意味著她們可以直接對戰爭做出貢獻，也意味著經濟上獲得獨立，由此帶來她們社會地位的提高。戰爭時期的特殊環境，也衝擊著關於女性的一些傳統觀念，人們以更寬容的態度對待貞操、婚外戀、同居等問題。戰爭結束後，這一切現實的變化，終於在政治上反映出來：婦女獲得了選舉權，以及其他諸多過去所沒有的權利。

　　英國女權運動的蓬勃發展，極大地衝擊了維多利亞時代的傳統女性
觀念，使女性地位得到了很大的改善。在 19 世紀末 20 世紀初，英國出
現了一大批具有叛逆性格的新女性。如果說維多利亞時代女性是「封
閉、戀家、無性、沒有選舉權的女性」，那麼新女性則蔑視維多利亞時
代的家庭體制，積極參與公共社會生活，追求思想獨立，經濟獨立，更
主動地與男性交往，有的還追求性解放。與勞倫斯同一時代的女性作家
維吉尼亞‧吳爾芙、曼斯菲爾德，藝術家凡尼莎‧貝爾，學者多拉‧羅
素（Dora Winifred Russell，1894-1986）、鮑惠爾小姐（Eileen Power，
1899-1940）等都是傑出的新女性，她們不僅思想前衛，日常行為、穿
著、舉止上也十分大膽開放。吳爾芙是一個自覺的維多利亞時代女性偶
像的破壞者，她的眾多作品都在致力於解構維多利亞時代的女性觀念，
塑造新女性的形象。她在〈女人的職業〉一文中以諷刺的口吻寫道：在
維多利亞時代，「每一幢房子都有她的天使」，這些「天使」「具有強烈
的同情心，具有非常的魅力，絕對地無私。她擅長於家庭生活中的那種
困難的藝術。每一天她都在作出犧牲……她極其純潔。」吳爾芙宣稱，
自己的使命就是要「殺死這房間裏的天使」。[8] 20 年代曾在英國遊學，見
證過女權運動，接觸過新女性的中國詩人徐志摩把她們描繪成一群有
「怪僻」的「背女性」：「頭髮是剪了的，又不好好收拾，一團糟地散在
肩上；襪子永遠是粗紗的；鞋上不是沾有泥就是灰，並且大都是最難看
的樣式；裙子不是異樣的短就是過分的長，眉目間也許有一兩圈『天才
的黃暈』，或是帶著最可厭的美國式龜殼大眼鏡，但她們的臉上卻從不
見脂粉的痕跡，手上裝飾亦是永遠沒有的，至多無非是多燒了香煙的焦
痕；嘩笑的聲音，十次有九次半蓋過同座的男子；走起路來也是挺胸凸

---

[8]　維吉尼亞‧吳爾芙：〈女人的職業〉，《吳爾芙隨筆集》，孔小炯、黃梅譯，海天出
　　版社 1993 年版 91 頁，92 頁。

肚的，再也辨不出是夏娃的後身；開起口來大半是男子不敢出口的話……總之她們的全人格只是婦女解放的諷刺畫。」[9]徐志摩的描述雖嫌誇張浮淺，但也的確反映了一些最前衛的新女性的特徵。英國一位同時代的婦女曾經憂心忡忡地說：「我們國家婦女道德水準江河日下的速度令人擔憂。」她認為，「教育制度缺乏遠見，戰爭環境中培養的興奮情緒，婦女的解放，以及大批婦女在擺脫家庭影響之後獲得經濟獨立」，[10]這些弊端對婦女道德水準的下降負有不可推卸的責任。

2、勞倫斯與女權運動

與勞倫斯關係密切的女性或者與女權運動有直接聯繫，或者是接受過女權運動洗禮的新女性。勞倫斯的母親莉迪亞在婦女合作社伊斯特伍德支部擔任會計多年，積極參加支部活動，並在其中扮演了重要角色，深受同事的尊敬。她性格保守，虔信宗教，養育孩子、照顧丈夫都盡心盡責，這些是維多利亞時代女性的典型特徵。但另一方面，莉迪亞思維敏捷，能言善辯，在知識和教養方面都高過丈夫。她按照自己的意志規劃孩子們的前程，支配一切家庭事務，剝奪了丈夫作為一家之長的權威，架空了他的地位。這使得家庭不再是丈夫的「休憩港灣」，而成了傷心之地。莉迪亞的這種強勢風格與她在女權組織中所受的熏陶和「新女性」的影響有千絲萬縷的聯繫。

勞倫斯的初戀情人吉西‧錢伯斯出身農家，性格拘謹，思想溫和，對政治沒有多少興趣。但她受過良好的教育，長期擔任小學教師，文筆優美的回憶錄《一份私人檔案》證明她是一位頗有才華的知識型女性。

---

[9]　徐志摩：〈曼殊斐爾〉，《徐志摩全集》（第一卷），天津人民出版社 2005 年版 226 頁。

[10]　Mrs Neville- Rolfe, 「The Changing Moral Standard」, *The Nineteenth Century and After*, Vol. 84 (1918), p.725.

顯然，她是女權運動爭取婦女接受教育和工作權利運動的受益者。傑西與英國女權運動也沒有完全絕緣，勞倫斯另一個在伊斯特伍德的情人艾麗絲‧達克斯經常把鼓吹女權運動的《新時代》雜誌送給傑西和勞倫斯，希望引起他們對女權運動的興趣。傑西在《一份私人檔案》中回憶了她陪同勞倫斯出席英國小說家亨特舉辦的午餐會。去亨特家之前，他們先拜訪了文學編輯、作家休弗，休弗拿出一張參加女權運動會議的通知，問傑西是否感興趣。傑西回答說：「我有幾個非常熱心此項運動的朋友給我講過這些情況。」休弗又告訴傑西，因為婦女還沒有獲得選舉權，所以自己也兩次放棄了投票的權利。傑西對休弗所說在婦女得到選舉權之前自己永遠不會去參加選舉的話肅然起敬，稱它有「騎士風度」。[11]在亨特家的午餐會上，也許是因為傑西在場，亨特把話題專到女權運動上來，講述了一些婦女因為女權運動被捕，受到迫害。這些資料顯示，傑西十分熟悉女權運動。眾所周知，傑西是《兒子與情人》中米麗安的原型，《白孔雀》中的萊蒂身上也有傑西的影子。

　　在諾丁漢，婦女平權協會全國聯盟這個稍微保守，但更有組織性的團體十分活躍，艾麗絲‧達克斯是它的成員。艾麗絲 1878 年出生在利物浦，是一個職員的女兒，曾經在利物浦的郵局工作過，是當地平權運動的活躍分子。1905 年結婚後，她隨作藥劑師的丈夫遷居到諾丁漢伊斯特伍德，又積極投身地方的婦女運動，成為小有名氣的領袖人物。艾麗絲相貌不佳，衣著邋遢，但作風大膽，行事果斷。在一般伊斯特伍德人眼裏，她行為過於「出格」，因此口碑很差。她和勞倫斯有過肉體關係，還一度準備與勞倫斯私奔。但兩人的私情維持的時間不長，後來勞倫斯曾罵艾麗絲是「一條母狗」，欺騙了自己。與吉西‧錢伯斯去世前把勞

11　吉西‧錢伯斯、弗麗達‧勞倫斯：《一份私人檔案：勞倫斯與兩個女人》，葉興國、張健譯，知識出版社 1991 年版 126 頁。

倫斯大量書信付之一炬不同，艾麗絲毫不避諱與勞倫斯的關係。而且把勞倫斯給她的書信都保存下來。這種做法從一個側面反映了艾麗絲我行我素、放浪形骸的性格。

露易・巴柔斯 1904 年在伊爾克斯頓教師進修中心參加教師培訓班時與勞倫斯相識。在 1906 年，又與勞倫斯一起進入諾丁漢大學學院學習，成為同學，建立了密切的關係。1908 年夏天大學畢業後，露易到蘭開斯特郡一所學校當教師，後又轉到當地另一所學校作校長。1910 年夏天，勞倫斯去蘭開斯特郡探望正在姐姐家養病的母親，與露易重逢，二人感情有了進一步發展。徵得母親同意後，勞倫斯與露易在 1910 年 12 月 3 日宣佈訂婚。他們的婚約關係維持了一年多時間，於 1912 年 2 月 4 日又解除了婚約。露易身材高大，精力充沛，獨立性很強，同時又肉感動人，溫柔可愛。無論在大學期間，還是參加工作以後，她都是女權運動的積極參加者。正因為露易與女權運動的密切關係，勞倫斯在 1909 年 3 月 28 日給露易的信中，饒有興趣地向她描述了在倫敦目睹的兩幅與女權運動有關的圖景。一幅圖景是女權分子在遊行示威：「成千上萬女權運動分子在列隊遊行，狂熱地喊著口號。到處是刺耳的叫聲，標語揮舞的嘩嘩聲，傳單灑落的沙沙聲。」另一幅圖景是一群保守分子在圍攻兩個坐在汽車裏的女權分子，勞倫斯寫道：

> 我被夾在女權運動分子佇列前瘋狂的反對人群當中。但願你能感受到那股奔湧的惡毒浪潮！密密麻麻的大群男人衝向一輛汽車。汽車裏只有兩位落單的女人，其中一位站著高聲嘲弄蠻橫的人群，另一位坐著，黑眼睛裏滿是悲傷。「男人們要是控制不了自己，」卡梅倫小姐說：「就該女人來控制他們。」我們在前面聽著，一夥人叫喊著，接著整個人群開始狂吼，其中有百十個兇

暴的男人向汽車湧去，揚言要把汽車掀翻。那兩個女人讓步了。在嚎叫和嘲笑聲中，汽車一點點潰退。[12]

勞倫斯在 1911 年 6 月 14 日給露易的一封信裏，也談到女權運動。勞倫斯隨信寄給露易一份女權組織舉辦遊行的海報，以及奧莉芙‧施賴納（Olive Schreiner，1855-1920）在那個時期有重大影響的女權主義著作《婦女與勞動》。他問露易是否願意星期六來談談女權組織舉辦的遊行活動，並討論一下施賴納的書。

勞倫斯 1908 年來到倫敦南郊克羅伊頓學校任教，在那裏，他與海倫‧考克（Helen Corke）相識並成為情人。海倫出身工人階級，像勞倫斯一樣，通過自己的努力進入知識份子行列。她身材小巧，皮膚白皙，紅頭髮，有一雙灰藍色的眼睛，頗具魅力。她是女權運動的積極參加者，還是一個雙性戀者。勞倫斯認識她時，她與女教師阿格尼絲‧霍爾特的關係正走向結束，剛開始與四十多歲已婚音樂教師赫伯特‧麥卡尼特的戀愛。後來麥卡尼特迫於世俗壓力突然自殺，海倫受到很大打擊。勞倫斯同情海倫的遭遇，在安慰她的過程中，對她產生了強烈的感情，並與她發生了肉體關係。在寫給海倫的一些信中，勞倫斯坦率地談到他們之間的性關係。勞倫斯似乎對海倫強烈的性需求感到難以適應。他對海倫說：「你我之間只有性。」說自己星期六「很棒」，是因為喝了酒，而星期天沒有弄到酒喝，表現得就像個大傻瓜。勞倫斯還說自己「受不了我們之間過度的性關係」，因為它對身體有害，並且表示「我將永遠不會再要求這種性關係了。」[13]海倫成為勞倫斯長篇小說《逾矩者》中海倫娜的原型。

[12] D. H. Lawrence, *The Letters of D. H. Lawrence* Vol. 1, ed. James Boulton (Cambridge: Cambridge University Press, 1979), pp.122-123.

[13] D. H. Lawrence, *The Letters of D. H. Lawrence* Vol. 1, ed. James Boulton (Cambridge:

　　沒有證據顯示弗麗達直接參加過女權運動，但生就叛逆性格的弗麗達，在性解放方面的作為，與最激進的女權分子相比有過之無不及。弗麗達的姐姐埃爾斯（Else Jaffe，1874-1973）是海德堡大學社會學博士，著名社會學家馬克斯・韋伯（Max Weber, 1864-1920）的弟子。1902 年，埃爾斯嫁給猶太裔經濟學家、富翁、現代藝術贊助人埃德加・賈菲（Edgar Jaffe，1866-1921），由此進入了德國各種反主流文化的中心。1907 年，弗麗達從英國前往德國看望姐姐時，與埃爾斯的情人、奧地利精神分析學家格羅斯墜入情網。1911 年，弗麗達又橫刀奪愛，從格羅斯妻子弗麗達・格羅斯（Frieda Schloffer-Gross，1876-1950）的手裏把她的情人、畫家、無政府主義者弗立克據為己有。格羅斯是佛洛伊德最賞識的兩個弟子之一（另一個是榮格），但私生活放縱，吸食毒品，1921 年吸毒成癮致死。弗里克同樣私生活放縱，並與 1907 年蘇黎世警察局爆炸案、1908 年一起電車顛覆案有牽連，後來被蘇黎世警方逮捕。弗麗達通過與姐姐埃爾斯，情人格羅斯和弗里克的關係，與當時歐洲最激進的各種社會思潮建立了聯繫。弗麗達也深深認同在這些歐洲前衛知識份子當中流行的性解放思想和行為，並身體力行。弗麗達有一句名言：「假如性是『自由的』，這個世界馬上就會變成天堂」。[14]弗麗達追求性自由，一方面是出於自身享樂的需要，另一方面，是她堅信性愛的解放力量。她認為性的無拘無束的宣泄，可以治療種種社會痼疾，還可以創造男人。而她的使命就是「成為一個性愛的詩神」，「去安慰和解放一個富於創造力的男人」。[15]可以說，正是這些新女性完成了勞倫斯的肉體解放，使他在心智上迅速成熟起來。

Cambridge University Press, 1979), p. 286.

[14] 吉西・錢伯斯、弗麗達・勞倫斯：《一份私人檔案：勞倫斯與兩個女人》，葉興國、張健譯，知識出版社 1991 年版，第 184 頁。

[15] 布倫達・馬多克斯：《勞倫斯：有婦之夫》，鄒海侖、李傳家、蔡曙光譯，中央編

　　勞倫斯的小說對女權運動也有直接的描寫。《白孔雀》中的萊蒂婚後一度熱衷於參加各種社會運動，並加入了一個叫「婦女聯盟」的女權組織，但她很快發現這一切毫無意義。她在給西里爾的信中說：「我肯定我們大大取笑過一個直頭髮，瞪著眼睛看人的姑娘，她為婦女運動受過坐牢之苦，因而當我看見自己「婦女聯盟」的徽章時，真為自己感到慚愧。」《兒子與情人》中莫瑞爾太太在婦女合作社所屬婦女俱樂部的活動，是勞倫斯母親參加婦女合作社活動的忠實寫照：

> 俱樂部每星期一晚上在貝斯特伍德合作社雜貨店樓上的長房間裏聚一次會，討論合作帶來的好處以及其他社會福利問題。有的時候，莫瑞爾太太給大家讀讀報。她在家裏總是忙於家務，現在卻坐在那兒飛快地寫著，思考著，不停地參閱書本，然後接著往下寫，孩子們見了都十分驚詫。每逢這種時候，他們都不由得對母親肅然起敬。

　　這個婦女合作社還要求其成員審查各自家庭的生活狀況，並找到不足之處。有些礦工丈夫發現妻子參加婦女合作社後，對事物有了全新的衡量標準，變得過於獨立，甚至不願意受丈夫約束了，他們因此很不喜歡這個組織，叫它「嘰哩呱啦店」，也就是說閒話地方。毫無疑問，莫瑞爾太太在婦女合作社的活動，影響到她在家庭中與丈夫的關係。她的獨立與自尊，固然使她成為家庭中的主心骨，使孩子們的心靈有了靠山，但同樣，莫瑞爾在家庭中被排擠和邊緣化，與她對事物「全新的衡量標準」有莫大關係。

　　艾麗絲是《兒子與情人》中克拉拉的原型之一。她出身貧寒，是一個女權主義者。在參加婦女運動的 10 年時間裏，她獲得了相當的教育。

譯出版社 1999 年版 144 頁。

保羅和她相識後，通過她又認識了另外一些女權主義者。有一次，保羅約克拉拉一起去看演出，碰頭時見到克拉拉和另一位「主張女權的朋友」在一起。另一次，保羅去克拉拉家裏看望她，見到克拉拉在做花邊，保羅問這活兒累不累，克拉拉說：「多少有點累。女人幹的活兒不都是這樣嗎？這是自從我們強行進入勞動市場後，男人們耍的又一個花招。」克拉拉這番話，表明了她女權主義者的立場。保羅母親知道保羅與克拉拉的關係後，擔心人言可畏。保羅承認「她和他丈夫分居，還到處上臺演講，因此和別的已婚婦女不一樣。」但保羅一點都不擔心，他寬慰母親說：「他們知道她是主張婦女參政等等事情的。他們說又怎麼樣呢！」

《虹》中的英格小姐對「女權運動也頗感興趣」，她與厄秀拉的同性戀關係說明她的確是一位「敢做敢為的現代女性」，「追求徹底的自由、獨立」。英格小姐還對厄秀拉發揮了一套獨特的「女權主義」思想：「男人不行了，他們沒有本事。」「別看他們終日高談闊論，口若懸河，其實他們內心非常愚蠢、空虛。他們將一切都納入陳舊的、毫無生氣的概念。在他們看來，愛情只不過是一個空洞的概念。他們並非在愛一個人，而是愛一個概念……他們都性無能，無力征服女人。」厄秀拉在一所小學任教時的同事瑪吉熱心於女權運動，主張婦女參政，有選舉權。厄秀拉經常和她一起討論婦女問題，還和她去諾丁漢參加過婦女爭取解放的「盛大集會」。受瑪吉影響，厄秀拉甚至想將來自己也要「成為女名人，領導婦女運動」。她參加國諾丁漢的女權會議，讀過女權主義著作《婦女與勞動》。厄秀拉具有鮮明的叛逆性格，而勞倫斯情人露易的生活經歷和個性氣質在很大程度上融入了厄秀拉的形象之中。

3、勞倫斯對新女性的態度

或許，對勞倫斯更為重要的，是他對女權主義態度的變化，以及這種變化對其創作的影響。

我們應該認識到，主要由於勞倫斯母親及與他關係密切的其他女性的影響，勞倫斯接受了女權主義思想，並將其貫徹到自己小說的藝術表現中。首先，勞倫斯小說中的絕大多數女性主人公，都是經過女權運動洗禮的新女性，她們強悍、獨立、行動無拘無束、追求性愛自由和享受，萊蒂、安娜、厄秀拉、古娟、康妮、凱特等是其突出的代表。另一些女性形象，如《兒子與情人》中的米麗安、葛楚德，《虹》中的莉迪亞，似乎有維多利亞時代傳統女性的特徵。如米麗安的順從、無性，葛楚德忠實地扮演了家庭主婦的角色，莉迪亞滿足於妻子和母親本分等，但這些只是表面現象。米麗安沒有家庭觀念，與父母和兄弟格格不入，也不喜歡家務。她渴慕知識，希望通過學習改變命運，在經濟上能夠自立。她的「無性」，很難說是特定時代的產物，更多是知識女性的性格氣質使然。葛楚德處處與丈夫對立，排擠丈夫在家庭中的作用，打擊丈夫的自尊，具有駕馭男性的強烈衝動。莉迪亞對丈夫湯姆也不是維多利亞時代女性對男性的那種依賴和順從，她內心深處有一團湯姆無法理解的黑暗，也就是說，她從未向湯姆徹底地敞開自己，她的精神獨立是不容湯姆侵犯的。這些都是新女性的特徵，與維多利亞時代女性風尚格格不入。其次，勞倫斯對傳統意義上的婚姻和家庭模式完全沒有好感。讀者在勞倫斯小說中很難找到傳統意義上和美幸福的婚姻和家庭，家庭成員的角色常常缺位、僭越或扭曲，家庭生活乏味，家庭成員的社會職能不彰。締結傳統意義之婚姻者通常都會陷入困境之中，如《白孔雀》中的萊蒂父母，安納布夫妻，萊蒂與萊斯利，《兒子與情人》中的葛楚德與莫瑞爾，《虹》中的安娜與威爾，《查泰萊夫人的情人》中的康妮與克利

福德等。從《戀愛中的女人》開頭克利奇家族成員舉行婚禮的場面，以及這部小說第 26 章對舊貨市場上一對青年男女置辦結婚家具過程的描寫，都可以看出勞倫斯的諷刺態度。而追求新生的人物常常要離家出走，如《迷途的姑娘》中的愛爾維娜，《戀愛中的女人》中的厄秀拉，《查泰萊夫人的情人》裏的康妮等。勞倫斯追求的理想兩性關係完全脫離了傳統婚姻和家庭這個平臺，脫離了社會認可的種種形式，轉而尋求以直覺的默契、本能的應和、血性的碰撞為基礎的結合。

有西方學者指出，現代主義作家當中，普遍存在著對強勢新女性的迷戀和恐懼兩種既矛盾又統一的傾向：「女性主義支援社會文化的丕變，其激進的內涵在現代主義的創作中造成了對性別的史無前例的關注。……這樣的關注大多表現了男性現代主義者對女性新力量的恐懼，結果卻產生了一種厭女症和勝利的男性主義的混合物……這種男性主義的厭女症總是與它辯證的孿生兄弟結伴而行：對獲得力量的女性的迷戀和強烈認同。」[16]在勞倫斯身上，這兩種矛盾的傾向尤其明顯。他在 1915 年 11 月 2 日給辛西婭·阿斯奎斯夫人的信中寫道：「我非常希望你把你的想法告訴我，因為這個問題應該讓我國婦女決定。男人對它會視而不見。我想沒有一個男人會對此作出絲毫的反應。但是對婦女我仍舊寄予了一些希望。」[17]1915 年 11 月 2 日給休·梅瑞狄斯（Hugh Meredith）的信中說：「我覺得男人已無希望，他們全都死了……也許婦女還行。」[18]從勞倫斯的作品中我們可以看出，他十分看重女性在兩性關係更新、英國重建、人類復活中的作用；我們也可以看出，勞倫斯對萊蒂、克拉拉、

---

[16] 邁克爾·萊文森編：《現代主義》，田智譯，遼寧教育出版社 2002 年版 235 頁。

[17] D. H. Lawrence, *The Letters of D. H. Lawrence* Vol.2, ed. George J. Zytaruk and James T. Boulton （Cambridge: Cambridge University Press, 1981）, p.425.

[18] D. H. Lawrence, *The Letters of D. H. Lawrence* Vol.2, ed. George J. Zytaruk and James T. Boulton （Cambridge: Cambridge University Press, 1981）, p.426.

安娜、厄秀拉、古娟等女主人公身上的女性獨立意識、性激情是十分著迷的。但這只是問題的一半。勞倫斯同時又對強勢女性身上的控制慾、支配慾感到恐懼。對此弗麗達一目了然，她在《不是我，而是風》中寫道：「我認為在他的靈魂深處他總是害怕女人，他意識到了最後她們比男人更強大。女人具備絕對優秀的品質。男人卻遊移不定，他的精神飛來飛去，但是總不能超越女人的範圍。男人生於女人並且為了靈與肉的終極需要又回到女人身邊。她就像泥土和死亡，萬事萬物無不以它們為歸宿。」[19]勞倫斯從自己的經歷中感受到女性在男性成長以及兩性關係中的創造性或毀滅性的雙重力量，這種感受又被女權主義的理論與實踐所強化。

　　如前所述，第一次世界大戰是英國女權運動發展的一個重要分水嶺。英國女性為戰爭做出了重大貢獻，她們在社會中的地位也大幅度提高，越來越與男性平起平坐，越來越男性化，同時，也越來越令勞倫斯感到畏懼。勞倫斯認為，這種帶有競爭意識進入男性世界的女性具有毀滅性，她們會破壞兩性之間的自然平衡，因此他對這種變化是擔憂和反對的。於是，勞倫斯在戰爭後期開始患上了「厭女症」，對新女性的反感增加，迷戀減弱。他攻擊婦女解放：「當代最偉大的解放運動就是婦女的解放，也許兩千年來最深刻的鬥爭就是婦女爭取獨立或自由的鬥爭……在我看來，鬥爭是勝利了。它甚至正在超出勝利的範疇，變成女性的暴虐，家庭中的女暴君」。他又說：「今天的女人常常很緊張，一觸即發，異常警覺，不是為了愛，而是為了幹仗而挽起袖管。瞧她那模樣：那僅能遮體的衣裙，那頭盔般的帽子，那齊平的短髮和刻板的舉止，無

19　吉西‧錢伯斯、弗麗達‧勞倫斯：《一份私人檔案：勞倫斯與兩個女人》，葉興國、張健譯，知識出版社 1991 年版 226 頁。

論你怎麼看，她都更像個士兵而不像其他。」[20]勞倫斯 1917 年 1 月 20
日給羅伯特・門特西爾的信中擔憂地寫道：「如果本屬於男人的活動由
女人承擔，會造成女性對自己青春可怕的摧殘……我確信在我們國家，
婦女將會從根本上摧毀男人。一想到這一點，我的心就不再平靜，而變
得陰暗起來。」[21]

　　戰爭結束後，勞倫斯的厭女症有了新的發展。勞倫斯在變本加厲攻
擊女性的同時，也更加側重於樹立「理想」的女性樣板。勞倫斯認為，
被戰爭顛倒了的兩性關係、兩性地位和女性角色，現在應該重新顛倒過
來。女性應該放棄她們優勢心理和獨立地位，恢復她們固有的性格，學
會服從男人；而男人有必要享有婦女，並堅定地領導她們。1918 年 12
月 5 日他在給曼斯菲爾德的信中說：「我確實認為，女人必須屈服於男
人，而男人也應該當仁不讓。我確實認為，男人必須昂首闊步地走在女
人的前邊，用不著轉身去詢問他們的女人是否同意。總之，女人必須毫
不猶豫地跟隨著男人前進。」[22]勞倫斯研究者奚拉里・辛普森在《勞倫
斯與女權主義》一書中指出：相對於愛和權力等問題尚無定見的前期作
品，「勞倫斯 20 年代的作品發展了明顯的反女權主義傾向，」[23]這的確
是真知灼見。

　　最後應該強調的是，勞倫斯在戰後轉向男權立場，並不是要恢復 19
世紀維多利亞時代傳統的婚姻和家庭關係，他是在接受了女權運動的洗

---

[20] 勞倫斯：〈生活的真諦〉，《性與可愛》，姚暨榮譯，花城出版社 1988 年版 52 頁，
　　53 頁。
[21] D. H. Lawrence, *The Letters of D. H. Lawrence* Vol.3, ed. James Boulton and Andrew
　　Robertson (Cambridge: Cambridge University Press, 1984), pp. 78-79.
[22] D. H. Lawrence, *The Letters of D. H. Lawrence* Vol.3, ed. James Boulton and Andrew
　　Robertson (Cambridge: Cambridge University Press, 1984), p.302.
[23] Hilary Simpson, *D. H. Lawrence and Feminism* (DeKalb: Northern Illinois Uiversity
　　Press, 1982), p.65.

禮之後，希望在一個更高的層面上重新構建理想的兩性關係。這是對女權運動的回應，又是對它的超越。就此而言，勞倫斯是向前看的。

二、文明束縛下的畸形兩性關係

在勞倫斯看來，畸形兩性關係的形成與女權運動有很大關係，因為這場運動提高了女性的地位，同時也導致了女性主體意識的惡性膨脹。勞倫斯還認為，畸形兩性關係是人之社會化的必然產物。把畸形兩性關係的形成歸罪於兩個不同的原因，其實並不矛盾，因為在勞倫斯眼中，二者都是工業文明所結的惡果。從這個意義上講，勞倫斯對畸形兩性關係的批判，是他工業文明批判的重要組成部分，本節的內容按理也應該歸併到第 1 章。我之所以將它從第 1 章獨立出來，在本章論述，是考慮到兩性關係問題之於勞倫斯小說的重要性，以及畸形兩性關係與理想兩性關係的對立統一性。

本節集中討論勞倫斯小說中畸形兩性關係的三種主要類型：社會化婚姻、無性之愛、精神佔有。

1、社會化婚姻

在勞倫斯小說中，「社會化婚姻」是指兩性雙方或其中一方遵從社會規範，按照社會普遍認可的倫理原則和習慣生活。這些人往往具有一定社會地位，並忠實於自己扮演的社會角色。馬克思認為，「人是一切社會關係的總和」，這說明社會性是人的本質屬性，人不可能脫離社會而存在。勞倫斯卻將「社會化」看成工業文明對人、對兩性關係最大的扭曲和戕害。

　　《虹》中的工程兵斯克里班斯基是一個社會人的樣板。厄秀拉有一
次與他談到戰爭和國家義務等「大」問題，把他的本質揭露出來。斯克
里班斯基承認自己想去打仗，並認為打仗是最莊嚴神聖的事情。厄秀拉
詰問：「人死了，還有什麼莊嚴不莊嚴？」斯克里班斯基強調戰爭可以
保護殖民地土著人的幸福和安寧，保衛國家安全。厄秀拉對此也不以為
然。斯克里班斯基說他渴望「為國家打仗」，因為「我屬於國家，我要
為祖國盡義務。」厄秀拉反問道，如果無仗可打，或國家不需要他去打
仗時，他幹什麼。被這個簡單又深刻的問題逼到死胡同的斯克里班斯基
只好說：「別人幹什麼，我就幹什麼。」厄秀拉火了，她尖刻地抨擊他：
「你什麼都不是，好像壓根兒就不存在，沒有你這個人。」厄秀拉的話
觸及真正的、本質的自我的問題。沒有內在本質的自我，只有社會賦予
他的角色，這正是斯克里班斯基的要害所在，是他致命的缺陷。在他眼
裏，「一個人只不過是國家和現代社會這個偉大建築物中的一塊磚罷
了。他個人的行為是微不足道的，附屬於社會。社會結構需要得到保護，
任何人不能以個人的理由毀壞它，因為個人的理由無法證明它的毀壞行
為是正當的。……人只要在社會大建築中，在人類創造的精美絕倫的文
明中尋找到自己的位置就行了，如此而已。社會大建築才重要，而個人
不過是一個小份子，微不足道」。作為社會化的人，斯克里班斯基感到
只有結婚，他與厄秀拉的關係才會獲得社會的保護，他才能感到安全。
厄秀拉對他急於結婚的目的了然於心：一旦他們結了婚，他們的關係就
公開化，他就變成了斯克里班斯基先生，她就變成了斯克里班斯基太
太，他們就成了這個僵死的社會關係的一部分。正因為斯克里班斯基的
社會人屬性，他與厄秀拉的兩性關係才難以獲得成功。他最後向厄秀拉
求婚不成，轉而又向上校女兒求婚，急於擺脫被厄秀拉真實的自我戳穿

本相後造成的「黑暗的威脅，解除心靈的折磨」。他與上校女兒的婚姻使他重新返回到社會普遍接受的文明規範之中。

《白孔雀》中萊蒂與萊斯利的兩性關係是深受工業文明戕害的一個重要典型。萊蒂出生在城鎮的中產之家，從小受到良好的文化教養，知識豐富，舉手投足間有一種天然的優雅和風度。她尚言談，喜歡辭令遊戲，好引經據典。父親去世時給她留下了一筆小小遺產，加劇了她身上貪慕虛榮、嚮往上層社會生活的傾向。在小說中，勞倫斯借白孔雀意象絕妙地概括了萊蒂身上文明的屬性。西里爾去拜訪安納布時，在獵場的墓園裏看到一隻搔首弄姿的白孔雀。安納布撿起一塊草皮向它扔去，孔雀在天使頭上拉了一堆糞後飛走了。接著安納布咒罵這只孔雀：「這傲慢的蠢貨！……這是女人的化身」，「一個女人直到死都是極其虛榮的，是尖叫抱怨的潑婦，是骯髒齷齪的東西。」安納布有理由指桑罵槐，借白孔雀詛咒女人，因為他從自己的前妻那裏吃了很大的虧。但白孔雀意象在此出現，主要還是象徵追慕文明和理性的萊蒂。萊斯利是富家子弟，相貌英俊，風度翩翩，令人傾倒。像萊蒂一樣，他也愛說話，一坐下就滔滔不絕。萊斯利還熱衷於各種公益事業，一會兒安排網球競標賽，一會兒又組織遊園會，再不就上教堂，搞慈善募捐。這是一個事業上正在發跡的資產者形象，工業文明的代表。

《白孔雀》對萊蒂與萊斯利畸形兩性關係的本質作了深刻的揭示。「話多」和「尚談」被勞倫斯看成是文明的表徵，而萊蒂與萊斯利的關係正是建立在言詞基礎上的。他們只要在一起，總是調情打趣，談笑風生。萊蒂對喬治講話，很少能夠得到語言上的回應，與萊斯利說話，卻總像遇到了知音，兩個人經常卿卿我我，情話綿綿。但是，萊蒂與萊斯利在一起說話感到心情愉快，卻無法點燃心頭激情的火焰，帶不來令人熱血沸騰的衝動。言語上的交往不是拉近了他們的距離，而是加深了他

們之間的隔閡。萊蒂似乎很懼怕二人單獨在一起,多次約會,她都要把弟弟西里爾帶上。有一次萊斯利來訪,見到萊蒂睡姿美豔動人,忍不住吻了她。萊蒂醒來,對此表示反感和抗議。他們第一次同居後,萊蒂完全沒有肌膚相親的羞澀和柔情,早上起來,穿一身黑衣,面色蒼白冰冷。再見到萊斯利,她感到十分氣惱,飛快地作了一個厭惡的手勢。而且萊蒂也不願意見到自己的一雙手,一看見它就趕緊藏到裙子後面。顯而易見,萊蒂的本能和直覺清楚地暗示自己不愛萊斯利;與他在一起,激起的只是厭惡,而不是情慾。萊蒂最後與萊斯利結婚只是理性的抉擇,當萊斯利問她:「你想再次離開我嗎?」萊蒂答道:「不!只是我的手臂失去了知覺。」

《白孔雀》第 3 部展示了萊蒂與萊斯利這一對文明婚姻的後果。萊蒂婚後對喬治始終無法忘懷,總要想方設法介入喬治的生活。自她宣佈和萊斯利訂婚之後差不多過了十年,她和喬治的關係仍像是情人一般。在家庭生活中,她全身心地投入到生育和撫養孩子的「事業」中,完全忽略了自我的存在,放棄了自我的發展。「她已下決心忍受這種生活,忽視自我,把她自身的潛力注入另一個人或其他人的血脈之中,而把自身的生命擺到次要的位置上。」婚姻也未給萊斯利帶來好處。他當上了郡議員,以礦主的身份經常對經濟問題發表權威性講話。他表面看起來無限風光,但內心十分空虛,失去了以前的果斷和自信。由於無法從萊蒂身上獲得真愛,他逐漸養成了對婚姻的玩世不恭態度:「由於萊蒂總是一個好妻子,萊斯利閑來便寵賞她一番,沒有空時也就舒心地把她丟在腦後了。」他們的婚姻失去了活力和激情,兩性關係墜入了迷途。

《兒子與情人》中葛楚德與莫瑞爾的婚姻,以勞倫斯父母的婚姻為藍本。小說一開始就凸現了莫瑞爾與妻子之間在出身、氣質和教養上的差異。葛楚德出生在市民家庭,莫瑞爾是礦工。莫瑞爾肩寬背厚,身材

挺拔，熱情爽朗，激情洋溢，熱衷於感官享樂；葛楚德則勤於思考，頭腦靈活，善於言語交流，志趣高雅，冷峻桀驁。葛楚德代表理性和精神，莫瑞爾象徵感性和直覺。一開始，正是各自身上獨特的氣質使他們相互吸引，莫瑞爾見到葛楚德時「像銷了魂似的」，葛楚德感到莫瑞爾「渾身發出柔和的光澤，猶如生命之火在燃燒，那麼熾熱，那麼富有誘惑。」而一旦他們進入實際的家庭生活領域，彼此間的紛爭立即開始了，這種紛爭包括生活方式、經濟責任，以及家庭中的權力等。莫瑞爾從井下挖煤不僅得到薪水，還有真正的快樂。一大早，他迎著清新的晨風走出家門去礦井上班。他喜歡清晨，喜歡走在田野上，而「他在井下就像在田野裏那樣快活。」他剛認識葛楚德時，對她說自己 10 歲就到井下幹活，「像老鼠那樣生活，晚上才鑽出地面來看看。」他講這番話時，絲毫沒有抱怨哀傷的情緒。然後他對井下饋鼠一番繪聲繪色的描述，讓葛楚德著迷、傾倒。婚後孩子們有時也纏著要他講井下的故事，而莫瑞爾總是樂於滿足孩子們的願望。他講一匹叫「塔菲」的小馬如何喜歡聞鼻煙，一隻小老鼠如何袖筒裏，讓孩子們感到新奇快樂。與礦工同伴去酒館喝酒，是莫瑞爾娛樂的主要方式。平時下班後，莫瑞爾愛到酒館喝幾杯，然後才回家。在一個兩天的假期，莫瑞爾一大早滿心歡喜地起來，在花園裏一面吹口哨，一面忙著木工活。九點半鐘，他的礦工同伴來找他，莫瑞爾努力壓抑著得意的情緒，走出家門。他們要去諾丁漢，但這並不是唯一的目的，沿途有若干酒館，酒館裏還有賭博一類遊戲，這才是他們的最愛。莫瑞爾與同伴先在月星酒館買酒喝，然後是古村酒館。再走五英里，到布林威爾酒館。已經是正午時分，諾丁漢城市還沒有到，莫瑞爾就被啤酒灌得昏昏然。他倒身在樹下睡了一個多小時，隨後又與同伴到牧場酒館吃了午飯，接下來又去山坳酒館玩紙牌、玩九柱戲或多米諾骨牌。其間自然少不了又喝酒。一直到晚上七點，他們才搭乘火車回

家。這就是莫瑞爾一天假期裏的生活。他放縱感官享樂,把家庭、責任妻子兒女拋在了腦後。勞倫斯認為,莫瑞爾的這種生活源於感性、直覺和本能,是幽深黑暗的礦井,礦工夥伴們的親密關係,以及傳統的煤炭生產方式塑造了這種生活樣式。但這種天性和本能的保存只限於礦井中、酒館裏與夥伴們相處時。一旦他回到家庭生活中,回到社會和責任當中,通常就會感到窘迫,感到難以應付。勞倫斯說,礦工們「不具備白天的雄心和智慧」,他們「逃避事實」,因為「以老婆、金錢和因為家庭必需品而產生的嘮叨這種種面貌出現的一切事實總是嚴峻的。」[24]莫瑞爾太太希望和丈夫過一種有「精神和思想」的生活,夫妻間能坦誠地講心裏話,交換意見和觀點,但她失望了。因為每當此時,丈夫總是畢恭畢敬聽她講,卻好像什麼也沒聽懂,她為溝通感情所作的努力全是白費力氣。到後來,丈夫甚至一到晚上就坐立不安,怕妻子和自己談話。莫瑞爾的收入情況並不太壞,可是遇上結婚,以及後來子女眾多時,也會感到負擔沉重。對葛楚德來說,問題的嚴重性還不完全在於莫瑞爾沒有足夠的錢養家,而是丈夫對包括金錢在內的一切家庭事務毫不操心,毫無責任感。他固執地龜縮在由礦井和酒館的世界裏,不問柴米油鹽,不管歲入歲出,把一切都推給妻子。妻子承擔起了家庭責任,當然也就獲得了相應的權力。莫瑞爾一度試圖向妻子的地位挑戰,以樹立自己在家庭中權威,但他的尋釁毫無策略,虎頭蛇尾。在經過給威廉理髮引起爭吵、以及醉酒毆打妻子等事件之後,莫瑞爾徹底敗北,再也不敢向妻子的權威挑戰。他在家中越來越萎頓,經常到酒館喝個爛醉,自甘墮落,漸漸完全喪失了男子氣和生命的活力。小說寫道:妻子「正在遺棄他,把整個身心轉向孩子。從此,他僅僅像一隻空果殼似的。和許多男人一

---

[24] 勞倫斯:〈諾丁漢與鄉間礦區〉,《勞倫斯散文選》,馬瀾譯,百花文藝出版社 1992 年版,第 170 頁,第 171 頁。

樣，他自己也默認這一點，把位置讓給了孩子們。」葛楚德與莫瑞爾衝突的本質，是莫瑞爾基於本能直覺的生活方式，無法適應現代文明規範。正是在文明的壓迫下，莫瑞爾逐漸被毀滅。

2、無性之愛

　　總體而言，無性之愛與精神佔有都屬於兩性關係社會化的重要表徵，只不過形式特殊，才列專節加以論述。無性之愛是指男女交往和互動中，排斥性愛因素參與，或性愛因素缺失的兩性關係類型。勞倫斯認為兩性關係中對性行為的回避和克制是文明馴化的結果，它使人變得虛偽、矜持，在性面前遲鈍、冷漠、缺乏激情。勞倫斯對此給予了尖刻的批判。

　　無性在《兒子與情人》中的米麗安和《查泰萊夫人的情人》中克利福德身上表現最為突出。米麗安是一個受文明壓抑極深的姑娘，謙卑、內斂、虔敬，狂熱地追求學問和知識，並以此來滿足自己。她缺乏活力和朝氣，固執於精神之戀，回避與保羅的肉體關係，這也是造成她與保羅兩性關係不能順利發展的一個重要因素。保羅與米麗安交往許多年以後，在米麗安過 21 歲生日時給米麗安寫了一封信，宣佈米麗安「是一個修女」：「在我們的一切關係中，都沒有肉體的介入。我和你不是通過感情而是通過精神在談話，這就是為什麼我們不能像常人那樣相愛。我們的愛不是普通人的愛。」米麗安接到信後十分痛苦，她出於維繫與保羅關係的考慮，為他「獻了身」，但這並沒有改變他們關係的實質和保羅對她的印象。因為米麗安的表現，是一個修女把自己作為祭品獻給上帝的行為，其主導思想是責任、奉獻、義務，其中本能、肉體的需要成分微乎其微。儘管後來保羅又鼓起勇氣和興趣，完成了他們之間交往多年以來的第一次結合，但因它不是出於相互血液的呼喚，因此，保羅事

後「留下了失敗和死亡的感覺。」儘管保羅以後仍在與米麗安交往,但米麗安再也沒有激起過他的愛,而失敗的感覺倒是愈來愈強了。於是,他的感情完全轉向克拉拉,米麗安漸漸的在他的心目中不占什麼地位了。保羅終於忍受不了米麗安,兩人的戀情以失敗結束。

就無性之愛而言,《查泰萊夫人的情人》中的克利福德在某種意義上,未嘗不是米麗安形象的延續,只是無性之愛由心理情感特徵諷刺性地變成由於外力作用造成性功能喪失後迫不得已的選擇。克利福德在戰場上負傷導致下半身癱瘓,失去了性能力。這意味著他生命力的徹底喪失,意味著對肉體完全的棄絕。癱瘓後的克利福德回到勒格貝的世襲莊園,為消磨時間,開始從事小說創作。這是他自欺欺人的所謂精神生活,卻也包含著庸俗功利的動機。他寫小說沒有任何深度,卻懂得怎樣炫奇取巧來迎合讀者的低級趣味。康妮的父親這樣評價克利福德的作品:「克利福德的作品是巧妙的,但是底子裏空無一物。那是不能長久的。」克利福德並不這麼想,他精通各種宣傳的手段,懂得如何巧妙地包裝吹噓自己。他取得了成功。隨著他文學聲望日隆,他的作品開始賺錢,一年可以賺上 1000 英鎊,他的畫像隨處可見,他成為青年知識界的著名人物,前來慕名拜訪他的人也絡繹不絕,可謂名利雙收。起初康妮並不能完全理解父親對克利福德作品的評價,她想到克利福德不僅因此出了名,還賺到了錢,自然是一件好事。康妮極力幫助他,並且逐漸培養起與克利福德相同的興趣。她與他一起討論小說的寫作,以他的生活為生活,以他的快樂為快樂。但很快,康妮即發現這種生活是空虛的,與真實是脫節的,這種生活「什麼也沒有,沒有實質,沒有接觸,沒有聯繫」,只有「無窮無盡的長談和心理分析。」我們知道,勞倫斯一貫反感空洞的言辭,滔滔不絕的宏論。在他的小說中,人物的「說話」能力是一個價值尺度,詞語能力發達,好引經據典者,常常是生命力匱乏的標誌。

當克利福德和康妮在林中小憩時，克利福德頗為自得地引用莎士比亞和濟慈的詩句，讚美紫羅蘭和銀蓮花，這引起了康妮極大的反感。她覺得克利福德總是把每一件活生生的東西都變成空洞的字眼，使「這些現成的字詞和語句，吸取了一切有生命的事物的精華。」

　　文學創作取得成功後的克利福德與知識界交往密切。《查泰萊夫人的情人》第 4 章敘述了一場幾個克利福德的康橋同學在他的莊園的聚會。小說第 1 章曾寫到，戰前康妮姊妹與康橋大學學生有過往來。這些學生都有特定的模式：他們喜歡穿法蘭絨褲和法蘭絨開領襯衣，在政治上是無政府主義者，兩性關係上主張性自由，嘲笑一切，連說話的樣子也像一個模子倒出來似的。克利福德畢業於康橋大學，他請來莊園裏做客的這些同學與康妮姊妹戰前交往的康橋學生沒有本質區別。這些教養優越，智力發達的人都崇尚精神生活，喜歡高談闊論，而話題不外是性。他們雖然在具體的觀點上不同，但都認為性放縱是合情合理的。督克斯甚至說：「真正的學問是從全部的有意識的肉體產生出來的」。我們知道勞倫斯對性之重要性的強調，比起這些人有過之無不及，但這並不說明勞倫斯認同他們。這不僅因為他們的誇誇其談空洞無聊，毫無結果和意義，就像枯死的樹葉，一陣風便吹散了。更因為他們談論性就像說吃飯、睡覺那樣，隨便而簡單，那種輕浮的態度是對性的蔑視和褻瀆；他們追求的性滿足不過是淫穢和色情，與勞倫斯藉性愛來激發生命本能力量有本質的區別。

　　日常生活中的克利福德，是一個極端虛偽、自私的人。他深愛自己莊園的那片樹林，但這種愛與康妮從中尋找生命力量完全不同。他要的是佔有，永遠屬於他家族財產的那種私人的佔有。這是為什麼克利福德在表達他熱愛這片樹林的時刻，與康妮談起了生育孩子的事情。他是要康妮為他生一個後代，以繼承自己的產業。克利福德自己喪失了生育能

力，儘管他聲稱婚姻是神聖的，但為了有一個後代，他甚至明確建議康妮與其他男人私通生個孩子。他不相信什麼人倫之道，更沒有骨肉之情。孩子對於他，只是一個「物件」，有這個「物件」就行，至於怎麼得到它，是無關緊要的。康妮不敢相信如此厚顏無恥和冷酷無情的話，是出自丈夫之口，而克利福德為了說服康妮，竟然提到康妮婚前在德國有情人之事，潛臺詞是這類事情無關緊要。與他的康橋同學追求的性放縱不同，克利福德由於身體的殘疾，無可奈何地成了「禁欲主義者」。於是他搬出了靈魂高於肉體，物質短暫，而精神永恆的理論，振振有詞地說什麼宇宙「一方面是物質地損耗著，另一方面，則是精神地上升著」，「身體無疑是個多餘的東西」，偶然的、短暫的性行為是不足道的。性行為不過是「像鳥的交尾似的」，像「找牙科醫生治牙」。克利福德崇尚的所謂「精神」、「靈魂」還原到現實層面上，就是對「長久的婚姻」、「終身的結合」、「共同的生活」的強調。貶低性滿足，將性僅看成傳宗接代工具，將無性的婚姻神聖化，克利福德這種墮落的倫理觀念，對勞倫斯視為兩性關係的基石、具有神聖意義的性，同樣是一種褻瀆，是他不能接受的。

3、精神佔有

勞倫斯小說中，精神佔有主要表現為兩性關係中女性在精神上掌控、知曉、把握男性的一種慾望和衝動。《兒子與情人》中的米麗安在與保羅的關係中，其精神佔有慾發揮了很大作用。米麗安雖然羞怯、纖弱，這一慾望卻絕不遜色。她與克拉拉交上朋友，就是因為克拉拉曾在喬丹公司工作，而克拉拉的丈夫道斯現在仍是喬丹公司的鍛工，通過克拉拉，有可能瞭解到保羅在公司的情況。米麗安也喜歡翻看保羅的東西，喜歡捉摸他在想什麼，幹什麼。她更是經常纏著保羅，要求他教自

己法語、數學等知識。保羅恨米麗安從他這裏得到許多東西，自己卻一點也不奉獻，至少她沒有付出熾熱的感情。母親一直不喜歡米麗安，一方面固然是變態的母愛在作怪，但對米麗安本人印象不佳也是重要原因。她曾對保羅說：「我忍受不了，我可以忍受其他女人，但是忍受不了她。她不給我留一點地位，哪怕是一丁點兒……」母親還嚇唬他：「她這種女人就希望把男人的靈魂都吸得乾乾淨淨，一無所剩。」母親誇張地把米麗安比作吸血鬼，這說明她看出了米麗安身上的精神佔有慾。在勞倫斯所提供的多種畸形兩性關係形式中，女性對男性的精神佔有是最為普遍的一種。他小說中的兩性關係衝突，多與這種精神佔有有關。《虹》中的安娜無論身披月華，和威爾無聲無息地進行心理對抗，還是解衣起舞，在造物主面前袒露胸懷，或者在教堂盡情嘲笑威爾的虔誠，都是為了在精神上佔有對方，征服對方。威爾對抗著、掙扎著、回避著，一步步在愛與恨雙重鎖鏈的束縛下，喪失了男性的意志。《戀愛中的女人》裏，赫米恩作為伯金原先的情人，她以高傲俯就的姿態，做作的寬容和誇張的激情與厄秀拉對抗，竭力想把伯金據為己有，在種種努力失敗後，甚至不惜拿起鎮紙，朝伯金頭上猛擊。

如本章第 1 節所述，從第一次世界大戰後期開始，勞倫斯的厭女症有了新的發展。正是在這一背景下，他對兩性關係中女性對男性的精神佔有更加反感，表現得也更加直露。他筆下那些專斷、強悍、佔有慾極強的女人，她們迷狂般地對男性的征服、控制、佔有，導演了一幕幕悲劇。

《搗蛋鬼》中的兩個軍人喬和艾伯特，在戰時被分配到火車站為部隊轉運馬飼料，他們的具體任務是從當地農民的馬車上卸下乾草，再裝上火車。起初運送乾草的農民都是男子，到第三天卻來了一個叫斯托克斯的姑娘。斯托克斯小姐很快注意到年輕英俊的喬，主動追求他。喬本來對斯托克斯小姐沒有興趣，但經不住她引誘糾纏，勉強答應和她約

會。日子一天天過去，斯托克斯小姐變得容光煥發，喬卻日漸陰鬱、沉默，垂頭喪氣。老兵油子艾伯特為此頗感不平，他給喬出主意將斯托克斯小姐耍弄了一頓。斯托克斯受到羞辱，終於離開喬，兩個男人也大大鬆了一口氣。

斯托克斯小姐最顯著的特徵是男性化。雖然在戰爭期間，女人幹男人的活兒早已是司空見慣，但趕馬車可不是隨便一個女子能做得了的，不過斯托克斯小姐看起來應付自如。她高大、強壯，戴氈帽，穿卡其服，麻布工裝褲，打綁腿，幹活乾淨利索。她那響亮的吆喝聲威風凜凜，「好似戰場上的吶喊」。這是勞倫斯慣常表現的「角色錯位」的典型情形。斯托克斯小姐第一次見到喬就愛上了這個煥發著青春氣息的小夥子，就「直勾勾地盯著他」，「想迷住」他。在第一個周末，斯托克斯小姐給喬拍了一封電報，叫他來約會。喬沒有去。斯托克斯小姐不放棄，在下一個周末，喬和艾伯特去城裏看馬戲表演，又一次見到斯托克斯小姐。在返回的路上，斯托克斯小姐趁夜色抓住了喬的手指。她又利用修自行車輪胎的機會，支走艾伯特，隨後「胳膊在喬的腰裏輕輕一按，曳著他向前走去」，又「微微一按，順勢把他拉到胸前」。斯托克斯小姐就這樣俘虜了喬。在整個過程中，斯托克斯小姐始終是主動的，強勢的。斯托克斯小姐並不放蕩，追求喬也不是出於玩弄的目的，況且女性主動追求男性本來也無可厚非。但勞倫斯基於他在戰爭中對女權運動新體驗，認為婦女解放已經走得太遠，超出了建立和諧兩性關係所能夠容忍的極限。因此，勞倫斯就把斯托克斯小姐的行為上綱上線，解釋為女子試圖控制男子，而這種過於主動，力圖將自己的意志強加於男人的行為違反了自然倫理。斯托克斯小姐在俘獲了喬之後，變得「容光煥發，鮮豔奪目，幾乎光彩逼人」，而喬「顯得陰鬱，緘默，喪家犬似的，頭耷拉著，皺緊的眉間射出可怖的目光，樣子怪得很。」他與艾伯特的關係也不像以

前那樣親密了。這種變化，說明了二人之間的兩性關係走向畸形：女性的強勢壓抑了男人的自主選擇的能力，使男子性喪失。只是後來在艾伯特的幫助下，喬才擺脫了斯托克斯小姐的糾纏，維護了男性的尊嚴。

勞倫斯這一時期的中短篇小說探索了女性精神佔有慾的多種表現形式。《馬販子的女兒》中，因家庭破產，梅布林絕望中投塘自殺，被醫生救起。醫生沒有想到，他的人道主義舉動卻招來了梅布林的愛情。梅布林以自己困難、可憐、無助的處境挾迫醫生就範。醫生無法說不愛，只能說愛。不得不愛的醫生覺得被梅布林的激情撕裂了，心中有說不出的痛苦。《兩隻藍鳥》中，妻子長期在外遊蕩，丈夫的工作、生活由女秘書安排照料。女秘書因為一個人忙不過來，還把她的母親、妹妹請來作幫手。一家人包辦了主人的一切，忠實勤苦，兢兢業業。更「可貴」的是，雖女秘書年輕漂亮，可從未試圖在性方面引誘過主人。妻子遊蕩歸來，在這個一切都盡善盡美的家裏發現自己是多餘的，她想介入丈夫的世界，卻發現完全被女秘書擠佔了。略有些嫉妒的妻子將醋意向女秘書發泄，女秘書痛苦地說：「說真的，有哪個女人需要嫉妒我嗎？」事實確實如此。但問題出在哪裡呢？小說用兩隻鳥兒的鬥架暗喻兩個女子為男子進行的爭鬥。它不是傳統小說中愛的歸屬與權力的爭奪，而是為空間——精神空間和生活空間的爭奪。勞倫斯對以任何名義——憐憫、同情、各式各樣的愛——佔有、控制、主宰他人的情感、心靈，甚至生活空間，都深惡痛絕。

〈請買票啊〉是勞倫斯表現兩性關係中女性精神佔有慾的一篇十分突出作品。小說寫戰爭時期英國中部礦區有軌電車上的一群女售票員，她們大膽、潑辣、粗野，穿著難看的藍制服，頭戴舊得不像樣的尖帽子，活像飽經風霜的老兵痞子。電車公司有一個叫湯馬斯的查票員領班，魁梧英俊，姑娘們都很喜歡他。湯馬斯行為放浪，而在缺少男子的戰時，

姑娘們也樂於被他引誘。售票員安妮愛上了湯馬斯,她與一般女子逢場作戲不同,希望更多地瞭解他的精神世界,與他的關係更密切一些。可湯馬斯只願意扮演幽會的角色,當安妮想獨自佔有他時,他退縮了。安妮感到痛苦絕望,當他發現湯馬斯很快和別的姑娘相好,變得狂怒起來。她把湯馬斯以前的舊情人串通起來,將湯馬斯逮住暴打了一頓。〈請買票啊〉中這段描寫讀來令人怵目驚心:

> 安妮解下皮腰帶,揮舞著,用帶扣的一端猛抽他的頭。他縱身一竄,一把攫住她。轉瞬間,姑娘們蜂擁而上,連拉帶扯,又揪又打……此刻,他成了她們的玩物。她們要報仇,要他屈服。她們活像一群奇怪的發狂的野獸,吊住她,撲在他身上,要把他撳倒。他的緊身外套背上撕成兩片,諾拉揪住他的後衣領,一心要勒死他。幸虧紐扣繃掉了。他拼死掙扎,怒不可遏,又怕得要命,差點兒瘋了。這時,外套的背面已撕得精光,襯衫袖子也扯掉,露出赤裸裸的臂膀。姑娘們又衝過去,捏緊拳頭揍他,掐他,拽他,或撲在他身上,推推搡搡,一股勁兒用頭撞他,要不就發狂似地摑他。這漢子低頭彎腰,畏畏縮縮,東躲西閃,同時左右開弓,亂擋一陣。這一下,姑娘們更冒火了。

湯馬斯是一個情場老手,他玩弄了那麼多無辜的姑娘,得到報復也是罪有應得。但問題是,勞倫斯的同情並不在這一群姑娘身上,更不在安妮身上。勞倫斯顛覆了日常生活原則和倫理規範,把攻擊的矛頭對準女性的精神佔有慾:

> 他倆越來越相好,到了非常親密的程度。可是,安妮要把它看作一個有心靈的人,一個男子漢,他要在精神方面瞭解他,並且希望他也能做出同樣的反應。……

可是她錯了。約翰‧湯馬斯只打算扮演幽會的角色，他根本不想和盤托出真面目。當她開始對他的內心世界發生興趣，探聽他的生活與性格時，他卻滑腳了。他討厭心靈的交流。他明白，消除這種興趣的唯一辦法是逃避。這時，安妮要獨佔男人的慾望變得很強烈，女人都是這樣的。於是他撒手了。

勞倫斯對女性精神佔有慾的憎恨，在在《阿倫的杖杆》中達到登峰造極的地步。阿倫的妻子是一個自大狂，一個具有強烈精神佔有慾的人。她認為「女人是天地萬物的中心，而男人則只是一件附屬品。她作為女人，尤其是作為母親，是世上生命萬物最偉大的源泉，也是文明最偉大的源泉。男人不過是工具和作最後加工的人。她卻是源泉，是本質。」阿倫認識到，「她的全部意志，是完完全全地佔有她的男人」。為反抗她的精神佔有慾，阿倫憤而離家出走。在義大利明朗的天空下，他的思緒中仍充滿了對女人的刻骨仇恨，詛咒自己的妻子是魔鬼、毒蛇。小說中另一個人物阿蓋爾直言不諱，說現代女人是「可怕的東西」。阿倫只有在擺脫了女人精神上的控制之後，才找到了久違的慾望。

應該認識到，勞倫斯對精神佔有慾的痛恨與他對工業文明導致的社會化、機械化的痛恨是一致的。但當這種痛恨引導他違背日常生活經驗和常識的判斷，把女性視為萬惡之源和洪水猛獸，極盡詛咒攻擊之能事時，他就走到了自己意圖的反面。這樣做不僅損害了他批判工業文明的力量，藝術性也因這種歇斯底里的主觀偏見而大受傷害。

三、理想兩性關係的締造

勞倫斯不僅表現各種畸形兩性關係,同時也在苦苦探尋理想的兩性關係模式。雖然勞倫斯筆下的理想兩性關係總是「進行時」,從未以終極形式示人,但這些處在探索過程中的理想兩性關係,都包含了若干合乎「理想」的要素。

1、雙星平衡原則

勞倫斯在〈愛情〉一文中曾用玫瑰的花瓣和整體的關係比喻兩性之間各自獨立又完美統一的關係,他說:「我們像一朵玫瑰。男女雙方的激情既完全分離,又美妙地結合,一種新的形狀,一種超然狀態在純潔統一的激情中,在尋求清晰與獨立的純潔激情中誕生了,兩者合而為一,被投進玫瑰般的完美的天堂中。」[25]在《戀愛中的女人》第 13 章,伯金又用「雙星平衡」來比喻這種關係。他向厄秀拉提出,自己需要與厄秀拉之間建立「奇妙的結合」,在這種結合之中,兩性雙方「既不是相互對抗又不是混為一體」,「男人著實地存在著,女人也著實地生存著,兩種純潔的存在物各自為對方構成了自由,宛如一種力量的兩極互相平衡」。伯金用天上的星星來比喻這種兩性間的平衡:「這是一種平衡,兩個單獨的個人間的絕對平衡,就像天上的星星互相平衡一樣。」厄秀拉起初把「星星互相平衡」誤解成「火星和它的衛星」,這種從屬關係是她反感的,因此表態「我絕不想要一顆衛星,永遠不想!」隨即伯金進一步解釋:「我的意思是指兩顆單獨對等的星星在聯合中要保持平衡。」伯金所說的雙星平衡,是指兩顆恒星之間在萬有引力作用下,圍繞共同質心作橢圓軌道運動的一種物理現象。伯金用此比喻來表達一

---

[25] 勞倫斯:〈愛情〉,《性與可愛》,姚暨榮譯,花城出版社 1988 年版 99 頁。

種你中有我，我中有你，即保持各自的獨立和平等，又是和諧的統一體的兩性關係。小說中，伯金和厄秀拉的兩性關係經過一番磨合適應，終於達到了這種理想境界，情形如伯金所描述的：

> 在這種煥然一新又美不勝言的幸福中，和諧已越過相互瞭解，在那裏已不存在「你」或「我」，而唯有作為第三者的奇跡的存在，這奇跡不是一個人的，而是我的存在和她的存在融為一爐，成為一種全新的、取自於雙重存在的天造地設般的一體。而當「我」不再是我自己，「你」也不再是你自己時，又怎能說「我愛你」呢？我們倆已昇華為新的完整的一體，那兒是一片靜謐無聲，因為不存在值得回答的問題，一切都是完美和一體化的。語言往返於各自不同的人之間，可是在完整的「整體」中，只有默默無聲的幸福感。

2、屈服

《戀愛中的女人》中，最初厄秀拉和伯金對雙星平衡關係中個體的地位問題，看法上有很大分歧。伯金強調雙星平衡關係中個體的獨立性，認為個性高於一切。兩性走到一起，並不意味著雙方個性的消融。相反，兩個舊的自我經由這種關係的熔鑄，再造了兩個全新的、獨立的自我。正如他所說：「個人的靈魂優於愛情，勝過要求結合的慾望，儘管比感情上的任何痛苦更為強烈，但卻是一種自由、驕傲、獨立的美好境地。這種境地承認與他人永久結合的義務，同對方一起屈服於愛情的束縛和控制，但即使在相愛和屈服時，也永遠不喪失個人的尊嚴和獨立。」厄秀拉的看法相反。她認為愛情是兩性結合的基礎，愛情高於一切，它當然也遠比個體的獨立性重要。在她看來，愛意味著向愛人獻出自己，為對方全身心地服務。為了愛情，她願意「成為他恭順的奴僕」。

同時，自己所愛之人也必須「完全捨棄自我」，「必須徹底地愛她」，「徹底地屈服於她」，「完全成為她的男人」，自己要「完全地、徹底地作為自己的財產那樣親昵地擁有他」。也就是說，兩性雙方要為了愛情相互屈服，為愛情獻身。這樣，個體就無獨立地位，個性當然也就在兩性關係中沒有容身之地了。

初看起來，伯金強調的是個體的獨立，厄秀拉堅持的是個體為愛屈服，似乎厄秀拉對兩性關係的觀念更符合勞倫斯的期待。其實正好相反。厄秀拉的觀念本質上是強化女性在兩性關係中所處的優越地位，而勞倫斯借伯金之口，想通過強調「平衡」和「獨立」，來確立男性對女性的君臨和統治。雙方爭執的焦點是誰屈服於誰的問題。伯金的觀念代表了勞倫斯的態度：在兩性關係的重建中，男性要掌握主導權，女性要學會屈服。

在《戀愛中的女人》第 12 章，伯金借談馬的雙重意志問題，對自己的觀點又做了發揮。他認為馬身上有兩種相互矛盾的意志：一種意志是渴望把自己置於人類的控制之下，另一種意志是追求自由與放任。厄秀拉不相信馬會願意自己受人類的操縱，伯金卻說馬是這樣想的，因為「使你自己的意志順從於更高一級的存在物」，是「最高級的愛的衝動」。伯金借這個臆造的例子實際上傳達了他對兩性關係的思考：女性要屈服於男性。厄秀拉聽懂了他的意思，就譏笑他的愛情觀很「新奇」。伯金乾脆直白地說：「女人如同馬一樣：她內心有兩種互相對立的意志在起作用。一種意志指示她完全屈服；另一種意志喚起她進行反抗，把駕馭她的騎手摔死。」伯金的話反映了對女性違背自己的本性，不願意聽命於男性的現狀的憂慮。厄秀拉說自己就是要做脫韁的馬，伯金於是以向這種女權挑戰的騎手自命。在第 13 章，伯金和厄秀拉單獨在一起時，見到一隻雄貓逗弄一隻雌貓。雄貓趾高氣揚、大搖大擺地走到雌貓

跟前，而雌貓馬上蜷縮起身子，卑微地趴在地上，用兩隻綠寶石一樣的大眼睛熱切地望著雄貓。見到雄貓只是不理睬自己，雌貓就又朝前爬了幾步，再次溫順地蜷縮起來。雄貓為了取樂，在雌貓臉上打了一巴掌。雌貓想逃掉，雄貓又一巴掌打下來，雌貓立刻順從地躺了下來。雄貓後來再給了雌貓幾巴掌，雌貓仍然毫不反抗。厄秀拉為雌貓抱不平，斥責雄貓是個惡霸，「就像所有男性一樣」。伯金立即借題發揮，說雄貓這是為了表示親熱，為了維護兩性間必要的穩定和平衡。他讚揚雄貓有「卓越的智慧」，還鼓勵雄貓保持自己的雄性尊嚴和高度的理解力。這聽起來猶如癡人說夢，但伯金的意思是明白的，即女性的屈服是建立平衡、對等兩性關係的必要條件。當厄秀拉反駁說這是傲慢的男性優越感作怪，是恃強凌弱時，伯金說雄貓的願望「只是想給那只雌貓帶來穩固的平衡」，與它建立起一種「不同尋常的、持久的親密關係」。如果說這是「恃強凌弱」，那也是必要的，正是男性的這種規劃和統帥，才使女性從混沌中找到了明確的身份和方向，找到了真正適合自己的形式。

　　伯金對厄秀拉身上的女性優越感和強勢姿態有充分認識：「女人希望獲得，希望佔有，希望控制，希望操縱，一切都得歸於她，歸到萬物之母──女人那裏去。一切事物始於她，萬物最終歸宿她。」勞倫斯把這種女人稱為「大母親」，因為她們孕育了男性生命，並在生育時遭受過苦難，她們便因此高傲自大，希望把男性據為己有，「用鎖鏈束縛住兒子，使之成為她永久的囚徒」。這樣的女性「是生活中可怕蠻橫的女王，彷彿是只蜂王，所有其他的蜜蜂都得圍繞著她轉。」此時的厄秀拉在伯金眼裏，就是一位「大母親」，她標榜愛情，實際上是把自己擺在了「造物主」的位置。她為「造物」受難犧牲，也要求「造物」順從和依附自己。伯金在馬和貓的討論中借題發揮，其實都在表達對女性優越感和強勢姿態的不滿。在他規劃的雙星平衡原則中，女性的屈服是前提

條件。這種屈服當然不同於 19 世紀維多利亞時代女性那種社會角色和身份上的從屬和受奴役狀況。伯金所要求的新女性的屈服是基於對自身性別本體深刻的體認,是對自身性別角色和宿命的自覺接受,是為了與男性共同實現昇華、提升個體生命境界這一更偉大的目標服務。

伯金意識到要戰勝女性優越感和強勢姿態是非常困難的,但他決定採取行動。在小說第 19 章,伯金病癒後在法國待了一段時間,然後悄然返回英國。在一個月明之夜,他來到威利湖畔,向湖裏扔石頭,要把月影擊碎。正巧處在焦慮中的厄秀拉也來到威利湖漫步,目睹了那驚心動魄的一幕。月亮作為一個自然意象,在《白孔雀》、《兒子與情人》、《虹》等作品中都有出現,一般象徵女性的優越感和強勢姿態。伯金不斷把石頭扔進水中,月影一次次被擊碎,又一次次回到原形。伯金心力交瘁,卻不肯放棄。伯金想用石頭擊碎月影是毫無常識之舉,但對厄秀拉的心理卻產生了極大的震動。她終於明白,伯金為何想擊碎月影,為何不肯說愛她,為何要求她屈服,這其中都有深意,就是他需要厄秀拉「精神上的屈服」。厄秀拉終於接受了這樣宿命,而伯金此刻也適時向厄秀拉表達了自己理解的愛情。他們終於有了熱烈的親吻和擁抱,兩性關係進入到一個新的階段。

在《戀愛中的女人》之後,勞倫斯加大了對理想兩性關係探索的力度,也更加熱衷於表現女性對男性的屈服,把它看成理想兩性關係必不可少的程式。如《迷途的姑娘》、《羽蛇》、《查泰萊夫人的情人》等長篇小說,《狐》、《你撫摸了我》、《小甲蟲》、《上尉的洋娃娃》等中短篇小說,都宣揚了這種屈服原則。《狐》中的班福特和瑪奇合夥承租了一個農場,靠飼養牛和家禽為生。在戰爭的非常時期,適齡男子大都上了前線,後方的生產只好由這些婦女承擔。但她們並不擅長農場的經營管理,養的牛總是逞性亂跑,招惹是非,最後只好賣掉;養的雞鴨關在棚

子裏就昏昏欲睡，放出來又怎麼也趕不回去。兩個姑娘儘管累得精疲力竭，卻沒有多少成效。更糟糕的是，自戰爭以來，這兒總有狐狸出沒，一隻接一隻雞被它拖走。瑪奇和班福特想盡了各種辦法，也無濟於事。生活最落魄的時候，她們不得不把農莊住宅出租，自己搬到一節火車車廂上去住，以此來增加收入，節省開支。戰爭終於結束了，一個名叫亨利的年輕士兵來到農場住了下來。亨利不是農場的主人，但他的一舉一動仍然像在自己的家一樣。他幾句談話就發現兩個姑娘不善農事，隨即以真正行家的態度善意提醒她們戰爭已經結束，從前線歸來的男子將重返他們過去的工作崗位，「農場用不著雇那麼多女工了」。他自信地對兩個姑娘說：「這個地方缺一個男工。」兩個姑娘雖然口頭上不承認，但內心都同意亨利的判斷。亨利留了下來，就彷彿真正的主人歸來，很快使農場恢復了生機與活力；那只不斷騷擾的狐狸也被亨利除掉。勞倫斯如此安排情節的目的，用意十分明顯：兩個姑娘在農場的經歷只是非常時期的應急措施，現在這一切應該結束了。

　　勞倫斯在小說一開始就描寫了瑪奇的男性化裝束：「她總是打著綁腿，穿著馬褲，上身是一件束腰外套，頭上戴一頂寬鬆便帽，在外邊東奔西忙。她的肩背平挺，動作從容而自信，還稍帶點兒冷漠和嘲諷的神態，讓人看上去十足像一個姿態優美、舉止又隨便的年輕小夥子。」班福特是農場的主要投資人，而瑪奇包攬了大多數戶外的活計，如此裝束是她的工作性質使然。但勞倫斯認為，就像兩個姑娘經營農場一樣，男性化的裝束也是一種角色錯位。隨著戰爭的結束，女性也應該重新回到她們固有的角色中去。亨利不久對瑪奇展開追求，這追求很快得到瑪奇的回應。二人建立嶄新的兩性關係之際，也是他們進入到各自本分的角色之時：

她似乎和往常不一樣了。往常,她總是穿一件臀部寬大、膝蓋頭紐扣扣牢、像盔甲一樣堅不可摧的硬布褲子。腿上纏著綁腿,腳上踏著皮靴。看她那付打扮,他怎麼也不會想到她會有一雙女人的腿和腳。此刻出現在他面前的她迥然不同了。她穿著裙子,露出柔軟的雙腿,溫柔可親。他滿臉通紅,把鼻子伸進茶杯,細聲細氣地啜飲著,……頃刻之間,他升起了一種從未有過的感覺,他覺得他不再是一個少年,而是肩負著嚴肅責任的男子漢了。一種奇怪的靜謐與嚴肅感襲上心頭。沉靜中,他感到他已是一個男子漢了,男人的使命悄悄地壓在他的身上。

瑪奇的裝束回歸女性化,意味著對自己女性角色的確認,而亨利也由此意識到自己的男性責任。在勞倫斯眼裏,這是建立理想兩性關係新的基礎。我們看到,在《狐》中,瑪奇對愛情的追求,也經歷了一個方式上的變化。一開始,瑪奇總覺得自己要為愛情的成功做點什麼,應該朝著一個特定的方向去努力,應該「用力」去愛。但後來她發現,亨利並不接受她努力向他獻上的愛情。她意識到新的愛情方式應該是「被動地接受愛情,淹沒在愛情裏」。她應該像大海中的水藻,「永遠在水下柔和地順著水勢擺動,把自己纖細的柔毛溫柔地伸進潮流中,極其敏感而柔順地待在充滿陰影的大海裏,一輩子都不能抬起頭伸出水面望一望。……只有在波濤下面它們才能長出比鋼鐵還堅韌有力的根部,在順著潮水柔和地擺動式才能那麼堅強,……它們只有在水底下才能比長在陸地上的結實的橡樹更強壯,更難以摧毀。但是一定要在水底下,永遠待在水底下。而她既然是女人,就得跟海藻一樣。」一切讓男人來做,女人只是被動的承受就可以了。瑪奇「被動」地承受了這愛情,在小說的結尾,展示了一個女性俯首聽命的情景:「他要她不再用心觀察,不再用眼去看,不再用腦子去想。他要她把她的心靈蒙起來,就像東方婦

女用面紗蒙住她們的臉蛋。他要她把她交給他，要她讓她獨立的精神沉沉入睡。他要從她身上取走全部的力量，她生存的全部理由。他要她屈就，俯首，要她從頑強的意識中盲目地消亡。」

長篇小說《阿倫的杖桿》從男性的角度樹立了一個「管教」女人的理想標桿。當傑姆宣稱愛和獻身是最寶貴的東西，最偉大的事情就是把自己獻身給愛時，以救世主自居的里立教導傑姆：「挺起你的脊梁，要緊的是你的脊梁。你不應自暴自棄。你不能完全投入女人的懷抱。」他認為愛使傑姆變得軟弱，變成了傻瓜。後來里立營救了因虛弱倒在街頭的阿倫。阿倫見到他的第一句話就是「我屈服於她了。」這個「她」指的是約瑟菲娜，阿倫因愛她、屈服於她而使自己「完了」。對女人屈服的代價如此之大，難怪里立要恨之入骨。里立以同樣的思想教導處在危機中的阿倫：「每個人都必須保持獨立性──男女都一樣……從本質上講，除非各人有各人的獨立性，否則是沒有什麼好處的。」結了婚的男子就會淪為妻子掙錢的工具，生兒育女的工具，她們會不惜一切代價去追求這種愛，而讓男子作為犧牲。「當一個女人有了孩子，我的上帝，她簡直成了馬廄裏的母馬。她坐在乾草上時，你只能餓死，因為那是給小馬駒保暖用的。」「男人的雄風在這世界上已經絕跡。」當阿倫抵擋不住誘惑，第二次回家，又和妻子爭吵離家後，他終於明白「愛是一場戰鬥。在這場戰鬥中，雙方都極力想操縱對方的靈魂。迄今為止，男人們總是讓女人操縱自己。」有了血的教訓，在里立的教導下，阿倫最終認識到，要自己掌握自己靈魂，保持自己獨立的存在。他終於在女人面前挺起了腰桿。

3、去社會化

理想的兩性關係是否需要社會承認的婚姻形式加以保障？勞倫斯的答案是否定的。勞倫斯一貫對作為文明產物的婚姻形式沒有好感，他認為現代婚姻是建立在兩性對家具、圖書、體育運動或文藝娛樂活動的共同興趣、「與對方說得來」、「互相欽佩對方聰明的頭腦」等等基礎之上的，這種婚姻形式阻隔了血液的呼應，是災難性的。在《戀愛中的女人》第16章，伯金對婚姻表達了刻骨的憎惡。伯金說：「舊式意義上的婚姻讓我厭惡」，這種舊式婚姻使「每一對情侶都躲在各自的小房子裏，只關心自己的微小利益。悶在自個兒的小小隱私中——那可是世界上最令人厭煩的事情。」在伯金的思考中，「傳統的愛情方式彷彿是一種可怕的枷鎖，一種獻祭。」他「一想到愛情、婚姻、孩子，以及永生永世生活在一起，過著家庭夫妻般恩愛、隱居的生活，一種毛骨悚然的厭惡感便油然而生。」伯金認為，「我們需要更廣闊的東西，我相信男女間存在著一種額外的，卻是完全完美的聯繫——那是在婚姻之外的。」顯而易見，在勞倫斯對理想兩性關係的設計中，不包括傳統意義上的婚姻形式。不過《戀愛中的女人》中，厄秀拉和伯金理想兩性關係的建立，雖然排除了到教堂舉行婚禮這一傳統婚姻的重要步驟，雙方也從未以夫妻相稱，但還是去有關部門辦理了登記手續，以使他們的關係獲得「正式的保證」。如果我們要對這一對理想兩性關係的去社會化程度有所挑剔的話，這是其不徹底性的一個表現。人不可能提著自己的頭髮離開地球，即便是慣以決絕姿態出現的勞倫斯，也對此無能為力。

但勞倫斯仍然固執地追求去社會化。《戀愛中的女人》第26章，厄秀拉和伯金為結婚，需要購置一些家具。兩人一起去舊貨市場逛，看到一把很漂亮的舊式椅子，做工很精細，線條優美，大方華貴，兩人都很喜歡，就買了下來。隨後兩個人開始議論這把椅子，從這把舊椅子說到

它所代表的昔日英國的輝煌，現在英國的衰敗，於是兩個人一起詛咒現在的英國，結果越說越生氣。起先他們還讚美珍‧奧斯汀時代的英國，最後因為生氣，連過去的英國也否定了。過去的英國是物質主義的，現在的英國是機械主義的，二者沒有本質區別，是一丘之貉。這把椅子是昔日英國輝煌時期的代表，於是厄秀拉說：「我不打算要這把椅子了。」進一步，厄秀拉表示：「我不要舊東西。」伯金不僅附和她，還進一步發揮：「對我來說，一想起自己的房子和自己的家具，我就覺得憎惡。」厄秀拉稍有一些常識，她爭辯說，人總得有個地方居住。天馬行空的伯金反駁說：可以住在任何地方，但絕不可以住在一個確切的地方。一旦有了一個永久性的住所，就等於有了一個固定的環境，而「每一件家具都是一塊禁戒石」。伯金在這一點上的確是言行一致的。他的住處經常更換，行蹤飄忽不定。小說中他的一個臨時住處是自己在威利湖畔搭建的小屋，它遠離塵囂，設施簡陋，頗有些索羅在瓦爾登湖畔搭建的小木屋那種遺世獨立的味道。但厄秀拉對沒有固定的住所仍有些遲疑，伯金進一步解釋道：「因為那些房屋，家具和衣服，它們都屬於舊的，低級的世界，屬於可憎的人的社會。它們會使你變得毫無個性。」兩個越說越氣，最後決定不要這把椅子。但因為已經買了，只好把它轉讓給一對行將結婚的青年男女。兩個人手拉手上了電車，極興奮熱烈地議論著，引得其他乘客全都看他們，他們也毫不在乎。伯金說：「我們將在地球表面天馬行空，去尋覓那個不包括這一切的世界。」厄秀拉也表示：「我不想繼承地球，不想繼承任何東西。」伯金回答：「我也不想，我希望自己被剝奪繼承權。」勞倫斯十分偏激地認為，一切社會結構、社會關係，甚至物質商品，都是文明的產物，都應該徹底打碎和拋棄。那麼，既然是理想的兩性關係，就應該與現代文明社會完全絕緣。但是，馬上產生了一個十分實際的問題：作為現代社會的人，如何能夠完全脫離這

個社會存在？又如何能夠脫離物質而存在？勞倫斯顯然意識到理想和現實之間的矛盾，他在《戀愛中的女人》中為解決這一矛盾找到了這個折衷的，也是討巧的辦法。「買椅子」是勞倫斯為新型兩性關係告別文明束縛而安排的一個儀式，其象徵意義遠大於實際意義。

厄秀拉與伯金的兩性關係確定後，厄秀拉還上演了一出離家出走的好戲，把理想兩性關係的去社會化推向高潮。在第 27 章，厄秀拉回家後，神采飛揚地高聲宣佈了自己明天將要結婚的消息。父母對此大感驚訝，也非常氣憤，因為他們事先連一點消息都不知道。與父母關係原本不睦的厄秀拉經不住父親充滿敵意的追問，與他爭吵起來，喊道：「我哪天結婚，這無關緊要，無關緊要！除了我自己，不關任何人的事。」氣急敗壞的父親打了厄秀拉一巴掌。厄秀拉於是趁機宣佈和他們絕裂，她簡單地收拾了一些行李，衝入茫茫夜色之中去找伯金。幾天之後，厄秀拉再次回到父母的住所取一些自己的物品。此時父母已經搬離了老宅，只留下古娟在守房子。這座她們住過許多年的房子如今是一派被遺棄的淒涼景象：窗戶是「黑呼呼、空蕩蕩的，令人毛骨悚然」，門廳「陰沉空曠」，餐廳如同地窖。厄秀拉和古娟走上樓梯，樓梯發出的空洞的聲響「在心中引起一陣悸動」。厄秀拉感慨地說：「想想吧，我們曾經在這裏度過許多年！」她們不敢設想如果再在這裏住下去，自己會變成什麼樣子。在收拾好自己的物品後，她們彷彿逃命似的，離開了自己的家。如前所述，在勞倫斯看來，固定的住所、家都是文明的組成部分，厄秀拉離家是她與與任何舊事物，和一切社會形式決裂的象徵。在此前，厄秀拉和伯金還一起寫了辭職信，放棄了原先的工作，因為伯金說過：「如果我發現我自己有足夠的錢生活下去，我就辭去一切工作，它對我毫無意義」。辭職後，他們又雙雙離開英國。兩個擺脫了一切社會關係的赤子之身攜手踏上了新生活之途。

　　理想兩性關係的去社會化，在《查泰萊夫人的情人》中有更深刻表現，即在人物關係的價值評判上，排斥了一般的社會標準。如果我們把勞倫斯強加給克利福德身上的許多否定性言詞除去，從社會公認的（社會化的）標準（這一標準在任何時代都是有效的）衡量，克利福德並不是一個惡人。他忠誠、善良、寬容、意志堅強，有高雅的趣味。妻子私奔後，作為丈夫，他在精神上十分痛苦，但他並未採取什麼極端措施阻止。就他的社會地位，他是做得到的。而康妮倒有許多可挑剔之處。在少女時代，她隨隨便便就與人發生關係。和克利福德的結合，並沒有誰強迫她，開始時也不是沒有感情。只是在克利福德喪失性功能後，她的情感發生了轉移，這是在丈夫最需要她的時候！她先是與克利福德的朋友幽會，後又和狩獵人梅勒斯私奔。對這個狩獵人，康妮除知道他滿嘴土話，孤僻，毫無幽默感外，還知道什麼呢？她對他的瞭解，僅限於幾次性關係。但是，請注意：在康妮的情感方式中（這也是勞倫斯肯定的），一切社會的道德標準和價值尺度都是無效的，它不能規範康妮的情感流向和選擇，當然也不能用它來評價作品中的人物。康妮依據的是她心靈最深處生命本體的呼喚和需求。只要壓抑、沉悶，尤其是不能滿足性要求的生活與本能衝突，她的情感立即背棄了克利福德，克利福德就成了「死魚一樣的紳士」。她的血液的呼喚得到梅勒斯的呼應，梅勒斯就成了她的上帝，她無限地愛他。

　　勞倫斯在〈唇齒相依論男女〉中指出：「在我們眼裏女人就像一種偶像或一個提線木偶，總得扮演個什麼角色：情人、情婦、妻子或母親。我們真該破除這種一成不變的觀念，從而真正認識到女人之難以捕捉的特質：女人是一條流淌著的生命之河，……男女之間的關係就是兩條河並行，時有交匯，隨後又會分流，自行其徑。」[26]《戀愛中的女人》中

---

[26]　勞倫斯：〈唇齒相依論男女〉，《勞倫斯隨筆選》，畢冰賓譯，四川人民出版社 1998

伯金與厄秀拉的關係正是褪去了這一切社會化的束縛，回返到人與人之間最純粹的關係，回到生命的本質。

4、性愛體驗

　　健康的性愛是理想兩性關係的重要組成部分。勞倫斯重視兩性關係中性的自然、暢快淋漓的渲泄，而理想的兩性關係，就是能夠保證這種渲泄，而不是壓抑它。勞倫斯認為，沒有什麼比健康的性愛更能激發人的美好天性、活力、朝氣，調節人類最基本的關係——兩性關係，只是因為人們固守道德上的偏見，才沒有認識到這一點。勞倫斯宣佈：「真希望我們的文明教會了我們如何使性吸引力適度微妙地釋放，如何令性之火燃得純潔而勃發，以不同程度的力量和不同的傳導方式濺起火花，閃著光芒，熊熊燃燒，那樣的話我們每個人或許都可以一生在戀愛中度過。」勞倫斯還把性與美聯繫起來：「性與美是同一的，就如同火焰與火一樣。」他認為「我們文明造成的一大災難，就是仇恨性。」[27]我在前一節分析了《兒子與情人》中保羅與米麗安之間畸形的關係，這種關係排除了性愛體驗，因此成為保羅成長、成熟的桎梏，而保羅與克拉拉的性愛關係就成為突破這種桎梏的重要途徑。

　　保羅第一次見到克拉拉時，她正與米麗安在一起。在經過與米麗安長久沉悶的交往後，保羅立即發現，克拉拉比米麗安吸引人。克拉拉已婚，年齡稍長，並且很窮，但這絲毫無損於她的魅力。她頸脖雪白，頭髮秀美，曲線迷人，身材豐滿，處處流溢著性感之美，宛如性感之神。另一次保羅、克拉拉、米麗安三人在米麗安家農場附近散步，見到了鄰

年版 52 頁。

[27] 勞倫斯：《性與美》，《勞倫斯散文精選》，黑馬譯，人民日報出版社 1996 年版，第210 頁，第 205 頁。

居家的一匹馬。克拉拉立即對馬發生了興趣，她對馬的主人說：「你的馬真棒！」隨後親吻了馬一下說：「像人一樣可愛。」她還特意加重語氣重複說：「我認為比大多數男人更可愛。」這時的克拉拉完全被這匹馬迷住了，她走過去撫摸著它的脖子，希望與馬能有心靈上的交流和對話，這當然不可能，所以她遺憾地說：「可惜它不會說話。」在這裏，馬是情慾的化身，它對克拉拉身上情慾起到了呼喚和輝映作用。果然在那匹馬被牽走後，克拉拉突然迸出一句沒頭沒腦的話：「她需要一個男人。」這句話裏的「她」雖是指米麗安鄰居家的一個女人，其實潛臺詞是說：「我需要一個男人！」此時的克拉拉已經被馬招惹得心迷意亂。隨後他們三人在小山上採野花，克拉拉癡癡地跪在地上，使勁嗅花的香味，半天沒有開腔。保羅顯然也接受了這兩個場景所發出的資訊，為克拉拉的激情感染，突然毫無意識地抓起一把野櫻草花撒在她的頭髮和脖子上，說：「假如上帝不要你，魔鬼一定要你。」情慾之魔掙出了潘朵拉盒子，讓保羅感到興奮異常。後來很多次，保羅每當想起克拉拉，就會渾身發熱，這與對米麗安的感覺完全相反。細心的讀者會發現正是在與克拉拉的初次見面後，保羅開始攻擊米麗安：「你頭上要是插些上紅色漿果就好了，你為什麼看上去總像個女巫，或者像個尼姑，從來不像一個歡快的人？」他對米麗安性冷淡的不滿溢於言表。而在與克拉拉交往中，保羅的男性自我終於得以確立。

克拉拉並非勞倫斯筆下的理想女性，她雖然性力十足，可也過於世俗，沒有能力使保羅的生命境界獲得全面提升。可是在此刻，保羅也只需要性愛解放自己，而克拉拉對保羅施展的唯一「魔法」也是性愛，她引導保羅充分享受了性愛的快樂。保羅與克拉拉性愛關係中有兩個重要的場景，都有水的意象相伴。第一次，他們二人去公園，剛下過雨，上漲的河水豐盈、湍急、浩蕩，象徵情慾之流的洶湧奔放。他們踩在岸邊

的泥水裏，艱難地跋涉著，但始終不肯離開河水，愛也如膠似漆，充分
享受著情愛帶給他們的激動與快樂。第二場高潮戲是在海濱。在清冷的
早晨，二人赤裸著身體，在海風朝陽中沿著沙灘奔跑，又到海水中嬉戲：

> 他脫下衣服，飛快地向沙灘奔去。她正在尋找他。她的手臂朝他
> 舉起來，她隨著海浪一會兒升起，一會兒沉下，彷彿是沉浸在液
> 體銀的池子之中。他跳過一道道浪花，不一會兒，她的手已經搭
> 在了他肩上。他們在情愛的波濤中沉醉。

保羅從克拉拉火熱的情愛中得到了滿足。小說中，水成了他們洶湧
的愛慾的象徵：

> 當他開始做愛時，他的感情非常強烈，足以帶上一切——理智、
> 靈魂、熱血——像一陣風一樣都帶上，像特倫特河無聲無息地將
> 它深色的漩渦和彎彎繞繞的水流一起帶走一樣。那點點滴滴的非
> 難和細小的感覺漸漸沒有了，思想也沒有了，都讓一股洪流帶走
> 了。他變成了一種巨大的直覺，而不是一個有頭腦的人。他的手
> 像是活生生的人；他的四肢和軀體都充滿活力和意識，不受他的
> 意志的支配，生存於自身之中。

性愛體驗使保羅找到了真正的自我，一個完整的自我。直覺復活
了，軀體復活了，本能的、非理性支配的自我出現了。

《查泰萊夫人的情人》是勞倫斯張揚性愛力量的最突出例子。貴族
女子康妮在戰前與同樣出身貴族的克利福德結了婚。克利福德下半身癱
瘓後，健康的康妮無法再與他過正常的性愛生活，生命力被壓抑，日漸
枯萎憔悴。一次康妮到莊園附近的樹林中散步，無意間看到獵場看守人
梅勒斯正在他的小棚屋裏洗澡。「那是一個孤居著而內心也孤獨著的人

的完美的、潔白的、孤零零的裸體」，白皙的背部，細弱的腰骨，瘦長的雙臂，渾身放射著生命之光。康妮被震撼了。回到家裏，康妮作了很久以來不曾做過的事情——在鏡子面前觀察自己的裸體。康妮以前的容貌很美，四肢散發著安閒的風致，身體的曲線流暢圓潤。但現在，缺少了陽光和雨露的滋潤，身體變得消瘦平板，皮膚沉悶晦暗，成了「無意義的物質」。梅勒斯的裸體幫助她發現了與克利福德在一起生活的全部虛假性，內心激起強烈的反叛情緒。很快，康妮到樹林中去找梅勒斯，不久又有了第二次。康妮與梅勒斯第一次肉體交合發生在他們第二次見面時。這次交合並沒有給康妮帶來快感和興奮，她在一種沉睡狀態中靜靜地躺著，被動地聽任梅勒斯的擺佈，她感到梅勒斯對自己還是一個陌生人。小說具體描寫了康妮與梅勒斯之間共七次肉體交合，此後六次，康妮與梅勒斯的動作越來越舒展、越來越癲狂，感受也越來越美妙。勞倫斯以赤裸裸的坦誠，描繪了主人公所經歷的激動、興奮、狂亂、愉悅的過程，並這一生命衝動開掘出的人的豐富、深刻、纖細的心理感受力。它在瞬間使人物重新確立了對人生、宇宙、人類的信念，拋棄了舊我，獲得了新生：「她知道……一切都完了。她沒有了。她已經沒有了。她再也不存在了，她出世了：一個女人。」性愛的神奇力量，還使康妮升起對肉體的神聖感，認為它是生命的源頭，天地造化的結晶。

四、性描寫及同性戀諸問題

1、性描寫之爭議與辨析

　　研究勞倫斯，他創作中的性描寫等敏感問題是無法回避的。在勞倫斯有生之年，他的作品曾多次被當局以「淫穢罪」查禁。第一次是《虹》。

這部現在被認為是勞倫斯代表作的小說出版後，受到批評家的惡評，其罪名主要就是「淫穢」。1915 年 10 月 5 日《每日新聞》發表署名林德的文章指責勞倫斯這部小說中的人物像一群「家畜」，「跟野獸一樣，寡廉鮮恥」，全書展現了「茫茫一片枯燥無味的生殖力崇拜的荒野」。[28]1915年 10 月 23 日出版的《環球雜誌》刊登法國人蕭特的一封來信，攻擊《虹》是「一次性的狂歡」，「具有頹廢傾向的思想的衝動」，在「宣揚淫穢」方面，法國作家左拉的小說比起《虹》，「在強烈程度上不過是小菜一碟。」[29]連一些英國作家也加入到抨擊《虹》的行列。如高爾斯華綏（John Galsworthy, 1867-1933）在給文學代理商平克（J. B. Pinker, 1863-1922）的一封信裏，指責《虹》「如此醉心於人的性生活的描寫」，從而「使自己的作品毫無價值」，小說「令人在審美情趣上感到可憎。」[30]在 1915年 11 月初，《虹》被當局以「淫穢罪」告上法庭，判決小說禁止銷售，已經裝訂和未裝訂的一千多冊圖書在倫敦皇家交易所門前付之一炬。1929 年，勞倫斯的詩集《三色紫羅蘭》在郵寄過程中被警方以「淫穢物品拒絕轉運」為由沒收。同年 6 月間，藝術家多蘿西·沃倫在她的畫廊舉辦了一場當代美術展，其中展出的主要是勞倫斯的畫作。畫展獲得巨大成功，短短三周時間，就有 12000 多人湧到畫廊參觀。但同時，也有人對畫展不滿，向政府部門舉報。警方前來搜查，取走了勞倫斯的 13幅作品，理由當然還是「淫穢」。

　　因為性描寫惹出是非和官司最多的，當然是勞倫斯的長篇小說《查泰萊夫人的情人》。這部作品動筆於 1926 年 10 月間，12 月完成初稿。此後，勞倫斯又開始重寫這部作品，於 1928 年 1 月定稿。這部小說因

---

[28]　蔣炳賢編選：《勞倫斯評論集》，上海文藝出版社 1995 年版 4 頁，5 頁。
[29]　蔣炳賢編選：《勞倫斯評論集》，上海文藝出版社 1995 年版 6 頁。
[30]　蔣炳賢編選：《勞倫斯評論集》，上海文藝出版社 1995 年版 9 頁。

為存在大量赤裸裸的性描寫，以致當初自願替他打字的女打字員中途終止了工作，說小說太過色情，令人厭惡。小說完成後，英國、美國的出版商不敢問津，勞倫斯只好拿到管制稍微寬鬆的義大利出了刪節本，而全本只能以盜版的方式在坊間流傳。這種局面一直持續到 50 年代。1950 年，一位日本翻譯家伊藤整將《查泰萊夫人的情人》全本翻譯，由小山書屋出版。結果譯本剛一面世，就被當局以「淫書」嫌疑查禁，譯者和出版商也被告上法庭。這場官司歷時 7 年之久，最後以譯者和出版商敗訴告終。1959 年，美國紐約一家出版公司出版了《查泰萊夫人的情人》的全本，但是郵政當局拒絕郵運此書。出版公司以及推銷此書的讀者俱樂部遂將郵政部告上法庭。此案經過三個月的審理，最後法庭認為，這部小說「誠實且有較高的文學價值」，因此做出撤銷禁令的判決。

　　與上述兩次官司相比，1960 年在倫敦圍繞《查泰萊夫人的情人》引發的一場官司更具有全局的意義。這一年，英國出版商企鵝出版社出版了《查泰萊夫人的情人》的全本。正待發行之際，倫敦首席檢察官瓊斯指認此書「淫穢」，會使讀者「道德敗壞，心智腐化」，因此提出公訴，要禁止該書發行。在法庭辯論中，瓊斯提出了《查泰萊夫人的情人》三點「淫穢」證據。其一，小說中存在大量的性描寫。這些性描寫絕大多數都極其詳盡，「絲毫不容有任何想像的餘地」；雖然性交的地點有所變化，但「強調的始終是幽會時的亢奮、滿足，以及種種感官上的描寫」。其二，全書充斥了大量「猥褻」詞語和對話，一些淫穢的字眼不厭其煩地被重複。其三，小說其他的情節，也都是為這些性描寫服務的，是性交的「前戲」，是「補白」。除了性交的展示，小說對人物性格極少描繪，他們「好像只是兩具肉體，彼此不斷發生性關係的一對肉體。」企鵝出版社聘請了著名律師出庭辯護。1960 年 10 月，由律師邀請 35 位社會名流出庭為該書作證。這些社會名流一致認為，《查泰萊夫人的情人》有

很高的文學價值，絕不是什麼「淫書」。最後法庭判決企鵝出版社無罪，
《查泰萊夫人的情人》獲准發行。

　　毋庸諱言，勞倫斯作品中的性描寫是大量存在的。詩集《瞧，我們
過來了！》、《三色紫羅蘭》中的一些作品，對軀體和慾望也有非常直白
的描寫。如《被戀者之歌》有「在她的兩個乳房之間是我的家」這樣的
詩句，《金魚草》，直接寫性行為本身。在勞倫斯的《鳥·獸·花》中，
自然界也充滿情慾。無花果象徵「女性的私處」，「有裂縫，有通道，／
有通往神經中樞的美妙的濕性的傳導」，杏樹有著「少婦般的赤裸，完
完全全的裸露」，烏龜在交媾，鯨魚在生產。在這些作品中，裸體、性
器官、性行為是司空見慣的，勞倫斯毫不避諱對它們加以坦率的描寫。
《查泰萊夫人的情人》中的性描寫更是登峰造極，康妮與梅勒斯前後七
次性愛活動勞倫斯都寫得細緻入微，這其中包括對性器官的具體展示，
故意使用的猥褻用語，對性愛活動大張旗鼓的議論等。這些給衛道者提
供了查禁和詆毀的充足理由。

　　問題是，性描寫是否必然等同於「色情」和「淫穢」？勞倫斯的回
答是否定的。面對潮水般湧來的攻擊謾罵，勞倫斯寫過〈為《查泰萊夫
人的情人》一辯〉、〈色情與淫穢〉、〈《三色紫羅蘭》自序〉等文章為自
己辯護。勞倫斯把嚴肅的性描寫與「色情」、「淫穢」作了區分。他認為，
性是人的原始慾望，是人的本能需要，是種族延續的手段。但是自人類
進入文明社會以後，性就一直處在被壓抑、被私藏、被神秘化的狀態，
人們渴望性，同時又對性感到恐懼。這就為「淫穢」地對待性，使性成
為色情提供了基礎。勞倫斯在文章中列舉了兩個例子。其一是英國巴克
上校娶了一個老婆，二人共同生活五年後，妻子才發現丈夫是個女扮男
裝者。其二是一位年高德劭的牧師，一輩子聖潔，在花甲之年卻因為猥
褻少女被告法庭。勞倫斯稱這些人是清教主義所製造的「性癡呆兒」，

說他們玷污了性。另一方面，當今一些時尚青年，百無禁忌，完全放浪形骸，把肉體、性當玩物來品嘗，來取樂，這同樣是對性的踐踏。正因為腦子裏存了對性的不潔的念頭，所以許多原本只是客觀「描述肚臍眼以下部分的詞」在這些人眼中也成了「淫詞穢語」。勞倫斯說：「這些詞被人的頭腦的聯想弄髒了，它本身原本是乾淨的，它的所指也是乾淨的。問題在於我們該清洗一下頭腦了，解除對詞語的禁忌。」勞倫斯指出：「幾乎全部現代的性都是純精神的，冷漠的，無血性的。這就是性格之性。」他大聲呼籲，「對性樹立起應有的尊重，對肉體的奇特體驗產生應有的敬畏」。他稱自己的《查泰萊夫人的情人》是一部「今天人們必需的真誠而健康的小說」，它的寫作目的，就是「要讓男人和女人們全面、誠實、純潔地想性的事，即便我們不能盡情地縱慾，但我們至少要有完整而純潔的性觀念。」[31]正因為有這樣的目的，勞倫斯一方面大張旗鼓地談論性，描寫性，同時又嚴肅地看待性，在性和真正溫柔的愛情之間建立起牢固的聯繫，使性愛表現成為他探索兩性關係的重要組成部分，以此來探索困擾現代人的緊迫時代課題。應該說，在勞倫斯之前，文學中的愛情和性行為一般是截然對立的。作家們把愛情當作人性的歸宿，至善至美的所在，滿腔熱情地構築起許許多多理想的結合模式：志同道合，門當戶對，郎才女貌、精神交流等等。但是，性行為作為人類得以延續的最基本的生命活動，卻受到文學的否定。性行為只有在這種情況下才會出現：作為主人公道德缺陷、靈魂醜惡的見證，作為低層次的、只知肉慾結合的標誌，作為走向墮落或誤入歧途的象徵。高尚的、受到肯定的愛情，哪怕再浪漫、再火熱，也不含性行為於其中。最大膽的作家，莫過於把性行為作為愛情的高潮或結束，而那個瞬間，

---

[31] 勞倫斯：〈為《查特萊夫人的情人》一辯〉，《勞倫斯散文精選》，黑馬譯，人民日報出版社 1996 年版，第 320 頁，第 294 頁，第 295 頁。

常常被放到作品之外。托爾斯泰《安娜‧卡列尼娜》中，安娜和渥倫斯基第一次肉體接觸，作者不著一字，而用長長的省略號代替，就是一個典型的例子。而只有到勞倫斯，才大張旗鼓地把性愛當作文學表現的嚴肅主題。

勞倫斯描寫的性愛不同於傳統文學中描寫的愛情，也不是對性行為的審美觀照。勞倫斯在傳統文學中屬於愛情的領域──男女的相互吸引、愛慕、追求──尋找性的動機和成分，又用審美的眼光審視性行為本身，並使二者有機地貫穿為一個過程，這才是勞倫斯描寫的性愛。一句話，它是以自然本能為基礎的兩性關係的全過程。這樣，傳統文學中熱情謳歌的愛情和刻意回避的性行為被勞倫斯在性愛的旗幟下統一起來。是勞倫斯第一次突破了簡單的美與醜的分野，客觀地表現了人的這一生命活動的全過程。是勞倫斯第一次放棄了僅僅從外部尋找這一生命活動的美感或快感、頌揚或鞭撻的淺陋模式，而把性愛作為豐滿的、自足的系統，探索其中蘊含的更為深邃的東西。勞倫斯成功地解剖了這一系統，它有自己的運動規律、結構層次、功能狀態，打有時代、社會的烙印，也積澱著某種文化原型，既是精神大搏鬥、大廝殺的場所，又是解決人類困境的關鍵所在。主要是通過對這一系統的深刻解剖，勞倫斯完成了他的「血的哲學」：他從兩性的生命活動中，提煉出「慾望」、「血性」、「肉體」、「本能」、「直覺」、「軀體」，即他常說的「另一個自我」，用以和「老式的自我」，即人的理性、社會性相對抗。因此在勞倫斯小說中，性愛不是廉價的展覽，而蘊含了深刻的目的性。

正因為性愛描寫有嚴肅的目的性，勞倫斯的具體表現手法自然與一般通俗小說的做法不同。他不去具體展覽性過程中外在的動作，不去寫人物間猥褻的對話和視覺印象，不以追求生理快感為目的。勞倫斯轉向心理分析，強調人物瞬間的心理感受和體驗。作為表現物件的性行為本

身，反而不再是人物注意的中心，它被人物豐富的心理活動肢解、淡化，成為若有若無的東西。重要的是被喚起的情緒（它沒有泛化，是性活動的直接產物），它瀰漫在字裏行間，引導人物和讀者共同經歷一次美的享受。其次，勞倫斯也經常通過自然景物的烘托和暗示來表現性。鳥巢模模糊糊帶有性的色彩，《兒子與情人》中的保羅和米麗安把手伸進圓圓的入口，暖烘烘的感覺使他們萌發了一種難以捉摸的親密感，愛誕生了。櫻桃豐收的季節，保羅爬到樹上摘櫻桃，風吹拂著，「使整個樹微妙地、以一種令人熱血沸騰的動作搖晃起來」，喚起了保羅對肉體的慾望，他吻了米麗安。馬匹、月亮、花朵，是勞倫斯最常用的性愛象徵物。有時，甚至自然景物還在類比著性愛活動：「蔚藍的天空與大海正在歡樂地交談，笑聲不絕；小小的海灣口兩個地角相對而立，中間一泓流水在低聲私語。」經過自然景物的緩衝和間隔，性愛活動中的生理刺激淡化，美感成分大大增強。再就是女性在性體驗中的主體地位。儘管勞倫斯是男性作家，儘管他對新女性攻擊甚多，但他通常還是讓女性來充當性愛活動的創造者和誘導者，性愛過程的觀察者和敘述者，情感和心理活動的發送者。他筆下的女性具有更豐富、纖細的情感體驗，她們聽憑血性意識的呼喚，沉醉在盲目、自然的激情洪流中，不存有遊戲和猥褻的念頭。

　　勞倫斯的性描寫雖然與色情無關，但並不說明它沒有其他問題。人類的羞恥之心拒絕將自身的某些行為毫無遮掩地公之於眾，就猶如我們的良心拒絕欣賞殘暴的殺戮一樣。也正因為如此，文學表現不能沒有禁忌，不能無所顧忌。勞倫斯把個體的性行為的意義抬到人類文明興衰的高度加以認識，在《查泰萊夫人的情人》等作品中連篇累牘、纖毫畢現地加以描寫，這種對性的過分崇拜和暴露，不論出於何種目的，其本身都是對性的另一種形式的褻瀆。

2、同性戀描寫面面觀

　　勞倫斯在〈為《查泰萊夫人的情人》一辯〉中說:「最根本的血性接觸是在男人和女人之間進行的……這是積極的性接觸,同性戀次之,儘管它不是對男女間因精神之性造成不滿的唯一替代物。」[32]可見勞倫斯是把同性關係當成兩性關係的重要補充來看待的。勞倫斯在〈惠特曼〉一文中分析了惠特曼《草葉集》中同性戀描寫的深刻寓意:「新的世界建立在同志愛之上,新的、偉大的、蓬勃的生命將是男人之間的愛。由這男性愛將生發出對未來的嚮往。」勞倫斯對惠特曼的概括實際上也表達了自己對同性戀的態度,因此他才會說:「惠特曼這位大詩人對我來說是太重要了」。[33]

　　勞倫斯小說中的男同性戀從一般意義上的同性友誼發展而來。《白孔雀》中西里爾與喬治是要好的同性朋友,他們在池塘洗澡時的親昵動作已經有了同性戀的意味。《兒子與情人》中,保羅的成長不僅需要經驗異性關係,同性關係也是必不可少的。在保羅的哥哥威廉去世後,莫瑞爾太太帶保羅第一次拜訪米麗安家農場。保羅見到了米麗安,也認識了她的哥哥埃德加。開始時保羅對米麗安並無好感,只與埃德加和他的弟弟一起玩。他們一起為蘿蔔鋤草,播種,或躺在穀倉的乾草堆上聊天。他們關係融洽,成了親密體貼的朋友。保羅與米麗安有矛盾時,總願意跟埃德加在一起。保羅與米麗安的關係經常充滿緊張和衝突,而與埃德加的關係始終融洽和諧。這種關係對處於心理極度敏感時期的保羅是一種精神上的撫慰和支撐。

---

[32] 勞倫斯:〈為《查泰萊夫人的情人》一辯〉,《勞倫斯散文精選》,黑馬譯,人民日報出版社 1996 年版 321 頁。

[33] 勞倫斯:〈惠特曼〉,《靈魂的剖白》,畢冰賓譯,灕江出版社 1991 年版,224-225頁,227 頁。

除了與埃德加兄弟的關係，保羅還和其他一些同性有密切交往。例如美術學校的傑瑟普，大學裏做化學實驗的斯威恩，當教師的牛頓等。他以工作為由，和傑瑟普一起繪圖、學習，他和斯威恩結伴一起到城裏去玩，又與牛頓一起去月星酒店打檯球（編者按：亦即撞球）。保羅是有意尋求與同性的友誼。但保羅與這些男性的關係是隨機性的，沒結果的。他們之間什麼也沒有發生，到最後也不明不白消失。在與異性關係出現緊張時，他總能找到身邊的同性轉移精神上的焦慮。在和異性交往時，一般情形，會疏遠與同性的關係，沉浸到個人情感的小天地中。而對保羅來說，異性情感，並不能完全滿足他精神的需要，他的精神的成長需要更豐富的養料。

如果說上述保羅與埃德加等人的友誼屬於人之常情，而與克拉拉丈夫道斯的關係就比較複雜了。克拉拉與道斯關係不好，卻沒有離婚，因此保羅是奪人之妻，這也是為什麼道斯對他總是橫眉冷對。他們在酒館裏見面後，還打鬥在一起。但在這種情況下，保羅卻感到，在他倆之間存在著一種微妙的親密關係。保羅常常想起道斯，老想和他接近，與他交朋友。他知道，道斯也常常想到他，他像被什麼東西牽掛著似的，不願離開他。這種心有靈犀一點通，發生在兩個男性之間，而且是死對頭的兩個男性之間，細細想來，也是可以理解的。因為仇恨，他們雙雙進入了對方的視野，不再是路人，不再是陌生人。難道仇恨就那麼純粹，不包含憐憫、欽慕、模仿等感情？道斯因病住院，保羅前往探望。小說寫到：「這兩個對手之間存在著一種互相關聯的感情。自從他們開始爭鬥以來，這種感情比以往任何時候都更為強烈。在某種程度上，保羅是自覺有罪的，感到對於他的對手，他是多少負有責任的，而且他自己正處於這樣的心情，所以他感到對道斯甚至有一種痛苦的親切感，因為保羅自己也正陷於痛苦而感到絕望。此外，他們是在赤裸裸的極端仇恨中

相遇，這本身就是一種聯結。不管怎麼樣，作為質樸而富有感情的人，他們是已經較量過了。」道斯見到保羅，對他充滿了恐懼、仇恨和痛苦的感情，但談著談著，他們慢慢地和解了。此後保羅還去醫院看過道斯一兩次。小說寫道：「這兩個男子漢之間存在著一種友情。」是保羅把道斯病重住院的消息告訴不知情的克拉拉，這成了他們關係轉變的一個契機。以後，保羅與道斯儘管彼此仇恨，卻不妨礙他們成為朋友，相互信賴。在道斯出療養院的前夜，保羅去看他，兩人住在一起。臨睡前，道斯叫保羅來看他裸露的腿，他的腿因病有些腫，「保羅看著他漂亮的雙腿，兩人就病的問題討論了一會兒。」同性關係對心智的影響，對精神成長的意義，對兩性關係作用，在《兒子與情人》中得到更為全面的探索。

《戀愛中的女人》中的同性戀描寫更加自覺，目的性也更強。這部小說的第2章，在克里奇家族成員的婚禮上，伯金和傑羅爾德談起有關本能的問題。伯金認為人應該「本能地憑衝動行事」，持不同意見的傑羅爾德與他激烈地爭辯起來，結果二人產生了「一種近乎愛的奇異的敵意」。敵意中參雜著愛，這種情感在《兒子與情人》中保羅和道斯的關係中我們已經見識過，它是兩個男性相互認同的一個徵象。後來伯金和傑羅爾德一起去倫敦，住在同一所公寓裏，彼此見到了對方的裸體。在赫米恩的莊園做客時，伯金和傑羅爾德碰巧又住在一個套間內。傑羅爾德對如何打發舊情人米尼蒂、要不要結婚等問題拿不定主意，穿著睡衣坐在伯金床頭向他徵詢意見，一雙白皙健美的腿裸露著。經過這兩次近距離的接觸，他們的親密關係有了進一步發展。在《戀愛中的女人》中，伯金和傑羅爾德在對待男性友戀的態度存在明顯的落差：伯金積極主動，傑羅爾德消極被動。有了前幾次二人的交往作鋪墊，當傑羅爾德探望病中的伯金時，伯金突然意識到「兩個男人之間的愛情和永恆的結合」

的必要性和重要性。他激動得要求傑羅爾德與他歃血為盟，發誓永生永世彼此相愛，但傑羅爾德卻不敢承認彼此間的這種情感。兩個人在第20章有一次赤身格鬥，兩具雪白、健壯的肉體在一起揪扭、捧打，體驗到前所未有的快感釋放。伯金提醒說：「咱倆在思想上、精神上都心心相印，因此我們在肉體上或多或少也要親密無間，這樣更完整。」雖然傑羅爾德同樣從肌膚的親密接觸中感到愜意，但仍不願回應伯金的要求。在伯金看來，應該「進入與另一個男人之間的紐帶，那紐帶是用純粹的信任和愛編結起來的，爾後再與女人建立起同樣的紐帶」，只有這樣，兩性關係才會完整，世界才會和諧。也就是說，理想兩性關係除滿足自身的若干條件外，還需要有和諧的男性關係作為補充，因為這種關係給人提供了更大的自由，使人有了更強的個性力量。而傑羅爾德由於無法脫離現行社會秩序，加上意志麻木，不能跨出這關鍵的一步。伯金意識到傑羅爾德已經無可救藥，遂與他漸行漸遠。傑羅爾德失去伯金的關愛，很快與古娟墜入死亡的情愛之中，終於凍死在阿爾卑斯山雪谷。傑羅爾德死後，伯金悲傷地想起傑羅爾德曾經有一次握住他的手，「在短暫的時間內熱情地掌握了那果敢的愛。但一秒鐘之後，他鬆開了手，永遠地放棄了。」在那一刻，他也放棄了自己的生命。在小說結尾，伯金對厄秀拉說，他需要傑羅爾德。厄秀拉問：「有我還不夠嗎？」伯金強調指出，除了與她之間的異性關係外，「我同時還需要一位男性朋友，我跟他之間的關係和我跟你之間的關係一樣，都是永恆的。」「若要想過一種完美、幸福的生活，我還需要和一個男人永久的結合，那是另一種愛情。」

　　《阿倫的杖桿》中里立的身份是文學家，他在去劇院看演出時認識了阿倫。隨後在朋友家的聚會中，二人目光交視，感到似曾相識。這是二人交好的重要信號。阿倫因屈服於約瑟菲娜而導致身心受到極大摧

殘,病倒街頭,被里立搭救。在阿倫情況危急的時刻,里立脫掉他的褲子,用含了樟腦的油反覆按摩阿倫的下半身,把每一個地方都擦得發熱、發亮。就如同施行了魔術一般,生命又重新回到阿倫身上,他活了過來。里立與阿倫的這次肌膚接觸象徵著男性友戀對處在兩性關係災難中的男子的拯救作用。阿倫恢復健康後,還在里立的住處停留了兩個星期,二人關係融洽,「建立了一種不可思議的相互理解——就像親兄弟一樣。」里立告訴他,由於男子對女人卑躬屈膝,他們的雄風已經不再。阿倫對此深表贊同。但當里立向他鼓吹兩個男人要團結在一起時,阿倫卻不願意回應他,因為他此時還沒有完全領會兩個男性結盟的重要意義。里立不辭而別後,由於抵擋不住兩性之愛的誘惑,阿倫在夜裏潛回自己的家,想與妻子重修舊好,結果發現妻子的意志堅不可摧,只好再一次出走。在佛洛倫薩,阿倫又受到托雷侯爵夫人引誘,屈服於兩性之愛。里立及時出現,再次救他脫離了險境。如果說在《戀愛中的女人》中,勞倫斯把男同性戀作為兩性關係的補充加以肯定,那麼在《阿倫的杖杆》中,兩性關係被置於男同性戀的對立面。由於勞倫斯認定在人類現實的兩性關係中,女性的主宰和統治已根深蒂固,想借助男女間的調整來恢復兩性關係的生機和活力,已經沒有可能,因此需要男性之愛加以拯救。一旦男人從兩性之愛裏脫身出來,與同性結盟,他們的力量就會失而復得,重新強大起來。而女人所倚持的靠山會倒塌,這時,她們的靈魂就會希望向男人臣服。按照勞倫斯的設計,在男性同盟中,有一個力量更強大者,他是領袖,而另一位則要在靈魂深處向比他更偉大的靈魂服從。這樣的男性同盟才會穩固,才有生命力。勞倫斯這一設計,展示了他使男同性戀服務於更宏大目標的野心。批評者皆認為《阿倫的杖杆》表現了超人思想,顯而易見,勞倫斯的這一設計,就使男性同盟

成為其超人思想的重要組成部分。它不僅肩負著拯救兩性關係的責任，也肩負著拯救陷入危機中的人類的責任。

　　勞倫斯在《袋鼠》和《羽蛇》這兩部長篇小說中，把男同性戀的重要性上升到一個新的高度。《袋鼠》中的英國作家索默斯到澳大利亞後，先後有三位男性向他示愛：退伍軍人傑克，右翼的退伍兵組織領袖、綽號袋鼠的本傑明・庫利，左翼的工黨領袖斯特勞瑟斯。這些人屬於對立的政治組織，但都認為男性之愛是建立新的社會秩序的基礎，都野心勃勃試圖控制國家命運，都希望索默斯能夠為他們的組織效力。索默斯起初認同他們的理念，被他們的魅力感染，對他們的示愛欣然接受。但當這些人拉索默斯入夥時，知識份子出身的索默斯追求遺世獨立，不願意為任何特定陣營服務，於是明智地退縮了。雖然索默斯有妻子相隨，但兩性關係衝突或重建之類勞倫斯熱衷的話題在小說中並沒有展開。同性戀是小說的情節主體，它貫穿在主人公的政治活動中，成為人物政治理想的重要組成部分。同時，《袋鼠》在表現同性相戀的細節方面比此前的小說更多，也更直露。《羽蛇》中的卡拉斯可和西比阿諾是政治上的盟友，為了竊取國家政權，合夥導演了一場用本土的克斯卡埃多宗教驅逐外來的基督教的運動。西比阿諾是將軍，他控制著部分軍隊，向克斯卡埃多的教主卡拉斯可效忠。而卡拉斯可則借助宗教儀式把西比阿諾吸納到克斯卡埃多神系之中。卡拉斯可神化西比阿諾的關鍵儀式是在第22章。卡拉斯可把西比阿諾帶到自己的房間裏，通過一系列問話的誘導，輔以反覆按摩刺激他的腰背、下身和大腿，使他進入昏昏欲睡的狀態，猶如被催眠一樣。這一場景與勞倫斯以往小說中表現的同性戀場景有相似之處，即男性之間以裸體相見，通過肌膚接觸，達到血性相知和融合。

　　同性戀描寫，尤其是男同性戀描寫在勞倫斯長篇小說中多而廣泛。勞倫斯傾向於借助男同性戀解決構建理想兩性關係所面臨的最大障礙

——女性精神佔有慾的問題。他還想通過男同性戀建立起一個政治力量的核心，這個核心一方面基於共同的政治信念，更主要的是基於本能、軀體的感知和呼應，用這個政治力量核心來解決西方文明的危機問題。正是因為勞倫斯逐漸賦予男同性戀更重要的意義，他的描寫就越來越繁複，越來越露骨。同性戀問題比性描寫涉及更複雜的人倫關係，更敏感，也更具爭議性。這些描寫要讓廣大讀者接受，恐怕要費更多的時日。

第三章　探索非理性心理世界

一、非理性心理活動的現象形態

　　閱讀勞倫斯早期短篇小說，細心的讀者會發現一個十分獨特的現象：人物的情緒突然失控，作出與本人慣常行為不符，與環境不相協調的極端、怪異舉動，通常是發怒、沮喪，有時毫無節制地發笑，甚至表現出暴力等極端傾向。就好像在人物的內心深處，有一個被綁縛的魔鬼，突然掙脫出來，興風作浪；又好像一個人突然邪靈附體，失去了本相。

　　勞倫斯在早期短篇小說中，對表現人物情緒失控的興趣相當大，有時甚至把這種情緒失控作為小說描寫的中心，由它主導情節發展的進程。如《病中的礦工》中，因事故受傷在家修養的威利，想隨工友們去諾丁漢看球賽，被妻子阻攔。以他的病情，根本無法徒步到諾丁漢去，他自己也明白這一點。但他突然變得憤怒起來，並開始打罵妻子：

　　　「走開，走開，就是妳，就是妳害了我，走開吧。」
　　　他一把抓住她，他那小腦袋氣得發瘋了。他強壯得就像一頭獅子。
　　　「威利，人家會聽見的！」
　　　「我跟妳說，傷口又疼了，我要為這個殺死妳。」

　　至此，他不再提去看球賽的事，卻把自己傷口疼歸咎於妻子，並聲稱要為此殺死妻子，這是怎樣的邏輯！他的叫罵聲引得鄰居趕緊來相勸，可他仍舊不停地喊：「殺死妳！我要殺死妳！」此刻的威利陷入非理性的發作之中，他無法控制自己。在激情過後，他漸漸平靜下來，問

妻子:「剛才我說了些什麼?」確認了自己的所作所為後,他又毫無節制地哭泣起來。

這是一個非常典型的場面,普遍存在於勞倫斯早期的作品中。像《罷工補貼》中愛夫雷姆和岳母的爭吵,在岳母持續的強硬後,他突然叫罵:「你他媽的到底想不想給我喝點茶?」他的這種行為與平時判若兩人。最後他在妻子的撫慰下,才逐漸安靜下來。《白色長統襪》中,丈夫因為妻子接受一個以前的追求者的禮物而咒罵她;反過來,妻子因為受到丈夫的侮辱,產生了報復的心理,故意誇大與以前追求者的關係,結果招來丈夫的拳頭。看著受委屈而眼淚汪汪的妻子,丈夫「突然地,一陣極度的痛苦浸透了他的全身。他走過去,慢慢地、輕輕地用雙手握住了她的手。」這是和解的表示,一場家庭風暴過去,他們重新回到生活的正軌。

這裏列舉的作品中這種情緒失控現象,其實在日常生活中並不罕見。人因為身體不適、生活困頓、勞累積攢的憤懣情緒,會在一個偶然事件中爆發出來,做出非理性的舉動。這種情緒失控現象之所以引起我們重視,是因為它在勞倫斯上述作品中居於核心位置,是故事的高潮和主題的寄予所在。這幾篇小說都涉及到一些重大的社會問題,如階級對立、罷工、經濟貧困等,從常理講,它們理應是作者描寫的重點,而事實上,它們卻退居次要地位,作用被弱化。讀者會責備勞倫斯本末倒置,但這的確是上述小說的一大特色。

上述作品中,情緒的失控都有外部的原因,如病痛、經濟窘迫、嫉妒,這些原因是清晰明確的,人物的反應在我們當下的經驗和認識的範圍內,是用日常生活邏輯可以理解和把握的。但同樣寫於早期的短篇小說《菊花的幽香》就略有不同。這篇小說因形式完美,意象深沉,感情真摯而受到廣泛好評。小說描寫了一個礦工妻子從下午到深夜這段時間

裏的活動。下午她帶著孩子沿礦區鐵路線回家，途中摘下一朵野菊花簪在頭上。當火車司機的父親把運煤的小火車停在她家門口，向她要茶喝，並議論起她的丈夫。礦工們三三兩兩地下班了，而丈夫還沒有回來。妻子猜測丈夫可能又去了酒館，因此生出怨憤，同時也有焦慮和不祥的預感。故事發展到此，妻子的情感線索中規中矩，沒有什麼費解之處。但接下來，丈夫因礦井事故死去的消息傳來，很快遺體被運回家，妻子給丈夫擦洗和入殮，在此過程中，妻子的心理反應卻讓我們感到陌生了。勞倫斯為了讓讀者產生深刻的印象，特意安排了礦工母親這個角色作為對比。這位老人難以承受兒子的死，她悲哀的哭泣就一直沒有停止過，一切反應都是喪失了兒子應該有的反應，與人類普遍的倫理道德規範是相合的。反觀妻子，卻顯得出奇的冷靜；她的內心活動，更令一般讀者困惑不解。她心理活動的核心是自己和這個死去的丈夫的內在聯繫：「伊麗莎白用臉蛋兒和嘴唇親遍了丈夫的遺體。她似乎在傾聽，在詢問，試圖取得某種聯繫。然而，她辦不到。她被趕開了。他是無法滲透的。」妻子感到丈夫的死割斷了與自己的精神聯繫，丈夫變成了一個陌生人。這多麼不合時宜，多麼不近人情的心理反應！但這一切就這樣發生了。對妻子而言，丈夫的死成了一個契機，使她有機會客觀地反思自己與丈夫的關係。她問自己：「我是誰呢？我一直在做些什麼？……我做錯了什麼事呢？我一直與之生活的那是什麼呢？」她感到自己過去與丈夫的聯繫是虛假的，並得出結論：「他一直都是同她分開的，好像從未同她一起生活過，從未同她有過一樣的感覺」。既然「他們在生活中彼此拒不接受」，丈夫的死對她就是一種解脫。解脫了的妻子甚至能冷靜地去設想丈夫死時所遭受的痛苦，並感到「憐憫」。作為與丈夫聯繫紐帶的腹中胎兒失去了意義，如「寒冰般」讓她感到「畏懼」。她想表現得像婆婆指望的那樣，哭出聲來，「但是她辦不到，她發不出聲來。」

這是丈夫屍骨未寒時的妻子！她對丈夫有過不忠或不愛丈夫嗎？沒有。她與生前丈夫的生活是典型的礦工之家的生活：丈夫在井下幹活，掙錢養活全家；他雖然酗酒，卻沒有特別出格之處。妻子主理家務，哺育孩子。他們的生活並不盡如人意，可也沒有到絕望的地步。妻子的心理反應比愛或不愛、軟弱或堅強一類情感體驗複雜得多，也深沉得多。換句話說，她的內心掀起的風暴屬於精神層面，來自生命之深處，而不是情感層面的。眼前事件所涉及的現實層面的善與惡，得與失，痛苦與喜樂都一一褪去，她被這種來自本體深處的精神風暴所左右。

在《病中的礦工》、《罷工補貼》和《白色長統襪》中，人物通過「情緒失控」，讓讀者窺見了其生命本體力量的瞬間發泄。比較這三篇小說，《菊花的幽香》對這種生命本體力量的展現要充分、深入得多，意義也豐富得多。簡言之，以丈夫的死為契機，人物長期被壓抑的內在的真實自我浮現出來。

勞倫斯挖掘人物身上的「內在真實自我」，並不總是通過情緒描寫和心理分析，他也寫人物瞬間發生的怪異、帶有破壞性的舉動。例如《兒子與情人》中保羅毀棄姐姐安妮玩具娃娃的舉動。保羅在從沙發上往下跳時，不小心踩壞了姐姐的玩具娃娃，安妮傷心地哭了一場。過了兩天，保羅突然向姐姐建議把玩具娃娃「火葬掉」，於是出現了如下的場面：

> 保羅用磚塊堆成一個祭壇，把阿拉貝拉肚子裏的刨花抽出一些，再把碎蠟塊放在它的臉上，然後澆了一些煤油把娃娃點著。他看見蠟塊在阿拉貝拉破碎的額頭上溶化開來，猶如汗珠似地滴到火裏，心裏有一種幸災樂禍的滿足感。他靜靜地看著這個又大又傻的娃娃在燃燒，心裏有說不出的高興。最後，他用一根柴火撥弄灰燼，把娃娃的手和腳挑到一邊，用石塊把燒得發黑的手腳砸得粉碎。

　　小說中的保羅不是現實生活中的「壞小子」，相反，他從小受母親言傳身教，行事大方得體，不乏紳士修養。也正因為如此，保羅的這一「殘忍」舉動才顯得尤其突兀。

　　火葬玩具娃娃或許還可以解釋為孩子不懂事的惡作劇，但成人後的保羅在母親病重時，給她服用過量嗎啡，就再也不能如此辯解了。母親身患癌症，受病痛折磨。耶誕節前的一天，保羅把母親止痛用的嗎啡全部拿來，將藥片碾成粉末。安妮問他幹什麼，保羅說要將它們全部放進母親喝的牛奶裏，「隨後他們兩人像在策劃什麼陰謀的小孩子一樣笑了起來。」後來，保羅又哄母親把攙了過量嗎啡的牛奶一點點喝下，其間，母親發現牛奶「苦」，「噁心」，保羅又騙母親說這是一種新藥。母親喝完過量嗎啡的當夜，病情急轉直下，第二天上午死去。可以毫不誇張地說，保羅取走了母親的最後性命。從保羅性格發展的邏輯看，他做出如此舉動是不可思議的：他一直與母親相依為命，為了保護母親，與母親在一起，他甚至詛咒父親早點死去。那麼，是因為照顧病人過於疲憊，產生逆反心理？或不忍母親再受病痛折磨？小說中沒有這樣的暗示。小說中保羅也沒有為他的「罪惡」行為承擔社會責任，自己更沒有負罪感，因為他根本沒有自覺。同樣，這一件「傷天害理」之事，竟也沒有引起敘述人的「憤慨」，給予保羅嚴屬譴責，彷彿毫不在意。為玩具娃娃舉行火葬和給母親服用過量安眠藥這兩個細節，為小說明朗的畫面塗上了一抹陰鬱的色調，它與人物發展的現實邏輯格格不入，而是孤零零懸置著，招搖著，使你不得不去注意它；它逼迫你離開日常生活經驗的範疇，去探究生命本體的奧秘。

　　至此，我們不得不承認，在勞倫斯小說中，存在著一股來自冥冥之中巨大、神秘、令人不安的力量。當讀者在勞倫斯小說中看到人物某一悖於常理的神態、行動、夢幻，某種神經質式的專注時，發掘它背後隱

藏的意義，就會發現這股力量。再如《戀愛中的女人》中「湖上燈會」一節，厄秀拉、古娟、伯金、傑羅爾德四個人在湖上泛舟，伯金為厄秀拉點燃了兩盞紙燈，一盞上面畫著白鶴飛過藍天，一盞是海洋世界，幾隻蟹在海草中爬行。古娟也想要燈，伯金就給她點燃了兩盞，一盞是蝴蝶翩翩起舞，一盞是海底章魚。古娟對這盞章魚燈的反應很強烈，她叫道：「真可怕。」接著又「驚恐萬狀地嚷著：太可怕了。」她堅持要拿自己的章魚燈換厄秀拉的蟹燈，換到手才罷休。章魚的意象在小說中沒有作其他發揮，我們不知道這盞燈觸發了古娟什麼隱秘，但她的反應是強烈的。勞倫斯斬斷了人物心理變化與社會、世俗生活的直接因果聯繫，通過人物的有悖於情理的反應把讀者的注意力引向他的內心世界。在人之生命的某個時刻，這股力量猛然間甦醒，使人陷入到非理性的發作之中，以致身體扭曲，情緒失控，行為極端，而人的理性對此毫無自覺，這種現象在勞倫斯筆下比比皆是。

事實上，觀察勞倫斯筆下人物的非理性心理活動，還有另一條途徑。由於非理性心理世界異常豐富、深廣，所擔負的功能又十分複雜、多樣，所以當需要非理性心理的本質力量以一種特異、整體的面貌呈現出來，對人物自身或他人有所觸動、有所呼喚時，勞倫斯常常使用獨特的意象去概括它，使之物件化。他使用最多的是黑暗、黑神、以及潘神等意象。這種情形從《虹》開始密集起來。例如沉浸在新婚幸福中的安娜有時會覺得，「在這蕩漾著歡樂的氣氛中，一個膽怯而兇惡的黑色陰影，像只食肉獸在遊蕩，然後又消失得無影無蹤，似縷縷遊絲從眼前飄逝。安娜不由一陣恐懼。」威爾同樣感受到「在他身上，存在著他無力衝破的黑暗，這黑暗永遠不會在他身上消失。」在這裏，「黑色陰影」、「黑暗」其實就是人物身上的非理性心理能量，它隨時準備衝破理性束縛，干涉安娜和威爾的「幸福」生活。

　　勞倫斯的長篇小說《袋鼠》第 12 章「噩夢」中，主人公索默斯回憶了戰時在英國康沃爾的生活。那期間的生活其實並不像標題所示的全是「噩夢」，當他獨自在原始凱爾特人留下的祭壇遺跡徜徉，想像著原始初民用人作犧牲舉行祭祀儀式時，他感到「願意隨波逐流漂入某種血的黑暗中去，令自己的血管再次隨著徘徊於史前人祭場上神秘石頭中的野性震蕩而共振。人祭！他能感到他那黑暗的血液意識再次附著其上，可望而又感到神秘。古老的神靈，古老恐怖的神靈纏繞著塵世中黑暗的沼地邊緣，天光四射開去，明朗的天隨之化為烏有。」這顯然是一種正面的心理反應，原始遺跡觸動了非理性心理世界的「黑暗」力量。

　　索默斯旅行到澳大利亞時，在一天夜裏，他獨自走進一片灌木叢，感到「一定有什麼巨大、有意識的東西藏匿著！他繼續朝前走，走了一英里左右，進到灌木叢中，一直來到一片巨大赤裸的死樹跟前，那些樹幹在月光下閃爍著燦燦磷光。林中的恐怖攫住了他。他良久地看著那輪朗月，思緒僵住了。樹叢中藏匿著什麼東西。想到此，它不禁毛骨悚然。一定有幽靈在裏邊。」索默斯並非遇到了什麼毒蛇猛獸，也沒有遇到什麼超自然的力量，他實際上是在凝視自己的心像——那黑暗的非理性力量。澳大利亞這片廣袤、少受文明沾染的土地，頻繁地激發著他內在的非理性心理力量，使他相信，「確有上帝，但永遠在黑暗中，……上帝其實是巨大的活生生的黑暗。」「在身心的中央，仍然是古已有之的、黑暗、無以言表的神」，「這黑神，永遠隱匿於冥冥之中」。

　　在中篇小說《聖．莫》中，那匹名叫聖．莫的馬，其實也是盧．威特內在非理性心理力量的寫照。她第一次見到那匹馬，就感到在馬的身上有一股黑暗的力量，這股力量招引著她，使她對馬產生了異常親近的感覺：「聖．莫那具有野性的、傑出的、充滿活力的頭似乎從另一個世界裏在看著她，她產生了一個幻覺，彷彿構成她自己的世界的牆突然融

化了，把她留在了一片無邊的黑暗裏」。它「像一團火一樣可怕地呈現
在外層世界的黑暗中，她便無法再相信自己生活著的這個世界了。」除
了用「黑暗」、「黑神」把非理性心理世界物件化外，勞倫斯在《聖・莫》
中還引入了潘神意象。希臘神話中的潘是山林、畜牧之神，長著人的身
子，山羊的腳、腿和耳朵。它住在山林水澤，善吹笛子，還喜歡和山林
女神舞蹈嬉戲。在神話以及後世文人的作品中，潘神常被描述成精力旺
盛、感性、粗魯的好色之徒。當盧・威特與母親感受到聖・莫身上不可
思議的力量時，她們認真討論了潘神的問題。話題是由教長的來訪引起
的。盧・威特說教長相貌「出奇地像潘神」。教長倒也謙遜，他說自己
的臉「恐怕不是偉大的畜牧神潘神的臉，而是偉大的山羊潘神的臉」。
教長在這裏的區分，實際上代表了勞倫斯自己的本意：潘神本來具有兩
面性。它有好色淫蕩的一面，這一面已經墮落，只要看看現實生活中色
情泛濫的情形就很清楚了。但潘神還有另一層意思，即象徵人純正的、
未受文明玷污的原始欲念和本我。因此，盧・威特問教長：「潘神沒變
成長著羊腿的人之前是什麼樣子呢？」盧・威特的朋友卡特賴特介面
說：「我得說他是隱藏在萬物身上的神明」。於是，眾人又就人能否看見
神明的問題展開了討論。卡特賴特故作神秘地說，要用人身上的第三隻
眼才能看見。這句話引起盧・威特和她母親的沉思，最後他們一致認為，
潘神附著在聖・莫身上。盧・威特對在聖・莫身上潘神屬性的肯定，也
是對自身非理性心理力量的肯定。

　　勞倫斯在〈論做人〉一文中指出：「人都是由兩個方面組成的，我
們每個人都有兩個自我。第一是這個軀體，它經不起外界刺激，也無法
控制，這個非理性身體具有強烈的慾望和激情……第二是具有意識的自
我，自己瞭解的自我。」[1]我們把勞倫斯所說被「慾望」、「激情」、「軀

---

[1]　勞倫斯：〈論做人〉，《性與可愛》，姚暨榮譯，花城出版社1988年版13頁。

體」主宰的自我，轉換成較規範、科學的語言，其實就是人物的非理性心理活動，就是非理性主義思潮所張揚的人之本能、潛意識、慾望，也就是上述人物身上那些「奇異的黑暗角落」裏潛藏的東西。綜合來看，勞倫斯筆下人物身上的非理性心理活動，有三個突出特徵：

第一，它產生的過程、方式不受人物自身理性的感知和自覺，釋放的方式是放縱的，從不掩飾，從不做作，總是自由坦蕩，無拘無束地表現自己。它常常在轉瞬間就投入到持續的發泄中，火山般噴發，又驟然間冷卻。例如在《戀愛中的女人》第 1 章的開頭，厄秀拉和古娟在家裏閒聊，談到婚姻問題。古娟問厄秀拉是否考慮過婚姻，厄秀拉說「我也不知道」。古娟感到驚奇，因為她們的年齡已經不小了，怎麼會不考慮這個問題呢？古娟提示說，婚姻意味著「你的境遇會比現在好」，隨即厄秀拉的臉上「掠過一層陰影」。這是勞倫斯小說中人物內心活動常見的一種呈現形式：在人物一般常態的活動中，會突然有負面的情緒、誇張或極端的動作、表情表露出來。厄秀拉的臉上為什麼會掠過一層陰影？從文本的涵義看，她是不喜歡從這個角度考慮婚姻，但如此表情，未免反應過了一些。接下來，古娟追問：「要有合適的你也不考慮嗎？」厄秀拉說自己已經拒絕了好幾次了，其中一個人年收入有一千英鎊呢。古娟聽了好生羨慕，又問，難道妳沒有被深深地吸引嗎？厄秀拉回答：「要是我被吸引，我就來個閃電式的結婚」。說到此處，敘述人寫道：「姐妹倆快活起來，臉上一下子放出光彩」。但接著，她倆「對視著放聲大笑，心底深處卻有些恐懼。」過了一會兒，古娟又說：「我一直希望找個陪伴的男人。」然後她的表情是：「她的下嘴唇給牙齒咬了一下，做了一個半是陰笑，半是痛楚的鬼臉，厄秀拉有些害怕。」這是一場姐妹倆的閒聊，沒有利害紛爭，也不必作什麼重大決斷，所以氣氛應該是輕鬆的。事實上，開始時氣氛的確如此，但說著說著，她們把自己的情緒

污染了，變得焦躁煩亂起來。在接下來的場景中，「輕蔑」、「冷漠」、「冷冷」、「緊張」、「憎恨」等辭彙不斷出現，而這些情緒變化從現實的動因是無法解釋的。

再看《戀愛中的女人》中更有特色的一段引文：

> 她滿意了，疲倦地閉上眼睛，臉上顯出寧靜的神色，看去宛如安睡中的女王。然後，她動了一下身子，臉上出現了淡淡的友善的微笑。這會兒她好似又成了愉快的女主人了。接著，她禮貌地欠欠身子，彷彿在座的每一位都受歡迎，都令人喜歡。但立刻陰影重來，鷹似的慍怒代替了臉上的笑意。她痛恨所有在座的人，躲在眉毛下的眼睛飛速地掃視了一下四周。猶如被逼入絕境的野獸。

這是《戀愛中的女人》第 2 章婚禮宴上描寫克里奇太太心理活動的一節。此前她問坐在身邊的伯金，餐廳裏一個年輕人是誰，伯金說不知道。克里奇太太所問的那個年輕人，在小說中始終沒有交代是誰，也不曾再露面，因此是無關緊要的。但作者卻捕捉了克里奇太太的這段情緒變化。注意她情緒的前後差異：微笑—慍怒，歡迎—痛恨，愉快的女主人——逼入絕境的野獸。作為宴會的女主人，她本該處處顯得溫文爾雅，舉止得體，但她無力控制自己的情感放縱。並沒有外在的原因招致她情感的迅急變化，如婚禮的不如意，某人的嘲諷，疾病或食物刺激等，都沒有。這是純粹神經質的情緒發作，沒有節制，沒有掩飾。

第二，勞倫斯筆下人物非理性心理活動的產生雖然離不開外在客觀事件的刺激，但這些外在客觀事件只提供了一個觸發的契機。人物的心理活動被啟動後，並不按照生活邏輯和日常經驗的軌道發展，它不追求現實的功利性目的，也不夾雜世俗生活中同類體驗所包含的膚淺的道德評價，更不受社會禮儀、道德的調節和規範。它是心靈深處冥冥黑暗中

生命本體力量的盲動，它所喚起的愛與恨、生與死、痛苦與狂喜的體驗，遠遠超出了日常生活中人們同類體驗可能釋放的能量，它是至上至純的精神產品。

勞倫斯小說中人物對一切外部事件的反應與常人不同，這是許多讀者閱讀後的一致感受。如果你再讀一遍勞倫斯寫於 20 年代的短篇小說《微笑》，這種印象可能會進一步加強。小說中的男子得到妻子病重的消息，夜裏趕火車前去探望，但妻子已經死在修道院裏。當他站在妻子靈床前，盯著妻子的臉看時，「一股抑制不住要笑的感覺從內心深處湧出，他哼哼了一下，隨即一個反常的微笑從臉上掠過。」他抬頭一看，發現對面三個修女的臉也在回應他的微笑。但她們的微笑各有不同，一個臉上帶著頑皮的狂喜，第二個是懵懂的微笑，同時，也有微笑漸漸在修道院長的臉上出現。突然，男子停止了微笑，看著妻子入殮。很快，他又感到他的妻子好像在輕輕地撓他肋骨的某個地方，使他忍不住又要笑。小說中的男主人公以作家曼斯菲爾德的丈夫默里為原型。默里與勞倫斯的關係曾經十分密切，但後來卻與勞倫斯的妻子弗麗達有了曖昧關係。勞倫斯察覺了他們的這種曖昧關係，這篇小說就是對默里的一個報復。撇開背景不談，從常理看，男主人公在妻子的靈床前發笑，從輕處說，是不合時宜，說得重一些，是大逆不道，是不人道的殘忍行為。勞倫斯曾將這篇小說交給自己的代理人加奈特，請他轉給雜誌編輯，但加奈特感到十分棘手，因為雜誌的編輯「害怕它」，可見對死者的敬畏是沒有中西文化界限的。男主人公和妻子的關係是否惡劣？或者妻子是否有不忠行為？男主人公的「笑」是否惡意的報復？小說中都沒有具體交代。勞倫斯斬斷了男主人公的「笑」和外部事件的聯繫，撤銷了人倫道德尺度的框範，而專注於非理性情緒放肆的發作。

《戀愛中的女人》裏厄秀拉對伯金的情感方式中更見出其「純粹性」：

> 厄秀拉感到對伯金恨之入骨，她的整個頭腦似乎變成了一塊堅硬精巧的仇恨的水晶，她的整個性格似乎被削磨，加固成一支仇恨的標槍。她無法想像這仇恨是什麼東西，而它卻控制了她這最深沉，最終極的仇恨，它恨得那樣純，那樣潔，那麼不可思議……。她不管走到哪里，這種劇烈憎恨伯金的魔力都左右著她。

厄秀拉和伯金是一對新人，他們的兩性關係是作者讚賞的理想兩性關係。這一段厄秀拉對伯金的仇恨不是肇始於外在事件如嫉妒、怠慢、背棄等所引起的糾紛使然，它的產生是非理性心理自身運動的結果。它是純粹的，是內在生命能量的爆發。情形正如作者解釋的：「她的仇恨不是世俗的仇恨，她不是因為這件或那椿瑣事而恨他，她不想傷害他，……她的仇恨是那樣的純潔，那樣的晶亮，……當她聽說伯金又病倒時，她的仇恨反而更增強了幾分，如果這種仇恨還有可能增強的話。這震驚了她，徹底擊潰了她，而她又無法躲避，她無法躲避這種降臨在她身上的仇恨的變形。」勞倫斯給厄秀拉的「仇恨」所下的這段注腳顯示，它是純粹的內在生命力量，不涉及世俗的感情好惡，自己無法控制。

第三，勞倫斯非常擅自長在人物心理轉折的臨界點上表現非理性心理活動。兩種情感狀態相伴而生，一種狀態達到極限就迅速向另一種狀態轉化，在這個轉捩點上，兩種情感都迸發出最大能量，強度增到最大值。是愛與恨的交替，是生與死的並陳，是狂喜與痛苦的轉化，彷彿雷電的兩極，一經撞擊，就發出隆隆轟響。人物經過如此的激情碰撞，最後走向兩個極端：或毀滅自己，也毀滅別人；或使自己，也是別人獲得新生。《虹》中安娜與威爾的關係是一個典型的例子：

今天，彷彿一切都粉碎了，被糟踏，被毀掉。但明天一切又變好了；今天她一見他的身影就氣得發瘋，他喝酒時聲音令人作嘔，可明天她愛他，為他在地板上踱步的姿態所陶醉。

安娜和威爾就在這種愛與恨的交替泛濫中生活，愛起來可以烈火熊熊，恨起來同樣刻骨銘心；愛到深處是無言的恨，恨到極點是溫情的愛。這種情感的放縱無休無止，處於永恆的運動狀態。在這種情感的放縱中，他們的兩性關係走向毀滅。《戀愛中的女人》中厄秀拉和伯金的關係則是相反的例子。這一對新人形象，經過非理性激情的持續碰撞，走向了新生。

綜上所述，勞倫斯小說中人物的心理活動具有內在生成性，自給自足，它受制於人的本能因素，而非社會性因素。它有著深刻的非理性根源，從穩健的性格結構中是無法分析的。人物在某種偶然因素的觸動下失去控制後，展現了內心原本被理性壓抑的另一面。本章的任務，就是對勞倫斯小說中人物非理性心理的現象形態加以細緻描述，對其性質、內涵、意義和危害性作深入的分析和評價。

二、非理性心理的構成因素

我在前一節描述了非理性心理活動的外部形態，本節將從表象深入到內部，去發現人物非理性心理的構成因素。

勞倫斯筆下的非理性心理活動屬於人的潛意識領域，主要由各種本能、慾望、原型構成。勞倫斯這一認識，與佛洛伊德的精神分析理論是一致的。但勞倫斯沒有生搬硬套佛洛伊德，他對這些本能、慾望、原型的具體內涵，有自己獨特的歸納。在勞倫斯小說中，非理性心理主要由

性驅力、權力意志、死亡本能三項內容構成，它們是導致人物極端強烈情緒反應的根源，是推動兩性關係發展的內在動力，也是勞倫斯傾心的改變文明形態和世界秩序的重要力量。

1、性驅力

佛洛伊德在早期把人的本能分為自我本能和性本能兩種，後期他對這種劃分作了調整，將自我本能和性本能合二為一，使其同屬於生的本能。同時，他又假設了「死的本能」，以與「生的本能」對立。佛洛伊德認為，性本能的目的是保存生命，因而又稱生存本能。性本能代表生命中建設性、進取性的力量，目的是維持生命的存在、延續和發展。性本能是勞倫斯小說人物非理性心理的重要構成因素，但作為小說家，他對性本能的理解和表現融合了個人的生活經驗與創造。

在勞倫斯筆下，性本能主要表現為兩性間不由自主相互吸引的本能，要求性滿足的願望，驅使人物以伴侶形式存在的衝動，我將其稱為性驅力。總體而言，勞倫斯小說中人物的性趨力基本上是通過同他者的融合來擴大自己人格的追求，實現存在的最大化。事實上，性驅力普遍存在於人類、甚至其他生物的活動之中，但勞倫斯筆下人物的性驅力，無一例外都十分強旺、持久、純粹，它是人物的本質屬性，是人物兩性關係發展的動力，因此有特別的意義。

性驅力的存在和作用在《虹》中表現最為突出。《虹》中的布蘭溫家族三代人都有很強的性驅力。第一代湯姆進入青春期後被高漲的情慾攪得心煩意亂，產生了與女性交往的強烈渴望。19歲那年，喝醉酒的湯姆被一個妓女勾引到樓上鬼混了一夜。此後他有過一兩個情人。再後來他到一處風景區玩耍，與一個水性楊花的姑娘有過豔遇。那姑娘趁自己的情人不在身邊，不斷挑逗他，情慾被撩撥得發狂的湯姆與她發生了露

水情。本性單純的湯姆雖為自己的性體驗感到羞愧,又怕染上病,但仍控制不住要去滿足自己的慾望。當身邊沒有女人時,他就喝得酩酊大醉,以緩解內心的焦灼和慾望,澆滅青春激情的火焰。直到有一天他趕馬車回家,路上見到一身黑衣的莉迪亞,兩人四目相對,湯姆立即覺得自己應該和這女人結婚,隨即展開鍥而不捨的追求。莉迪亞的前夫是一個波蘭流亡者,與湯姆相遇時,正在赴當地小鎮教堂的牧師家去作管家。湯姆的追求立即得到莉迪亞的回應,他們很快就走到了一起。

勞倫斯在表現湯姆和莉迪亞兩性關係的建立過程時,格外突出了來自兩個人非理性心理世界中性驅力所起的主導作用,以及由此產生的結果。二個人的出身、成長環境、經歷等完全不同。湯姆是一個小小農場主,純粹鄉土性的人物,日出而作,日入而息。他中學一畢業就歡天喜地回到了自己的農場,除了附近的市集,沒有到過更遠的地方。莉迪亞是一個波蘭地主的女兒,門第優越,幼時受過很好的教養。長大後曾在波蘭民族解放鬥爭中做護理工作,與丈夫並肩戰鬥。起義失敗後,隨丈夫一起流亡到倫敦。丈夫去世後,她輾轉到約克,最後落腳到本鎮。這些常人眼中的不利因素,本該成為他們建立兩性關係的障礙,而事實卻相反。一方面,布蘭溫感到,「他不瞭解莉迪亞,他們來自不同的國度,是互不相識的陌生人,彼此無法交談。每當莉迪亞談起波蘭或以往的事情,布蘭溫覺得是那樣遙遠陌生,怎麼也聽不明白。」他們之間不僅有不同民族文化差異,情調也格格不入。但另一方面,布蘭溫又不由自主受到莉迪亞的吸引,他身上強大的性驅力將他推向她,渴望與她建立屬於兩個人的世界。莉迪亞同樣「強烈地感到自己與布蘭溫性格和志趣都不相投,因為他和她不屬於同一類人。不過,盲目的本能引導著她要得到他,擁有他,然後將自己託付給他。」可以看出,兩個人身上的這種性驅力是純生理性的,不考慮財產、地位、門第等現實關係,甚至也不

考慮氣質、趣味、性格等個性因素。布蘭溫「把過去和未來統統拋到腦後，整個身心沉浸在眼前這個與莉迪亞相抱相偎的時刻。在這個時刻，他獲得了她，同他在一起，除了他們倆，其他一切都不存在。他們超越了表面的生疏，在人類本能的擁抱當中融為一體。」

　　布蘭溫家族的第二代安娜在進入青春期後，性情變得暴躁，喜怒無常，而且動不動就臉紅，心神不定。這是她性覺醒的徵兆。第一次遇到威爾，安娜顯得神情慌亂，她意識到，這個英俊的小夥子「已徘徊在她的意識的邊緣，隨時都可能闖進來。」幾次往來後，兩個年輕人便疏遠了長輩，開始營造自己獨立的天地。8月的一個雨夜，春情萌動的安娜拉著威爾上到閣樓，二人緊緊擁抱在一起，他們的情慾有如屋外滂沱的大雨，放肆地泛濫著。隨後不久，安娜就向父親提出結婚的要求，這時她才 18 歲。情慾的火焰在她胸中熊熊燃燒，要與威爾結合的強烈慾望使她全然不顧父親的反對。新婚期間，安娜和威爾整日縮在自己的小巢裏，不讓外界任何人和事來打擾他們。在夜裏，黑暗將小屋團團包圍，彷彿這個世界僅存他們兩個人，其他人統統都被洪水淹沒了。都上午八點了，他們還躺在床上，早餐也不知道吃。到 12 點時，安娜叫：「我快餓死了。」威爾說：「我也是。」但二人都不動。時間過去了一分又一分，安娜又說：「親愛的，我快餓死了。」威爾說：「我這就起床」，但仍不動。安娜又催威爾：「起來吧，給我弄些吃的。」威爾說：「好的。」又拖了很長時間，威爾才起來準備早餐。他們覺得就像探險者到了人跡未至的荒島上，這世界就他們兩個人。拿來了早餐，兩人又鑽進被窩裏吃，漸漸黃昏又來臨了。就這樣，他們躺在床上漫無邊際地調笑，緊緊地擁抱，無休止地親吻，昏頭昏腦，沒日沒夜。安娜常常在「大白天裏將他剝得一絲不掛，……她隨心所欲地擺弄他；他也聽從她的擺弄。她從他身上得到奇妙的滿足而容光煥發。」

我們從前一章的論述中已經知道，安娜和威爾的兩性關係是畸形的。但勞倫斯在表現安娜和威爾身上的性驅力時，將它與人物兩性關係的性質和走向區分開來，這一點與處理湯姆和莉迪亞身上性驅力的做法是一樣的。也就是說，人物身上的性驅力屬於生理本能，它在任何情況下都存在並執意顯示自己，其本身沒有善惡好壞之分。它是兩性關係的凝固劑，與人物的道德選擇無關，與生命的向上提升或向下沉淪無關，也不是道德上的瑕疵或道德考量的依據。不論是理想的兩性關係，還是畸形的兩性關係，性驅力都能發揮作用。湯姆和莉迪亞建立起來的是理想的兩性關係。他們的性驅力獲得現實滿足後，生命體驗發生了巨大變化。布蘭溫「知道了自己生命的強有力的源泉，一個新的宇宙展現在他面前。」「周圍的所有事物，他所使用的牲口，還有隨風擺動的麥苗，這一切在他面前顯示出一種平靜而新型的關係。」莉迪亞同樣感到身上有一個新的生命，一個新的有機體在誕生。安娜和威爾的兩性關係最後走向歧途，但他們的性驅力依然強旺：「它們之間的愛變成了狂放的情慾發洩，從中獲得極度的快感。沒有思想上的親近，沒有溫存的愛，只有肉欲的追求，只有感覺器官如饑似渴的陶醉和性器官的極度滿足。」

2、權力意志

權力意志這一概念借自尼采，用在勞倫斯研究中，專門指代他小說人物非理性心理世界中具有的強力擴張、侵入、覆蓋他人精神領域，使之發生同化，或屈從於自己的一種衝動，它通過否定他者來追求自己的人格完滿。

我們在上一章探討過兩性關係中的精神佔有慾問題，勞倫斯把它看成是工業文明之害。同時，精神佔有慾還可以追究到非理性心理層面上，這就是權力意志。具有權力意志的人物，總會表現出強烈的支配慾，

要求對他人或物實施控制、主宰、把握。勞倫斯筆下人物的權力意志，是一種潛意識力量，它不以佔有財物、獲得現實權力為目的，但它客觀上能夠對兩性關係，甚至世界秩序起到破壞或修復作用，是勞倫斯小說中人物非理性心理活動的重要內容。

人物身上的權力意志與性驅力並行不悖。通常情況，性驅力在人物建立兩性關係的初期，發揮的作用更大，也更明顯。如《虹》中布蘭溫家族三代人，他們最先表現出來的非理性心理無一例外都是性驅力。進入青春期後渴望與異性交往，渴望性愛體驗，是人之常情。勞倫斯將這一人類生理變化，強化到極端的程度，使之成為了這一時期人物的精神主宰，生活的核心力量。但隨著兩性之間關係的加深，權力意志會逐漸上升到主導地位。這也是為什麼勞倫斯小說中兩性關係總是充滿了廝殺與搏鬥的原因。

《虹》中安娜和威爾的兩性關係之所以走向毀滅，就是安娜和威爾的權力意志相互鬥爭，最後安娜的權力意志戰勝威爾所導致的結果。開始時，威爾身上的權力意志占著上風。他們之間權力意志第一次較量，是婚前一次在月光下的田野中搬運麥子的競賽。安娜總想與威爾保持一段距離，而威爾拼命要追上安娜。最後威爾加快步伐，達到了自己的目的。它導致的直接後果是安娜答應嫁給他。婚後安娜與威爾的生活充滿無休止的精神搏鬥，究其實質，還是權力意志不斷在釋放自己的能量。他們的鬥爭是慘烈的：「威爾想將自己的意志強加於她。她渾身哆嗦起來。他也開始顫抖。她想拋棄他，將他棄於荒郊曠野，讓黑暗中的骯髒野狗圍攻、咬噬他。他必須戰勝安娜，迫使她留在自己身邊。安娜為了不受威爾的控制也同他搏鬥。」威爾的權力意志主要表現為樹立男性在家庭中的主宰；對安娜來說，則是打垮威爾的男性權威，把他排斥出自己的心靈世界，這個世界她將只與上帝和孩子分享。威爾一幅夏娃木雕

的遭遇充分表現了這種權力意志鬥爭的性質。在與安娜認識之初，有藝術天賦的威爾在為教堂刻一幅夏娃雕像，名字是《夏娃出世》，表現上帝用亞當的肋骨造出夏娃的那一緊張和永恆的瞬間，以彰顯在人的創造中，男性的力量和男性權威的作用。結婚以後，威爾不斷湧起創作的慾望，想把這雕像刻完。但安娜懼怕威爾通過完成雕像而在精神上壓倒自己，所以不斷詆毀威爾這件木刻。她譏笑夏娃像個小木偶，她質問威爾為什麼把亞當刻得與上帝一樣大，而夏娃卻像個玩具娃娃。她還攻擊威爾：「每個男人都是女人生的，卻說女人是從男人身上造出來的，真是厚顏無恥。你們男人臉皮厚，太不知羞恥。」威爾受到打擊，刻來刻去總刻不好，最後一氣之下，把木刻一把火燒掉了。再如安娜的裸舞，也是雙方權力意志較量的重要場景，不過，此時威爾的權力意志已經大為削弱，完全處在守勢。那是一個星期六下午，安娜在臥室裏生了火，脫下身上的衣服，歡快地跳起舞來。在獨舞中，安娜得意忘形，她蔑視威爾，只當他不存在。這時，威爾上樓來，看見這個場面，第一個反應是憤怒，隨後是呆若木雞，繼而是難受。他感到，「安娜跳舞時的奇特舞姿和力量吞沒了他。他被焚燒……他束手待斃，兩眼昏花看不清妻子，再也看不見她了。他們中間隔著一層密不透風的幕帳。」一個個場景，標誌著威爾權力意志爭鬥的節節敗北。

　　《戀愛中的女人》中的傑羅爾德也是一個權力意志極強的人。他從父親手中接管煤礦後激動不已，是因為煤礦可以作為他實現自己權力意志的工具。他要用最高的效率採出最多的煤來，他要同物質、同大地和地下蘊藏的煤較量一番，把它們降服在自己的意志之下。小說第 9 章「煤灰」寫傑羅爾德在火車的岔道口制服烈馬的場面，很好地表現了他這種殘忍的權力意志。當時正有火車轟隆隆經過岔道口，傑羅爾德騎的棗紅馬怕火車，開始後退，可傑羅爾德硬把它拉回來，讓馬頭朝著發出巨大

聲響的火車。傑羅爾德折磨這匹馬，並沒有什麼現實利益可圖，他就是要把自己的意志強加在馬身上，使馬在極端狀況下，仍然無條件地服從自己。火車不斷嘶鳴，車廂一節一節隆隆地壓過道口。受驚了的馬身體劇烈晃動，不斷試圖轉身逃走。傑羅爾德沉重地坐在馬上，像磁鐵一般緊緊地陷進馬的身體，臉上始終掛著淡淡的微笑，一次次強行把馬拉了回來。馬無論如何也掙不脫韁繩，躲不開令人恐懼的轟鳴聲。這時火車猛地一剎閘，車廂頓時發出可怕的聲響。馬突然騰空揚起前蹄，似乎要把傑羅爾德從馬背上摔下來。傑羅爾德臉上仍掛著笑，身體前傾，強行將馬又拉回到先前的位置。馬嘶叫著，兩條前腿再次揚起，身體不停地打轉轉。而傑羅爾德始終鎮定自若，大手「像機器一樣無情地緊緊勒住馬韁繩，韁繩似利劍一般刺進馬的身體」。馬被火車這機械怪物嚇得半死，在傑羅爾德強大的意志面前又無從逃遁，它的意志被徹底摧垮。

　　《戀愛中的女人》第 18 章，古娟應聘給傑羅爾德的妹妹威妮弗萊德作美術家庭教師。一天她與威妮弗萊德想從籠子裏抓一隻名叫俾斯麥的兔子來作畫。這只兔子異常雄壯兇猛，古娟費了九牛二虎之力，也不能把它馴服，反而被那團劇烈動彈的東西弄得暈頭轉向，手腕也被兔子的爪子抓得傷痕累累。這時傑羅爾德走過來，見到如此場面，對古娟說：「你應該叫個男人替你幹這事。」說著，他伸出強勁有力的手，提著兔子的耳朵把兔子拎了起來。兔子在空中蜷縮成一團，又像弓一樣猛地彈開，如此反覆，簡直似凶神附體一般不可思議。傑羅爾德的身體起先隨著兔子的蹬動搖晃，等看准了機會，他猛地倒退一步，用另一隻空著的手招住兔子的脖子，將它甩到手臂底下，牢牢地夾住。兔子掙扎再三，終於在傑羅爾德手臂下一動不動，徹底屈服了。傑羅爾德的強力意志和殘暴在對這只小生物施虐的過程中又一次得到淋漓盡致的展示。

3、死亡本能

按照佛洛伊德對本能的理解，人身上除性本能（生存本能）外，還存在著死亡本能，它代表生命中攻擊性、自毀性、破壞性的力量，它的目的是分解和消滅生命，把有機的生命帶回到無機物狀態。當這種本能向外表現時，它是破壞、損害、攻擊的動力；當向外侵犯受挫時，它往往退回到自我內部，表現為自虐、自殺的傾向。勞倫斯承認人的死亡本能，他說：「說到底，人只有兩個慾望，生的慾望和死的慾望。」「死和巨大的毀滅暗流是生活中不可避免的一半。」勞倫斯還論述了死亡本能的具體表現形式。他說：「人類紀元的秋天來臨時，死的慾望便成為唯一的統治力量。我想殺人，想製造危言聳聽的事件。我渴望毀滅，渴望分裂，我希望爆發無政府主義的革命——這都是一回事，都是屬於死的慾望。」[2]死亡本能是勞倫斯筆下人物非理性心理活動的第三項重要內容，不過它並不像性驅力和權力意志那樣廣泛存在，只在《戀愛中的女人》等中後期作品中表現得較為充分。

《戀愛中的女人》中的傑羅爾德在很大程度上被弒親原罪控制著。年幼時，他和弟弟一起玩一桿槍，不小心扣動板機，把弟弟腦袋打飛了。他手上因此沾上親人的血，犯了罪孽。《聖經‧創世紀》中記載有人類祖先的二次原罪，一次是亞當夏娃偷吃禁果，一次是該隱殺死自己的兄弟亞伯。亞伯和該隱各拿祭品奉獻給上帝，但上帝只看中了亞伯的祭品。惱怒、嫉妒的該隱殺死了亞伯，結果受到上帝的懲罰。勞倫斯把傑羅爾德少時誤殺弟弟一事與《聖經》中該隱殺死亞伯對應起來，使這一與死亡相關的原型依附在他身上。佛洛依德精神分析理論指出，早年的經歷，會形成情結或潛意識，潛伏在人的內心深處，對人一生的命運發

---

[2]　勞倫斯：〈安寧的現實〉，《安寧的現實——勞倫斯哲理散文選》，姚暨榮譯，上海三聯書店1992年版，第162頁，第165頁，第167頁。

生決定性影響。傑羅爾德就是這樣，小說中這件事被不斷提起，始終伴隨著他。第一次是在他妹妹的婚禮上。伯金見到傑羅爾德的第一句話就說：「我豈是看守我兄弟的。」這句話出自《聖經・創世紀》第 4 章，是該隱向上帝掩飾自己弒兄罪行時說的一句話。伯金的這個提示，把傑羅爾德與該隱的罪行聯繫起來。雖然該隱是謀殺，傑羅爾德是誤殺，但按照佛洛伊德的定義，這都是死亡本能的表現。勞倫斯也是在這個意義上使用這一原型的。伯金在說完這句話後，隨即「記起了該隱的叫喊」，然後他斷定：「傑羅爾德就是該隱」，也就是說，他注定擺脫不了死亡的糾纏。小說第 4 章，古娟和厄秀拉看見傑羅爾德在游泳，厄秀拉問古娟：「你知道他開槍殺死了他兄弟這件事嗎？」古娟表示不知道，厄秀拉就把詳細經過講給她聽。古娟聽後表示：「太可怕了。想到這樣的事發生在一個孩子身上，而他將不得不一輩子背著這個沉重的包袱，真是太可怕了。想像一下吧，兩個孩子在一起玩耍著，突然晴天霹靂，無緣無故這件事發生了。」古娟推測：「這是謀殺，這是可以想像的，因為它的背後有一個意志。」厄秀拉同意古娟的判斷，她說：「也許它的背後有一個無意識的意志。這種殺人遊戲有著某種原始的殺人慾望在裏邊。」當然這是兩個人的猜測，小說沒有去證實這是誤殺還是有意識的謀殺，它只是原罪，藉此與死亡的本能衝動聯繫在一起。在「湖上燈會」一章，傑羅爾德與古娟在一起時，敘述人又一次提到他幼年時失手打死弟弟一事，說他「從此就像該隱一樣遭人冷落。」還是這一章，傑羅爾德的妹妹被淹死後，傑羅爾德一次次發瘋似地下水去尋找。伯金很瞭解他，知道他被往事折磨，希望贖罪，就說：「你在玩命，你是在作賤自己。」傑羅爾德沉默了一下，反問：「作賤自己？這和作賤有何相干？」伯金說：「那就離開這裏，好吧？」伯金叫他放棄救人的念頭，說你「真是自討苦吃，何必老讓往事像磨坊的大磨石掛在脖頸上一樣折磨自己，趕

緊去吧。」伯金點出了傑羅爾德身上被負罪感糾纏時所表現出的自虐傾向，這也是死亡本能的一種表現。

　　在《戀愛中的女人》中的古娟身上，死亡本能的力量也十分強大。小說中交代古娟對沼澤地水生植物有特殊嗜好。第 10 章「寫生簿」裏，古娟與厄秀拉一起到威利沃特湖畔寫生。古娟像個佛教徒似的盤腿坐在那裏，兩眼出神地凝視著湖濱下面濕泥中長出的的肥厚、飽滿的水生植物，而此刻厄秀拉的注意力卻被水邊的幾十隻翩翩飛舞的蝴蝶吸引，她站起身來，就像沒有意識的蝴蝶一樣跑開了。姊妹兩個對待水生植物的態度形成鮮明對照：古娟愛水生植物，厄秀拉卻厭惡它。水生植物通常生在陰暗潮濕之處，長在淤泥或沼澤之上，它的死亡屬性在第 14 章得到揭示。當時厄秀拉和伯金正在湖上划船，伯金突然問厄秀拉：「你能聞出沼澤的氣味嗎？」厄秀拉說：「這氣味很好聞。」伯金說：「不，很嚇人。」厄秀拉問是什麼原因？伯金說：「它像冥河一樣不住地翻滾，帶著蓮花、毒蛇和地獄的火，永遠奔騰向前。」伯金認為，冥河是死亡之路的神秘象徵。「當創造萬物的源泉終止時，我們就被捲入毀滅的血淚中。先開始是毒蛇，天鵝和蓮花，接著是傑羅爾德和古娟，他們都誕生在毀滅的進程裏。」

　　暴力總是令古娟著迷，施虐與血腥的場面總是能夠激起她的快感。在上文列舉的「煤灰」一章的例子中，古娟正巧在場，目睹傑羅爾德施展權力意志的經過，竟然激動得昏厥過去。事後她腦子裏還念念不忘那個讓她心醉神迷的場面：「那男人威武而柔軟的身體壓在馬的身上，那強壯有力的大腿鉗住顫抖的馬，牢牢地控制著它，那腰部、大腿和小腿似乎有股柔軟的白色磁力，把馬緊緊圈住，逼得它俯首聽命。」在第 14 章，古娟突然對一群在附近出現的公牛產生了興趣，她抑制不住要在這群公牛面前跳舞的衝動。這種挑釁行為可能招致公牛的攻擊，因而極其

危險，但古娟毫不畏懼。她「展開手，仰起臉，踏著急速的舞步向牛群衝去。她發瘋似地把身子伸向牛群，兩隻腳扭動著，彷彿中了邪。……她還有意露出自己的脖頸，狂熱地給牛看。」面對古娟咄咄逼人的挑釁動作，牛群「一面往後退縮，一面像著了魔似地死死盯著古娟」。在這種緊張的對峙中，古娟產生了強烈的快感。古娟並不就此罷休，當這群公牛被趕來的傑羅爾德驚散後重新聚攏在高坡上時，她又尾隨而去，繼續挑釁，直至把牛嚇得落荒而逃，消失在遠方。古娟不顧生命危險的怪異行為，並不是要達到什麼現實目標，獲取什麼物質利益。她的行為體現出侵犯性和攻擊性，這正是她死亡本能的反映。隨後古娟和傑羅爾德的對話也充分揭示了這一點。古娟對傑羅爾德好心的勸告絲毫不領情，他的每一句話都遭到她的封堵，態度極其傲慢、乖戾、狂暴。最後，她竟然「抑制不住用暴力報復的慾望」，給了傑羅爾德一巴掌。在這種兇狠、充滿敵意的行為中，古娟身上的死亡本能得到赤裸裸的宣泄。也正是因為如此，他們兩個人才能互相認同、結盟，成為一對死亡的使者。古娟說是傑羅爾德把自己變成了這樣，傑羅爾德也沒有因為挨打惱羞成怒，反而慾火中燒，對古娟說愛她。

傑羅爾德和古娟這兩個死亡本能極其強旺的人物，相互之間自然會產生強大的吸引力。古娟第一次在煤礦主托馬斯・克里奇女兒的婚禮上見到克里奇的長子傑羅爾德時，就「感到一種異樣的衝動，深身熱血沸騰。」她激動地大聲喊道：「天哪！這是怎麼回事？」過了片刻，她肯定地說：「我要更多地瞭解那個男人。」在第 10 章「寫生簿」中，古娟在湖畔寫生，正巧傑羅爾德划船從此經過。傑羅爾德要求看古娟的寫生簿，古娟就遞給他。兩個人在畫冊交接之際，都產生了異樣的激動。傑羅爾德感到「他們兩個人之間的情感交流是很強的。」而古娟「感到他的身體伸展過來，就像從地下湧出的沼澤之火一樣向她伸展過來。傑羅

爾德的手就像一根樹幹似地伸向她。古娟在情慾方面對傑羅爾德的敏感
領悟，使得她血管中血流凝滯了，頭腦也失去直覺，變得模糊起來。在
這柔和充盈的湖水裏，這只船帶給她的極度快樂，簡直就像銷魂般地完
美。」在第 22 章，古娟和傑羅爾德彼此都產生了要求放縱的慾望。這
種情慾湧上古娟的心頭，使她「倍感精神，覺得雙手充滿力量，似乎能
把世界撕得粉粹。」她還想起了羅馬人在滅亡時刻最後的放縱，並因此
感到「興奮」，她「明白自己也正需要這種放縱」。到第 24 章，傑羅爾
德和古娟第一次有了肉體關係，這是一次被死亡籠罩和主宰的奇異結
合。傑羅爾德的父親剛剛去世，心神不寧的傑羅爾德在夜色中迷了路，
誤闖到墓地。在那裏，他弄清了方向，決定冒險去古娟家。他拖著在墓
地粘的濕泥，爬上了古娟的床。這兩個死亡使者身上的死亡本能借著情
慾的宣泄有了一次充分的暴露。傑羅爾德「把所有壓抑著的黑暗和死亡
的腐朽，一股腦地傾入她的身體」後，陷入「解脫和神奇的狂喜之中」。
古娟則「帶著溫順的喜悅心情，在強烈刺激的感覺所引起的陣痛中，承
受著那種死亡的肆虐。」

《戀愛中的女人》中與白色相關的意象也是傑羅爾德身上死亡本能
的一個重要象徵。小說第 4 章「游泳者」裏，古娟和厄秀拉一起出去散
步，經過湖畔，看見「從船庫裏跑出一個『白色的人影』，縱身跳起，
在空中彎成一道白弧，一躍而入水中。」這人是傑羅爾德。第 10 章「寫
生簿」中，古娟和厄秀拉在湖畔寫生，古娟注意到划船的傑羅爾德的後
背以及他運動著的潔白腰部：「當他彎腰向前划槳時，他似乎是在將白
色的東西圍抱起來，他的亮閃閃的灰白頭髮看去就像天空中的閃電。」
小說第 14 章「湖上燈會」，傑羅爾德一次次下水救人，在爬上船幫的瞬
間，裸露的腰部閃著白色的幽光，這令在一旁觀看的古娟心醉神迷，不
由讚歎：「多健美的腰部」。白色意象所象徵的傑羅爾德的死亡本能，在

小說最後一章有了更充分的揭示。傑羅爾德和古娟，以及伯金和厄秀拉四人一起前往歐洲大陸的阿爾卑斯雪谷度假。在那裏，他到達了靈魂的最後棲息地，到達了他生命的終點。「這個雪製成的搖籃通向一個永恆的地方，這是世界的中心，世界的終結。」伯金和厄秀拉耐不住這個冰雪世界的死寂，離開那裏前往南方義大利。古娟與藝術家黑爾克有了私情後，怒不可遏的傑羅爾德想掐死古娟，沒有成功，結果精神崩潰，神情恍惚中走入茫茫雪谷的深處，最後被凍死。這正是他的歸宿：變成一塊冷冰冰的物質。

三、自我拯救的內在源泉

1、本質的自我

眾所周知，人類的心理活動具有自我更新和淨化功能。在近代文學史上，「豐富的心靈生活」是一個褒義詞，用來表彰那些感情充沛、思想深刻的主人公。「感傷」、「憂鬱」曾經是浪漫主義時代動人的文學人物情感類型。現實主義作家托爾斯泰把有無心靈生活作為人物道德評判的標準；他筆下的探索型主人公通過懺悔、思辨、感悟等心理活動形式能夠達致道德完善，使自我獲得更新。20世紀現代主義作家更是熱衷於探索人的心理世界，表現人如何通過強化或啟動某種心理功能，從而使自我獲得拯救。勞倫斯對人非理性心理功能的挖掘和利用，與文學傳統契合，與時代浪潮呼應，但最主要的是，他開拓了新的維度。

如本章第1節所述，勞倫斯將人的心理世界分成兩部分，一個是主要包含理性、性格、道德因素的老式自我，另一個是由人的「慾望」、「血性」、「本能」、「直覺」、「軀體」構成的另一個自我，即非理性部分。勞

倫斯對人心理世界的劃分有深刻意義：他反對社會化的人，反對被現代工業文明所馴化的人，把它看成人類最深重的災難，而老式的自我正是文明的內化形式，是人的社會化、奴役化的表徵。他把「另一個自我」作為新的人格理想，用以和老式自我對抗。勞倫斯認為，現代人痛苦的根源是不理解、也不信任自己身上的非理性心理力量：「真正使文明的人民感到苦惱的是他們雖有豐富的感情但他們對之一無所知。他們不認識自己身上有的感情，他們不能使他們身上的感情臻於完成的境界，他們對自己身上的感情產生不了激情。他們之所以會感到痛苦其原因就在於此。這有如你們大家雖然都有能量但不能使用——相反地，能量倒會毀滅你。感情是什麼？感情是富於生命力的能量的一種表現形態。」[3]勞倫斯深信，人只要能夠將其內在的非理性心理能量啟動，並在非理性心理的驅動下生活，就可以戰勝工業文明的災難，使人類獲得新生。「我們剩下可做的只有一件事：掙扎著去尋找事物的心臟，那兒存放著不滅的火焰，用它為自己重新點燃另一盞燈。總之，我們得再進行一次艱苦的跋涉，一直進入能量的中心，以探求律動的思想。我們得在無畏的大腦和魯莽的真情之間，萌發新的種子，新思想的種子。」[4]因此，他一路高歌人的肉體、本能、慾望、血性：「我的偉大宗教，是信仰血性和肉體，它比理智更聰慧。我們的頭腦可能犯錯，但我們的血性所感覺、所相信和所傳達的，永遠是正確的。理智不過是一具枷鎖，我關心知識幹什麼？我的全部需要就是直接回答我的血液，不需要頭腦、道德或別的什麼勞什子進行無聊的干預。」[5]正因為如此，勞倫斯才在他的小說

[3] 勞倫斯：〈驚慌失措狀態〉，《勞倫斯散文選》，馬瀾譯，百花文藝出版社1992年版140-141頁。
[4] 勞倫斯：〈論人的命運〉，《性與可愛》，姚暨榮譯，花城出版社1988年版10頁。
[5] D. H. Lawrence, *The Letters of D. H. Lawrence* Vol.1, ed. James T. Boulton (Cambridge: Cambridge University Press, 1979), p. 503.

中，不斷探索個體生命和兩性關係如何在非理性心理能量的驅動下，從文明的束縛中掙脫出來獲得新生，到達理想境界。

2、沉睡生命的喚醒模式

勞倫斯小說中的許多人物，他們的生命起初處於沉睡狀態，也就是非理性的本能、慾望、軀體處於被壓抑狀態。只有啟動本能、慾望和軀體，這些沉睡著的生命才能被喚醒。追求新生是勞倫斯畢生的目標，因此，啟動本能、慾望和軀體，使沉睡的生命甦醒就成為他小說中人物的一種常態。

喚醒本能、慾望和軀體的方式在勞倫斯小說中常常是特定的，歸納起來大致有三種。

首先是注視。注視是兩性接觸的第一步，這一來自日常生活中人的行為和經驗，本身並無玄妙之處。習語中有「眉目傳情」、「眉來眼去」，這說明兩性之間最初的情意幾乎都是通過眉目傳達的。但勞倫斯把注視情境化了，典型化了，賦予它深刻的心理內涵。

例如在《狐》這篇小說中的瑪奇角色錯位，說明她的生命是沉睡的。這沉睡的生命在被喚醒的過程中，來自亨利的注視起了決定性的作用。狐狸是男性和情慾的象徵，它與後來者亨利構成了互文關係。所以，當瑪奇與狐狸不期而遇，和狐狸的眼睛相對時，她像被迷住似地不能動彈。她本來正在狩獵，卻沒有勇氣開槍，結果狐狸在她的注視下，大模大樣地跑掉了。瑪奇神情恍惚，她感覺狐狸的眼光射透了她的大腦，看穿了她，征服了她。接著，亨利來到農場，給農場的振興帶來了希望。初一見到亨利，瑪奇就感到他是那只狐狸。他機警、狡猾、性感，喜歡窺視，眼睛異常清澈明亮。而亨利也很快注意到瑪奇：「那個小夥子四仰八叉地躺在靠背椅上，偏要望著她。他的眼睛長久地、鎮定地、追根

尋底地瞧著她，使她恨不得找個地方鑽進去。」「他的眼光一再轉回到她身上，毫不放鬆地尋覓著，他在無意間集中了他的全部注意力。」瑪奇被亨利的目光所觸動，坐在燈光不及的角落裏，聽憑自己陷進他那迷人的魅力中去，沉睡在瑪奇心中的某種東西被喚醒了。她脫掉一身男人裝束，換上了裙子，決心與亨利一起去開始新的生活。注視，在這裏發揮的是典型的喚醒作用，它把瑪奇從不正常的生活狀態中喚醒，讓她正視自我，正視那個被壓抑的、真實的自我。中篇小說《少女與吉卜賽人》中少女葉薇蒂生命甦醒的程式與《狐》類似。葉薇蒂是一個牧師的女兒，牧師的妻子和一個身無分文的年輕人私奔，使這個腦袋裏只有《聖經》的可憐人備受打擊，一個管家婆趁虛而入，控制了他的家。她努力營造一種聖潔的氣氛，使家人棄絕情慾。甚至連家裏的環境都是沉悶的：「這棟房子式樣醜陋，污穢不堪，充滿了中產階級特有的那種憂鬱的氣氛。墮落的舒適環境已不再讓人感到舒適，反而變得沉悶而骯髒。姑娘們覺得這座堅固的石頭房子很不乾淨，但又說不出什麼原因。破舊的家具似乎有些寒酸，家裏每一件東西都給人一種毫無生氣的感覺。甚至連飯菜也有一種沉悶污穢之感，這讓剛從國外歸來的年青姑娘覺得噁心。」這個教區長的女兒生活在沉悶壓抑的環境中，一個吉卜賽男子憑藉他專注的眼神，俘獲了少女的心。這部小說有大量關於吉普賽男子眼神的描寫。他們第一次目光相遇時，是在公路上。葉薇蒂與她的朋友開車去拜訪一位貴婦人，在途中見到吉卜賽人的大篷車，葉薇蒂發現「他那雙黑眼睛裏有探尋的意味，有傲慢的神色，還有對鮑勃利奧這種人不屑一顧的態度。」被他攝魂奪魄的眼神吸引，葉薇蒂同意讓他的妻子給自己算命。葉薇蒂請吉卜賽女人算完命之後，再一次注意到吉卜賽男子專注的目光：「他那英俊的臉上一雙大膽的眼睛卻始終凝視著葉薇蒂。葉薇蒂的臉頰和頭頸感覺到他那灼熱的目光。她不敢抬頭張望。」這吉卜賽男

子的目光是「來自卑微部落的人的眼睛；那目光中有賤民的驕傲以及流浪者對人的輕蔑和挑戰」，當這目光第三次與葉薇蒂相遇時，葉薇蒂已經「感到自己靈魂中有某種堅冰似的東西與他的凝視相遇，但是她的肉體似乎先融化了。」此後，她每每夢見那位吉卜賽男子，記憶中出現他「那雙凝視著自己的無畏的大眼睛。那雙眼睛中流露出一種不加掩飾的慾望，逼得她匍匐在床前，渾身無力，好像是有人用一種什麼藥物融化了她的全身，將她重新澆鑄成形」。也正是因為那雙眼睛的吸引，她感到自己充滿力量，開始反抗自己沉悶的家庭，放棄了與一個門當戶對男子的婚姻，頻繁地與吉卜賽男子幽會，在此過程中，她的生命本能甦醒了。

撫摸同樣具有啟動非理性本能，喚醒沉睡生命的功效。《你撫摸了我》中的老姑娘馬蒂爾達和妹妹住在一處叫「陶器作坊」的房子裏，她們很少與外界交往，父親也垂垂老矣。如果不是一個青年男子哈德里安的到來，她們可能就要這樣孤獨、無趣地度過一生。哈德里安是父親的養子，15歲時去了加拿大，第一次世界大戰爆發，他應徵入伍。戰爭結束後，他得到休假機會，來探望家人。表面上看，馬蒂爾達有些惱怒哈德里安的到來，因為他擾亂了她寧靜的生活，而且還可能與自己分父親的遺產。但馬蒂爾達的內心反映比外表要複雜得多，她的「深藍色眼睛裏有一種異樣的、強烈的神色，眼瞼上露出些青筋，垂得相當低。她把頭輕快地昂著，可是臉上卻有一種痛苦的神情。」這說明馬蒂爾達內心深處的某種東西被哈德里安觸著了，打動了。哈德里安當天晚上住在父親為他騰出的房間裏。午夜，處於焦躁、痛苦、煩亂中的馬蒂爾達，覺得有必要去看看病中的父親。她摸黑進了他的房間，在神情恍惚中伸出一隻手去撫摸父親的額頭：

> 「您睡著了嗎？」她站在床邊悄悄地又問了一遍。問完，她在黑暗中伸出一隻手去撫摸他的額頭。她的手指很輕巧地先摸到了鼻

子和眉毛，接著她便把那只纖細輕巧的手放到了他的前額上。他的前額似乎光滑、柔嫩——很光滑、很柔嫩。在心神恍惚中，她覺得有點驚訝。但是，這微微的一點兒驚訝並不能使她清醒過來。她輕輕地對著床俯下身子，用手指抹了抹他前額上蓄得很短的頭髮。

當她感到不對勁時，哈德里安已經醒了。馬蒂爾達驚慌狼狽地離開後，小說寫到哈德里安對撫摸的感覺：「她那只溫柔細膩的手撫摸到了他的臉上，卻驚動了他，使他心靈深處有了某種感觸。……她的輕盈柔媚、充滿情感的摩挲使他異常吃驚，並且為他打開了以前從未領略過的種種意境。」就像經由上帝之手的觸摸一樣，一切都改變了。哈德里安的眼睛裏有了「新的意識」。哈德里安固執地要把馬蒂爾達娶到手，終於如願以償。對二人來說，這預示著新的生活，而撫摸是人物關係以及人物心理轉變的契機。

在表現沉睡生命的覺醒時，勞倫斯對裸露有著近於偏執的嗜好。他相信裸露有神奇的力量，能夠與人物溝通，和天地溝通，和大自然真正融為一體。他的短篇小說《太陽》將他的裸露崇拜發揮得淋漓盡致。美國少婦朱麗葉在乏味的婚姻生活中找不到快樂，變得鬱鬱寡歡，醫生建議她去曬一曬太陽。朱麗葉抱著狐疑的態度橫渡大西洋，到義大利去做日光浴。來到南歐海濱一個人跡少至的山谷後，朱麗葉發現周圍物景令人愉悅，卻又感到它們都是「身外之物」，和自己建立不起聯繫，因此，「她內心煩惱、失意，對什麼都覺得不實在」，對做日光浴也興趣索然。直到有一天，她看到地中海的太陽赤身露體，纖塵不染地從海平面躍起，噴薄而出，她才被深深震撼，渴望周身袒露，投入太陽的懷抱。於是她脫掉了衣服，赤裸裸躺在陽光下，向太陽敞開身體和心扉。太陽是生命的源泉，朱麗葉感到陽光的熱力，感到自己正在甦醒：

她感覺得出太陽已經滲透到她的骨頭裏；不，遠非如此，甚至已經滲透到她的思想和感情的深處。原來那種抑鬱陰暗的心理開始消失，淤積在思想深處的陰冷血塊也行將溶解。她開始感到周身都暖和起來。她翻了一個身，讓雙肩、腰部、臀部甚至腳跟都曬一曬太陽。她躺著，昏昏欲睡，對此刻所作的一切都感到莫可名狀。原來那疲憊的、冷透了的心正在消融，繼而在消融中蒸發昇華。

此後，那光輝燦爛的太陽就在她的心中佔據了一個主宰的位置，她的生活進入了一個「秘而不宣的程式」，一種與太陽發生聯繫的程式。每天她把自己暴露給太陽，接受它的愛撫，直到陽光滲透到她體內的每一個細胞。在陽光的照耀下，朱麗葉體內生長出一股新的力量，一種更隱蔽、更具野性的力量，她久違的慾望開始萌生、膨脹，噴薄欲出了。小說在接下來的篇幅，寫一個義大利農民與朱麗葉相互間產生的慾望。這個住在附近的打柴農民發現了曬日光浴的朱麗葉，對她肉感的裸體產生了強烈慾望。在朱麗葉眼中，這個農民就是太陽，她被自然界的太陽喚醒的本能慾望需要一個現實的物件獲得宣泄，這個農民就成了她宣泄慾望的物件。朱麗葉這時感到「她體內那神秘之花大開著，像一朵怒放的荷花，又像朵仙人掌花，散發著難以自制的慾火。」她被這股慾火控制，不能自已。雖然後來她和農民之間什麼也沒有發生，她也重新接納了有著「灰白的城裏人的臉，油光光的灰白頭髮；用餐時一副正經勁兒，飲酒、吃菜都溫文爾雅」的丈夫，但升騰的慾望徹底改變了她，給了她一個全新的生命。

注視、撫摸、裸露等典型情境在勞倫斯小說中之所以具有喚醒生命的功效，就因為它們直接訴諸人的直覺、本能，而非理智、道德。當心靈赤裸裸直接面對時，理性紛紛脫落，人物回返到自然本真的狀態。在

勞倫斯的長篇小說中，勞倫斯總要提供直覺、本能支配下，理想的人的認知方式、情感方式和生存方式的細節。他的中短篇小說則借助一些啟悟性的情境，召喚出潛藏的、被壓抑的「新的自我」。

常常令讀者感到困惑的是，勞倫斯總讓那些階層、地位、教養、身份迥然不同的人物，充當生命的喚醒者和被喚醒者的角色。在這方面，下層民眾具有天然的優勢。《少女與吉普賽人》中的吉普賽人是一個趕著大篷車的流浪者，靠給人算命和賣一些小玩意為生。《狐》中的亨利自幼喪失雙親，在軍隊裏也只是一個普通士兵。《你撫摸了我》的哈德里安在救濟院度過童年，後來跑到加拿大當伐木工人。《太陽》中朱麗葉的引誘者是一個未知名的農夫。說這些社會下層的人物具有優勢，不是說他們堪稱道德典範。事實上，除了那個吉普賽男子溫柔、仗義，在大洪水臨來之際，冒著生命危險來救援葉薇蒂外，其他人物在道德上往往還有瑕疵。如亨利除幹活是一把好手外，簡直一無是處，他還要對班福特的死負責。哈德里安幼時逃學、打架。他處心積慮地要得到遺產，強迫馬蒂爾達嫁給他。《太陽》中那個未知名的農夫粗俗、低賤。但是，按照勞倫斯的非理性主義邏輯，一切社會的道德標準和價值尺度都是無效的，它不能規範人物的情感流向和選擇，我們也不能依據它來評價作品中的人物。這些人物之所以能夠扮演勞倫斯所推崇的角色，是因為他們身上更少文明的束縛，過著源於血性、肉體、直覺的生活。

3、追求生命更高的飛升

個體生命從沉睡中被喚醒，並不是勞倫斯探索人類新生之途的終極目標。就像勞倫斯本人一樣，他筆下的一些更具思想內涵的人物也在不懈地追求個體生命的不斷飛升，力圖將生命提升到更高的境界。前者是

被動的，後者是主動的；前者代表理想生命的初級形態，而後者代表理想生命的高級形態。

《虹》中厄秀拉承擔的最重要使命，就是拋棄一切宗教道德束縛，復活自己的血性和本能，讓非理性的自我無拘無束地表現自己，並在其引導下，將生命提升到一個新的境界。

尚在少年階段的厄秀拉，憑藉自己的常識，對基督教道德產生了懷疑。牧師宣講的「耶穌為我而死，為我而受苦」讓她渾身起雞皮疙瘩，耶穌釘在十字架上的身體令她「毛骨悚然」。厄秀拉想，如果「富人升天國，比駱駝穿過針眼還難」，自己是不是願意當一個窮光蛋呢？節日本應是快樂的，為什麼復活節無法給人快樂呢？耶穌怎麼可能把一張餅分成五千份，讓五千個人吃飽？別人打你的左臉，你把右臉也伸給他嗎？一連串追問得到的都是否定的回答。厄秀拉終於恍然大悟，原來「基督教謙卑的說教並不光明正大，卻教人墮落，甘受屈辱。」她於是拋棄了基督教道德的束縛，走向「反叛的極端」。

心靈獲得解放的厄秀拉領悟到自己需要愛，需要活生生的生命，需要享受生活，她身上強大的性驅力被喚醒了。她墜入情網，與斯克里班斯基頻繁約會。斯克里班斯基給厄秀拉講起自己同伴的愛情故事和交友體驗，這實際上是一些非常普通、非常「純潔」的故事和經驗，但厄秀拉仍然想入非非：「她一邊聽，身體一邊發顫。原來外邊有一個充滿情慾的世界，而且可以無拘無束，那麼令人神往！她要開始闖進這個奇幻的世界，隨心所欲地領略一番，那將多麼令人陶醉啊！」雖然斯克里班斯基是一個社會化的人，但這絲毫不影響她與他一起享受情愛，追求生理滿足。斯克里班斯基去南非後，厄秀拉強大的性驅力又把她引向英格小姐。英格人很漂亮，受過科學教育，接受了許多現代思潮的影響，熱心於婦女解放運動。他們一起游泳，交談，擁抱，還頻繁傳遞火熱的情

書。英格鼓勵厄秀拉與自己發展這種關係，認為這是對舊的社會秩序的反叛。英格說：「人的慾望是評判一切真與善的唯一標準。真理並不存在於人性之外，而是人類理智與情感的一種產物。」後來，英格愛上了厄秀拉的舅舅湯姆，她們才結束了這段關係。斯克里班斯基從非洲回國度假，厄秀拉與他一起縱身投進火熱的情慾洪流中去：「她投進她懷裏，就像怎樣也無法將黑夜劈開一樣。她享受著流過身上的吻的洪流，那暖烘烘的、煽動性慾的吻的洪流貼著她的身體而過，浸浴著她，擁著她，流進她每一條神經。那是一股洪流，一股肉欲的暗流。她緊緊地擁抱著他，雙唇盡情地吻著他的唇。」這時，斯克里班斯基向厄秀拉求婚，被厄秀拉拒絕。即便如此，他們仍一起去倫敦、法國旅行，又到海濱別墅度假，愛得如膠似漆。後來，斯克里班斯基又一次向厄秀拉求婚，厄秀拉仍然拒絕。而在拒絕的同時，她還在享受著斯克里班斯基的情愛。當朋友問她到底愛不愛斯克里班斯基時，厄秀拉肯定地回答：「我當然愛他。」但是，「我並不在乎愛情，它並沒有多少價值；愛他或者不愛他我並不在乎；得到或者得不到愛我也不在乎。那些對我無所謂。」性愛體驗是厄秀拉的個體生命境界向上飛升的重要步驟，它是純生理性的，與精神層面的「愛情」無關。也正因為如此，斯克里班斯基雖然是社會化的人，卻並不妨礙厄秀拉從他身上獲得性愛滿足。

在個體生命的成長歷程中，厄秀拉的直覺感悟力發揮了重要作用。這種直覺感悟力使她本能地分辨出與自己內在生命節律、本質一致的人與物，去呼應它、認同它；同時，排斥那些與自己內在生命節律、本質相反的人與物。小說中，船閘事件和盧昂旅行是厄秀拉直覺判斷力的出色展示，通過它們，她明白了自己真正需要什麼，也看清了斯克里班斯基的「閹人」真相。

厄秀拉與斯克里班斯基一起到運河水閘處散步,見有一艘船泊在那裏。船夫是一個瘦漢,正和妻子為給出生不久的孩子取名爭執不休。瘦漢被厄秀拉的氣質吸引,主動向她打招呼。知道了厄秀拉的名字,夫妻都很滿意,想給他們的孩子也起名厄秀拉。厄秀拉很激動,就把自己一根貴重的項鏈送給小厄秀拉作紀念。一直站在遠處沒有過來也沒有說話的斯克里班斯基這時插了一句話,這是他在這一場景中說的唯一一句話:「寶石和珍珠都是真的,值三、四英鎊呢。」厄秀拉當然聽出了弦外之音,但她沒有理睬,執意把項鏈送給了小厄秀拉。厄秀拉的風姿令瘦漢著迷,在與厄秀拉交談過程中,他再三打量厄秀拉,眼神中有迷戀和殷勤。這是一個男子對女子所懷的自然慾望,瘦漢並不覺得自己魯莽,也毫不掩飾自己。厄秀拉也因為邂逅這個瘦漢而感到「神采飛揚,感到生活豐富多彩,心裏樂得暖洋洋的。」她坦然接受了瘦漢傳遞過來的激情。這說明厄秀拉和瘦漢能夠以內在的自我坦誠相見。斯克里班斯基提醒厄秀拉的那句話表明他是一個物質主義者,是理智型的人,這樣的人總是戴著厚厚的面具,被各種社會規範、教條所束縛,無法率性地張揚內在的自我。因此,當斯克里班斯基與厄秀拉離開船閘時,不由十分嫉妒那個瘦漢,他「可以那樣冒失、直率地欣喜、崇拜另一個女人厄秀拉,欣賞她的體態和靈魂」,表現出「一個男人肉體與靈魂對一個姑娘的肉體與靈魂如饑似渴」,自己卻做不到。也正是因為如此,厄秀拉感到斯克里班斯基帶給她的只是「暮氣沉沉,似乎世界不過是死水一潭。」

厄秀拉與斯克里班斯基在熱戀中安排了一次巴黎之行。在巴黎期間,厄秀拉一直感到非常幸福。在返回倫敦途中,她突然決定在法國一個叫盧昂的城市下車。至於原因,是她似乎想試一試這座城市「究竟能使自己產生什麼感覺」。盧昂是一座古老的城市,它「古老的街道,教

堂，悠久的歷史和寧靜的氣氛深深打動了她。她無限眷戀這異國風光，彷彿是似曾相識的舊物。用巨石砌成的教堂在彌撒曲中沉睡，既不知人生之短暫，也聽不見叫罵聲。」但盧昂之行對斯克里班斯基卻猶如一場酷刑，他極度痛苦，感到像進了死亡谷一樣可怕。他生出一種預感：「厄秀拉會甩掉他去跟隨別的什麼，不再需要他了。」至於為什麼兩個人對盧昂的感受截然相反？為什麼斯克里班斯基對他與厄秀拉的關係會由此生出不祥的預感？小說中的有關敘述不甚明瞭。前蘇聯學者讓季耶娃推測說：「既然這一穩固的教堂，未受時代影響的教堂在厄秀拉看來是真正的現實，那麼，它就從反面突出了厄秀拉和安東之間的關係是不真實的。」[6]盧昂古老的教堂與厄秀拉內在的自我相呼應，也照出了斯克里班斯基虛假的原形。正因為厄秀拉和斯克里班斯基都在潛意識中察覺了這一點，所以他們的反應才截然不同。

我在本章第2節論述了非理性心理因素的重要組成部分——權力意志，但我列舉的都是否定性人物的例子。在《虹》中，權力意志也表現在厄秀拉這個受到作者肯定的人物身上。寫《虹》時的勞倫斯似乎相信，權力意志同時也是具有正面意義的生命能量，權力意志的強大與否是衡量有機體活力的重要尺度，權力意志的對等平衡是保持健康兩性關係的關鍵因素之一。在與斯克里班斯基的交往過程中，她的權力意志一次次被激發、被強化，並最終摧毀了斯克里班斯基的權力意志。小說第11章，在舅舅湯姆的婚禮舞會上，厄秀拉與斯克里班斯基在一起跳舞，本該是輕鬆的娛樂實際上卻是一場意志力的較量：

> 厄秀拉的手剛一觸到他的胳膊，他便不由自主地摟緊她，彷彿要將她摟進自己的意志範圍。他們的舞步合成一個和諧的動作在光

---

[6] 蔣炳賢編選：《勞倫斯評論集》，上海文藝出版社1995年版，第279頁。

滑的草地上滑動，永不休止地滑著，流著。在每一個動作裏，都
體現了他和她的意志。然而，他兩人的意志並未融合在一起，任
何一方的意志都不向另一方屈服。

開始時，斯克里班斯基的意志力占上風，他很主動。但厄秀拉的意
志很快就顯露出來，於是他們兩人跳舞的每一個動作，都「體現著他和
她的共同意志」。這時兩個人意志的能量是相當的，所以誰也沒向誰屈
服，兩個意志在競爭中，創造出完美、出神入化的舞步，他們「完全捲
進了深深的、流動著的力量的河流，變得精力充沛。」

這是月亮還未升起時的情景。但漸漸地，月亮升了起來。月亮作為
女性的象徵，在此成為厄秀拉的共謀，對她的意志力起到了激發、加強
的作用，對斯克里班斯基的意志力則發揮了壓抑作用。因此月亮一升起
來，兩人都覺得「好像船兒突然觸了礁，而他們自己成了散落在岸邊的
船隻殘骸。」厄秀拉沐浴在月光下，頓時著魔似地瘋狂起來，對眼前的
一切熟視無睹，只想著與月光進行神秘的交流。斯克里班斯基在她眼
裏，也不再能與她匹配，不再可愛，她覺得斯克里班斯基「就像一塊壓
在她身上的磁石，壓得她不能動彈。」厄秀拉感到月光的涼爽、自由、
光亮，感歎自己不能像它那樣自由，那麼隨心所欲，於是，她的心向月
光奔去。斯克里班斯基察覺到厄秀拉心理的變化，兩次膽怯地問：「你
今晚不喜歡我嗎？」問得厄秀拉心頭火起，惱怒得幾乎想撕碎一切。斯
克里班斯基因為與厄秀拉交往不久，他的意志力還算強旺，所以他不打
算服輸。另一首曲子響起來時，期克里班斯基抓住機會，又一次邀厄秀
拉跳舞，想重新把厄秀拉置於自己意志力的控制之下。「他邀她跳
舞，……他的身體緊貼著她，像一團輕柔的東西要壓倒她，征服她，使
她俯首帖耳。」「他暗下決心一定要征服她，……他真想弄一條繩索將
她捆住，將她制服。」小說把月光下的厄秀拉比喻為一根鹽柱，斯克里

班斯基竭盡全力想將這發亮的、冰涼的鹽柱攬住，逮住、網住，但他沒有成功。與此同時，厄秀拉開始進攻了：

> 她硬邦邦地、使勁地摟緊他，像月光一樣冰涼，像鹽柱一樣使人灼痛。漸漸地，他的溫暖的心變涼了，軟鐵般的雙手變癱了。她仍舊那樣冷酷，如同一池子鹽在浸泡著他，腐蝕著他，毀滅著他。她勝利了，心滿意足；而他的心卻在痛苦和悲哀中發抖。她抱著他——她的戰利品，將他吞噬，消滅。她勝利了，而他，被消蝕得無影無蹤。

兩個人意志力交戰的結果，以斯克里班斯基大敗告終。第 15 章的別墅之夜，厄秀拉和斯克里班斯基一起來到海邊沙丘上散步，又一次見到了月亮，二人的意志力又一次展開較量。在月光下，厄秀拉陷入迷狂，威勢大增，權力意志也達到頂點。這種意志力如果遇到一個能量與她相當的男子，那種碰撞，能夠使兩性關係昇華。但斯克里班斯基不行，他是一個社會化的「閹人」形象，承受不了厄秀拉的非理性生命力量。在厄秀拉強大的意志力面前，斯克里班斯基節節敗退，甚至昏死過去。這個場面使斯克里班斯基的精神經受了一次酷刑，他感到威脅和恐怖，就轉而尋求新歡，想立即結婚，以解除心靈的折磨。不久他與上校的女兒結婚去了印度。但對厄秀拉而言，權力意志的充分釋放和勝利，意味著她的生命質量和境界上升到一個新的高度。

值得注意的是，勞倫斯《虹》之後的作品，對權力意志的態度逐漸在作調整，開始傾向於把女性身上的權力意志完全當作負面的，具有摧毀性和破壞性的力量，這與他主張女性向男性屈服的做法是同步的。與主張女性放棄權力意志相反，勞倫斯戰後的作品將男性的權力意志看成是超人的重要品質。

在厄秀拉與斯克里班斯基的交往過程中，有一個問題十分令人費解：為什麼厄秀拉雖然逐漸看清了斯克里班斯基的「閹人」本質，卻仍然迷戀他？甚至答應嫁給他？在斯克里班斯基去印度後，還乞求與他結婚？其實，厄秀拉的舉動有其非理性心理基礎：她在情慾上對斯克里班斯基仍十分依賴，還無法克服這種性吸引力的控制。如前所述，性驅力在厄秀拉個體生命成長中的作用總體而言是正面的，但它如果始終固執在斯克里班斯基身上，尤其是在他的「閹人」真相暴露以後，它就成了桎梏她個體生命進一步上升的障礙。而克服這一障礙，是勞倫斯在《虹》中為厄秀拉個體生命達致最高境界設計的最後一環。

斯克里班斯基結婚後，前往印度。迷茫中的厄秀拉有一天到田野散步，下起了小雨，她急忙抄小路回家。忽然，她發現遠處雨霧中出現了一群馬。那群馬堵在一座小橋上，擋住了她的路。當厄秀拉仍舊向橋衝去時，馬群開始在她的前方奔跑，最後彙聚到一棵大橡樹下，擠成黑壓壓的一團。厄秀拉也只有爬上這棵橡樹，翻過樹籬，才能到達安全區域。厄秀拉無所畏懼，繼續前進。當她接近馬群時，馬群四散開來，在她周圍轉圈圈，緊接著像受到什麼驚嚇似的，突然狂奔而去。但還沒有容厄秀拉喘一口氣，馬又重新集結在大橡樹下。馬在這裏象徵斯克里班斯基的性引力和權力意志。雖然斯克里班斯基已經遠赴印度，厄秀拉的性驅力仍依附在他身上。勞倫斯設計的這個厄秀拉與奔馬對峙的場面，為厄秀拉最終擺脫斯克里班斯基性引力和意志力的控制，生命獲得超越提供了機會。正是因為有這樣的寓意，這個對峙場面才如此緊張、激烈，火藥味十足。這群馬「發紅的鼻子噴著粗氣，在發泄長期忍耐的憤懣；結實、強健的腰部在用力擠壓，要掙斷箍著的肚兜，一直在瘋狂地使勁擠壓著，鼓脹著，但始終無法把那緊箍的肚兜掙脫。雨水把馬腰部洗刷得烏黑發亮，卻怎麼也無法將馬肚子裏的熊熊怒火潑涼、撲滅。」在馬的

威逼面前，厄秀拉不甘示弱，「她仍然朝前跑著，馬群眼看就要衝過來，她還是一個勁往前跑。她神色緊張，熱血沸騰，幾乎沸騰到白熱，要將她熔化，要將她燒死。」厄秀拉終於設法跑到橡樹前，爬上樹，翻到高大籬笆的另一側，徹底擺脫了馬的威逼。厄秀拉回家以後大病一回，斯克里班斯基的影子在她的腦子裏逐漸消失了，她知道她與斯克里班斯基的交往大半是不真實的，「她知道斯克里班斯基從來未真實過，就在她極度需要他，與他一起沉浸在極度歡樂的日子裏，他也是由她暫時創造出來的，到最後他還是毀滅了，消散了。」正是在與斯克里班斯基的一次次心理衝撞中，厄秀拉否定了社會化的人，擺脫了一切社會關係，擺脫了文明枷鎖的束縛，非理性的自我被充分啟動，獲得了新生，看見了象徵新生的彩虹。正如厄秀拉所說：「我沒有父親，沒有母親，沒有情人，這世上沒有我的位置，我不屬於貝爾多佛，不屬於諾丁漢，不屬於英格蘭，不屬於這個世界。它們都不存在。我被束縛，被糾纏住，而它們都是不真實的。我須衝決羈絆，就像核桃衝破不真實的硬殼而出一樣。」

《戀愛中的女人》是《虹》的姊妹篇，其中的厄秀拉形象是《虹》中厄秀拉形象的新發展。《戀愛中的女人》中的厄秀拉一開始就以新人形象示人，她的主要使命是不斷拓展自己全新生命境界的深度和廣度，提升其高度，並在此基礎上，與伯金共同構建理想的兩性關係。相比較《虹》，《戀愛中的女人》中的厄秀拉對新生命的感受更敏銳、更充盈。

在《戀愛中的女人》中，伯金對厄秀拉說：「我要一個我看不見的女人。」厄秀拉沒有理解伯金的意思，笑著說自己無法當隱身人。伯金於是解釋說：「我要找到一個妳，一個妳自己也不知道存在的妳，一個妳普通的自身所否定的妳。……我不要妳的美色，不要妳的女性情感，也不要妳的思想、見解和觀念——對我來說這些都是不重要的。」「我

們將拋棄一切，甚至我們自己。我們將不再是我們自己，這樣在我們身上就會產生出純自我。」這實際上是伯金所說新人的標準，這個新人應該是一個純粹的人，一個脫離了一切社會意識和聯繫的人，一個完全受非理性自我支配的人。厄秀拉後來領悟到了這一點：「她知道自己已經換了一個人，是個非父母所生的人。她沒有父親，也沒有母親，沒有以前的親友；她只有她自己，純潔得像銀子一般。」

　　《戀愛中的女人》提供了厄秀拉和伯金這兩個全新個體生命建立起來的理想兩性關係的範例。其實我們在第 2 章第 3 節所分析的理想兩性關係的四大因素，如雙星平衡、屈服、去社會化、性愛體驗，都有其非理性心理基礎，或本身就屬於非理性心理的構成要素，它們都在厄秀拉和伯金身上應驗了。除此之外，他們相互間的認知方式和情感方式也是直覺的。厄秀拉和伯金精神一致，氣質接近，但他們的關係不是終極性的，也非固定不變，特別是在初期，帶有很強的隨意性。傳統小說中，兩性吸引的過程，是通過對雙方優秀品質的認識——如忠誠、美麗、善良、勇敢——來實現的。一但實現，兩性雙方的關係便固定下來。而厄秀拉卻從來不會通過理性對伯金形成一個確定的觀念，然後在這個觀念指導下採取合乎邏輯的行動，即使這個觀念的形成需要一個漫長的過程。從來沒有！在這個過程中，厄秀拉依靠的是瞬間的感覺、印象，她認為只有它才是真實的。她和伯金的關係，時好時壞，有時還相互仇恨。在第 19 章，伯金心血來潮，忽然決定到厄秀拉家向她求婚，結果兩個人情緒不對頭，鬧得不歡而散。這個時候，在厄秀拉眼中，伯金就成了一個令人厭惡的牧師，一個討厭的傳教士，她認為，任何一個人，只要和伯金交往兩周，就會無法忍受。相反，如果厄秀拉在直覺中，心靈與伯金得到交流，伯金在她眼中，就是上帝之子，「是那些來自天堂的，奇特的造物主中的一個。」在《虹》中，厄秀拉曾試圖把斯克里班斯基

創造成一個新人，她失敗了。現在上帝為她送來了伯金。他在精神能量上與她相當，與她能夠相互呼應，達到一種動態的平衡，這是一種雙方精神達到高度充盈、豐滿飽合狀態的平衡。兩個獨立的新生命形成一個合體，「奏響了強勁的音符，震蕩在宇宙的中心，在真實世界的中心，這個真實世界是她以前從未涉足過的。」

作為這樣一個新人形象，《戀愛中的女人》中的厄秀拉對新生的感受不僅敏銳、充盈，而且超越了「小我」，進入更深廣的歷史空間，與人類獲得新生的想像聯繫起來。在勞倫斯所理解的非理性生命體系中，死亡本能佔有重要位置。我在本章第 2 節對此已有論述。但在勞倫斯小說中還有另一種死亡，它是創造性的，富於生機與活力的，是獲得新生的必由之路，是新生體驗的重要組成部分。正因為如此，在小說第 15 章中，勞倫斯以酣暢淋漓的筆墨，書寫了厄秀拉對死亡神秘玄妙的體驗：「在死亡邊緣那一片黑暗之中，她失魂落魄似地坐著。她意識到自己的一生一直在一步步地朝著這死亡的邊緣靠近，……臨近死亡的感覺就如上了麻醉一般，一片漆黑，根本沒有思索，她明白她已臨近死亡。一生中，她始終沿著奮鬥的道路前進，而且已接近成功。她懂得了她必須懂得的一切，經歷了她必須經歷的一切，在某種痛苦的成熟之中，她成功了。現在，她只須從這成功之樹上投身一躍，便進入了死亡。人必須將自己的追求進行到底，冒險也得有始有終，下一步便是離開懸崖，踏入死亡。」死亡之後是新生。在第 29 章，厄秀拉和伯金一起赴歐洲大陸，到阿爾卑斯山去度蜜月。這時的厄秀拉感到新生即將來臨。小說寫道：「臨行前的數周內，厄秀拉一直陷於茫然若失的狀態之中，她已不是原來的自己，她什麼也不是，她的那個新的自我將接踵而至，馬上就要來臨。」他們乘坐的航船，行進在漆黑的夜裏，他們倆宛如生命的種子，隨著一陣陣輕緩的、夢一般的晃動，落入了那無底的黑色空間。

正如死亡可以體驗一樣，新生也是可以體驗的。「在厄秀拉心中，對前方那個未知世界的感覺，戰勝了其他的一切。在茫茫的夜色中，似乎那個幻想的未知天堂，將光芒射入了她的心靈，使她的胸膛裏到處流溢著奇妙的光采。這種感覺只會在天上有，只會在她前往的那個未知的天堂上才會出現。她體驗到一種在未知世界裏離群索居的甜蜜和樂趣。」這是新生，是新的生命躍入了天堂。

勞倫斯被人們稱為預言家，說教家，先知，傳道者，或褒或貶的評論，都證明了他對人類命運的關注。他彈精竭慮，想把人類從精神危機中拯救出來。那麼，現代人死亡的靈魂怎麼才能再生？復活的具體途徑是什麼？自然是勞倫斯思考的重大問題。

可以說，勞倫斯對他那個時代可能有的選擇都作了嘗試。第一次世界大戰期間，他的思想最為活躍，也最為進步。1915 年初，勞倫斯與羅素籌備一系列講座，推銷他們的社會改革方案。1915 年 2 月 12 日他在致伯特蘭·羅素的信中說：「這個國家必須有一場革命。這場革命要從工業、交通運輸和土地的國有化開始——要一次成功。屆時，人們不論是否生病或年老，不論什麼情況使他不能工作，他仍然有自己的一份工資。」[7] 俄國 10 月革命對他震動很大。他和他的俄國朋友特克連斯基頻繁聯繫，熱切關注著那裏發生的一切。他對俄國的革命實踐寄予厚望，指出俄國的未來正是人類的希望所在：「那是我唯一能夠寄託希望的國家」，[8]「我一想到那個年輕的新國家，就無限熱愛它」。[9] 但勞倫斯的政

---

[7]　D. H. Lawrence, *The Letters of D. H. Lawrence* Vol.2, ed. George J. Zytaruk and James T. Boulton. (Cambridge: Cambridge University Press, 1981), p.282.

[8]　D. H. Lawrence, *The Letters of D. H. Lawrence Vol.3*, ed. James Boulton and Andrew Robertson (Cambridge: Cambridge University Press, 1984), p. 124.

[9]　D. H. Lawrence, *The Letters of D. H. Lawrence Vol.3*, ed. James Boulton and Andrew Robertson (Cambridge: Cambridge University Press, 1984), p.121.

治思想常常是很不成熟的，他經常在各種學說之間游離。在第一次世界大戰之後，勞倫斯越來越傾向於認為，這個分崩離析的世界，需要一個領袖進行強權統治，這使他擺脫不了與法西斯主義的干係。但勞倫斯畢竟不是革命家，而是作家，強有力的懷疑傾向在他身上起著重要的作用。當政治的激情消退以後，藝術家的執著又將他拉回到非理性心理世界。勞倫斯發現，拯救人類的希望，恰恰就在人類自身的非理性心理世界，在於人的心靈本體力量的運動。

在世紀的轉折時期，經歷了政治危機、精神危機的西方人開始了對自己文化傳統的反思。以科學、理性相標榜的理性主義受到前所未有的質疑和批判，各種非理性主義思潮氾濫。人的精神世界，尤其是潛意識、本能、慾望、直覺等生命活動受到空前的關注。但是，並不是每個現代主義作家都意識到非理性心理活動的正面價值和意義。在不少現代主義作家的作品中，非理性心理在強大的社會壓力下，變得委瑣、陰鬱、黑暗，代表了惡，是一股冥頑不靈的巨大的破壞力量。勞倫斯的獨特之處在於，他在被許多現代主義作家視為邪惡叢生的淵藪的非理性心理活動中，挖掘出強大的能動性，揭示了人類自我拯救的內在源泉。啟動被理性、物質、機械所蒙蔽束縛的靈性，迴源於血性、本能的生活，人類才能從死亡中再生。這是勞倫斯對「人類向何處去？」這個緊迫時代課題的獨特回答。

四、非理性心理探索的迷思

我在本書中已經多次提及，勞倫斯把人的心理世界劃分成兩部分，一部分是主要包含理性、性格、道德因素的老式自我，另一個是由人的潛意識、本能、直覺等因素構成的非理性自我。勞倫斯把老式的自我看

成是工業文明的內化形式，是人的社會化、奴役化的表徵。他把非理性
自我作為新的人格理想，用以和老式自我對抗。但同時，勞倫斯也反覆
申明，「我所表現的是人的另一個自我」。也就是說，他也把非理性自我
作為人物形象存在的依據，每一個人物都在非理性自我的支配下行動，
非理性自我是人物的全部內涵。事實的確如此，不僅厄秀拉、伯金、康
妮等作者肯定的人物在張揚著「另一個自我」，顯然為作者所譴責的具
有偏執女性優勢心理的一系列形象：葛楚德、米麗安、古娟、安娜、赫
米恩，也都是被「另一個自我」所佔據的人。顯而易見，勞倫斯對非理
性心理的理解存在一個悖論：不論是理想人格的構成，還是人物形象的
全部內涵，都以非理性心理活動為載體，都以非理性心理活動作為展現
形式。這也決定了非理性心理活動具有雙重功能。一方面，它負有表現
人物形象全部內涵之職，另一方面，它又承擔著拯救功能：啟動非理性
心理活動，意味著生命的甦醒和張揚。很顯然，這一悖論動搖了勞倫斯
對非理性心理活動正面價值的論述和演繹：既然非理性心理活動是否定
性人物形象的存在依據，又怎能指望它發揮積極的建設性作用？

　　勞倫斯似乎已經意識到這一人物塑造標準和人格理想之間的矛
盾，也嘗試加以解決。在《戀愛中的女人》第 3 章，伯金的舊情人赫米
恩與伯金就理性與非理性有過激烈的爭論。我們知道，赫米恩出身貴
族，是一個社會化的人物，但出乎讀者意料，在二人的爭論中，赫米恩
堅決反對理性，維護本能和直覺。她反對給孩子們傳授知識，啟迪他們
的智慧，喚醒他們的意識，培養他們的理性，認為這樣做毀掉了他們的
本能和直覺，還是讓他們處於原始本能的狀態更好一些。她甚至說，人
與其「從不失去控制，永遠神志清醒」，還不如「成為動物，成為沒有
頭腦的動物」。這一說法和《白孔雀》中的自然人安納布的看法毫無二
致，卻引起伯金極大的反感。伯金指斥她只是在玩弄字眼，說她欣賞的

並非真正的本能，只是關於本能的知識：「妳並不願意成為動物，妳只想觀察一下妳自己的動物機能，以便從中得到心理的刺激，這比最保守的唯理智論還墮落。……激情和本能——妳渴望得到它們，不過是通過妳的頭腦，在妳的意識裏而已，它就發生在妳那頭蓋骨下的腦袋瓜裏。」伯金又揭露赫米恩強調的所謂「激情」不過是個幌子，「那根本不是激情，那是妳的意志，是妳專橫的意志。妳想把一切都抓在手裏，置於妳的控制之下，妳想擺佈一切。為什麼？就因為妳沒有真正的軀體，充滿生命的肉感的軀體，要知道，妳有的只是妳的意志，妳對意識的奇想和對權力的渴望。」在這裏，伯金把源於「頭腦」的慾望、激情和源於「軀體」的慾望、激情做出了區別：前者是純精神性的、機械的，後者才是有機的，是本真生命的體現。而權力意志作為非理性心理活動的組成部分，伯金對此則一概否定。由此我們可以看出，勞倫斯對同樣屬於非理性心理世界的不同因素，有所甄別，有所褒貶。可是，勞倫斯在理論上說得頭頭是道，在小說的藝術表現中卻難以兌現。《虹》中安娜的情慾與厄秀拉的情慾在形態上有何區別？她們二人的精神佔有慾有何本質上的差異？讀者之所以能分辨出它們的不同性質，是因為勞倫斯直接把自己的好惡加在人物身上，而不是通過合乎藝術邏輯的描寫。這種「未審先判」式的處理，並沒有解決根本矛盾，卻在一定程度上損害了作品的藝術性。

　　馬克思說：「人是一切社會關係的總和」。這經典的論斷抓住了人的本質，也客觀地反映了人的現實處境。而勞倫斯卻一意孤行，非要將人的一切社會屬性統統剝離。在《戀愛中的女人》中，伯金想像在未來的理想世界裏，他和厄秀拉只是「兩個十足奇特的生物」，不存在彼此間的義務，沒有行為準則，「人只需憑衝動行事，隨意拿取面前的一切，而無需負任何責任。他無需索取任何東西，也無需奉獻任何東西，各人

只要按自己的原始慾望取得他所需要的就是了。」勞倫斯的同時代作家
曼斯菲爾德對勞倫斯筆下這些非理性的人如是評價:「他小說中的男主
人公都不具有人性。他們無休無止地遊蕩。他們沒有感覺,他們很少說
話,他們講的話沒有一句是記得清的。他們沉湎於肉感,至於其他方面,
則表現得遲鈍,像蒙了一層面紗,看不見,識不清,沒有頭腦。」[10]可
以看出,曼斯菲爾德的態度是否定的。一些當代西方勞倫斯研究者也批
評勞倫斯過分誇大人的生理因素,專注於「私人題材」,認為這是「一
種病態的傾向,一種自然主義嗜好」。[11]不錯,勞倫斯在為處在困境中的
人類尋找出路時,沒有停留在只虛構出一個烏托邦,使讀者在對未來的
憧憬中得到虛假的滿足,也沒有寄希望於社會制度的改良。勞倫斯相信
人類自己,相信個體的人通過自身的努力,能夠實現自我的拯救。這是
他創作的獨特性和社會意義所在。但勞倫斯張揚非理性的負面作用也十
分明顯。事實上,拋棄幾千年來人類進化所積累的道德倫理規範,在非
理性心理驅動下生活,它的狂暴的破壞性,勞倫斯自己已經通過他筆下
大量人物給了我們充分的展示。《白孔雀》中,喬治一邊和西里爾談話,
一邊漫不經心地擺弄一隻野蜂窩。他把幼蜂拽出來,把翅膀折斷,又把
它拈碎,最後把還有不少蜂卵的蜂窩扔進水裏。這個下意識的動作使生
靈「塗炭」,遭到西里爾的抗議,但他仍然我行我素。《白孔雀》中寫喬
治的「殘忍」不止這一處。不久,喬治家的一隻貓被捕獸夾夾傷,喬治
提議讓它「脫離苦海」。他說,最快的辦法是把它的腦袋往牆上撞。遭
到萊蒂抗議後,他又笑著說:「那我把它淹死。」喬治於是在貓的脖子
上拴了一根繩子,另一頭墜上一隻廢熨斗,然後把貓丟到池塘裏去。他

---

[10] 蔣炳賢編選:《勞倫斯評論集》,上海文藝出版社 1995 年版 28 頁。
[11] Anne Fernihough, ed., *The Cambridge Companion to D. H. Lawrence* (Cambridge: Cambridge University Press, 2001), p. 106.

津津有味地做著這一切，陶醉於其中，全不管別人罵他「殘酷無情」、「令人噁心」。這類非人道之舉，我在本章第 1 節已經列舉甚多，不再贅述。勞倫斯為了使自己筆下的人物免受道德質問，聲稱自己是在表現人的「非人類性」，言下之意，讀者不應該套用現實的道德標準衡量他筆下的人物。但任何一個讀者，如果看到《兒子與情人》中保羅謀殺自己的母親，《微笑》中的丈夫在妻子的靈柩前褻瀆她時，還無動於衷，那才是沒有人性呢！

　　現實生活中的勞倫斯由於種種原因，在完成《虹》後，開始意識到權力意志的危害性。勞倫斯聽說一個受奧托琳‧莫瑞爾夫人庇護的比利時難民瑪麗婭‧內斯試圖自殺。當時勞倫斯剛與莫瑞爾夫人結識不久。聽說此事後，他給莫瑞爾夫人寫信，指責她用自己強大意志牢牢控制了那姑娘的精神，而現在又想一腳把她踢開。勞倫斯認為這是那姑娘試圖自殺的原因。勞倫斯責問她：「為什麼你總是如此頻繁地動用你的意志，為什麼你不能聽任它繼續下去？不要總是抓住不放，什麼都想知道，想控制。」[12]勞倫斯後來把莫瑞爾夫人作為原型，塑造了《戀愛中的女人》中專橫、霸道的貴族夫人赫米恩形象。莫瑞爾夫人聽說此事後，大為震怒，一度斷絕了與勞倫斯的交往。勞倫斯對國家權力意志極度膨脹可能帶來的惡果也有深刻認識。第一次世界大戰開始後的 1915 年 4 月下旬開始的伊普雷戰役中，德軍使用毒氣彈；到 5 月中旬，有 6 萬英軍陣亡。5 月 7 日，德軍用魚雷擊沉了英國的路西塔尼亞號戰艦。4 天後，倫敦爆發反德國騷亂，遊行隊伍哄搶商店，襲擊路人。這一連串事件令勞倫斯感到極度震驚，使他看到，當權力意志被濫用，不同的權力意志發生衝突時給世界帶來的可怕後果。他憎惡權力意志無節制的展示，憎恨那

---

[12] D. H. Lawrence, *The Letters of D. H. Lawrence* Vol.2, ed. George J. Zytaruk and James T. Boulton (Cambridge: Cambridge University Press, 1981), p. 326.

種試圖駕馭局面、侵入他人意識、氣勢上處於優越位置的衝動。但勞倫斯這種清醒認識只限於權力意志方面，他沒有否定非理性心理中的其他因素。

A. 赫胥黎認為勞倫斯是一個「神秘唯物主義者」，這是有道理的。從《虹》開始，勞倫斯為非理性心理活動尋找外在對應物，尋找概括的傾向越來越明顯，神秘化傾向也一發不可收拾。而當非理性心理表現進入到超驗或超自然狀態中時，勞倫斯就陷入了魔道。他用種種意象描述超驗的存在，並將其神秘化。他甚至相信，非理性心理具有神奇的力量，能轉化成外在的物質能量，進而實現現實的目標。他寫出的這一類作品，要麼毫無社會意義，要麼具有很大的現實危害性。他的一個短篇小說《木馬》，寫了一出內在非理性心理能量被用於實現現實目標所造成的悲劇。這是一個中產階級家庭，父母虛榮心很強，要維持家裏的體面和排場，卻沒有足夠的收入，以致經常弄得捉襟見肘。於是，「一定要有更多的錢」，不僅成為全家人的強烈願望，甚至兒童室一匹玩具木馬的縫隙中，也不斷有聲音傳出來：「一定要有更多的錢！一定要有更多的錢！」保羅愛上了這匹木馬，經常一個人騎在木馬上瘋狂顛簸，他那股狂熱勁兒令妹妹、母親深感不安。原來，這小男孩通過搖動木馬，能夠得知賽馬會上哪一匹馬將獲勝，這樣，他購買的賽馬彩票就能夠中獎。他之所以有如此本領，是他在瘋狂地搖動木馬中，非理性的敏銳絕倫的感悟力得到釋放，能夠捕捉到常人無法獲知的「上帝」的資訊。保羅這樣做，原本是希望止住住宅中那無休止的低語聲，扭轉家裏缺錢的窘境。不料，他贏了很多錢，卻沒有讓母親感到滿足，住宅裏那神秘的聲音反也變得狂熱起來。他只能更加狂熱地搖動木馬，不斷去接獲「上帝」的啟示。他掙了更多的錢，最後也在非理性心理的瘋狂發作中能量耗盡而死去。

　　短篇小說《最後的笑聲》中的故事始終籠罩在虛空朦朧之中。詹姆斯小姐和她的情人馬奇班克斯告別了他們的朋友洛倫佐，一起行走在雪中倫敦的大街上。馬奇班克斯突然聽到一陣神秘的笑聲，受這聲音刺激，他自己也「爆發出一種極其特別的笑聲，如同一頭動物在笑」，像「奇怪的馬嘶聲」。他的笑聲引來一個警察。詹姆斯小姐和警察循著馬奇班克斯所指發出神秘笑聲的方向去找，卻什麼也聽不到，看不見。這時，街邊一棟住宅的門開了，女主人在找一個剛才敲門的人。門前雪地上並沒有腳印，馬奇班克斯也聲稱自己沒有敲門，但她說敲門聲是實實在在的。女主人又說自己在等待著一個奇跡，而且「希望有人來」，於是馬奇班克斯隨她進了屋子。詹姆斯小姐在警察陪伴下繼續往家走，這一回，輪到詹姆斯小姐發現「冬青樹叢中那張黯黑的面孔」，聽到暴風雪中「放肆的、呼嘯的、歡騰的人聲」，以及來自教堂的「低低的、微妙的、連續不斷的笑聲」，她自己也變得怪異起來。而警察對此卻毫無覺察。把詹姆斯小姐送回家，警察又冷又怕，要求在她家裏稍微暖和一下。詹姆斯小姐把警察留在客廳裏，自己回臥室睡覺。第二天早晨起來，她發現警察不僅沒有走，腳也莫名其妙地扭傷了。詹姆斯小姐又一次看見了「那個人」，不由再一次發出「又長又低的咯咯笑聲」。馬奇班克斯一早回到詹姆斯小姐住處，詹姆斯小姐告訴他自己見到了「那個人」。在照料扭傷了腳的警察時，「低低的、永恆的笑聲」在她耳畔重新響起，這時，馬奇班克斯突然蒼白的臉扭曲得變了形，「顯出一種奇怪的齜牙咧嘴的笑容」，大叫「我知道是他！」隨即身體一陣抽搐，倒地死去。發出奇異笑聲，敲住戶門，無所不在的「那個人」到底是誰？小說中並沒有交代，但從小說的描寫判斷，勞倫斯表現的正是人身上的非理性力量，即人心中的魔鬼、潘神，它持續地發作，使人陷入瘋狂的境地。

　　《小甲蟲》的故事發生在第一次世界大戰期間。來自英國貴族世家的達芙妮太太出於人道同情，也因為是舊交，到醫院去探望受傷被俘的德軍將領普斯安克伯爵。這次重逢，達芙妮受到普斯安克伯爵身上強大魅力的吸引，義無反顧地愛上了他。英德兩國是交戰國，普斯安克伯爵是自己國家的敵人，達芙妮太太的兩個兄弟戰死前線，丈夫在戰場上也音訊渺茫，這些都沒有成為她愛情的障礙。戰爭結束，達芙妮的丈夫平安歸來，也沒有能夠挽回她的心。更有甚者，在達芙妮的刻意安排下，丈夫巴斯爾與普斯安克伯爵成了朋友，在對妻子與普斯安克伯爵關係知情的情況下，居然能夠心安理得，甚至坦然接受了這種關係。表面上看，這是一個普通的三角戀愛小說，只是達芙妮能愛上普斯安克伯爵，太匪夷所思罷了。

　　當我們細讀小說，把注意力放在普斯安克伯爵這個人物身上時，才會發現勞倫斯通過這篇小說所要表達的真實意圖。他對達芙妮說，自己在戰場上之所以沒有死，是因為「體內隱藏著一個妖魔般的怪物」。達芙妮安慰他：「維持你生命的肯定不是妖魔，」而是「某種好的東西。」但普斯安克伯爵堅持說是惡魔。此後，我們注意到，普斯安克伯爵逐漸引導著達芙妮離開這個已經崩塌、毫無希望的現實世界，進入到象徵著黑暗的冥國。「我們已經把這個世界看透了。真正的世界之火是黑的、跳動的、比鮮血的顏色還要深。我們所經歷的這個燦爛的世界僅僅是他的背面。」達芙妮凝視著普斯安克伯爵的眼睛，「看到在那深處有一種隱秘的神情在搖曳。她已經感覺到那種看不見的像貓眼睛發出來的烈光翻滾著向她射來。」普斯安克伯爵有波西米亞人血統，黑眼睛，黑皮膚。在小說中，他這一外貌特徵被反覆強調，以暗示他與冥界的聯繫。很久以前，普斯安克伯爵曾送過達芙妮一枚頂針作為紀念，那頂針的頂端鑲嵌著一隻瑪瑙甲蟲，它是普斯安克伯爵家族的徽章。據普斯安克伯爵

說，這只甲蟲「有很長的族譜」，通過這只甲蟲，「把我自己和埃及法老聯繫起來」。對於達芙妮，那頂針就成了她進入冥界，與冥界之王婚配的信物。在一天夜裏，住在普斯安克伯爵隔壁房間的達芙妮半夜聽見了他神奇的歌聲，她著魔似地迷上了伯爵的歌聲。這歌聲喚起了她的渴求，她「渴求離去，渴望給予，渴求死亡，渴求穿越禁錮，從她自己這裏，從她的父親、母親、兄弟和丈夫這裏，從她的家庭、故鄉和這個世界遠走高飛。飛到來自遠處的呼喚那裏去。」她知道，這是伯爵在呼喚她。終於在第三天夜裏，達芙你走過漆黑的走廊，來到伯爵漆黑的屋裏，把自己奉獻給了他。

　　《小甲蟲》是勞倫斯將非理性心理力量物件化、神秘化到登峰造極、乃至完全走火入魔的一篇作品。小說描寫達芙妮屈服於伯爵身上非理性心理力量的強大魔力，棄民族義務、家庭責任於不顧，向戰爭中的敵人獻身，這反映出勞倫斯將個體生命追求超越的意義、將非理性心理能量的啟動和實現的重要性，置於一切社會道德和現實價值之上，這種非理性主義思想的現實危害性，應該引起我們足夠的重視。

第四章　原始性與異國想像

一、荒原與拯救：原始性在文明更新中所起的作用

1、戰爭‧死亡與復活體驗‧荒原圖景

1914 年 7 月 31 日至 8 月 5 日，勞倫斯與烏克蘭友人科特連斯基（S. S. Koteliansky, 1882-1955）等一行 4 人，一起去英格蘭西北部湖區徒步旅行，在那裏，他聽到了第一次世界大戰爆發的消息。持續 5 年的世界大戰使英國元氣大傷，深刻地改變了英國社會的面貌和人民的心態，也深刻地改變了勞倫斯。

勞倫斯沒有去釐清戰爭的責任，區分戰爭的正義與邪惡，他痛恨和否定的是戰爭本身。他咒罵戰爭「多麼愚蠢」，是「惡魔般的」，說戰爭令他「沮喪」、「噁心」，為此他「幾乎到了痛恨人類的地步」。隨著戰爭的持續，勞倫斯對戰爭的認識也越來越深刻。戰爭讓他看到了英國及歐洲文明的致命缺陷，加深了他對人類命運的擔憂；他開始把這場戰爭與人類的命運聯繫起來，與他一直加以批判的工業文明聯繫起來。在他看來，這場戰爭是腐敗而機械化的工業文明的必然發展，是人類正在被工業文明拖向絕境的明證。正如勞倫斯所說：「對很多生活了許多年的人來說，已沒有繁花盛開這類事了。許多人像腐生植物一樣，生活在舊時的軀體中。許多人是寄生蟲，生活在舊時衰落的國家中。」[1]生命在緩緩流逝，它的內部在慢慢腐爛，這股退化與腐敗之流不可阻擋，一切最終都要四分五裂。

---

[1] 《安寧的現實——勞倫斯哲理散文選》，姚暨榮譯，上海三聯書店 1992 年版，第 167 頁。

　　勞倫斯對戰爭的態度又不單純是悲觀的。當勞倫斯在《袋鼠》第 12 章中說「一九一五年，舊世界完結了」的時候，戰爭對他不僅僅意味著大毀滅，也意味著新的希望。勞倫斯對《聖經》非常熟悉，而《聖經》的敘述體系正是按照已生——死亡——復活的模式展開的：人類曾經有過一個美妙的伊甸園時代。由於原罪，人類被上帝逐出了伊甸園。按上帝的標準，人因此失去了和諧完美的生命。在末日來臨之際，最後的審判將在血與火中展開。屆時，惡人受永懲，義人得享永福，人類將迎來一個新天新地。在這一敘述模式中，末日是一個非常關鍵的時刻，它是由死亡向新生發展的一個轉捩點，是從死亡走向新生的必由之路。勞倫斯顯然認為戰爭就是《聖經》中所描繪的大毀滅，是末日即將來臨。他甚至認為，為了迎接新生的早日來臨，應該推動這股退化和腐敗之流進一步惡化，因為它「最終必為我們推翻那些已經死去的形式」，[2]死亡之後才會有新生。如勞倫斯在《安寧的現實》中認為，死亡是再生的必由之路：「當我們認識到死亡就在我們自身時，我們就進入了一個新紀元。」「當我們理解了我們在死亡中的絕對存在，我們就超越了死亡而進入一種新的存在。」[3]英國學者克默德（Frank Kermode）也指出，勞倫斯的確認為「通過更深地陷入腐敗，我們或許能夠衝出整個虛偽的宇宙，讓一切重新開始。」[4]

　　勞倫斯正是在上述意義上理解和談論戰爭、死亡與復活諸問題的。1915 年 1 月 31 日，勞倫斯在一場病後寫給阿斯奎斯夫人的信中，談及了對疾病和戰爭的雙重體驗：「我彷彿在墳墓裏度過了那五個月……感

---

[2]　D. H. Lawrence, *Phoenix II: Uncollected, Unpublished and Other Prose Works By D. H. Lawrence* (London: William Heinemann Ltd., 1968), p. 403.

[3]　《安寧的現實——勞倫斯哲理散文選》，姚暨榮譯，上海三聯書店 1992 年版，第 154 頁，第 154-155 頁。

[4]　克默德：《勞倫斯》，胡纓譯，三聯書店 1986 年版 72 頁。

到像僵屍般冰冷……鼻孔裏有一股墳墓的氣味，身上像裹著屍布。」但他在絕望中看到了希望：「由於戰爭，我的心一直都像一塊沒有生命的泥土那樣冰冷，但我現在並非完全沒有生氣。我心中充滿希望。」「我始終知道自己是可以復活的。」[5]當年 9 月 9 日，他就急切地盼望著新年的到來，以便讓「舊的一切完全徹底地死亡。」他相信，「一個新的世界必定要開始。但是，首先是一切舊的東西要蛻變，而它的蛻變是極其緩慢和艱難的，就像疾病那樣頑固。我發現，驅走舊生命，迎接新生命的誕生是十分困難的。」雖然舊的腐敗之流退出歷史舞臺需要時間，他仍然對新世界的到來充滿信心：「必定會有一個新天新地。……這一切一定會實現。」[6]1915 年 11 月 28 日勞倫斯給友人的信中又說：「必須有一種復活——復活時，要有健康的手腳，要有完整的軀體和嶄新的靈魂，而首先是嶄新的靈魂的復活。這是終結和停止，是拋棄和遺忘，是把 30 年來的生活轉化成一個新的生命。在那裏必定有新天新地，必定有一個新的心臟和新的靈魂。一切都是新的，是一種徹底的復活。」[7]勞倫斯的死亡與復活體驗，是肉體的，也是精神的；是個體的，也是人類的；是現實的，也是超驗的。

受轉變了的思想的影響，勞倫斯《虹》以後的作品，大都或隱或顯地包含了死亡—再生的框架結構。《虹》中布蘭溫家族三代人兩性關係的發展，恰恰與人類從已生到死亡再到復活的生命歷程相疊合。第一代湯姆和莉迪亞的兩性關係類比的是《聖經》中亞當和夏娃在伊甸園時代

---

[5] D. H. Lawrence, *The Letters of D. H. Lawrence* Vol.2, ed. George J. Zytaruk and James T. Boulton (Cambridge: Cambridge University Press, 1981), pp.267-268,269.

[6] D. H. Lawrence, *The Letters of D. H. Lawrence Vol.2*, ed. George J. Zytaruk and James T. Boulton (Cambridge: Cambridge University Press, 1981), pp.388, 390.

[7] D. H. Lawrence, *The Letters of D. H. Lawrence* Vol.2, ed. George J. Zytaruk and James T. Boulton (Cambridge: Cambridge University Press, 1981), pp.454-455.

的生活圖景。馬什農場的大洪水和湯姆的死亡象徵著人類的失樂園。威爾和安娜象徵死亡的一代,他們的兩性關係充滿了對抗。在慘烈的精神廝殺中,人性豐滿的激情被煎熬得只剩一堆疲憊的灰燼。第三代厄秀拉擔負了走向再生的使命,經歷了艱難的探索,終於迎來了象徵新生的彩虹。《戀愛中的女人》中的兩對兩性關係分別象徵著死亡和再生。傑羅爾德與古娟所代表的與工業文明相聯繫的死亡兩性關係,最後走向毀滅;伯金與厄秀拉經過探索,實現了理想的兩性關係,最後走向新生。《查泰萊夫人的情人》開頭那段著名的文字昭示了小說中主人公從死亡走向再生的新路歷程:「我們根本就生活在一個悲劇的時代,因此我們不願驚慌自擾。大災難已經來臨,我們處於廢墟之中。我們開始建立一些新的小小的棲息地,懷抱一些新的微小的希望。」康妮以一種決絕的姿態離開象徵死亡的克利福德,在與梅勒斯和諧的性愛中獲得了再生。

在世紀的轉折時期,各種末世和創世思想甚囂塵上。如德國學者斯賓格勒(Oswald Spengler,1880-1936)的《西方的沒落》一書,把歷史看成是若干各自獨立的文化形態的迴圈交替過程。像生物有機體一樣,每一種文化形態必然經歷少年、青年、壯年、老年等時期,最後走向死亡,每一個迴圈約數千年。他據此認為,西方文明的衰落是必然的。在愛爾蘭詩人葉芝的象徵主義體系中,世界每兩千年一個迴圈。20 世紀初,人類正處在一個舊迴圈行將結束的時刻,世界在毀滅中,到處充斥著情慾和暴力。艾略特則直接宣稱現代世界是一個荒原。勞倫斯不僅追究西方現代工業文明「墮落」的細節和具體表現,也從總體上加以宣判,從整體象徵的層面加以描寫,這一點與上述時代精神是一致的。

2、原始性與非理性

　　我曾在《沉從文小說新論》一書中論述過原始性與現代主義的關係。我把原始性定義為「從原始社會形態中提煉出來的本質屬性，這種屬性可以超越特定的歷史時空和社會形態而獨立存在」。[8]與原始性相關的還有「原始時代」、「原始文明」、「原始主義」等概念。當原始社會形態需要用時間加以標記時，我們說原始時代；當這一概念需要用來和異文明或現代文明對舉時，我們叫它原始文明。原始主義是將原始社會及其本質屬性理想化的理論體系。明晰這些概念，對於理解本章的論述是十分重要的。

　　人類最神秘、最深奧的現象之一，是將原始社會理想化。在古希臘神話中，有黃金時代、白銀時代、青銅時代、黑鐵時代的說法，其大意是人類在經歷了一個漫長的發展後從理想狀態逐漸墜入現實場景，生命和生活質量等而次之，一代不如一代。「黃金時代」由此成了人類夢寐以求的美好家園。在猶太教和基督教的經典《聖經》中，有關於伊甸園的描述，人類的始祖亞當和夏娃生活於其間，無憂無慮，和諧美滿。由於亞當和夏娃偷食禁果，被上帝逐出伊甸園，人類於是有了失樂園的悲哀，也有了復樂園的衝動。顯而易見，復樂園所寄予的人類理想是向後看的，是指向久遠時代的。這種黃金時代和樂園的遐想，深深紮根在西方民族的集體記憶中，在作家個人著述中也連綿不絕。

　　16世紀初，由於哥倫布對新大陸的發現，歐洲文化中關於原始社會的想像，出現了另一種形式，即從時間上的「過去」轉向空間上的「異域」。這種轉變所帶來的歐洲人思維方式的變化是顛覆性的：歐洲人可以通過旅行等方式親歷、見證截然不同的另一種文明，可以把自己成熟

---

[8]　劉洪濤：《沈從文小說新論》，北京師範大學出版社2005年版29頁。

的文明與原始文明進行平行對比。由此，原始文明以更廣泛、深入的形式參與到歐洲現代文明的創造中去。特別是到 19 世紀後半期，文化人類學及非理性主義思潮在歐洲興起，對異域原始文明的認識達到前所未有的高度，關於原始性的概念獲得了新的發展，這為現代主義利用原始主義提供了更有利的條件。

文化人類學的開山之作是英國人類學派愛德華・泰勒（Edward Tylor，1832-1917）的《原始文化》（1871）。這部著作系統研究了原始精神文化的各個方面，確立了文化人類學研究的一般範式。泰勒還討論了文化發展過程中的「進步、退化、倖存、復興和修正」現象。同時，泰勒也認識到，文化的發展不是在單一民族內部完成的，也不是單線索的，存在著多民族文化的發展和競爭。詹姆斯・弗雷澤（James George Frazer，1854-1941）的《金枝》（1890-1915）是人類學史上另一部劃時代的巨著。弗雷澤在該書中廣泛收集了世界各地，尤其是地中海沿岸和中東地區的原始神話與民間習俗，用交感巫術原理對其加以研究，發現了巫術─宗教─科學這一人類原始文化發展的重要規律。弗雷澤根據同樣的原則，解釋了古希臘羅馬流傳下來的眾多神話、甚至《聖經》中耶穌死而復活的故事的本質和來源。他還認為不同文化的傳說與禮儀裏不斷有原始類型出現。列維・布留爾（Lucien Levy-Bruhl, 1857-1939）在他的《原始思維》一書中，通過考察亞洲、非洲、南北美洲等原始民族的習俗、禁忌、圖騰，發現他們的思維受集體表象支配，是直覺的，相信通靈感應，具有生物時間感，他們把世界視為宇宙人體，把宇宙的各個局部和人體各個部位相對應。布留爾認為，原始人類的這些觀念表現的不是一種前科學，而是和歐洲「成年文明的白種人」完全相反的另一種世界觀。文化人類學揭示了域外原始文明的細節和本質，進而發展出

兼顧文化普遍性與特殊性的人類多線進化思想，「文化圈」、「文化特質」、「異文化」等概念亦由此形成。

精神分析理論家佛洛伊德作為一名精神科醫生，他早期的研究物件是個體無意識，一般沒有超出病理學範圍。但在後期，他的興趣逐漸擴大到整個人類行為的心理學研究，還寫出了《群體心理學與自我的分析》、《圖騰與禁忌——蒙昧人與神經症患者在心理生活中的某些相似之處》等著作，對原始人類活動從心理學角度加以解釋，指出現代人類活動與原始人類的內在關聯。他得出結論說：「正像原始人潛在地存活於每個人體中一樣，原始部落可能會從任何隨機聚集中再次形成。在人們習慣上受群體形成支配的範圍內，我們從中認識到原始部落的續存。」[9]佛洛伊德的弟子容格（Carl Jung，1875-1961）曾赴非洲和美國新墨西哥州考察原始民族的心理。他提出集體無意識學說，認為遠古人類反覆的生活經歷在心靈上留下印記和影像，這種所謂「原始模型」，會被人類集體無意識地世代繼承下來，並且在宗教、夢境、個人想像和文學作品中得到描繪。也就是說，現代人的本能、潛意識、民族記憶實際上是人類祖先原始性的積存。正如容格所說：「每一個文明人，不管他的意識發展程度是如何的高，但在其心理的深層他仍然還是一個古代人。」人類的心理「只要追尋至它的起源，它便會暴露出無數古代的特徵。」[10]佛洛伊德，尤其是容格的理論，把人類學研究的成果加以引申，在潛意識領域建立起原始人與現代人之間的聯繫。他們認為源於本能、直覺的非理性生活存在於其他原始民族當中；而現代人身上被壓抑的非理性，可以通過與原始文明的相遇或回到原始文明中去而被激發出來。也就是說，

---

[9]　佛洛伊德：《群體心理學與自我的分析》，《佛洛伊德文集》第 6 卷，車文博主編，長春出版社 2004 年版 91 頁。

[10]　榮格：《尋找靈魂的現代人》，蘇克譯，貴州人民出版社 1987 年版 143 頁。

非理性與原始性之間其實是一種同構關係,非理性是原始性的積澱,而原始文明是非理性在文化上的歸宿和表現形式。前蘇聯學者梅列金斯基在其著作《神話的詩學》中,把勞倫斯小說中的原始性表述為「神話化」,指出勞倫斯「訴諸古代神話,即是遁入直覺、本能、自由發洩、「健康的本性」」。[11]

佈雷德伯里主編的影響深遠的《現代主義》一書,萊文森(Michael Levenson)主編的《現代主義》一書,都把 1890 年看成現代主義開端的年份。在他們編纂的現代主義大事年表中,又不約而同地把康橋學者弗雷澤《金枝》第一卷在這一年的出版當成現代主義的主要事件之一。這是有道理的。那麼,文化人類學所描述的異域原始文明,對於現代主義的意義在哪里呢?我們知道,16 世紀初,由於哥倫布對新大陸的發現,歐洲文化中關於原始社會的想像,出現了另一種形式,即從時間上的「過去」轉向空間上的「異域」。這種轉變所帶來的歐洲人思維方式的變化是顛覆性的:歐洲人可以通過旅行等方式親歷、見證截然不同的另一種文明,可以把自己成熟的文明與原始文明進行平行對比。由此,原始文明以更廣泛、深入的形式參與到歐洲現代文明的創造中去。文化人類學家把這種歐洲經驗從考古挖掘調查中加以坐實,並在理論上進行了昇華。文化人類學進而與精神分析理論結合,為現代主義文學中的創化論思想,以及荒原與拯救模式提供了強大的理論基礎。

在以非理性主義為思想基礎的 20 世紀現代主義文學中,原始性扮演著更為積極、重要的角色。現代主義作家受精神分析理論影響,將人的潛意識看成是隱伏著各種原始本能和慾望的淵藪,極力進行挖掘和表現。如美國現代戲劇家奧尼爾的著名劇作《瓊斯皇》就是一部展現人物潛意識中原始性的典範之作。隨著土著人的造反,瓊斯這位篡位的皇帝

---

[11] 葉‧莫‧梅列金斯基:《神話的詩學》,魏慶徵譯,商務印書館 1990 年版 408 頁。

開始逃亡。在此過程中，他潛意識中深埋的原始性被激發出來，人格一步步退化，最終回歸到以熱帶叢林中的圖騰崇拜為象徵的洪荒時代的非洲去。與這種挖掘潛意識中的原始性的作法相對應，現代主義作家往往喜歡給自己作品的情節套上一個神話框架，在更大的規模上將現代人和社會行為納入到人類遠古時代即已存在的某種原型中去，以凸現其盲動性和命定性。如喬伊斯的《尤里西斯》套用荷馬史詩《奧德賽》中奧德修斯返家的經歷，福克納的《喧嘩與騷動》套用《聖經》模式，T. S. 艾略特的《荒原》套用亞瑟王傳奇中尋找聖杯的模式，都有同等效用。現代主義文學中的原始主義另外一條更重要的發展向路，是直接描寫原始文明。現代主義作家借助於文化人類學提供的資料，或自己的旅行體驗，將異域的原始文明引入作品中。在現代主義作家的想像中，原始人類擁有和現代人完全不同的生活方式：他們與大自然融為一體，崇信神巫，性愛赤裸坦率。這一類原始主義通常具有正面意義，它作為西方文明的對立面出現，是「反叛本土文化的一支進步和批判的力量」。[12]在這樣的背景下，域外的原始文明就成了墮落腐敗的西方現代文明的校正劑，代表著人類的理想生活狀態。

　　勞倫斯是英國現代主義作家中利用原始性因素較突出，探索也較深入的一位。他在《小說與情感》中指出：「像精神分析醫生那樣對待感情是沒用的。精神分析專家最最害怕的是人內心深處那個最原始的地方，那兒有上帝。猶太人亙古以來對真正的亞當——神秘的「自然人」的恐懼，到了當今的精神分析學那裏變本加厲地成為一聲慘叫，就像白癡一樣，死咬自己的手直至咬出血來。佛洛伊德學說仇視那個未被上帝轟出樂園的老亞當，它把老亞當乾脆看成是個變態的惡魔，一團蜷縮著的蝰蛇。」他在此文中還發出呼籲：「傾聽我們血管中黑徑上高貴的野

---

[12] 邁克爾·萊文森編：《現代主義》，田智譯，遼寧教育出版社 2002 年版 27 頁。

獸發出的聲音，這聲音來自心中的上帝。向內傾聽，向內心，不是聽字詞，也不是獲取靈感，而是傾聽內心深處野獸的吼叫，聽那感情在血液的森林中徘徊；這血，淌自黑紅黑紅的心臟中上帝的腳下。」這些文字表明，勞倫斯認識到非理性自我是人類身上原始性的體現。也正因為非理性與原始性互為表裏，原始性因素才會在他的小說創作中扮演重要角色，成為勞倫斯探索拯救人類之道的另一個重要選項。

二、追尋原始性：從遠古到異域

勞倫斯一直試圖啟動人的肉體、本能、慾望、血性等被工業文明壓抑的生命本體衝動，並將其視為拯救人類的內在源泉。由於非理性與原始性之間具有同構性，因此勞倫斯在原始文明中尋找拯救之道是其思想探索的自然合理發展。關於這一點，上一節我們已經作了論述。因為現代英國是一個高度發達的資本主義國家，原始性因素早已經銷聲匿跡，勞倫斯只好嘗試從古代和異域生活中挖掘原始性因素，以寄託自己的理想。

1、遠古時代的「原始性」

把人類的遠古時代理想化，是勞倫斯利用原始性因素時採取的策略之一。在《無意識幻想曲》前言中，勞倫斯描述了一個「生機勃勃」、「壯麗宏偉」的人類遠古異教時代。在那個時代，人類的生活合著宇宙自然的節律，保持著生命的完善，具有驚人的創造偉大科學的潛能，創造了「偉大的，富有魅力」的文明。相比較今日的科學只關注有因果關係的現象，只考慮生命的機械功能和器官，異教時代人類的科學才是有機的、完善的，卓越的。在《精神分析與無意識》中，勞倫斯更進一步，

把人類原始文明看得高於現代文明：「我真誠的認為，像埃及、希臘這樣偉大的異教世界，是最後的充滿活力的時期。偉大的異教世界擁有自己的龐大的、或許是最完美的科學，這些科學是關於生活的。這一科學在我們的時代也曾經產生過，但現在已經破碎到只剩下魔術和狗皮膏藥。」[13]

〈為《查泰萊夫人的情人》一辯〉中，勞倫斯描繪了人類的兩性關係發展史。勞倫斯指出，原始異教時代的婚姻是與宇宙、自然的節奏一致的。早期基督徒試圖扼殺這種節奏。後來教會明白了人並非只是和人生活在一起，還與太陽、月亮、星星、地球、自然在一起，於是恢復了異教徒視為神聖的節日，使其融入基督教的崇拜之中：每天日出、正午、日落三次做祈禱，每七天一個迴圈，每年有復活節、施洗約翰節、耶誕節等。幾個世紀以來，教會就循著這一宇宙自然的節奏進行統治，宗教的根才能永恆地紮在人們中間。但是，到了近代以降，傳統基督教儀典受到新教的沉重打擊，婚姻也逐漸失落了宇宙自然的節奏，失去了血性的接觸，腐化變質。勞倫斯指出，「人類最近這三千來年是向著理想、非肉體和悲劇的進程，現在它結束了。」他呼籲，人類「應該回轉身尋回宇宙節奏」，使婚姻「走向永恆」，而這「意味著重返古老的形態」。[14]

《虹》即是勞倫斯在遠古時代尋找原始性因素的作品之一。我在上一節分析過《虹》的死亡—再生框架結構。事實上，《虹》的這一框架結構帶有濃重的原始主義色彩，是勞倫斯在小說中自覺借用原始性因素的初次嘗試。《虹》中布蘭溫一家三代人的生命歷程，和西方人走過的歷史相一致：第一代湯姆和莉迪亞的生活封閉、樸拙、混沌，呈現的是

---

[13] D. H. Lawrence, *Fantasia of the Unconscious* (London: Martin Secker, 1923), p. 8.
[14] 勞倫斯：〈為《查特萊夫人的情人》一辯〉，《勞倫斯散文精選》，黑馬譯，人民日報出版社 1996 年版 324 頁，321 頁。

原始古老的特徵，與《聖經》中亞當夏娃的伊甸園時代契合，也象徵了西方歷史上基督教誕生之前的異教時代。第二代安娜和威爾的兩性關係充滿了緊張的精神較量和對峙，從融洽開始，以異化結束。安娜與威爾生活中濃重的宗教色彩，暗合了西方中世紀以降基督教佔據統治地位的時代。第三代厄秀拉精神探索、兩性關係體驗和社會生活實踐，具有鮮明的現代特徵，它諭示著經過大毀滅和最後的審判，得救者將邁入新天新地。從《虹》的結構可以看出，勞倫斯秉承的是歷史退化論，把理想的兩性關係定格在原始時代。人類在失樂園之後，其發展的歷史，就是一步步走向沉淪的歷史。

在長篇小說《袋鼠》第 12 章，遠在澳大利亞的英國人索默斯回憶起戰時在英國康沃爾的生活。索默斯坐在麥捆上，眼前出現了遠古時代凱爾特人在這片土地上血祭的場面：

> 漸漸地，夜幕開始籠罩在陰暗、粗糙如獸皮的沼地上，籠罩在那些淺灰色的花崗岩石頭堆上，那古老的石頭看似一群群巫師，教人想起血腥的祭祀。索默斯在晦暗中坐在麥捆上，看著海面上燈火明滅，他不禁感到自己是身處另一個世界裏。跨過疆界，那夕陽中有當年凱爾特人可怕的世界。遠古的史前世界精靈仍在真正的凱爾特地域上徘徊，他能感到這精靈在野性的黃昏中進入他的體內，教他也變得野氣起來，與此同時叫他變得不可思議地敏感微妙，從而能理解血祭的神秘：犧牲自己的犧牲品，讓這血流進古老花崗岩上荊豆叢的火焰中並百倍敏感地體驗身外動物世界的黑暗火花，甚至是蝙蝠，甚至是死兔體內正在乾死的蛆的生命之火。扭動吧，生命，他似乎在向這些東西說，從而便再也看不到其令人厭惡的一面。
> 這凱爾特古國從來不曾有過我們拉丁——條頓人的意識，將來也

決不會有。他們從來不是基督徒，在藍眼睛的人看來不是，甚至在真正的羅馬和拉丁天主教徒看來也不是。……

……一隻貓頭鷹開始飛翔嚎叫，理查德思緒回溯，回溯到血祭的史前世界和太陽神話、月亮神力和聖誕樹上的檞寄生，從而離開了他的白人世界和白人意識。遠離強烈的精神重負，回退，回退到半冥、半意識中，在那裏，意識搏動著，是一種激情的震動而非理性意識。

凱爾特人是古代歐洲民族之一，曾頻繁活動在英格蘭康沃爾郡一帶，留下了大量的遺跡，巨石陣就是其中之一。索默斯在追憶中很明顯把遠古異教時代的凱爾特文明與後來的歐洲基督教文明對立起來，認為生命的激情之火在原始凱爾特人身上熊熊燃燒，而在今天的白人身上卻已經熄滅。

2、英國與義大利：民族差異及其象徵意蘊

勞倫斯不僅從時間上的「過去」想像原始文明，而且利用歐洲主要民族間性格、氣質，以及工業化發展程度上的差異，來「製造」原始性因素。

歐洲人總體上都可歸入歐羅巴人種，也就是我們所說的白人。但由於具體族源、使用語言不同，又可分為不同類型。就西歐的人種而言，主要有兩大類型，即日爾曼人和羅曼人（也稱拉丁人）。日爾曼人使用的語言屬於印歐語系耳曼語族，包括德語、英語、荷蘭語，以及斯堪的納維亞諸語言，以德國人、英國人、荷蘭人以及斯堪的納維亞諸國人居多。羅曼人使用的語言屬於印歐語系羅曼語族，主要由拉丁語演化而來，包括法語、義大利語、西班牙語、葡萄牙語、土耳其語等，以法國

人、義大利人、西班牙人、葡萄牙人、土耳其人居多。希臘人也被劃入
羅曼人之列。從地域上看，日爾曼人屬於北方人，羅曼人屬於南方人。

在歐洲內部，日爾曼人與羅曼人的比較常常牽動著人們的神經。法
國 19 世紀批評家斯達爾夫人（Madame de Staël, 1766-1817）在《論文學》
和《德意志論》中把西歐文學按地域劃分成南方文學和北方文學。南方
文學是指古希臘羅馬文學、義大利、西班牙、以及路易十四時期的文學；
北方文學指德國、英國、以及斯堪的納維亞和冰島文學。她認為北方土
地貧瘠，氣候陰沉，北方民族氣質偏向憂鬱，喜歡沉思，這與北方文學
的感情強烈，富於哲理，崇尚想像，富於來世色彩是相通的。南方氣候
溫潤，陽光充沛，山水靈動秀美，使人容易生出對生活的樂趣，其文學
崇尚古典，情調歡快，但思想性稍遜。

法國批評家丹納（Hippolyte Adolphe Taine，1828-1893）把斯達爾
夫人關於南方文學與北方文學差異的論述，進一步引申到人種的區別上
來。他在《藝術哲學》和《英國文學史》中，把西歐人劃分成兩大民族：
北方的日爾曼民族和南方的拉丁民族。丹納在其著作中，詳細地描述了
這兩個西歐民族在體型、五官、膚色、性格、氣質、思想等方面的差別。
日爾曼人膚色白皙、眼睛淡藍、頭髮亞麻色，身材高大，五官、肢體通
常比較粗糙、笨拙。他們缺乏面部表情、感情冷漠、精神麻痺，但同時
又有健全冷靜的頭腦、完美的理智，自控力強、勤奮、做事有效率。以
法國和義大利人為代表的南方拉丁民族，通常頭腦敏捷、趣味細膩高
雅，有修養、有文化。這個民族早熟、細膩，追求精緻的享樂、肉感的
愛情，喜歡刺激，容易激動，不大守規矩，沒有耐性，對婚姻關係不太
重視，他們很容易變成「附庸風雅的鑒賞家、享樂主義者、肉欲主義者、
好色之徒、風流人物、交際家。」[15]斯達爾夫人區分南方文學和北方文

---

[15]　丹納：《藝術哲學》，傅雷譯，天津社會科學出版社 2004 年版 205 頁。

學，目的是號召法國人向德國和英國文學學習，她是肯定北方文學的。丹納在比較了日爾曼民族和拉丁民族及其文學藝術的不同之後，卻更肯定拉丁民族的優越性。在他眼中，南方的拉丁民族繼承了古希臘羅馬文明，成熟優雅，而日爾曼人是「鄙俗粗野」的蠻族後代。「那日爾曼族和他們相比，我們幾乎要認為日爾曼族比較低級了。」[16]

　　與斯達爾夫人、丹納這種在文學藝術領域區分民族性孰優孰劣的學術思考不同，19世紀中期以後一些人類學家、政治家、種族主義者將西歐人種的差異上升到國家、政治的層面，利用這種區分為現實的民族國家利益服務。所謂「雅利安人種」的說法就是在這一背景下出爐的。雅利安人（Aryan）原係史前居住在伊朗和印度北部的一個民族，後來指所有講印歐語系語言的人。按照他們的說法，「雅利安人種」道德水平更高，也更優越，他們對人類進步的貢獻要大於黑種人和黃種人。但是，在雅利安人種內部也有區別。北歐的日爾曼諸民族是純種的雅利安人，他們代表了人類文明的最高峰。臭名昭著的法國人類學家戈賓諾（Joseph-Authur Gobineau, 1816-1882），在他的《人種不平等論》（1853-1855）一書中認為日爾曼人最優越。英裔德籍哲學家張伯倫（Houston Stewart Chamberlain, 1855-1927）在他的《19世紀的基礎》（1899）中認為，西部的雅利安民族（日爾曼人）是歐洲偉大創造力的泉源。他們的觀點對後來的歐洲種族主義理論產生過巨大影響，並被希特勒種族主義政策所利用，成為種族滅絕的依據。

　　瞭解西歐歷史上的種族差異之爭，有助於我們體會勞倫斯小說中借用種族差異表現原始主義理想的背景，也有助於識別其重要意義。

　　與西歐歷史上看待種族差異的主流意見不同，勞倫斯認為，高度理性和機械化的北方日爾曼民族（以英國為代表）正在走向衰敗和沒落，

---

[16] 丹納：《藝術哲學》，傅雷譯，天津社會科學出版社2004年版204頁。

而靈動、感性的南方拉丁民族（主要是義大利）蘊含了原始的因素，代表了新生的希望。正如勞倫斯所說：「在南歐，生殖絕不意味著純粹的和科學的事實，北部歐洲的人才這麼想。在南歐，生殖行為仍帶有自古以來肉慾的神秘和重要色彩。男人是潛在的創造者，他的傑出也正在這方面。可這些都被北方的教會和蕭伯納式的邏輯細則剝得一乾二淨。」[17]《迷途的姑娘》中愛爾維娜乘船離開英國時，她眼中的英國是一幅悲慘的景象：

> 隔水而望的英國，聳著它淺灰色、死屍般灰色的峭壁懸崖，還有那山丘上的條條白雪。英國酷似一隻長長的、灰色的棺材，慢慢沉入水面。她凝視著它，如癡如醉，又膽戰心驚。它似乎要拒絕陽光的光臨，就永遠這樣昏暗無光，又長又灰，猶如死屍，那條紋狀的白雪儼然是它的壽衣。那就是英國！
>
> ……白雪紋飾著的英國的土地慢慢隱去，漸漸下沉，沒入水中。她沒法相信。它看去像是其他的什麼東西。那是什麼呢？它就像只長長的、淺灰色的棺材，像冬天，慢慢沉入海底。那是英國嗎？

這是行將衰落、死亡的英國形象。《戀愛中的女人》中，厄秀拉和伯金、古娟和傑羅爾德一起來到歐洲大陸，在餐館裏用餐時，談論起對英國的看法。他們一致認為，只要在英國，就始終無法擺脫壓抑的情緒，而一旦踏上異國的土地，就會感到「一個新生命步入了生活。」四個人在對英國的愛與恨中糾纏。作為英國人，他們對祖國懷著天然的感情，就像傑羅爾德說的：「儘管我們詛咒它，骨子裏我們還是愛它的。」連一貫偏激的伯金也承認：「也許我們愛」。但他又接著說：「這是一種不

17 勞倫斯：〈為《查特萊夫人的情人》一辯〉，《勞倫斯散文精選》，黑馬譯，人民日報出版社 1996 年版，第 308 頁。

情願的愛，就像兒女愛一個身患百病的老人，他已經沒有希望再活下去了。」古娟追問：「你認為英國一定得消亡嗎？」伯金痛苦地說：「他們除了消亡，還有什麼其他前途嗎？」最後古娟提議：「還是讓我們為大英帝國乾杯吧？」她的嗓音中含著無盡的絕望。一個民族已經無法起死回生，在這種情形下，勞倫斯接受了創化論的思想，認為只有在徹底毀滅的廢墟上，才能創建一個新的天地。

　　《英格蘭，我的英格蘭》的故事情節十分簡單。一個英國青年艾格勃特娶妻生子。後來他的女兒受傷致殘，艾格勃特奔波於倫敦和自己的農場之間，為孩子治病。再後來，戰爭爆發，艾格勃特應徵入伍，在戰場上被炮彈炸死。如此一個凡俗人家的凡俗故事，卻要冠以「英格蘭」的名稱，初讀給人的感覺，頗有些頭重腳輕。但實際上，勞倫斯力圖把這樣一個故事上升到民族命運的高度來認識，以表現英國的衰亡和不可救藥。小說一開始展現的是典型的英國鄉村田園生活。勞倫斯強調這座農場裏的英格蘭特徵和歷史悠久：它具有「英格蘭的野性氣味」，「籠罩著古代薩克遜人到來時的原始氣氛」，房子是「古代英格蘭的自由民建造的」。「現代文明的矛頭並沒有把它刺穿，它仍像薩克遜人初來此地時那樣隱秘、原始、粗獷」。艾格勃特的妻子溫妮弗萊德是北方人，艾格勃特來自南方，他們都是純正的英國人。夫妻雙方是英格蘭南方與北方的結合，從人種的角度看是優秀的組合，他們的後代理應是優秀的後代。但他們的孩子在農場玩耍時，跌在一把破鐮刀上，膝蓋受了傷；傷口輕易感染，最終導致了殘疾。艾格勃特糊裏糊塗上了戰場，被一顆炮彈奪取了性命。艾格勃特和他女兒的遭遇象徵了英國沉屙在身，積重難返，即使將血性的力量與現代力量結合，也無法讓它恢復生機。英國走向衰落是必然的。

在本書第 3 章我們已經論述了《戀愛中的女人》中傑羅爾德身上的死亡本能，這裏需要補充的是，他身上的死亡本能與典型的北方日爾曼人氣質密切相關。小說第 1 章，古娟第一次見到傑羅爾德，就注意到他北方人的特徵：「他那北方人的皮膚和金黃色頭髮放出光彩，像是經過冰塊折射的陽光一般，看上去像來自北冰洋的未加修鑿的晶瑩潔白的東西。」敘述人這時交代，傑羅爾德的圖騰是狼，他本人冷冰冰的俊秀外表象徵著北歐民族腐敗的深度。他線條分明的北方人的身軀和一頭金髮，像是陽光在一閃之間照亮的透明的冰層，他流暢的血液像是帶著電的，蔚藍色的眼睛裏燃燒著熱切冷峻的光。後來伯金也說傑羅爾德身上有一種北方人的美，像光線反射在白雪之上那麼美麗，那麼有立體感。在「夢幻」一章，伯金沉思時想到了傑羅爾德，認為白色人種的後面有著北極，有著遼闊的冰雪，而傑羅爾德就是這些白色的北方魔鬼中的一員，命中注定要在冰天雪地中死去。小說最後，傑羅爾德凍死在阿爾卑斯山雪谷中，可謂是死得其所。

勞倫斯在《阿倫的杖杆》一開始便描繪了一幅戰後荒原的圖景。表面上看，戰爭已經結束，整個英國又恢復了往昔的生機與活力：酒館裏，市場上，到處人聲鼎沸；人們或縱酒狂歡，或高談闊論，或瘋狂地購物。勞倫斯在《查泰萊夫人的情人》中，曾描述過下半身癱瘓後的克利福德的狀態。從外表看，克利福德似乎痊癒了：精明活潑，而且經常興致勃勃。但這只是外表，他所恢復的只是一種習慣的機械作用。克利福德內在的靈魂生命在逐漸地死去，就「好像一個傷痕，起初是輕微的，但是慢慢地它的痛楚加重起來，直至把靈魂全部充滿。」他空洞茫然的眼神泄露了內在的秘密，他外表的「活力」只是回光返照而已。在勞倫斯的眼中，戰後的英國也是這個樣子：表面的「活力」掩飾不住靈魂的麻痹、驚恐、空虛和冷漠，它在漸漸死去。小說中第 4 章和第 11 章的標題分

別是「鹽柱」和「再作鹽柱」。眾所周知，這兩個標題典出《聖經》。《舊約·創世紀》記載，上帝決定毀滅罪孽深重的索多瑪城，他遣天使告知義人羅得，叫他攜家人迅速逃離索多瑪城，以免遭遇不測，並囑其不可站立，不可回頭張望。但羅得的妻子違背了上帝的話語，回頭張望，結果化為鹽柱。《聖經》中的《路加福音》、《彼得後書》和《猶大書》等書都對索多瑪人的罪惡有所記錄，他們「一味地行淫，隨從逆性的情慾」，連五個義人都找不出來。上帝派遣的兩個天使前去通告羅得，結果被索多瑪人發現，他們把羅得的房門團團圍住，要強行與兩個人行淫，這印證了他們的罪孽深重。上帝用硫磺和火最後將索多瑪城毀滅，作為對不敬虔之人的懲戒。《阿倫的杖杆》中「鹽柱」的含義十分豐富，其中一個重要的涵義就是象徵了英國衰敗和墮落。

　　在勞倫斯的生命歷程中，義大利扮演了非常重要的角色。勞倫斯短暫的一生中有三個重要的時間段是在義大利度過的。第一次是 1912 年 8 月-1914 年 6 月，在此期間，他修改完畢了長篇小說《兒子與情人》，開始《虹》和《戀愛中的女人》的寫作，創作了義大利遊記《義大利的曙光》。1919 年 2 月-1921 年 12 月底，勞倫斯第二次僑居義大利，完成長篇小說《迷途的姑娘》、《阿倫的杖杆》，以及義大利遊記《大海與撒丁島》等作品。1925 年 11 月-1928 年 5 月，勞倫斯第三次僑居義大利，創作了長篇小說《查泰萊夫人的情人》和義大利遊記《伊特拉斯坎地區》等作品。義大利燦爛的陽光、明媚的大海、溫暖的天氣對勞倫斯的身體有益，同時，義大利遠古時代的異教歷史和單純、樸質的人民也讓他心馳神往。他的三部義大利遊記分別書寫了義大利北部、南部和中部的自然風景和民族歷史文化，關於義大利的想像也逐漸成為小說創作的重要組成部分：先是地域想像，隨後是民族想像。

　　長篇小說《戀愛中的女人》最後，就在傑羅爾德命喪雪谷前，厄秀拉請求伯金一起去義大利，這是因為厄秀拉突然想到，她可以離開眼前的冰天雪地，到另一個世界去。「在這片永恆的冰雪中，她感到絕望，彷彿看不到彼岸。」她突然想到南方，想到南方的一馬平川，南方的橘樹、柏樹和橄欖樹，烏黑的土地，怒放的花朵，她意識到，「這死一般的、冰雪封凍的山嶺並非整個世界！」可以一走了之。顯然，義大利在這裏承擔了比單純的地域遠要豐富的內涵。隨後厄秀拉和古娟談起去義大利的原因時，她說：「人要想尋找新的空間去生活，就要脫離舊的。」厄秀拉把義大利當成了「新的空間」，是獲得新生的地方。

　　伯金開始時對義大利能否承擔這樣的使命，有一些懷疑。當厄秀拉把自己的想法告訴他後，他爽快地答應了。但他隨即含蓄地說：「維羅納風很大，從阿爾卑斯山吹來的風，冷得可怕。我們會聞到雪的氣息的。」但傑羅爾德死後，伯金接受了厄秀拉的這一看法。伯金一人前往傑羅爾德喪命的地點——一處山頂附近懸崖與斜坡之間的窪地。懸崖上有供攀登用的繩索，攀著繩索登上頂峰，沿著對面山谷下行，就能找到通往義大利的路。而恰在這個轉捩點上，傑羅爾德死了。於是，南方義大利的意義再次引起了伯金的思考：

　　　　假如傑羅爾德發現這根繩索；假如他攀登著繩索爬上高峰；假如他聽到馬里昂休特旅館的獵狗吠聲，並找到住宿之處；假如他沿著非常陡峭的山坡往下走，走進長滿松樹的山谷，然後朝南，走上通往義大利的寬大公路；假如他這樣做了，那結果會怎樣？這是一條出路嗎？——這又是一條道路罷了。伯金頂著刺骨的寒風，站在高處，望著群山之巔和南邊的大道。往南走，到義大利去，這是一條好的出路嗎？走下坡去，走上這條非常古老的大道，這樣會好嗎？

隨即他思考起人類這一物種的生死存亡問題。他的基本觀點是，人類現在已經走進了死胡同，生命力已經耗盡。人類如果不能創造性地演化，上帝就會創造出一個新的物種取代人類，賦予這全新的物種新的意識形式、肉體形式和存在形式，因為上帝的創造是永無止境的。將伯金的思路聯繫起來看，南方義大利似乎代表新天新地，去義大利是人類的新生之路。

《戀愛中的女人》中對義大利象徵意義的表述還只是停留在地域層面，到《迷途的姑娘》中，勞倫斯明確把義大利和原始性結合起來。如果我們要在《迷途的姑娘》中的愛爾維娜人生歷程中找到一條邏輯線索的話，這條線索就是追求內在生命本能的解放。她曾經遭遇過謀生的煎熬，也受到體面婚姻的引誘，但這些都與她的內在生命本能對立。她的內在生命本能可以被強大的社會力量壓抑一時，卻絕不能被泯滅。她最後與西西歐結合，就是擺脫了一切社會束縛，回歸到本真的自我。而愛爾維娜內在自我最終獲得解放，與她隨西西歐前往義大利密切相關。也就是說，義大利意象在小說中扮演了呼應、激發她的內在自我的功能。在勞倫斯的描寫中，愛爾維娜對「黑皮膚南方人」西西歐的愛，是一種「催眠般的愛」，「使她無法成為她自己」，自己已經「消遁隱去」，彷彿被蒙上了面紗。「她的思想模糊一團，處在意識模糊的邊遠地區」，感到一種「像睡眠一樣深沉、麻木不仁的態度，一種如此黑暗又如此甜蜜的消極漠然」。那是對西西歐徹底的皈依、順從和信賴，以致使自己的心智回返到蒙昧狀態。小說中的圖克太太反對這椿婚姻，她把愛爾維娜嫁給西西歐看成「返祖現象」。勞倫斯在此處借用這一生理學上的術語，把愛爾維娜追隨西西歐和去義大利與皈依原始文明聯繫起來。愛爾維娜為自己身上出現的這種「返祖現象」感到欣喜。事實上，愛爾維娜來到義大利深山中西西歐的家鄉，就如同回到了原始時代：這裏的農民「全

像一些迷失的、被遺忘的土著居民」，這裏的自然美景「異教味十足」，
「此刻在這荒蠻寒冷的山谷中，會令人意識到那些要活人祭獻的古代天
神」。在清晨，愛爾維娜聽到風笛、蘆簫伴著男高音的歌聲傳來，她感
到曲子「怪異陌生、高亢激昂、節奏迅疾、吼唱並舉」，它「誘發了原
始野蠻、異教盛行時代的那種魔力，激蕩起了人對那個時代的追戀之
情。」對於存在於現代文明之中的特殊區域的原始性特徵，勞倫斯在小
說中對它的意義作了界定：「每個國家似乎都有其潛在的具有否定力的
中心和地區。它們極其野蠻又不可抗拒地拒不接受我們現在的文化。」
而愛爾維娜所在的西西歐家鄉，正是這樣一個「否定力中心」，它是現
代文明的反對力量。

3、歐洲文明之外

勞倫斯在從遠古和義大利尋找原始性的同時，也開始在歐洲之外尋
找原始性。《虹》中的斯克里班斯基從非洲服役回國度假，對厄秀拉談
起非洲的印象：

> 接著他用低沉、顫抖的聲音告訴他一些非洲的見聞，那些不可思
> 議的黑夜，摸不著頭腦的事情，血淋淋的殺戮。
> 「我不害怕英國的夜晚，」他說，「這裏的夜晚很柔和，很自然，
> 特別是你在身邊的時候，它還是我的媒介。可是非洲的夜彷彿無
> 邊無際，十分嚇人，別的我都不怕，就是怕非洲的黑夜。夜裏吸
> 進去的空氣也帶血腥味兒。黑人都知道，不過他們崇拜它，真的，
> 崇拜黑夜，幾乎喜歡它，那是一種刺激的官能的恐怖。」
> 她微微一顫，他的聲音彷彿從黑夜以外的地方傳過來，低聲給她
> 講非洲的見聞，告訴她一些奇怪、刺激的東西；談到黑人的時候，

一股放蕩的、溫柔的感情噴湧而出，緊緊地裹著她。說著說著，
他那股熾熱的性慾衝動傳染到她身上。

我們從前邊的分析中已經知道，斯克里班斯基是一個社會化的人。但在
此時，斯克里班斯基的原始「非洲」經驗暫時與他內在的自我建立起來
了某種聯繫，成為他本能、慾望的外化形式。而這一「非洲」經驗同樣
感染了厄秀拉，使她對斯克里班斯基的本能、慾望產生了呼應。

　　勞倫斯在完成《虹》之後，加大了從歐洲之外的異域文明中尋找原
始性的努力。他在 1914 年 9 月 21 日給戈登‧坎貝爾（Gordon Campbell）
的信中說：「我去過大英博物館，從埃及人和亞述人的雕塑中我瞭解到
我們所追求的東西，我們想要實現的極端的、非人性的人生品質，這是
非常奇妙的。激情、個人感受和彼此的依戀這一切都和它沒有關係。因
為這些都只是屬於表達方面的東西，而表達方面的東西都已完全機械化
了。在我們的背後存在著巨大、未知的生命力量，這種看不見、感覺不
到的力量來自沙漠，依附在埃及人身上。」[18]這段文字表明，勞倫斯意
識到原始性與非理性自我之間的同構性，也在嘗試從歐洲之外的異域文
明中尋找原始性。在這一時期，勞倫斯熱心閱讀弗雷澤的《金枝》，布
留爾的《原始思維》，愛德華‧泰勒的《原始文化》等文化人類學著作，
也是出於同樣的目的。

　　《戀愛中的女人》呈現了勞倫斯這一努力的結果。伯金和傑羅爾德
以及他們的幾個朋友暫住倫敦時，在寓所裏看到幾尊來自西太平洋地區
的土人雕像，其中一個是正在分娩的裸體女人。傑羅爾德和伯金議論起
這尊雕像。傑羅爾德感到這女人「奇怪、麻木和原始的臉」像一個胎兒，
「表現出的極端的肉體知覺早超出了精神知覺的限度。」伯金認為這是

---

[18]　D. H. Lawrence, *The Letters of D. H. Lawrence* Vol.2, ed. George J. Zytaruk and James
　　 T. Boulton (Cambridge: Cambridge University Press, 1981), p.218.

「最純粹的肉體知覺」，沒有任何心靈的因素參與其中，伯金讚譽它「是文化發展的巔峰」。伯金還就他見過的一尊西非頎長、優雅的黑色小雕像發過議論，說這個雕像臉龐的玲瓏精巧，就如同一隻甲蟲，它也代表了甲蟲暗含的分化、腐敗和消亡。小說敘述人在介紹德國藝術家黑爾克時，說他「喜歡西非的木雕，喜愛阿茲特克人的藝術，喜愛墨西哥和中美洲的藝術；古埃及人和墨西哥人的含蓄情慾點燃了他們自己的情慾之火。」而古娟對原始藝術的看法也和黑爾克相似。

從《虹》和《戀愛中的女人》可以看出，勞倫斯這一時期對歐洲之外原始性因素的利用還沒有形成系統，地域未見統一，認識也多有矛盾。這主要是因為勞倫斯此時還沒有到歐洲之外旅行過，有關歐洲之外原始文明的看法多來自間接知識。但這是一個很好的轉捩點：勞倫斯開始有意識地在歐洲基督教文明之外的原始文明中尋找非理性的生命本體力量，尋找拯救陷入危機中的人類的希望，這為勞倫斯 1919 年-1925年的小說中的美國想像做了有益的舖墊和準備。

三、原始性與美國想像

1、「拉納尼姆」與勞倫斯的烏托邦世界

勞倫斯 1915 年 1 月 3 日給科特連斯基的信中第一次提到，想召集幾個人到遠方去尋找一片理想的樂土，並且為這片樂土取名「拉納尼姆」（Rananim）。「拉納尼姆」一詞出自希伯萊文《聖經・詩篇》第 92 首中的「Ra」annanim」一詞，意為「碧綠，鮮嫩」。勞倫斯 1915 年 1 月 18日給 W. E. 霍普金（William Hopkin）的信中說：「我想湊大約 20 個人，乘船離開這個充斥著戰亂與敗壞的世界，找到一小塊殖民地，那裏不使

用貨幣，在生活必須品方面施行某種形式的共產主義。」他表示「我要和幾個朋友繼續仔細考慮一下這個計劃。」[19]這段文字是拉納尼姆的絕好注腳，表達了勞倫斯到遠方去建立一個新社會的構想。從 1915 年初到 1926 年 1 月，「拉納尼姆」這個烏托邦想像周期性地在勞倫斯的書信中出現。1916 年 9 月 4 日，勞倫斯困惑地詢問科特連斯基：「我們的拉納尼姆在哪裡？」[20]1916 年 11 月 7 日給克特連斯基：「我得告訴你，我的『拉納尼姆』理想……是切實可行的……到一個杳無人煙的地方，去建立『拉納尼姆』吧，這對我，我希望最終也對你都是正確的。」[21]

　　拉納尼姆作為勞倫斯的烏托邦想像，承擔了勞倫斯的理想。烏托邦無疑是在遠方，但具體是在何處，卻有一個變化過程，而且這個過程常常是隨機的。最初計劃建造在一個無人的小島上，這個小島或許在大洋南端，或許在南美，或許在澳大利亞附近。最後，拉納尼姆落實到了美國。

　　勞倫斯的拉納尼姆最後落實到美國，可以說偶然性中蘊含了必然性。歐洲的戰火沒有波及到美國，那裏看起來是一個理想的逃避場所；同時美國出版商付給他作品的稿費比英國高得多，生活自然也容易得多。正在這時，一個朋友答應在弗羅裏達提供一個莊園供他居住，勞倫斯立即動了心，準備動身前往美國。1915 年 11 月 9 日致辛西婭・阿斯奎斯夫人信中說：「我想到美國去……我的生命在這裏終結了。我應當作為一顆種子到那裏去，降落在新的大地上。」[22]1915 年下半年，勞倫

[19] D. H. Lawrence, *The Letters of D. H. Lawrence* Vol.2, ed. George J. Zytaruk and James T. Boulton (Cambridge: Cambridge University Press, 1981), p.259.

[20] D. H. Lawrence, *The Letters of D. H. Lawrence* Vol.2, ed. George J. Zytaruk and James T. Boulton (Cambridge: Cambridge University Press, 1981), p.650.

[21] D. H. Lawrence, *The Letters of D. H. Lawrence* Vol.3, ed. James Boulton and Andrew Robertson (Cambridge: Cambridge University Press, 1984), p.23.

[22] D. H. Lawrence, *The Letters of D. H. Lawrence* Vol.2, ed. George J. Zytaruk and James

斯夫婦順利拿到護照。他們原準備 1915 年 11 月 24 日動身，但因為 1915 年 11 月 13 日《虹》被當局查禁，為處理相關事宜，加之沒有足夠的路費，沒有合適的船隻等原因，勞倫斯沒有動身。1917 年，當戰爭進行到更加嚴酷的階段時，勞倫斯再次申請去美國，結果這一次被英國政府拒絕了。戰爭期間雖然勞倫斯沒有成行，但他切切實實開始為去美國做準備，即開始《美國經典文學研究》一書的寫作。勞倫斯對美國作家的興趣逐漸在下一個十年變成了用自己的眼睛尋找新世界的努力的一部分。由此，在戰爭的陰霾籠罩歐洲時，勞倫斯發現了一個新世界。

1919 年，第一次世界大戰結束，勞倫斯迫不急待地離開英國，前往義大利，開始了他的海外飄泊生涯。1921 年 11 月 5 日，一個素不相識的美國女子從美國西南部新墨西哥州的陶斯給勞倫斯寫信，表達對他作品的敬意。隨信還附贈了一些印第安的圖騰物和避邪物，並告訴勞倫斯，在美國西部，有一個農場在等著他，請他前來作客。寄信人說讀了他的遊記《大海與撒丁島》後，確信勞倫斯的理想能夠在陶斯實現。這個女子叫梅布林（Mabel Dodge Luhan，1879-1962），當時正在和一位叫盧漢（Tony Luhan）的印第安人同居。自從佛羅里達的目標落空後，勞倫斯在美國失去了立足之地，而梅布林的信又給他提供了一個實現理想的場所。勞倫斯當即決定，去美國西部。1922 年勞倫斯踏上環球之旅，經錫蘭、澳大利亞，最後到達美國。在那裏，勞倫斯找到了他的拉納尼姆。

2、《美國經典文學研究》中的美國想像

在戰爭期間，勞倫斯為了準備去美國，閱讀了大量的 19 世紀美國文學作品，並於 1917 年 8 月至 1919 年 2 月間，寫了十多篇評論，系統發表了對美國文化、文學、民族性的看法。這些論文後來有較大幅度的

T. Boulton. (Cambridge: Cambridge University Press, 1981), p.432.

修改，並以《美國經典文學研究》為名結集出版。勞倫斯在這些有內在統一性的論文中，用他汪洋恣肆的文字，討論了本傑明・富蘭克林（Benjamin Franklin，1706-1790）、庫柏（James Fenimore Cooper, 1789-1851）、愛倫・坡（Edgar Alan Poe，1809-1949），霍桑（Nathaniel Hawthorne，1804-1864）、麥爾維爾（Herman Melville, 1819-1891）、惠特曼（Walt Whitman，1819-1892）等美國早期作家的創作。這些文字是勞倫斯建立美國想像的基礎，也是他的美國想像的重要組成部分。

　　《美國經典文學研究》一書凸現的是歐洲和美國的衝突。在勞倫斯的理解中，「美國」既是一個地理概念，又是一個文化概念，它與美國西部的荒野，帶有原始氣息的印第安人生活、風俗聯繫在一起。從歷史的演進過程來看，原始的印第安文明比現代歐洲文明「落後」得多，但在信奉原始主義的勞倫斯眼中，它卻是比歐洲文明更高層級的文明形態，是現代人獲得拯救的新希望。如果我們不去嚴格用國家的概念限定「美國」，它作為文學象徵，範圍甚至可以擴展到墨西哥等其他美洲地區。作為歐洲作家，勞倫斯的美國想像首先意味著和歐洲的連接與對壘。事實上，歐洲和美國正是他思維的兩極：從歐洲出發，走向美國。第一篇〈地之靈〉是這組論文的總綱。勞倫斯說：「每一個大陸都有其地域之靈。每一個人都被某一特定的地域所吸引，這就是家鄉和祖國。……地域之靈確是一種偉大的真實。」[23]地域決定了文化，勞倫斯的立意就是強調美洲這片土地對美國文學、美國民族性的塑造作用。美國是一個移民國家，早期移民有一個艱難、漫長的本土化過程。勞倫斯在這些古典作家的創作中，發現了「新的聲音」，即美國民族形成。「美

---

[23]　勞倫斯：〈地之靈〉，《靈與肉的剖白》，畢冰賓譯，灘江出版社1991年版48頁。

國的舊經典著作則令人產生一種「截然不同」的感知，這就是從舊的靈
魂向新的靈魂的過渡，新的取代舊的。」[24]

　　所謂「舊的靈魂」，是指歐洲意識和精神，或者說，指與歐洲在血
脈、感情、思想等方面的繼承關係。「新的靈魂」代表著本土的美國，
它是神秘的，狂暴的，野性未馴、充滿原始活力的，它的根深植於印第
安土著居民的生活之中，深植於西部的大荒野中。新舊靈魂在交戰。勞
倫斯說：「在美洲人的心靈深處蘊藏著一種反歐洲家長的力量」，「他們
絕望地要擺脫歐洲，擺脫古老的歐洲權威」。[25]同時，新的靈魂也在長成，
要破殼而出。於是，新與舊糾纏著，撕咬著，搏鬥著。他所論及的美國
作家反映了二者搏鬥的過程，以及被壓抑的美國，也就是真正的美國逐
漸呈現的過程。在勞倫斯所論及的作家中，愛倫・坡表現的是舊意識的
「崩潰」和「震動」，庫柏、霍桑、麥爾維爾的作品反映了新舊靈魂的
交戰，而在惠特曼筆下，新的靈魂在長成。

　　勞倫斯認為，愛倫・坡的小說《麗姬婭》充分表現了舊意識的「崩
潰」。這篇小說講述了「我」的前妻麗姬婭病逝後，借屍還魂，又將「我」
的後妻折磨致死的故事。勞倫斯敏銳地指出，男主人公對麗姬婭所做的
一切是分析她，「在理智上完全弄懂她」，就像實驗室裏分析物質一樣。
小說中男主人公不厭其煩地描述麗姬婭相貌的各種組成部分，那種瑣碎
和迷醉，達到病態的程度，印證了勞倫斯的判斷。勞倫斯說，這種愛是
精神型的，即通過理智瞭解對方，進而掌握對方，佔有對方。也正因為
「你只應該在冥冥中通過血液感知你的女人，試圖理智地瞭解她就是試
圖殺害她」，[26]男主人公應該對麗姬婭的死負責。

---

[24]　勞倫斯：〈地之靈〉，《靈與肉的剖白》，畢冰賓譯，灕江出版社1991年版43頁。

[25]　勞倫斯：〈地之靈〉，《靈與肉的剖白》，畢冰賓譯，灕江出版社1991年版46頁，
　　47頁。

[26]　勞倫斯：〈地之靈〉，《靈與肉的剖白》，畢冰賓譯，灕江出版社1991年版117頁。

　　勞倫斯認為霍桑的《紅字》表現了美國人「最致命的缺陷——雙重性，即：激情的自我欲毀滅一種道德，可理智上卻還死死地依戀著它。」勞倫斯在對霍桑作品的解讀中，發揮了他的兩個自我衝突的理論：海斯特‧白蘭和牧師狄姆斯台爾通姦帶來的罪感和受到的懲罰，說明美國人的「頭腦和精神仇恨黑暗的血液力量」，勞倫斯說，「所有美國人都有這老毛病。他們捨不得丟棄老式的理想外衣」。[27]而兩個自我的勢不兩立，就是紅字的全部涵義。

　　勞倫斯認為，惠特曼唱出了「新的自我」之歌。事實上，《草葉集》就是以一個新的生命有機體的成長歷程來設計的。《銘言集》是整部詩集的總綱，點出自己歌唱的物件——生命有機體及他的精神實質。這個生命有機體是個體的人，是具體的男人女人；也是抽象的、普遍的人，他是「民主」和「全體」的象徵，同時也是美國的化身。接下來的《亞當的子孫》和《蘆笛集》是生命體在體驗異性愛情和同性友誼，象徵生命體的成熟和創造。《候鳥集》、《海流集》、《路邊之歌》是生命體的發展，以旅行和遊歷為特徵。他的足跡踏遍美國各地，也向世界延伸。所到之處，到處都是沸騰的生活，他也參與其中。《桴鼓集》和《林肯總統紀念集》主要寫生命體在戰爭中經受考驗和錘煉。《秋之溪水》、《神聖的死的低語》和《從正午到星光之夜》中的生命體由中年進入老年，心境漸趨寧靜，同時開始思考即將來臨的死亡。《離別之歌》是向他所歌唱的這個世界告別，他預示自己將毫無遺憾地離開這個世界，他預示了新的生命的誕生，而自己的生命將融入這個新的生命體中。由此看來，《草葉集》的結構特點隱喻了詩人自己心靈的發展、成長，也隱喻了美利堅民族的發展、成長。勞倫斯盛讚惠特曼是「第一個跳出來去粉

---

[27]　勞倫斯：〈納撒尼爾‧霍桑與《紅字》〉，《靈與肉的剖白》，畢冰賓譯，灕江出版社1991年版228頁。

碎所謂人的靈魂高於優於人的肉體的舊道德觀念」的詩人，他「給人的血性施行大變革」，[28]賦予了生命體以真實的存在。我們從《草葉集》對性愛的描寫可以一窺惠特曼所謳歌的這個新生命的本質。在惠特曼看來，性不是罪惡，壓抑性才是罪惡，是對自然法則的歪曲。惠特曼筆下的性愛不是一般浪漫主義詩人謳歌的愛情，它和性行為、懷孕、生殖聯繫在一起，是生命的核心。他以《亞當的子孫》整整一輯詩，表現性行為使靈魂得到淨化和再生的主題。惠特曼認為，人類的始祖亞當和夏娃偷吃禁果並非罪過，亞當的子孫只有通過性愛，而不是通過對它的壓抑才能重返伊甸園。

〈菲尼莫・庫柏的「皮襪子」小說〉是勞倫斯《美國經典文學研究》中最精彩的篇章之一。庫柏的「皮襪子」小說系列由五個長篇組成，按寫作順序為〈拓荒者〉（1823）、〈最後一個莫希幹人〉（1826）、〈草原〉（1827）、〈探路者〉（1840）、〈殺鹿人〉（1847）。這些小說以美國歷史上驚心動魄的西進運動和開發邊疆為背景，描寫了獵手納吉・班波（綽號皮襪子）的一生。班波的生命歷程，是一個不斷西進，不斷從大自然和印第安人生活中尋找生命真諦和靈魂皈依的過程。勞倫斯認為這象徵著歐洲移民「徹底擺脫舊歐洲意識」，逐漸確立真正的自我，找到本土之根的過程。更妙的是，勞倫斯對小說主人公班波的生命歷程與這五部作品的寫作順序大致相反一事大做文章。五部小說從納吉・班波的老年寫起，最後到青年。勞倫斯認為，這有重大的象徵意義：

> 「皮襪子」的故事創造了這種新關係的神話。而這神話是逆時針轉動的，從老年到金色的童年。這是美國真正的神話。它一開始

---

28 勞倫斯：《惠特曼》，《靈與肉的剖白》，畢冰賓譯，灕江出版社1991年版228頁。

> 就已十分古老，陳舊的皮膚打著褶皺。漸漸地，這層老皮蛻變了，
> 年輕的皮膚生出來了。這就是美國的神話。[29]

這巧妙的釋意是很少有人不同意的：在西進過程中，來自古老歐洲的移
民在美洲土地上紮根，獲得新生，建立了新的民族性。勞倫斯在論文中
細緻地分析了庫柏小說中印第安題材和西進開拓邊疆主題，為這一隱喻
填充了紮實可信的內涵。

　　美國學者 H. N. 史密斯在他著名的文學批評著作《處女地──作為
象徵和神話的美國西部》中指出：文學中的西部是一個象徵和神話，它
在美國民族性形成方面發揮了關鍵作用。這一見解被高度評價為「它代
表對美國歷史的解釋的一次重要轉變。」[30]事實上，這一在美國文化、
文學研究史上極其重要的論點，勞倫斯比史密斯早三十年就提出來了。
對勞倫斯的創作儘管毀譽不一，但學者們對他的經典評論《美國經典文
學研究》的評價一直很高，尤其在美國。甚至十分興盛的神話批評學派，
就被認為建立在勞倫斯這一著作的基礎上。[31]英國學者克默德說：這本
書「改變了整個一個國家看待自己經典文學的態度」，[32]這的確是精闢之
見。勞倫斯美國論述的精彩之處在於，他準確地把握住了美利堅民族與
歐洲民族的聯繫與區別，深刻揭示了美國民族性形成的根源和方式，找
到了美國本土之根。正是借助於對 19 世紀美國一系列浪漫主義作家作

---

[29] 勞倫斯：〈菲尼莫・庫柏的「皮襪子」小說〉，《靈與肉的剖白》，畢冰賓譯，灕江
　　出版社 1991 年版 100 頁。

[30] 邁克爾・赫爾方：《中譯本序言》，《處女地──作為象徵和神話的美國西部》，Henry
　　Nash Smith 著，薛蕃康、費翰章譯，上海外語教育出版社 1991 年版 1 頁。

[31] Michael Colacurcio, "The Symbolic and the Symptomatic: D. H. Lawrence in Recent
　　American Criticism", *American Quarterly*, XXVII, 4 (1975), pp.486-501.

[32] 克默德：《勞倫斯》，胡纓譯，三聯書店 1986 年版 140-141 頁。

品中的美國民族性的挖掘,勞倫斯建立起自己的美國想像,為他後來的
朝聖小說中的美國想像準備了條件。

3、朝聖小說中的美國想像

西方的「朝聖小說」產生於中世紀基督教興起之後,最初以表現信
眾前往聖地的朝觀活動為主要內容,其代表作是喬叟(Geoffrey Chaucer,
1343-1400)的小說集《坎特伯里故事集》。17世紀班揚(John Bunyan,
1628-1688)的《天路歷程》標誌著朝聖小說的新發展,其外在的朝聖
之旅與主人公靈魂皈依上帝的心理過程相呼應,具有更深的宗教寓意。
18世紀之後,朝聖小說經歷了一個逐漸世俗化的過程,「朝聖」的過程
在一定程度上脫離了基督教背景,更多指向個人的道德更新、心靈淨
化、領悟真理。這類朝聖小說在程式上具有一些共同特徵:一個外來者
為追求徹底的變化和全新的生活,從熟悉的環境出走,到遠方去。都有
獲得啟悟的時刻,以追尋的過程作為情節的主線等等。勞倫斯1919-1925
年間創作的大部分小說都符合朝聖小說這一類型,[33]它們以追尋「美國」
理想為重要主題。

《迷途的姑娘》中的愛爾維娜出生在英格蘭中部工業小鎮沃德豪斯
一個破落的商人家庭。父親因商業經營不善而情緒鬱悶。家庭教師弗羅
斯特小姐和管家平納加小姐屬於當地的老處女圈子,因長期肉體慾望被
壓抑導致精神上的病態。在這樣一個氣氛沉悶、壓抑的家庭裏,愛爾維
娜享受不到生活的樂趣。23歲時,愛爾維娜愛上一個來自澳大利亞的醫
學生格雷厄姆,但他們的婚姻因家庭教師弗羅斯特小姐作梗沒有成功。

---

[33] L. D. Clark, 「Making the Classic Contemporary: Lawrence」s Pilgrimage Novels and
American Romance」, *D. H. Lawrence in Modern World*, ed. Peter Preston and Peter
Hoare (London: Macmillan Press, 1989), p. 194.

後來愛爾維娜去伊斯林頓接受產科護士培訓，在此期間，她的身心暫時得到解放，變得前所未有的「活躍、振奮和精神煥發」。結束培訓後，因找不到合適的工作，愛爾維娜重新回到先前的萎靡不振狀態。轉眼愛爾維娜已經 30 歲，進入了老處女的行列，生活仍沒有轉機。正在這時，一個巡迴劇團到當地來演出，愛爾維娜認識了在劇團飾演印第安人的西西歐，對他產生了感情。為了能與西西歐在一起，愛爾維娜甚至加入劇團，隨劇團四處漂泊。密探事件後，愛爾維娜受到冷遇，只好離開劇團，去當產科護士。開始時她很滿意這份新工作，加之有穩定收入和社會地位的米切爾醫生向她求婚，愛爾維娜開始憧憬體面、安穩、富足的生活。但她的內在本能和直覺並不遵從她的理智判斷，它們清楚地告訴自己，她不愛他。所以，當西西歐前來找她，想帶她去義大利時，愛爾維娜略微猶豫後，就答應了。愛爾維娜與西西歐結了婚，在義大利阿爾卑斯山深處一個小村落住了下來。戰爭開始後，西西歐應徵入伍。愛爾維娜與西西歐商定，等戰爭結束後，他們一起到美國去。

　　上一節我已經指出，愛爾維娜人生歷程的邏輯線索是追求內在生命本能的解放。她與西西歐結合，一起前往義大利，在本質上是對原始文明的皈依，借此擺脫了一切社會束縛，回歸到本真的自我。但《迷途的姑娘》中，不僅義大利形象等同於原始性，其中的美國印第安人形象也與原始性聯繫在一起。義大利屬於歐洲，總體上在基督教文明範圍內，無論勞倫斯如何強化義大利的異教色彩，它能夠歸納和負載的原始想像都有限的，因此，美國印第安人形象成了原始性的重要補充。這部小說故事的背景是英國和義大利，和美國印第安人本沒有關係，但小說通過巡迴劇團上演的印第安人節目達到了這個目的。巡迴劇團到達沃德豪斯後，為了吸引當地人前來劇場看戲，通常都要在大街上進行巡遊。劇團演員裝扮成印第安人，一路招搖走過，在當地引起巨大轟動。愛爾維娜

對巡遊表現出極大的興趣，她尤其被西西歐的表演所激動。所以當管家平納加小姐一味攻擊這次巡遊是給小孩子看的玩意兒，毫無內容時，愛爾維娜被她的掃興話弄得心頭火起，說：「你再不贊成也比不上我對你那種讓人掃興的做法的憎恨程度。」父親不理解女兒的怒火從何而來，罵她「瘋了」。愛爾維娜介面說：「試想一下我過去的生活吧。」過去的生活是「宅第中那污穢而陰鬱的氣氛」，「自以為是，廢話連篇的平內加小姐」，還有「散發著銅臭味」的父親。這從反面說明了巡遊節目給愛爾維娜的刺激作用。

　　西西歐是義大利南方人，但他在劇團裏扮演充滿神秘野性的美洲印第安戰士。在遊行表演時，他黑黑的長髮上插著蒼鷹羽毛，臉上畫著一道道黑、白、紅、黃相間的彩條，上身赤裸，塗著紅一塊、黑一塊的油彩，下身穿著飾有獸毛皮的褲子。一身印第安人裝扮的西西歐身上散發著神秘莫測的美，它的強大魔力將她征服。劇團在劇場演出的劇目是《白人俘虜》。印第安男子抓到了一個白人俘虜並捕獲了一頭熊。印第安人的妻子基希維瓊愛上了白人俘虜，試圖放他逃走。正在這時，熊發威攻擊印第安男子，隨後向他的妻子基希維瓊撲去。白人俘虜挺身而出，殺死了熊，拯救了基希維瓊。戲中有一段基希維瓊在死亡的熊和丈夫身邊舞蹈的場景。她優美的舞姿表現了「對雄性龐然大物的欽慕之心」，「因戰勝了這頭黑熊而帶來的全身顫抖」和「殘忍的狂喜」，「以及唯恐熊尚未真死的懼怕心理」。敘述人進而指出，「這是個美妙的場景，暗示著在夏娃吃白色禁果之前，世界黎明的到來。」隨後，基希維瓊又對白人俘虜表露了一番埋藏在內心深處的同情。敘述人這時說：「她確實是被誘吃了智慧之果的黑夏娃。」敘述人的這番話揭示了印第安戲劇表演的寓意：表現內在自我本能的甦醒。

《迷途的姑娘》的結尾顯示，愛爾維娜並不把到義大利看成內在自我解放的最終目標。隨著戰爭的爆發，義大利已經不再是一片淨土，西西歐即將入伍參戰，這一切都使義大利在愛爾維娜心目中失去了它的意義。因此，愛爾維娜和西西歐商量戰後到美國去。這樣一個安排，就把美國想像與小說中印第安劇目表演聯繫起來。由於這一時期勞倫斯頻繁地關注美國，對那個未曾去過的神秘大陸的想像，開始在這一時期勞倫斯小說創作中扮演重要的角色。

《阿倫的杖桿》同樣對美國意象有所借重。小說主人公阿倫是英格蘭中部煤礦的礦工，也是一名出色的笛手，有穩定的工作和收入，有妻子和四個孩子。在耶誕節前夜，阿倫突然對這習慣的生活產生了強烈的憎惡，覺得這一切都是虛假的，覺得自己作為男子的獨立人格和精神受到壓抑和摧殘，於是毅然離家出走。他出走後不斷探索的歷程，是重建完整男性人格的過程。阿倫先到倫敦一家樂團作長笛手，在此期間，他與文學家里立和藝術設計師約瑟菲娜等人交往，與他們討論政治、社會、藝術、宗教等問題，還與約瑟菲娜有了肉體關係。里立不久收留了剛逃出約瑟菲娜控制，身心疲憊的阿倫，照顧他恢復了健康。里立到義大利去漂泊，阿倫在倫敦找不到生活的意義，也前往義大利。他先借宿在諾瓦拉的威廉爵士家，隨後又輾轉到米蘭和佛洛倫薩。在佛洛倫薩，阿倫認識了托雷侯爵夫人，與她產生了新的戀情，但這戀情不久因阿倫拒絕在靈魂上屈服而破裂。阿倫和里立在佛洛倫薩重逢，二人集中討論了兩性關係中雙方的角色和地位問題，里立再一次告誡他要在女人面前保持獨立。在一次無政府主義者製造的爆炸事件中，阿倫失去了賴以謀生的笛子，里立安慰他，並給他新的教誨和引導。阿倫在夢境中開始了前往新世界的旅行；與此同時，他對里立這個具有領袖氣質的男子產生了屈服和順從。

在阿倫探索的旅途上，有兩位女性給他施加了雙重的影響。第一個是約瑟菲娜，她是煤礦主布里克納爾的兒子傑姆的未婚妻，在耶誕節之夜，出走前的阿倫在礦區徘徊，誤闖到傑姆府上，被熱情的傑姆留宿一夜。就是在這天夜裏，約瑟菲娜對阿倫有了異常反應，而阿倫也堅定了出走的決心。緊接著，在一次歌劇演出上，約瑟菲娜發現了樂隊中當長笛手的阿倫，與朋友一起請他做客。隨後他們有了單獨的兩性交往。第二個女性是托雷侯爵夫人。阿倫在義大利遇到了她。她被阿倫有魅力的笛聲所吸引，阿倫被她神秘而強大的力量所誘惑，二人很快走到一起。這兩位女性喚醒了阿倫男性的慾望，是阿倫生命發生蛻變的重要契機、呼應物，和動力。

有趣的是，這兩位女性的身份都與美國有關。約瑟菲娜身上有美國土著印第安人血統，她的動作處處透出印第安人的習性：看戲時「用印第安土著人那種嚴肅、不可動搖、不可思議的目光」，步態「是一種粗魯的大踏步，就像野蠻的印第安女人邁的大步。」托雷夫人則是美國南方人。兩個女性的「美國」身份，不是勞倫斯心血來潮的隨意指認，它與《迷途的姑娘》中的美國想像是一脈相承的，預示著拯救精神陷入危機中的人類的一條出路。

需要指出的是，美國身份並不能涵蓋這兩位女性形象全部的寓意。小說中阿倫與這兩個女性的關係都以決裂告終。里立再次見到阿倫時，阿倫倒在大街上，身體虛弱，精神崩潰。原來他因愛約瑟菲娜而致此，這種愛以「屈服」為代價，所以阿倫說：「我愛她的那一瞬間，我就完了。」里立通過男性的愛撫，使阿倫身心恢復了健康。阿倫最後選擇離開托雷夫人，是因為他意識到，如果他們的關係持續下去，他會失去自己獨立的核心，失去內在的真正的自我。從這個意義上講，這兩位女性，與阿倫的妻子所扮演的角色沒有本質區別，都是阿倫重建獨立的男性人

格需要克服的障礙。兩個女性人物承擔的相互矛盾的功能，實際上是勞倫斯對女性矛盾的態度所決定的。勞倫斯在《戀愛中的女人》之後的創作強調女性的屈服，強調男性獨立於女性，並且超越女性，所以約瑟菲娜和托雷夫人既是阿倫新生的成就者，也是他前進道路上的絆腳石。

在《阿倫的杖桿》最後一章，阿倫作了一個極富隱喻性的夢。夢中的世界有來世色彩，充滿奇跡和幻景：他走進一個洞穴，一個很大的地下國度在延伸。他上了一條船，航行在巨大的湖上。他的兩個自我分裂成兩個人，一個對這個這未知的世界有驚人的感知力，另一個對一切渾然不覺。當船駛近「象墨西哥城」的城市時，阿倫醒了。這個有《聖經‧啟示錄》中天啟意味的夢，是關於新大陸新生活的，它的目的地在美洲。小說中阿倫並沒有明確表示將來要去美洲，他只是告訴他的領路人里立，自己永遠無法安穩下來，永遠在追尋。里立曾經表示自己「喜歡阿茲特克人和印第安人。我知道他們掌握著生活的要素，這是我所追求的——他們有生活的勇氣。」「對印第安人和其他人來說，他們可以輕而易舉地擺脫令人窒息的困境。他們可以活得更長一些，這樣可以幫助人們公然反抗白種人。」小說最後一章，當里立和阿倫討論將來的生活時，里立說：「我倒很想在另一個大陸上，到別的民族中去試試生活。我感到歐洲對我來說成了牢籠。再過一年我就得出去了。我得離開歐洲。我開始感覺被關在籠子裏了。」阿倫對里立的話深有同感。把這些頭緒連綴起來，我們會發現，美國意象在這部小說中儘管十分零碎，仍然扮演著「新世界」的角色。

在環球之旅途中，勞倫斯在澳大利亞停留了兩個多月時間（1922年5月至8月），完成了以澳大利亞為背景的長篇小說《袋鼠》。就藝術性而言，《袋鼠》或許是勞倫斯所有長篇小說中最差的一部。由於是「急就章」，由於感受過於豐富，又不加節制，以致小說缺乏內在的整一性，

顯得有些雜亂。但從朝聖小說這一點來看，它又是勞倫斯追尋「美國」理想不可缺少的一環。與義大利在《迷途的姑娘》中所扮演的角色一樣，《袋鼠》中的澳大利亞也寄予了勞倫斯的理想，一度是他的拉納尼姆所在地。小說中的英國作家索默斯是勞倫斯的化身，他與妻子哈麗葉在戰後感到歐洲文明已經走到了盡頭，因此渴望到一個新的地方去，於是旅行到了澳大利亞。開始時他發現這個嶄新的國家處處與歐洲不同，這裏有徹底的民主制度，有無拘無束卻秩序井然的生活，有廣袤的土地和美麗的自然。正如小說中索默斯的妻子哈麗葉感受到的：「她對澳大利亞充滿了希望，似乎她的一生都在等待來澳大利亞，來到一個新的國家。她太仇恨那個舊世界了。」但很快，他們就對澳大利亞失望了。這裏不過是英國的一塊殖民地，流行的是宗主國的時尚，模仿的是二手文明。索默斯後來認識了傑克夫婦，經由傑克的引見，索默斯與綽號「袋鼠」的悉尼律師本‧庫利成為朋友。袋鼠是一個具有法西斯性質的退伍兵組織的首領，伺機利用一場危機奪取政權。袋鼠對索默斯產生由衷好感，多次向他示愛，還想把索默斯吸納到自己的組織中來。左翼工黨領袖特勞瑟斯深信未來新的社會秩序應該建立在男性之愛的基礎之上，他也積極拉攏索默斯。索默斯受到這兩個人的說教及其人格魅力的吸引，又燃起了在澳大利亞建立拉納尼姆的熱情。但同時，作為一個獨立的知識份子，索默斯又不願為了捲入政治鬥爭而犧牲個人自由。他在屈服和抗拒之間搖擺。在一次聚會上，爆發了袋鼠領導的退伍兵組織與工黨分子的激烈衝突，袋鼠中彈犧牲。索默斯由此對澳大利亞徹底失望，毅然決定前往美國。

在所有朝聖小說中，最富於激情的是中篇小說《聖‧莫》。勞倫斯在寫這部小說時，已經到了美洲。小說中的美洲也不再是不可及的遠景，主人公就活動於其中。但這部作品仍保持著「朝聖」的結構，寫一

個美國出生的女子盧‧威特在歐洲生活、盤桓許多年後，重返美國的故事。盧‧威特 12 歲時來到歐洲，在一些國家求學遊蕩，後來與藝術家里科結了婚，定居倫敦。盧‧威特的母親喜好在倫敦海德公園騎馬，為了陪伴母親，盧‧威特買下了一匹名叫聖‧莫的馬。隨著倫敦社交季節的結束，里科、盧‧威特和她的母親一行帶著聖‧莫離開倫敦，來到威爾士鄉下度假。在一次騎馬時，聖‧莫把里科摔成了殘廢。盧‧威特和她母親受到處死聖‧莫的壓力，他們二人都不願這樣做，同時她們又意識到這匹馬與她們內在生命本質的聯繫，於是起意將它帶回到美國去。她們遠渡重洋，來到得美國克薩斯州。不久，盧‧威特又在美國西南部山區購得一個牧場，在那裏找到了真正屬於自己的生活。

　　整篇小說描寫了盧‧威特生命意識覺醒，不斷追求真實存在的過程。對她的追求起催化和推動作用是聖‧莫。盧‧威特與里科結婚不久雙方就產生了疲憊感，雖然相互喜歡，誰也離不開誰，但他們之間的聯結失去了「熱血的奇妙的陣顫」，失去了激情。用勞倫斯慣用的辭彙講，他們的愛是神經的、精神之愛，而非肉體的、血性之愛，這種愛摧垮了她們，使他們精疲力竭。正在這個時候，她遇到了聖‧莫。這是一匹高大、健壯、俊美，身上散發著神秘火焰的馬，也是一匹烈性難馴的馬，此前一個年輕人在騎它時把腦袋撞碎，另有一個馬夫被這匹馬擠在牆上，造成重傷。但盧‧威特第一眼就喜歡上了它。因為馬「陰沉的褐色瞳孔的黑眼睛看上去像是神秘火光中的一片陰影，像是在我們這個世界之外的一個世界，在那兒一種神秘的活力在發出閃爍的光，在那火光之中有著另一種智慧。」從馬身上，她「似乎聽到了來自一個比我們的世界更神秘、更廣闊、更危險、更壯麗的世界的回聲。」她去撫摸這匹馬，驚訝地感覺到，馬身上「生命的熾熱活力通過漆一般光潔的金紅色皮毛傳到了她的身上」，她與馬瞬間產生了感應和交流。這匹馬在倫敦除了

被關在馬廄裏，就是被騎著在海德公園遛彎，給人以談資和消遣。聖·
莫因為體內某種被壓抑的東西得不到釋放，顯得緊張而煩躁。這也難
怪，一個小小的倫敦海德公園，如何容得下這樣一匹駿馬馳騁？鄉間的
天地大一些，但英國的鄉下雖然看起來安然自得，井然有序，然而本質
上卻是虛假的，聖·莫也不屬於這裏，它屬於另一個世界。由於聖·莫
所代表的神秘世界的招引，她發現自己生活的世界的全部虛假性，她渴
望著離開歐洲，離開現實的世界，前往那個神秘的世界。美國似乎代表
了這一理想，因此她決定回美國去。聖·莫與盧·威特天然相知、融洽，
卻對里科滿懷敵意。里科被馬摔傷致殘後，盧·威特對歐洲已無所眷戀，
她和母親，帶著聖·莫，以及她們的朋友菲尼克斯（他有印第安人血統），
回返美洲。小說中，盧威特對真實生命的追求分為四個階段，以地域上
的轉換為標誌。她在聖·莫的招引下，從倫敦來到英國鄉間，隨後又橫
渡大西洋，來到美國的德克薩斯。但德克薩斯也不是她的心願之鄉，這
片早已經被文明征服的土地，與歐洲的區別只是它不折磨人的中樞生
命，但它本身「缺少五臟六腑，缺少中樞生命」。盧·威特於是繼續西
進，來到美國西南部地區。這片以廣漠的荒野、群山和印第安土著人生
活為特色的地區，與盧·威特內在的生命產生了強烈的呼應，她終於找
到了自己的根。西方學者指出：「盧西進的旅程，在某種程度上，……
是回返她的本土之根。」[34]盧·威特回歸原始性，是與她對歐洲基督教
文明的揚棄同步進行的。小說中寫道：

> 向南！永遠向南，盡可能遠遠地離開北極的恐怖！這便是盧的生
> 性的需要。擺脫灰暗陰沉和低低的天空，擺脫連綿無際的淫雨和
> 緩慢落下的鋪天蓋地的大雪的魔爪，再也不要看見北方冬天的泥

---

[34] Gamini Salgado & G. K. Das, ed., *The Spirit of D. H. Lawrence* （Macmillan Press, 1988）, p. 93.

　　淳和雨雪，再也不要感到那現在已經沒有了宗教信仰的那種理想
　　化、基督式的緊張。

　　小說結尾，盧・威特和母親爭辯時說，在她腳下的這片土地上，有
一種「精神」，「它與原始的美洲有關，與我有關。……我的使命是要把
自己獻給那原始的、已經在這兒等待了這麼久的精神」。盧・威特終於
找到了她的真正屬於她的土地，找到了拉納尼姆。

　　勞倫斯在踏上美國西部時說：「我想，與在外面世界我曾經有過的
體驗相比，我在新墨西哥所得到的體驗真可謂是意義最大的體驗。一點
不假，新墨西哥使我從此發生了變化。在新墨西哥這壯麗、強烈的早上
你會猛然驚醒，你靈魂深處新生的部分會清醒過來，舊的世界會讓位於
新的世界。」[35]這感受與盧・威特如出一轍：美洲是新天新地。

　　1925 年 9 月，勞倫斯離開美國，返回歐洲，他生命中一段特殊的旅
程劃上了句號。美國想像逐漸退出他的創作，歐洲又回到了他的懷抱。
美國想像的退潮，並不意味著勞倫斯為陷入危機的現代人類尋找出路的
努力的中止，只是變換了形式，轉移了方向。1927 年春，他在義大利西
北部伊特拉斯坎地區遊歷，歐洲古老文明給了他強烈的震撼。他逐漸發
展了這樣一種看法：歐洲文明復活的希望在歐洲本身。於是，「朝聖」
失去了現實基礎，朝聖小說的模式結束了。勞倫斯創作中新的變化還表
現在：直接面對死亡，探索死亡的意義，更多地借助超自然因素，如詩
集《最後的詩》，小說《死去的人》，論文《啟示錄》等；直接面對性愛，
表現性愛成為兩性關係探索的核心，如《查泰萊夫人的情人》。後期作
品自有它獨特的價值，但伴隨美國意象而來的遼闊的視域，磅礴的想
像，充沛的元氣，卻同美國意象一起消失了。

---

[35] 勞倫斯：《新墨西哥》，《勞倫斯散文選》，馬瀾譯，百花文藝出版社 1992 年版，第
271-272 頁。

四、《羽蛇》及其他：誤入歧途的原始主義

如本章第1節所述，從原始文明中尋找生命的能量和激情，用以和衰朽、敗壞的西方現代工業文明對抗，是現代主義作家的普遍選擇。但不可否認，原始主義的濫用也帶來了一系列嚴重問題，它對普適的道德價值觀構成嚴重挑戰，並且往往被極端政治勢力所利用。勞倫斯小說中的原始主義就存在著這兩種傾向。Ｔ・Ｓ・艾略特對此曾尖銳指出：勞倫斯「這種企圖以原始生活來解釋文明社會的探索，以倒退來解釋進步的探索，以「隱秘深處」來解釋表面現象的探索，說到底是個現代現象。……但是值得懷疑的是創生的程式，不管是生物的還是心理的，對文明人來說，是否必然是走向真理的程式。說真的，勞倫斯先生對文明人既不信任，也不感興趣，你在文明人中間是找不到他的；他比盧梭走得更遠。」[36]艾略特的分析是精闢的。我們在瞭解了勞倫斯小說利用原始性的正面價值後，也要正視其負面的影響。

勞倫斯的中篇小說《公主》就是一部用原始主義挑戰人類道德底線的作品。小說中的厄奎特小姐是某一古老的蘇格蘭王族世家的唯一傳人，以「公主」相稱。她在美國的親戚給她留下大筆遺產，但要求她在繼承這筆遺產的同時，每年必須在美國居住六個月。公主就這樣與古怪的父親一起來到美國，在無所事事中打發時光。公主繼承了父親的性格，冷漠、矜持、老成、持重、毫無激情。歲月流逝，她從少女變成了38歲的老姑娘，卻始終沒有對男人發生過興趣，也沒有結婚的意願，看上去就像「一朵雍容華貴但卻毫無香味的花朵。」父親去世後，公主與同伴卡明斯小姐一起去美國西南部新墨西哥州山區旅行，請墨西哥農民羅梅洛作她們的導遊。途中一匹馬受傷，公主只好讓同伴卡明斯小姐返

---

[36] 蔣炳賢編選：《勞倫斯評論集》，上海文藝出版社1995年版35頁。

回，自己則跟著羅梅洛繼續前行。在冰寒徹骨的夜裏，公主主動委身於羅梅洛，在羅梅洛強烈的情慾中得到了溫暖。但隨後羅梅洛激情難抑，他挾持了公主，再不肯把公主送回去。護林員前來尋找公主，與羅梅洛發生槍戰，把羅梅洛擊斃。公主回到文明社會，巧妙地掩飾了自己的真實遭遇，與一個老頭結婚。

　　事實上，《公主》中的羅梅格和公主內心深處都隱藏著一個「魔鬼」，這個魔鬼就是他們本能的自我。羅梅洛皮膚黝黑，體格健壯，渾身洋溢著活力和粗獷的美，警覺而敏感。而在公主冷漠的外表下，也有「那種執拗的本性──可能是帶著發狂色彩的執拗──支配著她。她想走進大山裏，去看看大山心臟裏的秘密。她想到雲杉樹下、明亮的綠水池塘的小木屋裏去。她想去看看野生動物怎樣在荒野裏毫無意識地轉來轉去。」她想「看看洛磯山內部的混沌狀態」。在美國西南部的大荒野中，二人本能的自我相遇並激出了火花。羅梅洛眼裏總有「一絲隱秘、生動的光亮」，而這一絲以前從來沒有人看到的「光亮」被公主瞬間捕捉到了，他們之間產生了「一種朦朧、難以言傳的親密感」，在兩個人的心裏促成了「微妙的」溝通，「有了一種特殊的關聯」。公主於是開始喜歡羅梅洛的嗓音、外貌、舉止，他的存在甚至增強了她結婚的念頭。在這種情形下，公主隨羅梅洛前往大山深處實際上就成了一個朝聖的歷程，是公主本能的自我逐漸釋放的過程。而對於羅梅洛來說，則是他掙脫文明束縛，野性自我回歸的過程。

　　《公主》的故事如果發展到這裏止步，這部小說就是一個喜劇。但勞倫斯沒有到此止步。隨著山勢越來越高，自然環境越來越嚴酷，羅梅洛身上的獸性顯露得也越充分。羅梅洛可不是浪漫主義小說中的「高貴的野蠻人」，為了滿足個人情慾，他強姦並劫持了公主，還強迫公主留下來，與他結婚。為了要挾公主，他甚至還把她的衣物全部丟棄到池塘

裏。但即使在公主生命面臨威脅的時刻，她也沒有恨過羅梅洛，相反，她感到羅梅洛「控制著她身上某種她沒有意識到的部分」。在與護林員對峙時，看到羅梅洛矯捷、漂亮的身影，她甚至感到自己愛他。只是公主身上文明的外殼更加強大，「她需要自身的完美無損，不要別人觸摸，誰也不能控制她，誰也沒權對她提出要求。」在這種極端考驗面前，公主身上文明的自我使她保持著理智，她拒絕了羅梅洛的要求。羅梅洛被擊斃後，公主回到文明社會，輕易地掩飾了真相，在公眾眼裏，她仍然「是一位純真無瑕的處女」。從小說結局安排看，勞倫斯對公主重新返回文明社會是持否定態度的，但問題是，本能自我的釋放和野性的回歸是否應該有一個限度？顯然，暴力和強姦跨過了人類倫理的底線。

《騎馬出走的女人》同樣觸及了回歸原始文明的限度問題。小說主人公是一個白人銀礦主的妻子，與丈夫長年生活在墨西哥深山礦區，生活單調乏味。「她精神上的發展在她婚後神秘地中止了，完全被抑制住了。對她來說，她的丈夫無論心理上還是肉體上從來沒有變得真實過。」深山裏居住著印第安人，有一些部落甚至相當原始、野蠻。這女人對印第安人產生了興趣，有一天，她突發奇想，騎馬前往一個叫朱爾奇人的部落，想瞭解他們的神秘生活。朱爾奇人部落中有一個傳說：原先印第安男人女人與太陽和月亮有著完美的交流，他們的種族也興旺發達。後來印第安人衰落了，喪失了掌握太陽的力量，於是太陽被白人偷走。這個傳說還認為，只有當一個白種女人自願把自己犧牲給印第安人的神時，印第安人的神祇才會重建這個世界，白人的神明就會粉碎。眼下他們正極力尋找這樣的白人女子。由於特殊的精神狀態，加之對印第安人的意圖毫不知情，礦主的妻子與印第安人相遇後，非常順從地跟隨他們來到部落營地，並且表達了要侍奉印第安人神明的意願。結果在藥物催

眠下，在激越、狂熱的圖騰儀式中，這白種女人陷入迷醉，最終被送上了祭壇。

　　小說中的白種女人與《聖・莫》中的盧・威特不同，她雖然對現實生活不滿，但並沒有足夠的心智和強大的直覺感悟力去探索自己的精神出路。她去尋訪印第安人，純粹是出於文明人對土著人所懷抱的浪漫念頭。當一個採礦工程師和她丈夫談到印第安人時，這個工程師對印第安人的空泛的熱情，在這個女人的心裏引起了共鳴。「她一腦子糊塗的浪漫思想，比一個小姑娘的還要來得更不現實。她覺得她命中注定了該到山裏去，到這些無始無終、神秘莫測的印第安人隱蔽的居住地點去遨遊一番。」旅途的疲憊、恐懼以及高山缺氧，使她喪失了做出正確選擇的意志力，否則，當她步入危險區域前，就應該打道回府了。在她被送上祭壇前，殘存的意志多次向她示過警。例如她發現，帶她上路的一個印第安青年的眼睛和文明人的眼睛完全不同，當那雙亮晶晶、黑沉沉的眼睛注視她時，白人女子還以為對方是迷戀自己的女性魅力，不禁得意地微微一笑。這起碼說明他們之間能夠交流，白人女子能夠對印第安青年施加影響，但她錯了。她立即發現對方的眼睛根本不像人的眼睛，根本沒有把她當成一個美麗的白種女人，甚至沒有把她當成一個女人。在印第安青年眼裏，她只是一件「無法估量的東西」。此後，小說中多次提及這個青年以及其他印第安人看她時那種沒有任何感官和情慾成分的非人類眼神。他們把她的衣服脫去，檢查她的身體，觸摸它的乳房，給她薰香，這一切都是由印第安男子完成的。但沒有一個印第安人在做這一切時感到「害臊」，沒有一個人把她當女人。這種眼神阻擋了任何她利用自己女性魅力，與對方溝通的可能，讓她感到害怕，提醒她面臨的敵意，令她後悔這次旅行。她說出願意侍奉印第安神明的話，是在完全不知道實際含義，被印第安人刻意誘導的結果，也就是說，印第安人欺

騙了她。在印第安人給她喝了含有迷幻劑一類飲料，她的精神和意志完全在失去控制，進入「一種迷迷糊糊、心滿意足的精神狀態」，與宇宙萬物實現了美妙的溝通：

> 隨後，她身上又起了一陣軟綿綿的舒適感，四肢感到有強壯、又鬆弛，渾身軟弱無力。她在睡榻上躺著，聽著村子裏的聲音，望著昏黃的天空，聞著燃燒香杉木或是松木的氣味。小狗的尖叫、遠處雜遝的腳步聲、喃喃的低語，她都聽得那樣清晰。她的嗅覺也是那樣敏銳，能分辨出煙味、花香和夜色的降臨；她非常清晰地看見落日的上方閃爍著一顆無限遙遠的明星，她覺得自己所有的感官好像都擴散在空間，因此他聽得見花朵入夜開放的聲音，還聽見巨大氣流互相穿過時蒼穹中那實實在在的、水晶般的音響，空中上升和下降的水汽像一台宇宙間的大豎琴那樣，似乎發出了回聲。

這絕不是一個浪漫的故事。這白種女人向原始文明的回歸，是一個被動的過程，是以生命的付出為代價的。小說中描寫白種女人在喝了印第安人給她的飲料之後，精神才出現了這樣的幻覺，也就是說，這種與宇宙融為一體的感覺是毒品作用的結果。至此，回歸原始文明的神聖性蕩然無存。《騎馬出走的女人》再一次挑戰了人類倫理極限：為了拯救現存的世界，為了追求徹底的更新，人類是否就應該拋棄一切自己創造的現代文明，即使是付出生命的代價也在所不惜？勞倫斯從印第安人專注、焦急的眼神和手中的屠刀分明看到那一股殘忍的力量。顯然，勞倫斯陷入到兩難之中。

《羽蛇》是一部把原始主義的政治隱喻推到極致的作品。愛爾蘭女子凱特去墨西哥旅行，發現這個國家籠罩在一片驚恐、慌亂、壓抑氣氛

中，國家陷入了危機。凱特對這一切感到失望和反感，萌生去意。正在這時，凱特認識了一個神秘的人物卡拉斯可，以及將軍西比阿諾。不久，凱特發現卡拉斯可與西比阿諾正在利用當前的動盪局勢，合謀策劃一場墨西哥本土之神克斯卡埃多的復興運動。這場運動的主旨是驅除基督教在墨西哥的勢力，使克斯卡埃多神的崇拜成為國教，進而實現對國家政治的控制。凱特懷著複雜的心情觀察著這一切，她一方面受到克斯卡埃多神秘力量的吸引，另一方面又發現這場「造神運動」中明顯的政治企圖，對此感到驚懼。從卡拉斯可和西比阿諾這方面講，他們需要造出一個「女神」，使他們的克斯卡埃多神祇體系臻於完善，而凱特就是他們最合適的人選。克斯卡埃多運動在墨西哥如火如荼地展開。在民眾中贏得廣泛的支援後，卡拉斯可和西比阿諾向大主教攤牌，最後一把火燒掉天主教偶像，把克斯卡埃多神迎進教堂。作為「造神」運動的一部分，西比阿諾向凱特求婚。凱特答應了這一「神配婚姻」，但不同意與他維持世俗婚姻，而且要求西比阿諾允許她一個月後返回愛爾蘭。西比阿諾同意了她的要求。克斯卡埃多運動由於總統的支援，獲得了更加迅猛的發展，整個國家都被這一種新事物刺激著，空氣中充斥著新的能量。凱特自己也越來越感受到這場運動的強大影響，並且逐漸接受和認同了這種影響。終於，凱特放棄返回歐洲的計劃，要求留下來。她拋棄了舊我，使自己的新我完全屈服於西比阿諾和卡拉斯可，從中獲得了新生。

　　《羽蛇》中描寫的墨西哥本土宗教運動有其現實和歷史根據。墨西哥的土著居民主要是阿茲特克人，他們屬於中美洲印第安人的一支。約西元 1000 年左右，阿茲特克人建立了自己的帝國，鼎盛一時。阿茲特克人信奉多神教，其主神有戰神、太陽神、雨神，以及羽蛇神等。在其宗教中，人祭之風盛行，常以受害人之心或血，獻祭給太陽神。16 世紀，西班牙人入侵，把墨西哥變成了西班牙殖民地，天主教勢力興起，阿茲

特克人的原始宗教走向衰落。在殖民地時期，天主教會權勢極大，是最大的土地所有者。19 世紀初，墨西哥民族解放運動如火如荼地展開，本土宗教文化也出現了復興。19 世紀 50 年代，墨西哥通過頗為激進的土地改革，把天主教會和大地主的土地收歸國有，再分配給窮人，以此達到消滅剝削，根除貧富差別的目的。但由於種種原因，改革法的相關條文在當時沒有能夠實施。20 世紀初，墨西哥爆發革命，新政府廢除了種族隔離政策，開始採納印第安人在政治、文化、經濟等方面的成果，同時推行土地國有化。這些措施引發了天主教會的強烈反對，導致教會與政府間矛盾激化。一些外來的天主教神父被驅逐出境，墨西哥大主教也遭到逮捕。1926 年，大主教宣佈暫停教會的宗教服務，政府認為這是有意煽動和政府作對，雙方對立進一步升級。在一些神父的號召下，一部分天主教徒組織起來，與政府軍展開了武裝鬥爭。這場「基督教起義戰爭」持續三年，給墨西哥造成了極大的破壞，不少地區十室九空，生靈塗炭。到 1929 年，天主教會和政府達成協定，雙方停戰。《羽蛇》中的故事正是以這場墨西哥基督教起義戰爭為背景，描寫了民族主義勢力鼓動原始宗教復興運動，驅逐天主教會勢力，進而試圖掌握國家政權的過程。

勞倫斯在《羽蛇》中，主要借用古代阿茲特克人信奉的主神之一羽蛇，來發揮他的原始主義想像。這神祇名為克斯卡埃多，以有羽毛的蛇的形象出現，有著怪異的疏毛和狂舞的身體，象徵著生機與活力。克斯卡埃多神的核心，是它將從死亡中再生，從東方回到故園，恢復失去的統治。對於在絕望中掙扎的墨西哥人來說，任何關於徹底的結束，翻天覆地的巨變的許諾都是具有蠱惑力的。卡拉斯可和西比阿諾推動的「造神」運動正好是利用了民眾求新求變的心理。西尤拉湖賓館的經理對此有清醒的認識，他對凱特說：「那是布爾什維克玩的新花樣。他們以為

社會主義應該有一個神，於是，他們便以此來發動另一次革命。」凱特說：「人們說卡拉斯可其實是這件事的後臺，也許他要當下一任總統——或者，他有更高的目的，要成為第一個墨西哥法老。」問題是，普通百姓對復活原始宗教運動幕後的政治陰謀並不知情，他們盲目而狂熱地捲入其中，一場席捲墨西哥的迎接羽蛇神復歸的運動開始了。

　　羽蛇神教復興運動是一場徹頭徹尾的政治陰謀，而卡拉斯可是這場運動的總後台。他縝密的策劃，巧妙的宣傳，是這場運動取得成功的重要保障。當民眾對羽蛇神教完全不知情的時候，他先在當地報紙上刊登了一條消息，說一群浣衣女子在神秘的西尤拉湖目睹了古代神靈克斯卡埃多的蒞臨。等這消息在當地引起巨大轟動後，卡拉斯可又宣佈以考古學家的身份前往考察，證實確有其事。先是放風，然後去落實，卡拉斯可自編自導，使羽蛇神首次蒞臨的模式充滿神秘奇幻色彩，極富蠱惑性。隨後，羽蛇神頌詞開始在廣場街道傳唱，逐漸把迎神活動推向高潮。這些傳唱的歌詞雖然都在闡述克斯卡埃多神的要義，與天主教信仰崇拜的關係，以及取代天主教信仰崇拜的合法性，但每一篇承擔的功能各有不同。前兩首歌謠歌唱宇宙間最高的神黑太陽，它是星辰太陽月亮的創造者，是生命的源泉，是世界上所有宗教的主神。克斯卡埃多是黑神在墨西哥的使者，在天它化為啟明星，在地以羽蛇為象徵。當它被人遺忘時，基督教偶像聖母瑪利亞和耶穌基督佔據了墨西哥的廟宇。現在瑪利亞和基督都已經老去，懇求黑神把他們接回原先的住所。宇宙的主宰答應讓基督之星回到本來屬於他的陰暗之地去。墨西哥不能沒有神照料，宇宙的主宰者就派「壯年」的啟明星克斯卡埃多來到墨西哥人中間，接替基督之星拯救他們。在卡拉斯可編造的前兩首歌詞中，有兩個要點特別值得關注。其一，想像出一個涵蓋世間一切宗教的宇宙主宰，把基督教和羽蛇神教都歸入他的管轄範圍。而且，羽蛇神教比基督教更正宗，

更符合宇宙主宰的心意。其二，羽蛇神教與基督教之間不是對立的關係，而是繼承關係。歌詞中有聖母瑪利亞和耶穌基督表達自己的懺悔：他們沒有能夠給墨西哥帶來溫飽、和平與愛，所以自甘引退，讓羽蛇神來接替他們為墨西哥人效力；並預言羽蛇神一定會不負人民的期待。我們看到，在卡拉斯可這位政治野心家的精心策劃下，羽蛇這古老神靈如何被挖掘出來，加工翻新，炮製成奪取政治權力的武器。卡拉斯可的精明在於，他沒有貿然把基督教放在敵對的位置上加以描述，而是扮演成它的繼承者，這樣做，有利於接收和利用基督教在墨西哥的影響。

新的歌謠接踵而至，開始動員民眾組織起來，採取現實的行動。歌詞宣告，克斯卡埃多神在人間揀選了兩個信徒，要求他們把瑪利亞和耶穌神像逐出教堂，送回天國，並許諾讓墨西哥人「內外一新」。在歌謠的蠱惑下，大批組織起來的羽蛇神信眾把瑪利亞和耶穌的神位從教堂中搬出來，運到尤西拉湖中的一個小島上燒掉。不久，又一首歌謠開始傳唱，訴說克斯卡埃多來到墨西哥後，發現這裏有許多外來的白人、黃人、黑人在掠奪墨西哥的資源和財富。克斯卡埃多許諾要將施行報復，降災於那些墮落的墨西哥人。這實際上是在下達軍事鬥爭的動員令。果然不久，克斯卡埃多運動與天主教會之間爆發了大規模的衝突。天主教會不甘示弱，派刺客來暗殺卡拉斯可，但沒有成功。西比阿諾的軍隊宣誓向卡拉斯可效忠，並以新的宗教精神訓練軍隊，戰鬥力大增。在第五支歌謠傳唱之後，卡拉斯可和西比阿諾被尊為羽蛇神在人間的代表和化身，凱特也被尊為女神。在卡拉斯可領導下，羽蛇神教作為一支新興的政治力量在墨西哥崛起。

　　勞倫斯在《無意識幻想曲》中寫道:「我不相信進化,而相信永遠更新的創造性文明的奇異性和彩虹般的變化。」[37]在政治社會領域,勞倫斯對漸進式的改良、進化素無好感,而崇尚戲劇性的轉折,崇尚徹底的結束和全新的開始,崇尚大洪水、大毀滅之後的新天新地。這種思想在《羽蛇》中表現得十分充分。卡拉斯可發動的羽蛇神教復興運動追求的就是這種「奇異性和彩虹般的變化」的效果,他要用宗教革命一夜間讓墨西哥的面貌煥然一新。作為對比,勞倫斯對以卡拉斯可夫人為代表的靠做善事、靠愛來逐漸使社會改變的觀念給了嘲諷。卡拉斯可夫人是一位虔誠的天主教徒、慈善家,辦有一所棄嬰堂,專門收養被遺棄的孩子。她的內心充滿對人類的愛,並把自己獻給作為這種愛的體現的慈善事業。但勞倫斯說她的愛不屬於情感的自然流露,不是本能的表現,而是意志力的產物,這種愛的背後是仇恨和怨憤。勞倫斯把尼采批判基督教道德的論點用到了卡拉斯可夫人身上。卡拉斯可對妻子也表達了同樣的看法:「妳,卡洛塔,妳的慈善事業,像白尼特‧朱萊茨這樣的人,他們的改革,他們的自由主義,還有其他的仁慈的人們、政治家、社會主義者,等等,他們口頭上是同情、慈愛,而骨子裏卻是恨」。為了追求「創造性文明的奇異性和彩虹般的變化」,在勞倫斯看來,哪怕是不擇手段,也是應該允許的。小說中的卡拉斯可和西比阿諾也都相信這一點,於是,羽蛇神教復興運動充滿暴力、殺戮、血腥就可以理解了。反對勢力派人行刺卡拉斯可未遂,出賣者和殺手被逮捕。在一場盛大的羽蛇神祭祀儀式中,兩個出賣者被殘忍地擰斷脖子,三個殺手被西比阿諾用匕首乾淨利落地刺死,成了被送上羽蛇神壇的犧牲品。為了追求「創造性文明的奇異性和彩虹般的變化」,就需要一位領袖登高一呼。於是勞倫斯在《羽蛇》中,再一次發揮了他的超人哲學,塑造了卡拉斯可這

---

[37]　D. H. Lawrence, *Fantasia of the Unconscious* (London: Martin Secker, 1923), p. 10.

樣一個超人角色。相比較而言,《阿倫的杖杆》中的超人里立,《袋鼠》中的超人「袋鼠」,都顯得有名無實。里立只會發表弘論、宣講玄理;「袋鼠」也是言談多於行動,最後自己還死於非命。《羽蛇》中的卡拉斯可不同,他是理論家,又是實踐家。他認為「這個世界是由少數精英和盲眾組成的」。他自詡為「自然的貴族」和聖人,表示要成為「世界的創造者」,甚至是世界的「始創者」。在他眼中,民眾「受民族情緒支配的時候,他們簡直就是一群有待進化的猴子!」他們只配當偉人實現自己宏偉目標的工具和馬前卒。他們是草芥,他們的個體生命是不足惜的。作為一個政治領袖,卡拉斯可的確魅力非凡,不僅民眾受他蠱惑,軍閥西比阿諾甘心供他驅策,連來自歐洲,有健全發達理智的凱特最後都對他俯首聽命。卡拉斯可有堅定的信念和超強的意志力。羽蛇神教復興運動在墨西哥從無到有,從小到大,是這個超人一手策劃推動的結果。他對自己的信念沒有絲毫懷疑,在推動時也絕不猶豫。妻子反對他的思想,他就把妻子打入冷宮;妻子歇斯底里的發作、哀求、眼淚引不起他絲毫的同情。大主教是他的政敵。儘管在開始階段,他回避與天主教正面衝突,偽裝成天主教的朋友和兄弟,一旦力量壯大,他立即與大主教攤牌,打擊天主教時毫不手軟。可以看出,卡拉斯可身上集中體現了勞倫斯此時信奉的創化論思想、暴力學說、超人哲學,它們完全排擠了民主、自由、平等、博愛等現代資本主義思想和制度發揮作用的任何空間,其現實的反動性也早已經被希特勒的法西斯主義,以及一些第三世界國家大大小小專制獨裁政權的倒行逆施所充分證明。

勞倫斯在《羽蛇》中,特別注意描寫羽蛇神教復興運動的原始性與墨西哥民族的集體記憶和潛意識之間的呼應關係。我在本章第1節已經論述了原始性與非理性之間的本質聯繫,而《羽蛇》突出表現了原始性與非理性心理世界中死亡本能的聯繫。凱特剛到墨西哥時,就感到這塊

古老的土地，被「一種神秘的東西」規定著，包裹著，限制著，糾纏著，那個東西異常地沉重和壓抑，猶如盤環的巨蛇，讓人感到威脅、神秘、恐怖。她發現，這「神秘的東西」屬於昨天，屬於遠古：「在美洲，有時使人強烈感到蠻荒時代的痕迹，人類史前的生活在這裏歷歷在目。」隨著對墨西哥瞭解漸多，凱特越發認識到，在這個民族中，在墨西哥每一個人的血液裏，都隱藏著一股原始的力量。勞倫斯認為，這股力量不是生命的昂揚向上之力，而是「一股精神性的、沉抑的、永遠向下的力量」，它就像阿茲特克人那神秘的羽蛇一樣，充滿瘋狂、仇恨、殘忍、嗜殺、墮落。卡拉斯可用激越的鼓聲、癲狂的舞蹈、沉鬱凝重的歌聲，喚醒和動員了民眾血液中的這股黑暗力量，使之得到宣洩和釋放。也就是說，羽蛇神教復興運動之所以具有巨大的蠱惑性，在於它迎合了墨西哥人內心深處古老、蠻荒、原始、殘暴的死亡力量。勞倫斯之所以熱衷於表現墨西哥人身上的這種死亡本能，是因為他認為人類已經無可救藥，「必須首先經歷一個危機的洗禮，而後才能進入嶄新的生活」，「我們必須經歷一個巨大的轉變，即從死轉變為生，這意味著必須承認自己的黑暗，承認我們身上的「黑暗的湧流和活躍的解體過程」」[38]勞倫斯顯然認為，只有死亡這種創造性的轉化才能夠拯救人類。既然如此，那就應該積極地推動死亡早日來臨。

　　《羽蛇》中的凱特是一位白人，來自於文明世界。在小說中，她由一個清醒的、甚至有些反感的旁觀者，逐漸成為羽蛇神教復興運動的重要成員，最後完成了對原始文明的皈依。她的選擇代表了勞倫斯的態度，她的轉變反映了勞倫斯的心路歷程。凱特剛到墨西哥時，那裏的一切都讓她倍感壓抑和絕望，只想儘快離開。但隨著他與卡拉斯可、西比

---

[38] D. H. Lawrence, *Phoenix: The Posthumous Papers of D. H. Lawrence* (London: William Heinemann Ltd., 1936), pp. 674, 676.

阿諾等人交往日深，活動範圍逐漸擴大，她感到被墨西哥這條黑暗、陰鬱的蛇給纏住了。墨西哥這塊神秘的土地對她產生了極強的誘惑力，拖著她不由自主地走向墮落。與勞倫斯許多此前的主人公一樣，凱特身上有兩個自我，一個是她的理智，這是她受現代文明教化的結果；另一個是她的本能，這本能過去一直被理智壓抑著，但在墨西哥這塊充滿原始、蠻荒的土地上，這本能的自我漸漸地開始甦醒了。凱特的心路歷程，就是理智逐漸消退，最後完全受本能支配的過程。值得注意的是，凱特身上的本能，已經不再是勞倫斯早期小說人物身上那一股健康、向上的生命力量，而是向下的、走向沉落、毀滅和死亡的力量，也就是說，死亡本能成為凱特非理性心理世界的主宰。這一點與勞倫斯所描寫的墨西哥民族特性是一致的。因此，凱特本能復甦的過程，也就成了她對墨西哥民族特性和卡拉斯可發動的羽蛇神教復興運動的認同過程。

　　一個文明人放棄自己的理性，完全回歸到本能之身，是極其艱難的。凱特目睹西尤拉聖湖的仙姿靈態後，感到了新的生命在自己軀體中燃燒。廣場上的頌神樂曲在凱特「遙遠的人性深處」激起回響，讓她覺得拒絕這個音樂沒有任何好處，於是她不由自主加入到舞蹈者狂歡的行列，並進而感到「自己走入一個更大的自我」。但在小說第 8 章「旅館之夜」，一個盜竊者翻窗入室，讓凱特受到很大驚嚇。當原始性威脅到自己的財產和生命時，理性在她身上重又占了上風，令她覺得「邪惡產生於人性向遠古時代的復歸」。這時的凱特「不信文明歷史會倒轉，不相信人類會回到野蠻時代。」她表示「相信人之中有種向善的力量，只要我們相信它，它會給我們勇氣。」原始性對凱特理性的第二個重大挑戰是西比阿諾處死出賣者和殺手，其手段殘忍果斷令凱特受到強烈震撼。凱特意識到，如此殺人是羽蛇神教活祭儀式的必要組成部分，但她痛恨這種凌駕於個人自由之上的神的意志：「這裏到處都是意志、意志、

意志，沒有任何憐憫、慈悲和同情之心」。她意識到這神意有多麼可怕，它「像一隻巨大的章魚，發散出可怕的光線。」她想離開墨西哥，回到歐洲去，回到自己熟悉的文明中去。原始性對凱特理性的第三個重大挑戰是西比阿諾的求婚。如前所述，這是一樁神配婚姻：凱特被選擇充當卡拉斯可創建的羽蛇神教中的女神，並且要與另一位男性神西比阿諾締結婚姻。凱特承認西比阿諾身上有神奇的魔力，但要自己嫁給他，在精神和肉體上雙重地屬於他，這對一貫奉行個性獨立和解放的現代歐洲女性是難以接受的。她無法想像自己會嫁給西比阿諾，把自己留在這片死亡之地，去承受那裏的憂鬱、沉重和黑暗，去度過那沒有靈魂的餘生。

　　在凱特身上，理性和本能在激烈交戰，但總體趨勢，是本能逐漸戰勝理性。在盜賊入室行竊事件過後不久，凱特驚魂初定，就又為墨西哥人的原始蠻性辯護了：「不，這不是不可救藥的、可怕的復歸。這是有意識的、精心的選擇。我們需要走向遠古，以尋回把我們與整個宇宙再度聯絡的線索，因為，現在的我們已走到盡頭；我們必須回歸。」活祭儀式讓凱特深感厭惡，但很快她就坦然接受了它。凱特一開始拒絕考慮西比阿諾的求婚，後來雖然接受「神意」，但要西比阿諾承諾只與她保持名義上的婚姻。再後來，凱特表示不想離開西比阿諾和卡拉斯可，最後甚至向西比阿諾乞求，不要讓自己離開他們。前邊提到，凱特身上有兩個自我，一個是舊我，一個是新我。在新我支配了凱特後，她感到自己身上發生了嶄新變化，好像「回復到純真、完全交出自己的狀態，像個孩子和少女。」她表示「我將屈服，盡我所能」。在《羽蛇》中，我們看到，隨著小說情節的發展，凱特就這樣逐漸放棄了理性思考，放棄了常識判斷，放棄了一切現實利益，陷入到越來越深的蒙昧、被動、忘我和服從的狀態之中，實現了對原始文明徹底的皈依。這種皈依不是通過理性和邏輯達到的，而是通過本能和信仰實現的。可以預料，在充滿

政治陰謀和宗教狂熱的墨西哥，勞倫斯為凱特安排的道路是極為兇險的，她極有可能步《騎馬出走的女人》中那個白種女子的後塵。但勞倫斯為了追求文明的創化，為了追求新天新地，早已置凱特作為人的生命價值和尊嚴於不顧了。

結語

　　勞倫斯是工業文明堅定的批判者。在家鄉伊斯特伍德，醜陋煤礦與美好自然在狹小的空間裏呈現出的尖銳對立，煤礦工業對礦工身心的摧殘，是他批判工業文明的出發點和原動力。勞倫斯繼而把對工業文明的批判擴大到西方國家的政治制度、教育制度、基督教道德、婚姻家庭關係等各個領域，最終否定了自己的民族乃至西方文明本身。勞倫斯抓住了工業文明的根本缺陷──使人社會化和機械化。工業文明將人束縛在特定的領域，劃分成特定的階級，人不得不扮演某種社會角色，不得不遵從社會規範和秩序。人的社會化和機械化與人的本質──自然性和動物性──相背離，使人的生命能量枯竭。勞倫斯反社會化和機械化是這樣地徹底，以致於他把一切社會價值標準，不管是顯在的還是隱含的，都排斥在人物的意識範圍之外，排斥在作者的評價系統之外。勞倫斯從來不去設想通過社會制度的變革來克服工業文明的根本缺陷，他義無反顧地把為現代人尋找出路的探索深入到人的非理性心理世界，延伸到異域文明之中。

　　勞倫斯作為一位偉大小說家的地位得以確立，固然根本上取決於他小說創作的實際成就，但如果沒有英國批評家利維斯（Frank Raymond Leavis，1895-1978）在上個世紀 50 年代的傾力辯護，社會對勞倫斯的承認可能要推後許多年。利維斯在他的代表作之一《偉大的傳統》中，梳理出一條 18 世紀以降英國小說的「偉大傳統」。英國真正意義上的小說自 18 世紀誕生以來，名家傑作紛繁疊出，但利維斯認為，「文學史裏的名字遠非都真正屬於那個意義重大的創造性成就的王國」。那麼什麼人才屬於這個「偉大的傳統」？利維斯具體的解釋是「他們不僅為同行

和讀者改變了藝術的潛能，而且就其所促發的人性意識——對於生活潛能的意識而言，也具有重大的意義。」他認為屬於這一「偉大的傳統」的小說家其實屈指可數，而「珍・奧斯汀（Jane Austen, 1775-1817）、喬治・艾略特、亨利・詹姆斯、康拉德、D. H. 勞倫斯——他們即是英國小說的偉大傳統之所在。」在《偉大的傳統》中，利維斯並沒有對勞倫斯作專章論述，只是概略地指出勞倫斯的偉大之處。後來，他專門寫了一部勞倫斯研究專著《小說家戴・赫・勞倫斯》，進一步發揮了他的論斷。利維斯不愧是一代批評大師，他目光如炬，在 50 年代總體上仍然以負面評價勞倫斯居多的不利學術環境中，第一次給予了勞倫斯以極高的評價。利維斯認為，勞倫斯在《兒子與情人》大獲成功後，本可以「繼續去寫傳統熏陶下的讀者立即就能領會的內含『人物塑造』和心理分析的小說」，但他沒有這樣做，而是「投身到了最見持久的創造性的勞動中」，「投身於開天闢地、探求發展之路的千辛萬苦中」，而這「代表的是生機勃勃且意義重大的發展方向」。利維斯指出，懷著發自內心的虔誠的宗教情緒，表現「另一個自我」，即人身上的非理性自我、本能的自我，是勞倫斯的本質所在，是使他成為「大藝術家」、「最偉大的小說家」、「偉大的創造性天才」、「英國文學中的一位巨人」[1]的根本原因。利維斯在他所認定的英國小說的「偉大傳統」中，排除了薩克雷、梅瑞狄斯（George Meredith，1828-1909）、哈代、喬伊斯、吳爾芙、福斯特，卻把當時並不受廣泛肯定的勞倫斯吸納其中，這無疑是一個驚世駭俗的意見。這一「座次表」是否公允，可以見仁見智，但經利維斯的「蓋棺定論」，勞倫斯評論的風向的確發生了轉折。50 年代以後，勞倫斯的研究成果車載斗量，其中絕大多數都是在證實或加強勞倫斯在英國文學史中的崇高地位。可以說，正是有了利維斯篳路藍縷的開創性工作，勞倫

----

[1]　F・R・利維斯：《偉大的傳統》，袁偉譯，三聯書店 2002 年版 3-4 頁，38 頁，45 頁。

斯的小說真正成為英國小說的經典，成為英國小說「偉大傳統」的重要組成部分。

在利維斯之前，包括高爾斯華綏、吳爾芙、曼斯菲爾德、羅素、T. S. 艾略特在內的眾多作家學者都對勞倫斯發表過意見，而這些意見以否定居多。利維斯在高度肯定勞倫斯的同時，對此前以 T. S. 艾略特為代表的否定勞倫斯的言論給予了尖銳批評。我們佩服利維斯的勇氣和眼光，但當如利維斯所願，勞倫斯的文學地位真正確立以後，回過頭來再審視那些著名作家學者的批評言論，會發現其中不乏真知灼見。勞倫斯是一個徹底的叛逆者。他的工業文明批判和為現代人尋找出路的探索常走極端，且態度之偏激和狂熱，少有人與之比肩。例如勞倫斯對一般作家通常會回避或淡化、虛化處理的性描寫，不僅大張旗鼓地讚美，把它作為人之生命本體力量的最重要形式，而且表現上也細緻入微。誠如勞倫斯所說，他筆下的性愛描寫服務於嚴肅的目的，與色情毫無關係。但即使與色情無關，文學的性描寫就可以毫無節制嗎？勞倫斯對同性戀的態度同樣令人難以接受。《袋鼠》中的索默斯似乎魅力十足，以致每一位與他交往的男子，都會愛上他。勞倫斯坦率地描寫索默斯與其他男子之間的親吻擁抱，並任意把同性戀的作用上升到安邦救國的高度，相信一般讀者不會在生理上感到愉快。勞倫斯懼怕新女性在家庭和社會中的專權，於是將她們妖魔化，並炮製出種種女性屈服於男性權威的虛幻場景，這早已經招致了女權主義批評家的憤怒和抗議。在《虹》和《阿倫的杖杆》等作品中，勞倫斯肆意攻擊民主制度，鼓吹超人和貴族統治。他對非理性心理世界的探索，最後墜入神秘主義；他的原始性追求，屢屢挑戰人類道德底線，置個體生命的尊嚴和價值於不顧。勞倫斯的國人蕭伯納曾經尖銳地指出：「由於人們的道德理想和宗教理想可能會導致他們做一些反常的、惡意的甚至是謀財害命的事，這種理想可能比嫉妒

和野心的危害更大。事實上，反映在社會制度和宗教條文裏的理想的絕
對力量常常使一些惡棍用一些美德的藉口自欺欺人，⋯⋯以理想的名義
犯罪。」[2]蕭伯納這段反「理想主義」的言論，以及上述作家對勞倫斯
的批評，對我們研究勞倫斯是一個警醒。勞倫斯是一位充滿激情、有濃
重理想主義色彩的天才作家，他對工業文明的批判到達了前所未有的深
度，但他的「理想主義」也暴露出道德上的重大缺陷和現實的反動性。
我們在道義上同情勞倫斯的思想探索，在文學上肯定他的想像力和藝術
創造，但對他的思想付諸社會實踐時可能造成的危害，同樣應該保持清
醒的認識。應該認識到，儘管勞倫斯揭露了理性的局限性，但是我們仍
需把理性看成反對愚蠢和有害觀念的有效保障。理性是人類文明發展所
取得的重大成果，它給了我們探索信仰和行動的勇氣，也賦予了我們反
思自己信念的勇氣。

　　邁克·萊文森主編的《現代主義》有一專章分析現代主義的文化政
治。這一章的作者薩拉·布萊爾注意到，許多現代主義者與各種激進的
政治勢力，尤其是右翼勢力如法西斯主義、軍國主義、反猶太主義有著
密切的聯繫。龐德是意象派的積極倡導者，才華橫溢的編輯，但也是義
大利法西斯主義的狂熱擁護者和辯護士。在整個二戰期間，他在羅馬電
臺的直播節目中咒罵羅斯福、列寧和托洛斯基，宣揚墨索里尼和希特勒
的法西斯主義社會秩序。T. S. 艾略特是文學上的古典主義者，政治上
的保皇主義者，宗教上的英國國教高教派教徒，也是一個「惡毒的」反
猶太主義者。在他的一些詩歌中，猶太人被用來隱喻現代文明的一切罪
惡：資本主義，性的墮落，文化的衰退等等。沒有證據表明勞倫斯捲入
了特定的右翼政治勢力，但他在政治觀念和立場上的極端性，比起龐

---

[2]　Sally Peters, *Bernard Shaw: The Ascent of the Superman* （New Haven: Yale University Press, 1996）, p. 28.

德、T. S. 艾略特有過之無不及。一些現代批評家把現代主義文本解讀為中性的東西，一種純粹的美學物件，但薩拉‧布萊爾指出：「這種企圖本身就構成了一種政治行為」。薩拉‧布萊爾認為，為現代主義作形式主義、客觀主義辯護的批評家往往「低估了現代主義與法西斯主義的調情為後來的讀者所提出的問題」。他提醒人們不要忘記，正是現代主義作家通過所謂「形式主義」和「客觀主義」的文學創作，卓有成效地為 20 世紀初期的形形色色的政治和社會思想開闢了通向獲得承認的道路。另一方面，薩拉‧布萊爾也認為，我們「不假思索地把這些文本斥責為政治上的腐朽和好鬥的東西，這也不是令人滿意的姿態，因為它排除了深入思考的可能性，即思考具有特殊形式、理想和表現力的文學在超越當前背景的不同背景下的意義。」[3]薩拉‧布萊爾的觀點對我們評價勞倫斯開啟了一條超越肯定—否定的兩極化思路的新的研究方向。事實上，勞倫斯的創作實踐提供了上個世紀初現代主義文學參與政治的多種形式，也打開了後人解讀那個充滿喧嘩與騷動的時代西方文化政治形態的一面窗子。勞倫斯的小說反映了世紀轉折時期，西方資本主義陷入重大危機的關頭，一代知識份子力圖徹底顛覆資本主義現存秩序，為人類尋找新生之路的艱苦卓絕的努力，也反映了他們張皇失措的狀態。因此，對勞倫斯的思想既要有清醒的價值判斷，而歷史地、客觀地加以研究也是必要的。

---

[3] 邁克爾‧萊文森編：《現代主義》，田智譯，遼寧教育出版社 2002 年版，第 218-219 頁，第 218 頁。

參考文獻

一、勞倫斯著作及主要中譯本

The White Peacock. Cambridge: Cambridge University Press, 1983.

Sons and Lovers.Cambridge: Cambridge University Press, 1992.

The Trespasser.Cambridge: Cambridge University Press, 1981.

The Rainbow. Cambridge: Cambridge University Press, 1989.

Women in Love. Cambridge: Cambridge University Press, 1987.

Mr Noon. Cambridge: Cambridge University Press, 1984.

The Lost Girl. Cambridge: Cambridge University Press, 1981.

Aaron's Rod. Cambridge: Cambridge University Press, 1988.

Kangaroo.Cambridge: Cambridge University Press, 1994

The Boy in the Bush. Cambridge: Cambridge University Press, 1990.

The Plumed Serpent. Cambridge: Cambridge University Press, 1987.

Lady Chatterley's Lover. Cambridge and New York: Cambridge University Press, 1993.

Love Among the Haystacks and Other Stories. Cambridge: Cambridge University Press, 1987.

The Virgin and the Gipsy and Other Stories. Cambridge: Cambridge University Press, 2005.

England, My England and Other Stories. Cambridge: Cambridge University Press, 1990.

St Mawr and Other Stories.Cambridge: Cambridge University Press, 1983.

The Fox, The Captain's Doll, The Ladybird. Cambridge: Cambridge University Press, 1992.

The Woman Who Rode away and Other Stories. Cambridge: Cambridge University Press, 1995.

The Prussian Officer and Other Stories. Cambridge: Cambridge University Press, 1983.

The Plays. Cambridge: Cambridge University Press, 1999.

Twilight in Italy and Other Essays.Cambridge: Cambridge University Press, 1994.

Sea and Sardinia.Cambridge: Cambridge University Press, 1997.

Sketches of Etruscan Places and Other Italian Essays.Cambridge and New York: Cambridge University Press, 1992.

Studies in Classic American Literature. Cambridge and New York: Cambridge University Press, 2003.

Study of Thomas Hardy and Other Essays. Cambridge: Cambridge University Press, 1985.

Apocalypse and the Writings on Revelation.Cambridge: Cambridge University Press, 1980.

Fantasia of the Unconscious. London: Martin Secker, 1923.

Psychoanalysis and the Unconscious. London: Martin Secker, 1923.

Phoenix: The Posthumous Papers of D. H. Lawrence. London: William Heinemann Ltd., 1936

Phoenix II: Uncollected, Unpublished and Other Prose Works By D. H. Lawrence. London: William Heinemann Ltd., 1968.

The Letters of D. H. Lawrence, Vol.1-8. Cambridge: Cambridge University Press, 1981-1993.

《白孔雀》‧謝顯寧、劉崇麗、王林譯，中國文聯出版公司，1994

《逾矩的罪人》‧程愛民、裴陽、王正文譯，譯林出版社，1994

《兒子與情人》‧吳延迪、孫晴霞、吳建衡譯，北方文藝出版社，1988

《虹》‧苟錫泉、溫烈光譯，花城出版社，1992

《戀愛中的女人》‧袁錚、黃勇民、梁怡成譯，北方文藝出版社，1987

《迷途的少女》‧鄭達華、鄒書康、陶黎慶譯，廣州文藝出版社，1988

《出走的男人》‧李建譯，四川文藝出版社，1988

《袋鼠》‧黑馬譯，譯林出版社，2000

《羽蛇》‧彭志恒、楊茜譯，中國文聯出版社公司，1994

《查泰萊夫人的情人》‧趙蘇蘇譯，人民文學出版社，2004

《勞倫斯短篇小說集》‧主萬等譯，上海譯文出版社，1983

《未婚少女與吉普賽人》‧宋兆霖等譯，灕江出版社，1988

《勞倫斯中短篇小說選》‧高健民、張丁周譯，北方文藝出版社，1994

《草堆裏的愛情》‧景海、旭旻譯，花山文藝出版社，1995

《玫瑰園中的影子》・靳梅琳、李靖民、唐再鳳譯，百花文藝出版社，2001

《激情的自白——勞倫斯書信選》・金築雲、應天慶、楊永麗譯，花城出版社，1986

《勞倫斯書信選》・劉憲之、喬長森譯，北方文藝出版社，1988

《性與可愛》・姚暨榮譯，花城出版社，1988

《靈與肉的剖白——勞倫斯論文藝》・畢冰賓譯，灕江出版社，1991

《勞倫斯散文選》・馬瀾譯，百花文藝出版社，1992

《勞倫斯哲理散文選》・姚暨榮譯，上海三聯書店，1995

《勞倫斯散文精選》・黑馬譯，人民日報出版社，1996

《勞倫斯隨筆選》・畢冰賓譯，四川人民出版社，1998

《勞倫斯讀書隨筆》・陳慶勳譯，上海三聯書店，2001

《伊特魯利亞人的靈魂》・何悅敏譯，新星出版社，2006

《書・畫・人》・畢冰賓譯，北京 10 月出版社，2006

《影朦朧——勞倫斯詩選》・黃錫祥譯，花城出版社，1990

《勞爾斯詩選》・吳笛譯，灕江出版社，1995

二、其他參考書目

1、中文參考書目

斯太爾夫人・《德國的文學與藝術》・丁世中譯，人民文學出版社，1981

丹納・《藝術哲學》・傅雷譯，天津人民出版社，2004

叔本華・《作為意志和表像的世界》・石沖白譯，商務印書館，1997

叔本華・《叔本華論說文集》・范進等譯，商務印書館，1999

叔本華・《愛與生的苦惱》・陳曉南譯，中國和平出版社，1986

尼采・《權力意志——重估一切價值的嘗試》・張念東、凌素心譯，商務印書館，1991

尼采・《善惡的彼岸》・朱泱譯，團結出版社，2001

尼采・《論道德的譜系》・謝地坤等譯，灕江出版社，2000

尼采・《查拉斯圖拉如是說》・尹溟譯，文化藝術出版社社，1987

佛洛伊德・《圖騰與禁忌》・趙立瑋譯，上海人民出版社，2005

佛洛伊德・《性學三論》・林克明譯，太白文藝出版社，2004

佛洛伊德・《文明及其不滿》・張沫譯，河北教育出版社，2003

佛洛伊德・《佛洛伊德後期著作選》・林塵、張喚民、陳偉奇譯，上海譯文出版
　　社，1986

佛洛伊德・《佛洛伊德論創造力與無意識》・孫愷祥譯，中國展望出版社，1987

榮格・《尋求靈魂的現代人》・蘇克譯，貴州人民出版社，1987

弗雷澤・《金枝》・中國民間文藝出版社，1987

愛德華・B・泰勒・《人類學——人及其文化研究》・連樹聲譯，廣西教育出
　　版社，2004

列維－布留爾・《原始思維》・丁由譯，商務印書館，1981

卡萊爾・《文明的憂思》・寧小銀譯，中國檔案出版社，1999

約翰・羅斯金・《羅斯金散文選》・沙銘瑤譯，百花文藝出版社，1997

馬修・阿諾德・《文化與無政府狀態》・韓敏中譯，三聯書店，2002

喬治・摩爾・《倫理學原理》・長河譯，上海世紀出版集團，2005

巴赫金、沃洛希諾夫・《佛洛伊德主義》・佟景韓譯，上海文藝出版社，1988

烏納穆諾・《生命的悲劇意識》・上海文學雜誌社，1986

吉西・錢伯斯、弗麗達・勞倫斯・《一份私人檔案：勞倫斯與兩個女人》・葉
　　興國、張健譯，知識出版社，1991

F. R. 利維斯・《偉大的傳統》・袁偉譯，三聯書店，2002

維吉尼亞・吳爾芙・《論小說與小說家》・瞿世鏡譯，上海譯文出版社，2000

福斯特・《小說面面觀》・蘇炳文譯，花城出版社，1984

弗蘭克・克默德・《勞倫斯》・胡纓譯，三聯書店，1986

穆爾・《血肉之軀——勞倫斯傳》・張健等譯，湖南文藝出版社，1993

蔣炳賢編選・《勞倫斯評論集》・上海文藝出版社，1995

《譯海》編輯部・《審判〈查泰萊夫人的情人〉》・花城出版社，1996

艾米麗・漢恩・《勞倫斯和他身邊的女人們》・於茂昌譯，北方文藝出版社，1998

基思・薩嘉・《被禁止的作家——D. H. 勞倫斯傳》・王增澄譯，遼寧教育出
　　版社，1998

布倫達・馬多克斯・《勞倫斯：有婦之夫》・鄒海侖、李傳家、蔡曙光譯，中
　　央編譯出版社，1999

劉憲之主編・《勞倫斯研究》・山東友誼書社，1991

馮季慶・《勞倫斯評傳》・上海文藝出版社，1995

羅婷・《勞倫斯研究──勞倫斯的生平、著作和思想》・湖南文藝出版社，1996

伍厚愷・《尋找彩虹的人：勞倫斯》・四川人民出版社，1998

漆以凱・《勞倫斯的藝術世界》・南京大學出版社，1998

王立新・《潘神之舞：勞倫斯和他的〈查泰萊夫人的情人〉》・中國人民大學
　　出版社，1998

毛信德・《勞倫斯》・四川文藝出版社，2001

黑馬・《心靈的故鄉：遊走在勞倫斯生命的風景線上》・中國社會科學出版社，2002

約翰・拉斐爾・施陶德・《心理危機及成人心理學》・於鑒夫、周麗娜譯，華
　　夏出版社，1986

埃裏希・弗洛姆・《佛洛伊德的使命》・尚新建譯，三聯書店，1986

W. C. 布斯・《小說修辭學》・華明等譯，北京大學出版社，1987

赫伯特・馬爾庫塞・《愛欲與文明──對佛洛伊德思想的哲學探討》・黃勇、
　　薛民譯，上海譯文出版社，1987

卡倫・霍妮・《我們時代的神經症人格》・馮川譯，貴州人民出版社，1988

C.伯恩-M.伯恩・《文化的變異──現代文化人類學通論》・杜杉杉譯，遼寧人
　　民出版社，1988

葉・莫・梅列金斯基・《神話的詩學》・魏慶徵譯，商務印書館，1990

艾愷・《世界範圍內的反現代化思潮──論文化守成主義》・貴州人民出版社，1991

埃克里松・《童年與社會》・羅一靜、徐煒銘、錢積全編譯，學林出版社，1992

馬・佈雷德伯里、詹・麥克法蘭編・《現代主義》・胡家巒等譯，上海外語教
　　育出版社，1992

艾勒克・博埃默・《殖民與後殖民文學》・盛寧等譯，遼寧教育出版社、牛津
　　大學出版社，1998

愛德華・W・薩伊德・《東方學》・王宇根譯，三聯書店，2000

凱特・米利特・《性政治》・宋文偉譯，江蘇文藝出版社，2000

邁克爾・萊文森編・《現代主義》・田智譯，遼寧教育出版社，2002

福珂斯・《性愛的放縱：資產階級時代》・孫寧譯，中國盲文出版社，2003

弗朗索瓦・多斯・《從結構到結構——法國 20 世紀思想主潮》・季廣茂譯，中
　　央編譯出版社，2004

奧茲本・《佛洛伊德和馬克思》・董秋斯譯，中國人民大學出版社，2004

馬泰・卡林內斯庫・《現代性的五副面孔》・商務印書館，2004

安托瓦納・貢巴尼翁・《現代性的五個悖論》・許鈞譯，商務印書館，2005

阿格尼絲・赫勒・《現代性理論》・李瑞華譯，商務印書館，2005

侯維瑞・《現代英國小說史》・上海外語教育出版社，1985

楊恒達、黃晉凱、張秉真・《象徵主義・意象派》・中國人民大學出版社，1989

Henry Nash Smith・《處女地——作為象徵和神話的美國西部》・薛蕃康、費翰
　　章譯，上海外語教育出版社，1991

馬纓・《工業革命與英國婦女》・上海社會科學院出版社，1993

張秉真、黃晉凱・《未來主義・超現實主義》・中國人民大學出版社，1994

李平・《世界婦女史》・南海出版社、香港書環出版社，1995

黃龍保、王曉林・《人性的昇華——重讀佛洛伊德》・四川人民出版社，1996

吳浩・《自由與傳統——20 世紀英國文化》・東方出版社，1997

王章輝・《英國文化與現代化》・遼海出版社，1999

范中彙・《英國文化》・文化藝術出版社，2003

陸偉芳・《英國婦女選舉權運動》・中國社會科學出版社，2004

余鳳高・《飄零的秋葉：肺結核文化史》・山東畫報出版社，2004

余鳳高・《西方性觀念的變遷：西方性解放的由來和發展》・湖南文藝出版
　　社，2004

2、英文參考書目

Alcorn, John. *The Nature Novel from Hardy to Lawrence.* London: The MaCmillan
　　Press, 1977.

Alldritt, Keith. *The Visual Imagination of D. H. Lawrence.* London: Edward Arnold, 1971.

Becket, Fiona. *The Complete Critical Guide to D. H. Lawrence.* London: Routledge, 2002.

Bell, Michael. *D. H. Lawrence: Language and Being.* Cambridge University Press, 1992.

Bradbury, Malcolm. *The Context of Modern English Literature*. Oxford: Basil Blackwell, 1971.

Brantlinger, Patrick. *Rule of Darkness: British Literature and Imperialism, 1830-1914*. Ithaca and London: Cornell University Press, 1988.

Cavitch, David. *D.H. Lawrence and the New World*. Oxford University Press, 1969.

Clark, L.D. *The Minoan Distance: The Symbolism of Travel in D. H. Lawrence*. Tucson: University of Arizona Press, 1980.

Cowan, James C. *D. H. Lawrence's American Journey*. Cleveland and London: The Press of Case Western Reserve University, 1970.

D'Aquila, Ulysses L. *Bloomsbury and Modernism*. New York: Peter Lang. 1989.

Delany, Paul. *D. H. Lawrence's Nightmare: The Writer and His Circle in the Years of the Great War*. New York: Basic Books, 1978.

Dervin, Daniel. *'A Strange Sapience': The Creature Imagination of D. H. Lawrence*. Amherst, Mass: University of Massachusetts Press, 1984.

Draper, R. P. (ed.)*D. H. Lawrence: The Critical Heritage*. London and New York: Routledge, 1970.

Ebbatson, Roger. *Lawrence and the Nature Tradition: A Theme in English Fiction 1859-1914*. Brighton: The Harvester Press, 1980.

Ehlert, Anne Odenbring. *"There's a Bad Time Coming": Ecological Vision in the Fiction of D. H. Lawrence*. Uppsala: Uppsala University Library, 2001.

Fernihough, Anne. *D. H. Lawrence: Aesthetics and Ideology*. Oxford University Press, 1993.

Fernihough, Anne (ed.) *The Cambridge Companion to D. H. Lawrence*. Cambridge University Press, 2001.

Freeman, Mary. *D. H. Lawrence: A Basic Study of His Ideas*. Gainesville: Uniersity of Florida Press, 1955.

Harris, Janice Hubbard. *The Short Fiction of D. H. Lawrence*. New Jersey: Rutgers University Press, 1984.

Hewitt, Douglas. *English Fiction of the Early Modern Period, 1890-1940*. London: Longman, 1988.

Hoffman, Frederick F. *Freudianism and the Literary Mind*. Louisiana: Louisiana State University Press, 1945

Hough, Granan. *The Dark Sun: A Study of D. H. Lawrence*. London: Gerald Duckworth, 1956.

Herzinger, Kim A. *D. H. Lawrence in His Time: 1908-1915*. London: Associated University Presses 1982.

Ingram, Allan. *The Language of D. H. Lawrence*. Houndmills: Macmillan Education, 1990.

Kiberd, Declan. *Men and Feminism in Modern Literature*. London: The Macmillan Press, 1985.

Kinkead-Weekes, Mark. *D. H. Lawrence: Triumph to Exile, 1912-1922*. Cambridge University Press, 1996.

Leavis, F. R. *D. H. Lawrence: Novelist*. London: Chatto and Windus, 1955.

Levenson, Michael (ed.). *Modernism*. Cambridge University Press, 1999.

Meisel, Perry. *The Myth of the Modern: A Study in British Literature and Criticism after 1850*. New Haven and London: Yale University Press, 1987.

Meyers, Jeffrey (ed.). *D. H. Lawrence and Tradition*. London: The Athlone Press, 1985.

Milton, Colin. *Lawrence and Nietzsche: A Study in Influence*. Aberdeen University Press, 1987.

Niven, Alastair. *D. H. Lawrence: the Novels*. Cambridge University Press, 1978.

Nixon, Cornelia. *Lawrence's Leadership Politics and the Turn against Women*. University of California Press, 1988.

Pinion, F. B. *A D. H. Lawrence Companion*. London: The Macmillan Press, 1978.

Preston, Peter. *A D. H. Lawrence Chronology*. New York: St. Martin's Press, 1994.

Quinones, Ricardo J. *Mapping Literary Modernism: Time and Development*. Princeton: Princeton University Press, 1985.

Sagar, Keith. *The Art of D. H. Lawrence*. Cambridge University Press, 1966.

Sagar, Keith(ed.). *A D. H. Lawrence Handbook*. Manchester University Press, 1982.

Sagar, Keith. *D. H. Lawrence: Life into Art*. Penguin Books, 1985.

Salgado, Gamini and G. K. Das(ed.). *The Spirit of D. H. Lawrence*. Rowman & Littlefield Publisher, Inc, 1987.

Basingstoke & London: The Macmillan Press, 1988.

Schneider, Daniel. *D. H. Lawrence: The Artist as Psychologist*. Kansas: University Press of Kansas, 1984.

Schneider, Daniel J. *The Consciousness of D. H. Lawrence: A Intellectual Biography*. University Press of Kansas, 1986.

Schwarz, Daniel R. *The Transformation of the English Novel, 1890-1930*. London: Macmillan Press, 1989.

Silva, Takei Da. *Modernism and Virginia Woolf*. Windsor: Windsor Publications, 1990.

Simpson, Hilary. *D. H. Lawrence and Feminism*. DeKalb: Northern Illinois Uiversity Press, 1982.

Spemder, Stephen(ed.). *D. H. Lawrence: Novelist, Poet, Prophet*. London: Weidenfeld and Nicolson, 1973.

Squires, Michael. *The Pastoral Novel: Studies in George Eliot, Thomas Hardy, and D. H. Lawrence*. Charlottesville: University Press of Virginia, 1975.

Squires, Michael, and Keith Cushman(ed.). *The Challenge of D. H. Lawrence*. Madison: The University of Wisconsin Press, 1990.

Sumner, Rosemary. *A Route to Modernism: Hardy, Lawrence, Woolf*. Houndmills: Macmillan Press, 2000.

Swigg, Richard. *Lawrence, Hardy, and American Literature*, New York: Oxford University Press,1972.

Thornton, Weldon. *D. H. Lawrence: A study of the Short Fiction*. New York: Twayne Publishers, 1993.

Vivas, Eliseo. *D. H. Lawrence: The Failure and The Triumph of Art*. Evanston: Northwestern University Press, 1960.

Wiener, Martin J. *English Culture and the Decline of the Industrial Spirit*. Cambridge: Cambridge University Press, 1981.

Williams, Linda Ruth. *D. H. Lawrence*. Plymouth: Northcote House Publishers, 1997.

Worthen, John. *D. H. Lawrence and the Idea of the Novel*. London: Macmillan,1979.

Worthen, John. *D. H. Lawrence: The Early Years, 1885-1912*. Cambridge University Press,1991.

後記

　　我對勞倫斯的興趣，可以追溯到 20 世紀 80 年代中後期。當時勞倫斯在中國正熱，我的研究方向又是英國現代文學，於是就選了他作為自己碩士論文的題目。1988 年 10 月，上海召開勞倫斯國際學術討論會，我得到消息也趕去參加，在會上結識了不少朋友，也加深了對勞倫斯的理解。1989 年，我以《作為現代心理小說家的勞倫斯》為題的學位論文，順利通過了答辯，受到導師和答辯委員會成員的好評。

　　研究生畢業後，我到西南地區一所大學任教，為學生開設了「勞倫斯研究」選修課。這門課程受到學生異乎尋常的熱烈歡迎，也使我深受鼓舞，當時發下「宏願」，希望在學位論文的基礎上，寫一部勞倫斯研究的專著。但這個願望當時沒能實現。1992 年，我赴上海華東師範大學師從錢谷融先生攻讀中國現當代文學博士學位，勞倫斯研究暫時擱置。1995 年博士研究生畢業，到北京師範大學中文系比較文學與世界文學教研室工作。雖然自此以後，勞倫斯研究已經屬於「專業」範圍，但其他更加緊迫的學術任務常常擠進來，勞倫斯研究不得不一拖再拖。2001年 1-4 月，我到義大利北方的特倫托大學作訪問學者。在義大利期間，我專程到附近加爾達湖畔的 Gargnano 去尋訪勞倫斯的足跡。勞倫斯1912 年 9 月-1913 年 4 月在這個小村落的 Via Colletta 街 44 號居住過。煙雨中我靜靜地在那棟米黃色的三層別墅前立了許久，又步行到勞倫斯在《義大利的曙光》中描寫過的聖托馬斯教堂。小教堂位於長滿了橄欖樹的半山腰，地基的一部分已經坍塌，在雨中透著淒涼。勞倫斯當年就是從這裏遙望湖對岸的雪山，而整個教堂和他都沐浴在強烈的陽光中，宛如天使降臨的那個時刻。在義大利期間，我還應英國諾丁漢大學勞倫

斯研究中心主任約翰·沃森（John Worthen）教授的邀請，對諾丁漢大學作過 10 天的短暫訪問。在約翰·沃森教授安排下，我參觀了勞倫斯研究中心的收藏，複製了大量勞倫斯研究資料。約翰·沃森教授還驅車帶我到勞倫斯的故鄉伊斯特伍德參觀。伊斯特伍德在上個世紀後半期實施過一個「鳳凰重生」計劃，完成了從煤礦工業向旅遊和房地產業的成功轉型。這座當年的礦區小鎮，早已不復有煙塵蔽日、機聲隆隆的景象，但孕育了一個偉大作家的 19 世紀末、20 世紀初的生活原貌卻被基本保存下來：海格斯農場、莫格林水庫、幾處礦井、礦工宿舍、勞倫斯居住過的房子等等。勞倫斯創作中的場景與現實一一對照，拉近了我和勞倫斯之間的距離，增加了我對勞倫斯的感性認識。

真正動手寫這部醞釀已久的專著，還是 2004 年秋天的事情，時間距離我初次接觸勞倫斯，已經過去了 17 年。當時我到康橋大學英語系作為期一年的訪問學者，此前我的沉從文研究已經告一段落，可以騰出手做這件事情了。康橋有非常豐富的研究資料，優越的學術環境，我也有了充裕的時間，於是沉下心來，在一年時間裏完成了這本書的初稿和二稿。在英國訪學期間，我又專程到諾丁漢伊斯特伍德做了為期三天的考察，再一次查找、核實勞倫斯小說中出現的物景、人物與現實的聯繫，收穫是巨大的。2005 年秋回國後，我抓緊時間完成了第三稿，並最終定稿。一件曠日持久的學術工作總算完成了。

遙想當初第一次讀《兒子與情人》的時代，我才 20 多歲，一轉眼近 20 年過去了。時間因素給我的勞倫斯研究的最大影響，是我很難與勞倫斯再產生共鳴了。勞倫斯對非理性精神的張揚，曾讓我如同發現新大陸一般，感到異常欣喜和激動；如今，我更多是以批評挑剔的眼光看待他。也難怪，隨著人生閱歷的增加、環境的變化，思想和心態都發生了很大變化，對勞倫斯不產生新認識才真的有問題呢。我漸漸認識到這

種變化對勞倫斯研究的正面作用：它可以讓我冷靜下來，以客觀甚至是批判的眼光，看待勞倫斯。邁克爾·萊文森在《現代主義》一書中曾經很生動地談到當前研究現代主義時應該採取的態度，我對他的意見深表贊同。他說：「我們仍然把它叫做現代主義，它的時代飛逝，正在成為文學的歷史，可人們依舊沿用這個稱謂，儘管反常，我們還是這麼稱呼。本書發行後不久，『現代主義』便會成為上個世紀初的一個時代名稱，它太遙遠了，甚至不屬於祖父母一代。我們憂心忡忡而又不可避免地到了這樣的時刻，很多人都覺得，一個廢棄的運動仍然荒謬地頂著這麼一個厚顏無恥的頭銜。」[1]的確，「現代主義」早已不再「現代」，它正在迅速後退為歷史的陳跡。作為 21 世紀的研究者，關注現代主義已經不再意味著對它皈依和崇拜，而要進行重新評價和反思。我和勞倫斯之間的關係也是如此：我在學習如何從一個「勞倫斯迷」變成一個勞倫斯的批判者。

作為中國的世界文學研究者，我不得不經常面對這樣的疑問：相對於西方學者，我們研究西方文學有何優勢可言？說實話，我的確被這個疑問深深困擾。與西方學者相比，我們在語言上沒有優勢，沒有感同身受的文化體驗，沒有收集資料的方便，如何能夠在西方文學研究中接近、達到乃至超越西方學者的研究水平？如果不能，我們的研究又有何意義？就我個人的勞倫斯研究而言，我不會盲目自大，動輒奢談「超越」，但我也認為不必盲信西方，妄自菲薄。90 多年來，西方學者積累的勞倫斯研究成果可以說是車載斗量，但真正能夠留傳下來的也真的是屈指可數。20 世紀各種新的批評理論和方法層出不窮，它們都在勞倫斯研究領域激起過回聲。時過境遷，一些研究成果經住了時間的考驗，也有許多早已經湮沒在歷史的長河中。反觀東方，印度有 Amit Chaudhuri，

[1]　邁克爾·萊文森編：《現代主義》，遼寧教育出版社 2002 年版，第 1 頁。

韓國有 Chong-wha Chung，也都對勞倫斯研究做出了自己獨特的貢獻。
何況學術的標準是多元的，史料上的重大發現當然有學術價值，在時代
風潮的影響下，從不同側面對勞倫斯作出合乎時代需要的闡釋又何嘗不
是一種學術貢獻？就此而言，我認為東西方學者站在同一個高度，站在
同一個起跑線上。況且，人文學術研究總是受本國思想文化運動的激勵
和影響，並且注定成為本國思想文化運動的一個重要組成部分。一些中
國學者如周作人、茅盾、鄭振鐸、梁宗岱、朱光潛、楊周翰等，他們的
西學研究，只有從這一角度衡量，其意義才能更加充分地彰顯出來。我
把這些前輩學者作為我的榜樣，在勞倫斯研究領域努力吸收最優秀的研
究成果，發出自己的聲音。

　　回顧這些年我研究勞倫斯走過的歷程，許多前輩學者和學長對我的
幫助仍歷歷在目。我的研究生導師牛庸懋先生支援我選定了這個在當時
頗有爭議的題目，給予了許多有益的指導。牛先生已經作古，我把這部
著作的出版看作是對先生的一個紀念。在答辯前後，朱維之先生、臧傳
真先生、崔寶衡先生、蔣連傑先生、盧永茂先生、梁工先生、王立新先
生，都給我的學位論文提出過許多中肯的意見，使我受益匪淺，這裏向
他們表達誠摯的謝意。

　　羅羨儀博士為我提供了部分費用，並利用她的關係，幫助我建立了
與約翰·沃森教授的聯繫，使我對諾丁漢大學勞倫斯研究中心的第一次
訪問得以成行。在此書的構思階段，她還從「外行」的角度，給了我許
多善意的批評和建議。約翰·沃森教授在我訪問諾大期間，為我安排了
豐富的學術活動，還多次專門接受我的提問。他的勞倫斯傳記研究，經
他手編輯的康橋版勞倫斯作品集，都給了我許多研究上的方便。陳惇教
授、劉象愚教授在我來北師大工作後，一直支援我的勞倫斯研究，劉象
愚教授還撥冗為本書作序。在此衷心感謝他們。本書引用或參考了諸多

國內學者的勞倫斯作品譯文，恕不一一注出姓名，在此謹向他們表示由衷的感謝。

　　最後，我要特別感謝我的妻子謝江南女士。她自己也有繁重的科研和教學任務，但她仍默默操持家務，教育孩子，為我做出了很多犧牲。

2006 年歲末於北京師大

國家圖書館出版品預行編目

勞倫斯小說與現代主義文化政治 / 劉洪濤著 . -
- 一版 . -- 臺北市：秀威資訊科技 , 2007[民 96]
　　面； 　　公分 . -- (語言文學類；AG0063)
　　ISBN 978-986-6909-56-6(平裝)

1. 勞倫斯(Lawrence, D. H. (David Herbert) ,
　　1855-1930) - 作品研究
873.57　　　　　　　　　　　　　　96006915

 語言文學類　AG0063

勞倫斯小說與現代主義文化政治

作　　者 / 劉洪濤
發 行 人 / 宋政坤
執行編輯 / 詹靚秋
圖文排版 / 黃莉珊
封面設計 / 莊芯媚
數位轉譯 / 徐真玉　沈裕閔
圖書銷售 / 林怡君
網路服務 / 徐國晉
法律顧問 / 毛國樑律師
出版印製 / 秀威資訊科技股份有限公司
　　　　　　台北市內湖區瑞光路 583 巷 25 號 1 樓
　　　　　　電話：02-2657-9211　　　傳真：02-2657-9106
　　　　　　E-mail：service@showwe.com.tw
經 銷 商 / 紅螞蟻圖書有限公司
　　　　　　台北市內湖區舊宗路二段 121 巷 28、32 號 4 樓
　　　　　　電話：02-2795-3656　　　傳真：02-2795-4100
　　　　　　http://www.e-redant.com

2007 年 5 月 BOD 一版
定價：400 元

讀 者 回 函 卡

感謝您購買本書，為提升服務品質，煩請填寫以下問卷，收到您的寶貴意見後，我們會仔細收藏記錄並回贈紀念品，謝謝！

1. 您購買的書名：＿＿＿＿＿＿＿＿＿＿＿＿＿＿＿＿＿

2. 您從何得知本書的消息？

　□網路書店　□部落格　□資料庫搜尋　□書訊　□電子報　□書店

　□平面媒體　□ 朋友推薦　□網站推薦　□其他＿＿＿＿＿

3. 您對本書的評價：(請填代號　1. 非常滿意 2. 滿意 3. 尚可 4. 再改進)

　封面設計＿＿＿　版面編排＿＿＿　內容＿＿＿　文/譯筆＿＿＿　價格＿＿＿

4. 讀完書後您覺得：

　□很有收獲　□有收獲　□收獲不多　□沒收獲

5. 您會推薦本書給朋友嗎？

　□會　□不會，為什麼？＿＿＿＿＿＿＿＿＿＿＿＿＿＿

6. 其他寶貴的意見：＿＿＿＿＿＿＿＿＿＿＿＿＿＿＿＿

＿＿＿＿＿＿＿＿＿＿＿＿＿＿＿＿＿＿＿＿＿＿＿＿＿

＿＿＿＿＿＿＿＿＿＿＿＿＿＿＿＿＿＿＿＿＿＿＿＿＿

＿＿＿＿＿＿＿＿＿＿＿＿＿＿＿＿＿＿＿＿＿＿＿＿＿

讀者基本資料

姓名：＿＿＿＿＿＿＿＿＿　年齡：＿＿＿＿　性別：□女 □男

聯絡電話：＿＿＿＿＿＿＿　E-mail：＿＿＿＿＿＿＿＿

地址：＿＿＿＿＿＿＿＿＿＿＿＿＿＿＿＿＿＿＿＿＿＿

學歷：□高中(含)以下　□高中　□專科學校　□大學

　　　□研究所(含)以上 □其他＿＿＿＿＿＿＿

職業：□製造業 □金融業 □資訊業 □軍警 □傳播業 □自由業

　　　□服務業 □公務員 □教職　□學生 □其他＿＿＿＿＿

To：114

台北市內湖區瑞光路 583 巷 25 號 1 樓

秀威資訊科技股份有限公司　　　收

寄件人姓名：

寄件人地址：□□□

(請沿線對摺寄回,謝謝!)